鹿瓷——著

上 册

青岛出版集团 | 青岛出版社

图书在版编目（CIP）数据

温柔蚀骨/鹿瓷著. —青岛：青岛出版社，2025.2
ISBN 978-7-5736-0192-6

Ⅰ.①温… Ⅱ.①鹿… Ⅲ.①长篇小说－中国－当代 Ⅳ.①I247.5

中国国家版本馆CIP数据核字（2024）第108291号

书　　名	WENROU SHIGU **温柔蚀骨**
作　　者	鹿　瓷
出版发行	青岛出版社（青岛市崂山区海尔路182号）
本社网址	http://www.qdpub.com
邮购电话	18613853563
责任编辑	郭红霞
特约编辑	崔　悦
校　　对	郭金乔
装帧设计	千　千
照　　排	梁　霞
印　　刷	三河市良远印务有限公司
出版日期	2025年2月第1版　2025年2月第1次印刷
开　　本	16开（640mm×920mm）
印　　张	35.5
字　　数	616千
书　　号	ISBN 978-7-5736-0192-6
定　　价	69.80元（全2册）

编校印装质量、盗版监督服务电话 4006532017　0532-68068050

目录

上册

第 一 章	偏要沾染你	1
第 二 章	发现他的秘密	47
第 三 章	心疼的情绪	78
第 四 章	小调戏	92
第 五 章	我不是说过让你离我远点儿吗？	116
第 六 章	对她的偏爱	136
第 七 章	有你的未来	159
第 八 章	小黏人精	173
第 九 章	只对你有感觉	199
第 十 章	你来看我的演出	225
第十一章	江知寒，生日快乐	238

目录

下册

第十二章	与你一起的目标	269
第十三章	最后一面	326
第十四章	原来,他是"灰姑娘"啊	349
第十五章	能不能给我一个补偿的机会	378
第十六章	这回忆并不苦涩	418
第十七章	这次你还会不会丢下我走了	429
第十八章	可能要挨打,你做好准备了吗?	460
第十九章	正式宣布	494
第二十章	嫁给我	526
番 外	婚后日记	553

第一章
偏要沾染你

八月末的午后，教室窗外"淅淅沥沥"地下着雨。风里混合着这个季节特有的暑气，潮湿而闷热。

第二节体育课因此被改成了自习课。8班的教室里静悄悄的，所有人在狂补作业，整个教室只有学生写习题时发出的"唰唰"声。

女孩坐在倒数第四排的座位上，将白皙的手指插入发间，垂着长长的睫毛，用右手艰难地做着题。

她的桌上放着一堆未写完的习题。此刻她正在做的是《快乐化学》。

"我借到班长的化学答案了，你要看吗？"同桌谷雨拿着一本试题坐过来，兴冲冲地问她。

洛欢眼也不抬，漫不经心地说："班长的化学成绩最差，你抄他的答案跟自己做有什么区别？"

谷雨笑道："还是比我自己写的好点儿吧？"

谷雨和洛欢从初中起就是同学，又一起直升了高中，关系很好。

8班的成绩在整个年级里不算突出，下学期分文理科，谷雨和洛欢大概率还会被分在同一个班里。

排名靠后的班级里的优等生到排名靠前的班级里只能算是中等生，比如班长。他们8班的班长，高一一开学的时候就恨不得头悬梁、锥刺股，一副"我很努力，你们谁都别妄想超过我"的样子，倒真是吓到了不少勤奋上进的同学。

不过遗憾的是，班长好像没有学理科的天赋。虽然他恨不得把理科书翻烂，可每次的考试成绩都只在 70 分左右，这还包含了老师看在他字迹工整、平时刻苦努力的分儿上给的"鼓励分"。

洛欢做题做得头昏脑涨，摇了摇头。下课的铃声终于响起，她撂下笔，趴回桌上，开始怀疑人生。

"你学得这么累，干脆想办法跟年级第一名搞好关系，正好让他教教你啊。"谷雨见洛欢一副没精打采的模样，忍不住开玩笑。

"好啊，你敢让他出现，我就敢行动。"洛欢转了个方向，随口回谷雨，但依旧闭着眼。

谷雨看得想笑，刚想调侃洛欢一句，却不经意间看到路过门口的一个人。

谷雨顿了一下，"哎"了一声。

"看！年级第一就在那儿。"

洛欢皱了皱眉，把脑袋转了个方向，眼睛睁开一条缝。

或许是因为刚睁开眼，洛欢感觉视线有些模糊，只看到一个背影一晃而过。

他个子挺高的，发丝在空气中飘荡。

"人都走了。"洛欢打了个哈欠，准备继续睡。

"洛欢，有人叫我把这个给你。"一位同学走了过来，将一个笔记本放在洛欢的面前。

洛欢睁开眼睛，瞥见笔记本后蹙了下眉，说了句"谢谢"，把笔记本接过来后随手就丢在了桌上。

"哇，是各科的答案！付和西太懂你了吧。"谷雨简直像看见了救命恩人一样，顺手就拿过本子来翻了翻，忍不住感叹道。

"他还把题型标注出来了……"谷雨凑到她的身边说，"人家写得工工整整的。看在他这么辛苦的分儿上，你至少要尊重一下他的劳动成果吧。"

"要我怎么尊重他？"洛欢道，"等我妈让我吃一顿'竹笋炒肉'，他就开心了？"

谷雨无言以对。

洛欢的爸妈都是这所学校的教师。洛欢的妈妈蒋阿姨，只要有空就会查 8 班的监控。洛欢抄没抄答案，蒋阿姨一看就知道。

所以洛欢宁可挨老师训，也不敢抄别人的答案。

"人家不也是单纯地想照顾你……"谷雨觉得自己的话说服力不强，叹了口气，又说，"那我自己享受吧。"

放学后，洛欢快速地写完作业交给小组长，然后就被谷雨拉出了校园。在路上，洛欢收到一条消息：

"宝贝，我正在开会，你爸要等我。你要是饿了，就先买点儿吃的垫垫，等我们回去了再做饭。"

"什么事啊？"谷雨凑了过来。

"我老妈开会，我老爸要等她。我妈叫我先随便买点儿吃的。"

洛欢将手机塞回兜里，顺手拿出一支橙子味的棒棒糖，撕开包装，将棒棒糖送进嘴巴。

"真的啊？学校开会起码得一个小时吧？"谷雨太了解学校的开会时长了，兴奋地建议道，"咱们要不先去哪儿逛逛？听说太华那边新开了家日式杂货店，你要去吗？"

"嗯，行啊。"洛欢含着糖，眯着眼一笑。

两个人先去附近的奶茶店买了奶茶，然后坐公交车去九里区最大的太华商城玩。

时间有限。两个人先去太华排队买了甜品，逛完杂货店，又在附近找了电脑，一边吃甜品，一边熟练地戴上耳机，打开电脑。

洛欢开始看前些天没追完的《葫芦娃》。

谷雨登录 steam（数字游戏社交平台）账号，瞥了一眼洛欢，见洛欢正瞪着水灵灵的双眼聚精会神地看《葫芦娃》，嘴角不禁抽了抽。

洛欢把大好的悠闲时光用来看动漫，简直是浪费。

洛欢看了两集，这时放在屁股后面的书包里的手机就振动了起来。

洛欢把电脑按了暂停，翻出手机一看，转向谷雨，用嘴型说：我老爸催我了。

谷雨无奈地说："天。"

谷雨飞快地打完比赛，两个人熟练地关了电脑，背上书包跑了出来。

"我们要不抄近路吧？能早回 10 分钟。"外面还下着雨，谷雨建议道。

洛欢从灰蒙蒙的天空中收回目光，有些怀疑地看着谷雨，问："你认识路？"

谷雨不禁挺了挺背，得意地说："我以前在这片区域里走过八百遍。有我在，你放心吧！"

"行吧。"洛欢也不想回去晚了被老妈揍。

然而，10 分钟后，两个人在一条条弯弯绕绕的巷子里迷路了。

洛欢面无表情地望向谷雨。

谷雨擦了擦额头上的汗,试图解释:"我真的……"

洛欢熟练地掏出手机,打开导航,但导航软件在这种复杂的小巷里显然没什么用。

雨还在"淅淅沥沥"地下着,天色一片朦胧,周围全是低矮的商铺,连招牌都有些破。

前面一家杂货店里似乎有人在。谷雨眼睛一亮,忙拉着洛欢朝那边走。

"走走走,我们去问问路。"洛欢没察觉到,谷雨的话里有种抓住救命稻草般的兴奋感。

杂货店面积不大,正中放着一个长橱柜,旁边放着冰柜。一个女人正跷着腿坐在货架下嗑着瓜子看电视,空气里弥漫着淡淡的烟味。

"请问……"谷雨冲着那个背对着她们的女人喊了一声。

那女人转过头来——这是个四十来岁的女人,穿着绿裙子,在外面套了一件大红色的防晒衫,留着一头长鬈发,妆化得很浓,身材有些丰腴,长着一双凤眼,斜眼看人的样子十分勾人,整个人风情万种。

谷雨一时不知道该说些什么好。

女人上下打量了她们一番,用有点儿尖的嗓音开口问:"想买什么?"

洛欢觉得要是不买点儿什么就直接问路可能会被女人轰出去,于是低下头在冰柜里挑选东西。

"买雪糕。"

冰柜里的雪糕种类不多,大多数价格很便宜,品质远比不上商场里那些动辄被卖到二三十元一支的雪糕。

洛欢挑了几支小奶糕,谷雨也跟着挑了几支。

"你的六块五,她的八块。"女人扭身从身后的货架上扯了两个塑料袋,边装雪糕边说。

洛欢打开手机扫码付款。

谷雨赶紧趁机问路。

洛欢正低头操作手机,用余光瞥见有人走了进来。她听到女人略带尖锐的嗓音响了起来:"你爸回来了没?"

房间里静了几秒,一个声音响起:"没。"

这个声音还挺好听的。

洛欢本没在意,不过她在按密码时却被谷雨轻轻地拧了一下胳膊。

洛欢抬起头,谷雨用眼神拼命地示意她看前面。

洛欢有些不解，顺着谷雨的视线看过去，只见一个少年进了店里。

少年身形纤瘦，脸色苍白。他微长的黑发挡住了眼睛，洛欢只能看到他高挺的鼻梁。他穿着简单的白衬衫，领口的几粒纽扣被解开了，露出的颈部皮肤竟然比衬衣还白。

"这个老东西又死到哪儿去了？是不是又卷了钱出去赌了？"女人尖锐的声音让洛欢回过神来。洛欢低下头输入付款密码，女人气势汹汹地从她身后离开了。

洛欢付了钱，给男生看付款记录。

男生垂下睫毛，轻轻地点了点头，伸手去关冰柜的门。他的手指白皙纤长。

两个人提着塑料袋出来的时候，洛欢还忍不住扭头看向店铺里面。

隔着蒙蒙的雨幕，洛欢看到少年从柜台后走出来，然后弯腰整理地上的塑料凳子。

他穿的是德川高中的校裤，看来他也是德川高中的学生。

"名不虚传吧？"谷雨俏皮道。

洛欢回过头，恰好对上谷雨那双似乎看透一切的眼睛。

洛欢轻咳了一声，挑眉道："怎么，你认识他？"

"1班的江知寒啊，你连他都不知道？"面对闺密茫然的眼神，谷雨摇了摇头，"以全市第一的成绩考到我们学校里，校长亲自给他颁奖学金的那个人。"

"啊……"

洛欢记起来了。她向来不太关心别人的事，即便对江知寒有印象，也没怎么在意。一个多学期过去了，她才发现学校里竟然有这号人物。

洛欢想起少年从衬衫领口露出的白皙皮肤，粉润的唇微微上翘。她拖长语调，似在回味："还挺帅的。"

谷雨就知道洛欢会这样说，嗤笑了声："真肤浅。下周不是有升旗仪式吗？到时候我再把他指给你看。1班正对着升旗台，他站的地方还挺显眼的。"

洛欢到家时，洛国平跟蒋音美早已回家了。蒋音美见洛欢回来，立马暂停了电视，柔美的脸上现出微微严厉的神情。

"又出去疯玩了？"

系着围裙的洛国平从厨房里探出头。洛欢看向他时，他高大的身体微微一僵。洛国平抬手握拳轻咳一声,给了她一个爱莫能助的眼神。

洛欢收回目光,审时度势,果断地低下头。

"我错了。"

洛欢还挺识趣的,能屈能伸。

因为家里有位不能惹的女王,洛欢从小就被爸爸教导不能欺负妈妈。而且就算老妈理亏,爸爸还是会果断地选择站在老妈那一边。

面对毫无原则的爸爸,洛欢只好果断地选择服软。

蒋音美知道这丫头还是有些想法的。

洛欢虽然平时垂着眸,一副温柔的样子,可内心一点儿也不乖,眼角眉梢都透着机灵。

但看洛欢的态度良好,蒋音美也就不计较这些了,叫她赶紧洗手吃饭。

洛欢"哦"了一声,换了鞋,还没走几步,就又被蒋音美叫住了。

"等等,你提的是什么?"

洛欢顺着老妈的目光低头一看,又飞快地看了一眼洛国平,把袋子向身后藏,说:"是我自己想吃……"

蒋音美平静地点点头,看向厨房那边的洛国平:"你过来。"

天降一口大锅。

洛国平心想:闺女,我做错了什么?你为何要陷害我?

被栽赃的洛国平颇为委屈地看了满脸无辜的女儿一眼,而后认命地放下勺子,过去替女儿背黑锅。

目送他们进了主卧,洛欢有点儿幸灾乐祸。她把雪糕一股脑儿地塞进冰箱,也进了房间。

周末,天放晴,之前的热意散去不少。一大早,洛欢就被洛国平叫了起来,因为他们全家要出门逛街。

洛国平叫洛欢起床的时候,脸上还带着点儿之前"背黑锅"的委屈表情。可他一说起要逛街,眼睛就又情不自禁地亮了起来。

洗漱好的洛欢坐在餐桌边吃着包子,主卧里的两个大人正在挑选待会儿出门穿的衣服。洛欢听到他们的对话,不禁叹了口气。

"我老婆穿什么都漂亮。"洛国平憨笑着站在一边,望着蒋音美对着镜子比画裙子的身影说。

蒋音美露出微笑。她在两条裙子间犹豫不决,于是探出头问洛欢:"欢欢,你说妈妈穿哪条裙子好看?"

洛欢咽下嘴里的牛奶,笑眯了眼,甜甜地说:"你穿哪条都漂亮。"

蒋音美今年带的是高二重点班的英语课。下学期，她的学生就升入高三了。她教学任务重，只有周末才有时间逛街。其实明明在家里动动手指就能买到衣服，可她偏偏信不过网购，宁可去商场买也不上网买。

每次看到老妈那些在商场里买的几千块钱一件、结果在网上的平台里却只有几百元的杂牌衣服，洛欢就有点儿肉疼。

但洛国平同志在给老婆花钱这方面向来是没半点儿意见的。

最后蒋音美穿了条墨绿色的长裙，配上披肩的长发，看起来优雅又美丽。

洛国平开车载着老婆和女儿到了太华商场。在车库里停好车后，一家三口上去购物。

挑挑拣拣了大半天，蒋音美买了两条裙子、一件外套，给洛国平、洛欢也挑了几件衣服。一家人从商场出来时已经是中午了，洛国平提议吃完饭再回去。

他们在附近找了家日料馆。吃完后，洛国平让母女俩在路边等，自己去车库开车。

洛欢把购物袋挂在手腕上，习惯性地掏出手机，低头看朋友圈。她倚在路边的广告牌上，随意地交叠起一双细白的长腿。浓绿的树荫挡住了洛欢头顶上强烈的阳光，在地上落下一道影子。

蒋音美见洛欢一副没骨头的模样，皱起眉头提醒她："站好。"

洛欢立马收起手机，站好。

只要蒋音美在，洛欢就不敢放肆地玩手机。于是她只能用两只手提着袋子，无聊地往前看。

偶尔有微风吹过街道，驱散了些许闷热感。

洛欢漫无目地张望着，目光扫过对面的一排店铺，然后把目光定格在不远处的那个街角处。

她不经意地想起那天和谷雨抄近路的场景。

那天她们走的是那条路吗？

洛欢很少留意身边事，但她那天对江知寒惊鸿一瞥，他给她留下了深刻的印象。

前面响起了喇叭声，蒋音美扭过头，见女儿正盯着某处，问道："你爸把车开过来了，你看什么呢？"

"没什么。"洛欢收回目光，跟蒋音美一同向在路边停好的车子走去。

周一有升旗仪式。洛欢把所有作业交上去后，就趴在桌上翻书。等铃声一响,洛欢便和谷雨一起去操场上看升旗仪式。

天刚放晴,强烈的阳光将地上残留的水蒸发掉了,操场上又晒又闷。

偏偏领导们的发言都滔滔不绝,毕竟这是新学期的第一次升旗仪式,必须要开个好头。他们从新学期的教学计划讲到各班的表现,讲了半天还没结束。

洛欢有点儿受不了这么强烈的阳光,抬手遮着眼睛,懒洋洋地垂着眉眼,没骨头似的靠在谷雨身上,有一搭没一搭地跟周围的人笑着聊天儿。

"奇怪,江知寒呢?"谷雨絮叨着,不时踮脚朝升旗台的方向望去。

有一个女生听到这句话,震惊地问:"谷雨,你问江知寒干吗?你不会是……看上他了吧?"

谷雨差点儿被口水呛住:"你说什么呢?我……我就看看他,不行吗?"

另一个女生也吞了一口口水,小声地说:"没有就好,咱可别招惹那种人。"

那种人?

洛欢扭过头笑了笑,说:"周梦思,你不是最爱犯'花痴'吗?江知寒长得那么帅,你居然不动心?"

"谁说长得帅我就……"周梦思刚想反驳,却从洛欢的话里察觉到有些不对劲儿,立刻反问,"对了,你怎么知道他长得帅?"

谷雨也感到奇怪,洛欢不是向来不爱认人吗?这次她居然还记得江知寒长什么样。

面对几个女生怀疑的眼神,洛欢面不改色地说:"我又不傻,当然记得。"

升旗仪式结束后,谷雨和洛欢去小卖部买面包。回来时,洛欢叼着面包,低头拧开牛奶的盖子。

谷雨咬着一根烤肠,时不时地看向洛欢。

"再看下去你就该爱上我了。"

谷雨吓了一大跳,随后推了洛欢的脑袋一把:"喂,你瞎说什么呢?!"

这丫头说出的话能把人噎死。

洛欢"啧"了一声,一边咕哝着"这么凶",一边把拧开的牛奶放到嘴边喝了一大口,享受地眯起眼,没心没肺地笑了起来。

她把柔软的长发随意地扎起,阳光洒在她白皙的皮肤上,整个人显得非常可爱。

谷雨无语地翻了个白眼,看洛欢的眼神越发难以描述了。

"说吧。"洛欢喝了几口牛奶,这才看向谷雨,"你盯我一大早上了,到底为什么?"

洛欢总是有很多古灵精怪的想法。谷雨看着她那双漫画人物似的干净又水灵的黑眼睛,觉得自己可以原谅她"出言不逊"。

说话间,两个人已经进了教学楼,楼里挤满了学生。

谷雨等旁边的一群人过去后,正要说话,忽然有人拍了一下洛欢的脑袋。

"欢欢。"

洛欢扭过头去,付和西正眉眼含笑地低头看她,他旁边还有他的几个同学。

"我这几天给你发消息你怎么不回啊?"付和西问。

洛欢无精打采地收回目光,说:"哦,我这几天没登QQ(聊天儿软件)。"

谷雨没说话,心想:洛欢,你真会睁眼说瞎话。你没登QQ,那深夜和我网购、打游戏的网瘾少女是谁?

付和西"哦"了一声,有些遗憾,又问:"欢欢,我周五给你的那些答案你用了吗?"

付和西和洛欢算是青梅竹马,两个人从小就是邻居,小学还在同一所学校念书。后来付和西的父亲职位变动,全家一起搬走了,两家的联系也就渐渐地少了。直到付和西转到这边上高中,两个人才重新开始联系。

更准确地说,是付和西在军训那几天单方面认出了她——洛欢在一片被晒成黑蛋的新生中白得像块豆腐,付和西想看不见她都难。

军训第三天一下课,付和西就跑到了洛欢的队伍中。

面对这个特意跑过来的尖子班的帅哥,洛欢傻乎乎地以为他是因为和朋友玩大冒险输了才来找自己,所以差点儿把他骂走。

谷雨一开始也和其他人一样,羡慕洛欢有一个青梅竹马的帅气发小儿。可她渐渐地发现,付和西虽然长得清秀,但带着些傻气,而且实在太容易被骗了,连洛欢这么拙劣的谎话都听不出来。

听到付和西的话,洛欢忍住翻白眼的冲动,说:"你是不是盼着我早点儿离开这个美丽的新世界?"

"冤枉啊!"付和西叫了一声,干净的声音带着些许懊悔之意,"我听说你们班要收作业,想到你的理科成绩不怎么样,你自己肯定写不出来,我就顺便帮你写了……"

她的理科成绩不怎么样……他顺便……

少年，你这样说话是会被打的，知道吗？

谷雨终于知道洛欢为什么不爱搭理付和西了——他真的就像个大傻子。洛欢忍了这么多年都没打他，可真是脾气好。

洛欢沉默了一会儿，转身就走。谷雨摇了摇头，赶紧跟上去。

回到班上，洛欢继续喝牛奶。

谷雨笑了笑，低头收拾东西。

第二节课上课前，洛欢尿急，便拉着谷雨去洗手间。当她们从洗手间里出来的时候，预备铃都响过了。

这个点儿走廊里没什么人，从教室里传出了朗朗的读书声。

"哎呀！我下次绝对不陪你上洗手间了。"谷雨一边拉着洛欢狂奔上楼梯，一边嘟囔着这句早已说过无数遍的话。

走到三楼走廊处时，谷雨忽然觉得洛欢的胳膊有点儿重。

谷雨扭过头，只见洛欢歪着脑袋，一动不动地望着对面的五楼。谷雨随便扫了一眼，隐约看见一个穿着校服的男生抱着一沓试卷经过。

洛欢一直盯着他，一动不动。

谷雨气得一巴掌拍在洛欢的背上，大吼道："都要上课了，你还有心思在那儿看帅哥！"

洛欢"啧"了一声，歪头看向谷雨："真粗鲁。"

谷雨心急火燎地拉着洛欢就跑。

那边的男生听到声音，往这边望了望，又很快收回了目光。

谷雨跟洛欢前脚刚到，语文老师后脚就抱着教案走进了教室。

洛欢坐定后长舒了一口气，赶紧低头从桌肚里掏出语文书。

语文老师放下教案，朝台下扫了几眼，然后满意地翻开教案开始讲课。

洛欢的文科成绩还不错。她上语文课的时候不但会好好听讲，而且兴致上来了还会举手回答问题。不过到了要上后两节理科课的时候，她就两眼一空，仿佛和老师不在同一个时空里，满脸写着"我是谁""我在哪儿"，以及"我为什么要学这门课"。

每当这时，谷雨就想笑。洛欢的父母明明都是"学霸"，偏偏生了个没什么理科天赋的闺女，这基因真够可以的。

后来，谷雨无数次庆幸地说："幸好咱们当年搞文理分科。换成现在，不分科了，你得郁闷成什么样？"

洛欢忍不住点头。

或许有些缘分是早已注定好的，无论是正缘还是孽缘。要是换成现在，她不一定会遇到那个男生，也不一定会像过去那么勇敢。

"我没命了……"

第三节课结束，生物老师刚出教室，洛欢就合上书本趴到桌上，用下巴抵着手臂，觉得大脑昏昏沉沉的。

谷雨觉得洛欢和理科天生就有仇。当年她们还在读初中的时候就是这样，洛欢每次上完理科的课都仿佛丢了半条命。初三时，洛欢靠拼命地补课才考上了这所高中。

虽然谷雨的理科也学得不怎么样，但好在她比较淡定，说道："哎，要不你放弃吧？反正咱俩下学期都选文，高考又不考理科。"

洛欢闻言，转头看她："不成，这学期的理科考试还不少，有周考、月考、期中考……最关键的是，下学期还要会考。我最起码得考及格吧，不然多丢我爸妈的脸。"

在德川高中读书的教师子女不少，但像洛欢这么"废"的，估计只有她一个。

老爸老妈没让她去滴血验亲，都是用爱在支撑着。

洛欢缓缓透出些许坚定之意："这学期我必须把每门理科科目考及格。"

谷雨怜悯地望着这个热血少女，不禁摇了摇头。

中午放学后，谷雨跟洛欢去校门口新开的一家砂锅米线店里吃饭。

洛欢的父母都是教师，中午来不及做饭。他们一家经常是早上带饭，中午各自解决，等晚上再一起回家做饭吃。

谷雨也懒得在中午那不到两个小时的休息时间里来回折腾，于是经常和洛欢一起在学校里吃午饭。

这家米线店位于学校附近，地段好，而且正在搞酬宾活动，店里的座位早已满员，门外还排着长龙。

天气很热，店里的几台电风扇虽然在加大马力工作，但在这种条件下也起不到降温的作用。洛欢被热得不耐烦，和谷雨商量后，决定买了米线偷偷地回教室里吃。

"欢欢？"

两个人打包了吃的，刚要进校门，就听见身后传来有些熟悉的男声。

门卫室就在旁边，两个人受到了惊吓。

"跑！"

洛欢当机立断，藏好吃的就拉起谷雨的胳膊往里面冲。

从身后传来了那个男生叫她们的声音。他应该被朋友拦住了，所以没有追过来。

在这个时间段，大部分学生外出吃饭了，也有些学生回了寝室。整栋教学楼很安静，连针掉在地上的声音都能听到，更别说两个女孩大口喘气的声音了。

谷雨像一条死狗似的靠在墙上，冲洛欢竖起了大拇指："欢欢，你不和这号人玩实在太明智了，他真恐怖。"

要是他的声音再大点儿，她们能直接上一个月"光荣榜"。

倚着墙的洛欢忍不住笑，蹲在地上缓了好一会儿才站起身，拉着筋疲力尽的谷雨上楼。

8班在三楼，洛欢低着头往上走，懒得看路。

她这样走路实在很容易撞到人。

洛欢在楼梯的拐角处撞上人的那一刻，心里想的是：这个人好高啊，身上也好香，有点儿柠檬味洗衣粉的味道。

"抱歉。"洛欢道歉道。

还没等她抬起头，少年便已开了口，声音很低，带着温和感："嗯，没事。"

他越过她往下走。

洛欢愣了两秒，忽然扭过头。

那个人已经走远了，她只能看见一个很高的背影，修长又挺拔。

她莫名其妙地觉得这个背影有点儿眼熟。

"看什么呢？"谷雨趴在栏杆上，低头看了一眼那个背影，顿了顿，声音忽然高了一点儿，"江知寒？不过人都走了，你还看什么？走走走。"

洛欢收回了目光，拉着谷雨继续上楼。

走廊里空荡荡的，她们进了教室，坐在座位上把书清到一边，低头拆食物包装。滚烫的米线的香气瞬间涌了出来。

教室里十分安静，她俩吸米线的声音此起彼伏。

学校周边的饭馆提供的食物分量都挺大的，为了贯彻节约精神，她们俩硬是把米线吃完了。

丢完了垃圾，她们坐在座位上一动不动。

谷雨翻出前些天在路边的报亭里买的杂志。洛欢在桌肚里摸了半天，找出一支橙子味的棒棒糖，撕开包装，放进嘴里。

洛欢随手翻了翻课表，看到下午还有物理课，沉默了。

"谷雨。"

"啊?"

"你说……那个江知寒的学习成绩不错,是吧?"

谷雨靠在课桌上,用眼睛盯着杂志,懒洋洋地随口应了声:"不然呢?他是中考第一名,理科考了满分。"

洛欢"哦"了一声,不说话了,无精打采地趴到了桌上。

谷雨忍不住瞥了她一眼。

洛欢垂眸看着书,睫毛上翘,长发被她别到白生生的耳垂后。她很是安静。

谷雨莫名其妙地觉得有些不对劲儿,随口问:"你这两天老打听他干什么?"

洛欢忽然转头看向谷雨,眼睛一亮。

"怎么?"谷雨忽然感到头皮微微发麻,"喂,你……"

"我的理科有救了!"洛欢兴奋地说,"如果我跟江知寒成了朋友,我的理科成绩不就不用愁了吗?"

谷雨张了张口,下一秒便抬手摸上洛欢的额头,说:"不烧啊。"

洛欢把她的手拉下来,挑挑眉道:"怎么了?"

"你别啊。"谷雨连杂志都没心思看了,赶紧合上书凑了过来,神情焦急,"你疯了吧?居然想为了成绩去靠近那种人!"

"怎么了?"洛欢笑着说,"不就是跟一个男生搞好关系吗?我又不是去做别的事情。况且我是为了学习,多么有正能量!"

谷雨真想敲开自家闺密的脑袋看看她的大脑构造,她真是一天不吓人就浑身不舒服。

"你就知道往前冲,你知道关于江知寒的传闻吗?"谷雨吞了吞口水,语速很快地解释道,"你最好别靠近江知寒,免得惹麻烦。他爸是个赌徒,还犯过事,蹲过大牢。他妈好像做过不好的生意。他们一家在当地没什么亲戚。他学习再好也没用,基因差,搞不好还有暴力倾向。你知道为什么江知寒长得那么帅却没小女生靠近他吗?原因就在这儿。"

谷雨伸出一根手指戳了戳洛欢的脑袋,想帮她倒一下脑袋里的水。

洛欢面无表情地把谷雨的手拿了下来。

"哦,我知道了。我去补课,总行了吧?"

"真的?"谷雨半信半疑地盯着闺密瓷白的小脸,过了好一会儿才勉强相信她,说,"这还差不多。"

洛欢悠悠地叹了口气。

高一的学生没有晚自习，下午 5 点 30 分就放学了。

洛欢在校门口买了一杯奶茶，跟谷雨道别后便坐上了公交车。

蒋音美带重点班很辛苦，有时候回来还要批改作业、给学生答疑。每当这个时候，洛国平就会买很多食材，做一大桌菜犒劳老婆，洛欢也能沾一点儿光。

这日在晚饭桌边，洛欢剥虾剥得正欢快。对面的蒋音美看了她一眼，忽然开口问："你最近学习怎么样？"

蒋音美用一句话让洛欢暂停了手中的动作。

洛国平赶紧出来打圆场："老婆，这才刚开学，问什么学习？孩子正吃饭……"

蒋音美瞪了他一眼，他就不敢说了。

蒋音美重新看向女儿："我这两天抽空去你们老师的办公室里翻了翻你的作业。习题你虽然做了，但大部分答案是错的，有些甚至和正确的答案偏离了十万八千里。"

蒋音美不想再回忆自己看到女儿作业那一刻的尴尬以及老师嘲讽的神情，只好闭了闭眼，继续对女儿开火："你没理科天赋，我们也不强求。下学期你想报文科也行，但这学期必须把每科都给我考及格，不然过年时叔叔、婶婶给的压岁钱你就别想要了。"

晴天霹雳！

洛欢舔了舔嘴唇，向爸爸求助无望，只能眼巴巴地看着妈妈："那我能出去报个辅导班吗？"

洛家虽然是双教师家庭，但是两口子都没时间教自己的女儿学理科。再说，他们肯定也不如理科教师那么专业。

蒋音美盯着她看了一会儿，点点头："行，我亲自帮你筛选。"

洛欢"哦"了一声，垂下眼帘。

这几天洛欢不敢敷衍作业了，就算赶不上公交车也要绞尽脑汁地写完作业再回家。

这周末，蒋音美真的给洛欢找了一家补课机构。这家补课机构是蒋音美同事的一个亲戚开的，已经成立十几年了，规模很大，在千城有分校。

洛欢本以为自己和江知寒的缘分断了，谁知在补习机构那儿又遇到了他。

洛欢补习的地点在九里区的花田大厦。补习机构在这里租了一整层用来给学生补课。

蒋音美在正式补课前带洛欢来过一次。她做完测试后，机构便给洛欢分配了老师，周末只需直接来上课就行。

蒋音美求胜心切，一口气给洛欢报了物理、化学、生物三门课程。也就是说，洛欢周末要花很长时间待在那儿。

这周末，洛欢被迫起了个大早，背了个小布包，在楼下的便利店里买了饭团、奶茶，直奔地铁口，坐了约半个小时的地铁到补习机构。

补习机构周边设施挺完备的，银行、饭店、药店应有尽有，还有一家奶茶店。洛欢从远处便能望见二层张贴的补课信息。

洛欢穿过天桥，径直往机构里面走，楼里有不少穿着便装的学生在各班门口处打闹。

洛欢来到自己的教室门口，推门进去。

一对一的教室普遍很小，但设备挺新的。洛欢随便拉了把椅子坐下，掏出书本，用手撑着下巴开始看。

她穿着热裤，屈起一条白嫩的腿。

靠近走廊的墙壁是玻璃质的。几个在走廊里打闹的学生忽然感到好奇：到底什么人能享受一对一补课的待遇？

洛欢任他们看，自顾自地翻着书，偶尔拧开水瓶仰头喝一口水，那副样子看上去专注又认真。物理老师推门进来时看见这一幕，心想：这丫头虽然学习不怎么样，但态度很不错！

那天测试时他有急事，给她改了题后，留了几条意见就匆匆离开了，但对她的印象很好。谁不喜欢乖巧还会预习功课的学生呢？这么多年来，物理老师见惯了学生调皮捣蛋，看洛欢是个好学的孩子，不禁欣慰地一笑。

"老师好。"洛欢发觉物理老师进来，赶忙合上书，起身问好。

洛欢长得秀气，一双眼清润又水亮，嗓音清甜，态度端正，一副乖学生样。

物理老师越发满意了，点了点头示意她坐下。

物理老师是个老头儿，身上有教书人的严谨感。从重点高中退休后，他实在是闲不住，于是又应聘来这所补习机构当老师。

"老师，您吃早点了吗？我这里有吃的，您先垫垫。"洛欢说着，从书包里拿出一个小面包递给他。

"老师吃过了，现在开始讲课。"物理老师笑了笑，挥挥手示意她放下面包，然后翻开书本。

洛欢"哦"了一声,端端正正地坐好,翻开书。

半小时后,物理老师轻咳一声,脸上的笑容已经维持不住了。在力学方面,洛欢简直是一窍不通啊!这孩子的物理基础确实不行。

"老师,您能再讲一遍吗?"洛欢挠挠脸,小心地看着物理老师。

物理老师点头,继续讲。

好不容易熬到下课,物理老师忍住了嘴角的抽搐,默默地收拾好教案起身走了。

"老师明天见。"洛欢发现高大的物理老师仿佛趔趄了一下。

她长长地吐出一口气,趴在了桌上,转过头时,发现有个熟悉的身影穿过了走廊。她立即起身跑出去:"嘿。"

走在前面的少年穿着白色的T恤、黑色的裤子,戴着顶黑色的棒球帽,背影很纤细。他很高,尽管穿着普通,却格外好看,凭着那副身材,简直能去当模特了。

洛欢第一次叫他的时候他没反应,直到她叫第三遍时,他才停下来。他缓缓地扭过头,把目光落在她的身上。

这是洛欢第一次近距离地看他,这才发现他长得真好看,不愧是上过"校草榜"的人物。

自从听谷雨讲过他的传闻后,洛欢便有意无意地搜集了不少关于他的资料。

校园论坛一向是学校八卦最集中的地方。洛欢要想在这儿找图片本就不难,更何况对方还是大名鼎鼎的江知寒。

尽管那些女生在现实里不敢接近他,但敢发帖子,放偷拍的他的照片。

照片有清晰的,也有模糊的;有正脸照,也有侧脸照和背影照。

洛欢陆陆续续地把他被偷拍的照片翻了个遍。

她感觉,和真人比起来,网上的照片还是差了点儿。

江知寒有一张干净俊秀的脸,黑发随意地垂在额角处,皮肤像玉一样白而光洁,眼角略微上挑,唇形漂亮,唇色微红,有点儿淡淡的冷峻感。

总之,洛欢虽然在过往的十几年里看过不少帅气的男生,但还真没哪个男生比他还好看。江知寒的气质很独特,他并不是那种常见的帅哥。

"请问有事吗?"这时,帅哥突然开了口,声音很低,挺有礼貌。

洛欢稍稍收起自己打量的眼神,清了清嗓子说:"你怎么也在这里?是来补课吗?"

"不是。"江知寒抿了抿嘴唇,面无表情地说,"如果你没有事,我先走了。"

江知寒说完,垂下眸子,不等洛欢开口便转身走了。

周围的人投来了异样的目光,洛欢站在原地觉得挺尴尬的。

虽然这里没什么人知道江知寒的秘密,但他们看到这样的场面,大概会猜想:帅哥大概拒绝了"花痴"。

走廊里有几个学生在打闹,看她的眼神带着点儿审视之意。

但她不怕,因为她奉行的原则是:只要我不尴尬,尴尬的就是别人。

洛欢耸耸肩,坦然地转过身,对上那几个女生的目光。

那几个女生没想到洛欢会突然看过来,都愣了,纷纷尴尬地移开目光。

洛欢淡定地走回教室,继续上课。

中午,洛欢去附近的商场吃午饭。她点了一份羊肉蒸饺和一碗鸡蛋醪糟汤。她取餐回来时,想到谷雨现在可能还在睡,于是便拍了张美食照发过去。

果不其然,洛欢很快就收到了几张飞刀的表情图片。

谷雨:"哼,你是魔鬼吗?至于这么折磨我吗?"

洛欢"扑哧"一笑,放下手机开吃。

以前她们俩不睡到自然醒,就算被大人催也绝对不起来。现在洛欢被迫天天用功,自然不能放谷雨一个人享受懒觉时光。

谷雨已经被洛欢折磨得起床了。她慢慢地压下气,给洛欢发消息:"我的洛小美人儿,怎么样啊,早起补习的滋味不错吧?"

这幸灾乐祸的语气,谷雨摆明是想报复她。

奈何洛欢丝毫不受影响,咬了口皮薄馅儿多的饺子,眯起眼回了条语音消息:"还可以。"

"啥意思?你喜欢上补课了?你不会被'魂穿'了吧?……"

最后一段话,谷雨发的是语音。她那带着鼻音的嗓音十分独特,引起了周围食客的注意。

洛欢淡定无比地关了语音,放下筷子,发消息过去:

"不是,我又遇见那个人了。"

谷雨一时没反应过来洛欢在说谁,安静了一会儿。洛欢淡定地喝了口汤,再瞟一眼,发现谷雨"刷屏"了。

"不是吧,你是说你又遇到了江知寒?"

"天,这到底是什么缘分?!"

洛欢瞥见这些消息,轻轻地挑了挑眉毛,回复谷雨:"你说得对,我也觉得和他很有缘分。"

洛欢其实不爱信那些乱七八糟的缘分。两个人一次遇见是意外，两次遇见是巧合，可这才几天，她居然就和他遇见了这么多回！就算说不是缘分，也说不过去了。

"老天都在指示我找他补习。"

"明明是老天爷在警告你离他远点儿！"

洛欢皱眉，摇摇头。

"我在吃饭呢，女孩子讲话别这么粗鲁。"

谷雨想：你忘了读初中时你有多暴躁了？

洛欢回复完，把手机扔在一旁，开开心心地吃饭。

洛欢下午还有两节生物课。高一的理科课程不算太难，她的生物成绩比起物理和化学来也还不算差得太离谱儿。

趁着午休时间，洛欢坐在沙发上翻开书看。

生物老师是个三十来岁的年轻女人，笑容亲切，为人随和，得知洛欢的水平后也没嫌弃她。

洛欢挺喜欢这个老师的，和老师相处得很愉快。

第一节课结束后，生物老师出去接水，回来时还给洛欢带了两串同事洗的葡萄。

"夏老师。"洛欢剥着葡萄皮，假装不经意地问，"我们机构是不是招了几个来帮忙的学生？"

洛欢没想到在这儿能见到江知寒。刚才他拿着的文件像是考勤记录，他应该是来帮忙的吧？

生物老师翻着之前讲课的笔记，笑着说："嗯，我们招了几个助教，都是附近的'学霸'，有的上高中，有的上大学。他们周末过来，帮忙登记考勤、改作业、复印资料。有时候老师忙不过来，还会安排他们代课。"

说到这儿，生物老师对她眨了眨眼："听说有个学生长得挺帅的，还是学校的年级第一。"

"哦。"洛欢微翘唇角，赞同地点头，"挺励志的。"

放学后，洛欢把一整层的走廊都逛遍了也没看到江知寒的身影，只好买了杯奶茶回家。

她下午5点回到家里。蒋音美在书房里备课，拿着杯子出来倒水时，刚好碰见女儿。

"回来了？第一天上课感觉怎么样？"

洛欢换了鞋，十分真诚地说："非常好，我问了老师好多问题。"

"不错，晚饭想吃什么？老爸做。"洛国平晾完衣服回来，脸上露出笑容。

"谢谢爸！"洛欢笑得眼睛弯弯，报了几个菜名。

洛国平边点头边跟个小孩似的手舞足蹈地跟洛欢讨论晚上要吃的菜。蒋音美看了看这对父女，摇了摇头，便端着杯子去了厨房。

身为洛欢的闺密兼头号死党，谷雨准时对她进行了消息的连环轰炸："快说！到底是怎么回事？你把我那天说的话全当耳旁风了是吧？"

洛欢悠闲地坐在椅子上，跷着一双白嫩的腿，把手机放在旁边连了蓝牙，一边拆一根奶油冰棍儿，一边漫不经心地说："不是啊。"

"这不是……"洛欢咬了口冰棍儿，嚼着冰凉醇厚的奶油，含混不清地说，"我这不是没立刻扑上去吗？你的话我还是听了一点儿进去的。"

谷雨在那边深吸了一口气，心想：难道我还得感谢她吗？

洛欢不知想到了什么，眯着眼突然笑了一声，慵懒地说："哎，我今天近距离看他了，他真不愧是上过'校草榜'的人。"

江知寒长得那么帅，她居然今天才知道，看来他真的很低调。

谷雨被洛欢的思维方式惊呆了。自己好心好意、苦口婆心地给洛欢讲了江知寒的家庭背景，她居然还把注意力放在那张脸上？他虽然长得帅，可是相貌能当饭吃吗？！

虽然……其实江知寒靠那张脸进演艺圈也是绰绰有余了。

谷雨甩掉脑子里可怕的想法，咬牙切齿地说："我觉得你需要一顿来自社会的毒打。你明天洗干净，等着我。"

洛欢对着空气咧了咧嘴，没心没肺地说："抱歉，你好像忘了我明天下午要去舞蹈班。"

电话那边的谷雨无言以对，只得把电话挂了，否则会被气死。

第二天，洛欢照旧一大早就起床了，收拾好东西，背上书包坐电梯下楼。

她在楼下的便利店里买了早餐，悠闲地往花田大厦走。

她不得不承认，早起也有好处：空气清新，人也少，连光也比中午清透。

洛欢比上课时间早到了10分钟，在同学的注视下无比淡定地推门走进去。

洛欢拉开椅子坐下，掏出水杯仰头喝了一大口水，拧盖的时候，用余光看到有人进来了，是物理老师。

洛欢赶紧放下水杯，收起跷着的腿坐直身："老师好。"

她依旧是昨天那副乖乖女的模样。

物理老师顿了顿脚步，点点头，严肃地走过来坐下。

一节课后，物理老师擦了擦汗，感慨自己这些年来脾气真是好太多了。

这丫头怕不是上辈子和物理有仇？

他怕自己再和洛欢待下去，会做出违背师德的事，于是深吸一口气，强装笑颜说要出去接一点儿水。

他需要透透气，缓一缓。

洛欢无聊地搁下笔，趴在桌上，盯着那堆错题。

物理办公室里，几个正在改试卷的老师抬头见到王老师夹着书进来，有些惊讶。

"王老师，你怎么现在就回来了？学生提前走了？"

王老师走到自己的桌前，放下手中的教案，拿起桌上的茶杯喝了口水，摆摆手说："孺子难教。"

王老师还说上古文了。

几个老师笑着对视了一眼，他们见的学生多了，也没当回事。

"你们不知道这个学生的物理成绩有多差！我专门给她一个人讲，可翻来覆去讲了几次，她也听不懂。"

来机构找一对一补课的高一的学生能有几个？老师稍想一下就能猜到是洛欢。

"这个小姑娘看上去挺聪明的啊。"

王老师正要细说，口袋里的手机就响了。

接完电话，王老师面露焦急之色，抬头环视四周，目光捕捉到了站在角落里的一个人，忽然眼睛一亮，当即大步走过去。

"小寒啊。"王老师拍了拍站在角落里正低头复印试卷的少年，笑着说，"我临时有点儿事。孙女突然拉肚子了，我得回去带她看医生。你替我给学生补一节物理课，行吗？"

江知寒顿了顿手上的动作，很快就反应了过来，当即点了点头，温和地说道："好。"

王老师是个爽快人，"哈哈"笑了两声，拍拍他的肩膀，说了两句感谢的话，把教室信息告诉了他。

211号教室。

江知寒垂下睫毛，眼里没有什么情绪。

上课铃响了已经两分钟了，却还不见物理老师进来，洛欢百无聊赖地想：老师该不会便秘了吧？

洛欢趴在桌上瞥了瞥错题，又瞥了瞥手机，正在思考要不要发消息问问老师时，身后的门忽然被推开了。

她立马收起手机，坐直身体，小脸上露出乖巧甜美的笑容："老师……"

在看见来人时，她却怎么也说不出那个"好"字来。

"你……"洛欢顿了顿，道，"怎么是你？"

少年的打扮和昨天差不多。他拿着书和试卷，跨了几步，走了过来。

江知寒用一只修长而骨节分明的手拉开椅子，在她身边坐了下来，两个人之间隔着一个座位。

她又闻到了那股淡淡的、类似洗衣粉的香气。

他坐下后，平静地说："王老师临时有事，让我替他上一节课。"

从他进门的那一刻起，洛欢就一直把注意力放在他的脸上，却被他冷不丁地打断了遐想。

她轻咳了声，点了点头，又用水汪汪的眸子看向他。

江知寒翻到物理老师上节课讲到的地方，温柔地问："王老师讲到了这里吗？"

"啊……哦……"洛欢赶紧看了一眼，点了点头。

江知寒垂下眸子，拿起他带来的笔，便开始讲起课来，一句废话也不说。

洛欢从没见过这种一板一眼的人，见他已经开讲，便顾不得思考太多，赶紧听课。

洛欢和谷雨这些年来也算迷恋过不少男生的声音，但很多声音听久了总让人感觉矫揉造作，像是刻意捏着嗓子说出来的似的。但江知寒的声音好听得简直让她想吹口哨。

他的声音既不是男生在变声期里那种粗粗的公鸭嗓音，也不是老师那种让人一听就昏昏欲睡的声音。

他的声音低沉、干净又温和，像要往人的耳朵里钻一样，很好听。

洛欢拼命地按捺自己想偷偷给他录音再发到网站上的冲动。

现在她有种自己享受到了 VIP（特别顾客）待遇的感觉。

不管怎么样，她都赚了。

江知寒提前在物理老师那儿了解过她的水平，因此讲得很细致。无论是书上的例题，还是试卷上的拓展题，他都耐心地一一讲给她听。

洛欢竟觉得自己好像有点儿开窍了。

她向来对理科成绩要求不高，能听懂一点儿就会傻乎乎地快乐半天，可是一高兴，注意力就容易跑偏。

眼前这位同学歪着身子，细致地给她讲课，让她有了近距离地观察他的机会。

他的头发有点儿长，眉眼仿佛是用笔墨画的一样，眼皮薄薄的，眼尾微微上翘，细微的皱纹恰到好处地在眼尾散开。

他浓密的睫毛垂下的样子显得格外专注，因为眼形过于精致，整个人多了几分薄情的气质。

他的鼻梁很挺，下颌线条柔和，皮肤是冷白色，细腻得甚至看不到一个毛孔。

"还有哪里不会？"他忽然问。

洛欢回过神来，迎上一双平静的眸子。他的眼睛黑漆漆的，勾人心魄。

洛欢觉得自己心里"咯噔"了一下，眨了眨眼，很快把心思调整过来，故作镇定地说："后面三道题，我都没听懂。"

她也不知道后面到底是哪三道题，反正都不会。

江知寒应该没有发现她在犯"花痴"，或许他对她根本不感兴趣，只是微微地点了点头，便又垂下眉眼，继续给她讲课。

于是洛欢又坦然地享受了半个小时的 VIP 服务。

直到下课铃打响，门外的保洁阿姨欲言又止地来了好几趟，洛欢才依依不舍地放人。

江知寒收拾好东西，转身便走了，毫不留恋。

洛欢跷着腿，用手撑着下巴目送他走远。

桌上还留着他写着推理过程的草稿纸。他的字体是很漂亮的小楷，字迹清秀又工整，尾端敛锋。

"小姑娘也欣赏他？"保洁阿姨提着桶进来，见洛欢这副样子，笑着打趣。

"嗯？"洛欢收回目光，轻声应了句，边收拾东西边问，"阿姨，这怎么说？"

保洁阿姨有轻微的口音："那小伙子上学期就来了，哎哟，来看他的小姑娘可多了。"

"是吗?"洛欢笑了笑,收拾好书包后,起身走出教室。

中午洛欢在外面转了一圈,吃了午饭,又回去上课了。下午她没再看到江知寒。

虽然洛欢不大清楚江知寒在培训机构里的排班情况,但只要他在这儿工作,就跑不了。想到这里,她便没再寻觅江知寒的身影,优哉游哉地把剩下的两节课挺了过去。

生物老师布置了作业,正要离开,洛欢忽然叫住了她。

"怎么了?你还有哪里不懂吗?"生物老师很警惕地问道。

洛欢忙向老师说明自己的真实想法。

"啊——"生物老师觉得有些惊讶,脸上尴尬的表情消失了,问,"洛同学,你问江知寒的时间表干什么?难不成……?"

"老师,你真的误会了。"洛欢说,一脸正直的表情,"我想了解他,主要是为了以后能超越他。知己知彼,才能百战不殆。"

生物老师抽了抽嘴角,一脸"这孩子可真幽默"的表情。

虽然知道不可能,但她想到自己的身份是教师,不好打击洛欢,就把江知寒的排班表告诉了洛欢。

"谢谢老师。"洛欢笑得像只小狐狸似的。

得到了江知寒的时间表,洛欢轻松地吹了声口哨,随即背起书包离开教室,坐公交车去舞蹈培训学校。

洛欢从小就坚持上舞蹈班,跳舞是她的爱好。以往她不补课的时候,舞蹈课就被安排在周六下午。现在她要上补习班,蒋音美和舞蹈老师商量了一下,舞蹈课就被挪到了周日的下午。

洛欢到了教室,便去更衣室里换好衣服,一边等老师来,一边和几个朋友聊天儿。

洛欢训练了很久,回家时已经是下午6点多了。洛国平跟同事去打球了,蒋音美去学校了,只剩洛欢一个人在家里。

洛欢冲完澡,把饭放在微波炉里热好,端出来坐在餐桌前吃,边吃边玩手机。

平时,蒋音美是绝不可能允许她边吃饭边玩手机的。

洛欢把饭搅开散热,然后调出下午拍摄的照片。

这是江知寒在补习机构里的时间表的照片。

江知寒是补习班的助教,带的是高一的化学课。

她回忆着早上的情况,觉得他的物理成绩好像也很不错。

都上了一个学期的课了，她竟然才发现学校里还有这号神仙人物。

她正打量着这张照片，屏幕的顶部就跳出了一条消息。

谷雨："你这会儿在家里吗？"

洛欢撒起谎来眼也不眨："不在。"

谷雨又发消息过来："OK，你明天等着吧。"

等着就等着，你还能吃了我？洛欢想到这里，哼了一声，放下手机，专注地吃饭。

谷雨永远奋斗在"吃瓜"第一线上。第二天一早，洛欢背着书包不紧不慢地来到教室里，屁股还没坐稳，谷雨就"噼里啪啦"地砸了一堆问题过来。

"快快快！赶紧跟我说说，你这两天是怎么回事？你不会真的打算接近那个江知寒吧？你知道他是什么人吗？他家里的那个烂摊子简直是地狱级别的，你顶得住吗？！洛欢，你清醒了吗？你是不是还在做梦？呜呜，我真后悔那天一时兴奋把他介绍给你了。你忘了他吧，我求你了，好不好？"

洛欢看着谷雨沉痛无比的脸色，有点儿想笑。她努力地憋住笑，悠悠道："其实他长得挺帅的，我也不亏……"

谷雨瞪起眼反驳道："帅能当饭吃吗？"

洛欢思索了一阵，转头看着谷雨，认真地说："能。"

谷雨一时语塞。

"他那张脸就是在演艺圈里也都是稀缺的。如果他愿意，肯定有公司和他签约。到时候他兼职去当书模、手模、声优，在网上绝对能火，轻轻松松就能让家里人过上好日子。"

谷雨简直要被洛欢打败了。

他好好地上着学，去当什么这个模、那个模？再说了，她看他那气质，就知道他和演艺圈不沾边。演艺圈里长得好看的男生多了，要火可太难了。

谷雨想起自己喜欢的偶像，对方出道快三年了，粉丝每天的签到量还不到 100 个。

"让你成天乱七八糟地想些有的没的！"谷雨伸出手狠狠地戳洛欢的脑袋，想把她戳醒。

洛欢淡定地躲开。

谷雨忽然想到了什么，看洛欢的眼神有了质疑之意："等等，你刚才说他可以当'手模''声优'……你怎么知道他的手好看，声音也好听的？"

几秒后，谷雨大吼一声："你是不是摸他了？！"

周围的人全看了过来。

洛欢没说话，只希望赶紧来个魔鬼把自己带走。

学校的规矩是：成绩越好的班级，所在的楼层越高。或许校领导们是怕普通班会影响到前面的"学霸班"吧。因此，普通班的学生和"学霸班"的学生是有"时差"的。

所以，洛欢在学校里偶遇江知寒的机会实在是少得可怜。

要不是之前见过他，她甚至会以为校园里根本没有这么个人。

三天后的中午，洛欢被物理老师叫去办公室里问话，这才撞见了江知寒。

物理老师放下茶杯，看向面前穿着校服的少女，笑着问："洛同学，你今早怎么回事，发了半天呆？"

她在想人啊。

不过这话洛欢是打死都不敢说出来的。她垂下眸子，乖巧地认错："对不起，老师，我错了。"

物理老师对洛欢的印象不错，他们只要不讨论物理，关系就很和谐。再加上他与洛欢的父母一向关系不错，所以也不好严厉地批评洛欢。

而且，这丫头下学期应该会选文科。

于是物理老师就以长辈的身份跟洛欢交代了一下，让她最起码要将这学期的物理课好好地学完。

洛欢满口答应，眼神真诚。

"老师。"

身后忽然响起的声音让女孩的脊背一僵。

一个穿着校服的高个子少年走了过来，立在她的右前方。

洛欢偷偷地将目光移了过去。

少年穿着蓝白色的校服，身材纤细修长，从那张白皙俊秀的侧脸上看不出任何情绪。

坐在他面前的女教师看到他，"嗯"了一声，顺手把桌边的一堆试卷给他："你帮我把改过的试卷发下去，告诉他们下节课讲试卷。"

男生接过试卷，低垂睫毛，抿了抿薄唇，然后转身。

洛欢飞快地收回目光，谁知物理老师却叫住了江知寒："哎，你过来一下。"

江知寒停下脚步，转身走了回来。

他很高，一站在她的旁边，就把她侧面的阳光全给挡住了。

物理老师没发现洛欢的异样，顺手把改完的习题册也交给江知寒，说："你帮忙把习题册发给3班的同学。"

江知寒伸手接过习题册，那双手细长又好看。

她不知道他到底看到她没有，又或者他根本就没注意到她。

"说你呢，看什么看？你上物理课要是这么认真，我就谢天谢地了！"

洛欢匆匆地收回目光，低头看着脚尖。

江知寒还没走，物理老师就又开始苦口婆心地教育她："老师也不多要求什么了，你期末考个及格的分数，成吗？"

洛欢想：老师，我不要面子吗？！

等她被放出来，走廊里已经不见江知寒的影子了。她踢了踢脚下光洁的大理石地面，径直回教室去了。

放学后，洛欢跟谷雨收拾好书包往外走。谷雨挽着洛欢的手臂，边走边聊周末去外面吃饭时听到的八卦，说到高兴处还发出"咯咯"的笑声。

周围的同学看了过来。

洛欢嫌丢人，却又堵不上她的嘴，只得一边敷衍她，一边漫不经心地望着别处。

两个人在公交车站等车，谷雨要坐的公交车先来了。洛欢目送她上了车，然后低下头拿出耳机塞到耳朵里，世界顿时清静了不少。

洛欢环视四周，不经意间瞥见从学校里走出来了一个熟悉的人。

10秒之后，洛欢摘了耳机跟了上去。

她不知道自己到底哪根筋不对，居然大白天跟踪别人回家。

看着少年走进前方十来米处的杂货店，她纠结了一会儿，还是跟了过去。

"放学了啊。"跷着腿、趴在柜台上嗑瓜子的女人听见有人进来的声音，抬头看了一眼。

江知寒低低地"嗯"了一声。

地上有很多瓜子皮，还有各种零食的包装袋。江知寒放下书包，转身去后院拿扫帚。

女人看了他一眼，依旧把瓜子皮往地上吐，正要继续看电视，见洛欢走了进来。

"想买点儿什么？"女人站起身，问道。

洛欢正在搜寻店里的另一个人影，闻言迅速地收回目光，抿紧唇瓣，低头看向冰柜，挑了几支雪糕。

女人用袋子装好雪糕，把桌上的瓜子皮扫到地上，拍了拍手，抬头朝着里面喊道："你看着店，我回去睡觉了。"

洛欢低头付款。女人随意地扫了一眼付款界面，便点点头走了。

洛欢慢吞吞地收拾着雪糕，听见有人从里面走出来。她抬头一看，愣了一下。

江知寒已经脱了校服，拿着扫帚，正低头往前走。他的神情是一贯的漠然。

江知寒这才发觉店内有人，顿了顿脚步，抬头看了过来。

洛欢莫名其妙地觉得有点儿呼吸不畅，眨了眨眼，和江知寒对视两秒后，朝他挥了挥手。

"嘿。"她说，声音很轻，脸上的笑容像清甜的果汁，"你还记得我吗？"

两个人四目相对。

几秒之后，江知寒率先向她点了点头，然后移开了目光，低头打扫，话少得不行，神情依旧冷淡。

洛欢有点儿尴尬地站在原地，看着少年低着头慢吞吞地扫着垃圾。

他用修长的手指握着扫帚，把地上的瓜子皮扫到一起。

一个大帅哥在狭小的杂货店里搞卫生？江知寒和周围的环境看起来实在是格格不入。

可江知寒像已经习惯了似的，丝毫没有被人观看的尴尬，依旧低头认真地扫着地。洛欢站在原地看了好一会儿他扫地的样子。

有人进来买东西，店内就有些挤。洛欢往旁边挪了点儿，江知寒放下扫帚走到柜台里帮客人们挑选货物。

她从江知寒那张白皙的脸上看不出什么情绪。没人知道他究竟是天性冷淡、不爱讲话，还是有别的什么原因。

洛欢只好走了出去。

8班的教室靠近走廊楼梯，洛欢坐在自己的位置上，一转身就能看见后门口。

这两天谷雨发现洛欢经常盯着后门。

"看什么呢？"这天下午，谷雨喝着牛奶疑惑地看着洛欢。

谷雨也顺着她的目光往外看去，可外面有什么可看的？

"哎，没什么。"洛欢回过神来，轻咳一声。

谷雨古怪地看了她一眼。

最后一节课是自习课，洛欢格外认真地写着英语作业。在放学铃响起前，她总算把作业写得差不多了。听见下课铃声，洛欢收拾好书包就走。

谷雨傻了眼："喂，你收拾得这么快干吗？"

往常她们要磨蹭半天才走，再说这么早出去，公交车还没来。

洛欢没停下手头的动作："我有点儿事，先走了，你自己回家吧。"说完她站起身，小脸上露出微笑，对谷雨说了声"乖"，拿起书包就走。

谷雨愣了。她吃饭的时候都没见过洛欢这么积极。

洛欢趁着人少，跑到了四楼的走廊拐角处。1班在五楼里，她在这儿能及时发现江知寒，还不容易被别人看到。

放学还不到5分钟，已经有同学陆续地走出教室了。她混在其中，穿着一样的校服，也不容易被他发现。

洛欢站在角落里，倚靠着墙，低着头无聊地抠指甲，偶尔抬头看一看上面有没有人下来。

她笃定江知寒不会太早下来。事实上，她猜对了，但她差点儿没看到他。

要不是楼下有人撞到垃圾桶时发出了剧烈的响声，洛欢不会抬头。这一抬头，她就看到了江知寒的背影，可他的背影就快消失在下面的楼梯处了。

她立马来了精神，赶紧跟上去。

江知寒背着一个挺旧的黑色的书包，脚步平稳，低头往前走着。

他不同于周围打打闹闹、勾肩搭背的男生，背影远远地看上去似乎萦绕着孤寂感。

洛欢咬了咬嘴唇，不紧不慢地跟在后面。

她看见江知寒出了校门，穿过人潮和马路，慢慢地走着。

洛欢个子没他高，小心翼翼地跟在后面。要不是他的背影好看又有身高优势，她还真怕跟丢了。

她没坐公交车，走得脚有些痛。

江知寒穿过马路，朝那条熟悉的小巷走去。才拐进巷子没走几步，他就停了下来。

"你跟着我干什么？"他冷冷的声音在安静的巷子里显得格外清晰。

洛欢身体一僵，心里"咯噔"了一下。他这么快就发现她了？

洛欢正打算找个地方躲躲，他忽然转身看了过来。

她一愣，脊背都绷紧了。

江知寒用冷淡的眼光打量着她，又开口问了一遍。

洛欢这人随性惯了，即使遇到尴尬的情形也能很快地反应，见实在躲不过去了，于是干脆不走了。

她挺直背脊，无辜地眨巴了几下大眼睛，像是才看到他似的："啊，居然是你。我爸今晚不来接我，我自己回家。咱们在这里遇到，挺巧的。"

江知寒抿了抿薄唇，没有说话，大概是被她强词夺理的本领震撼到了。

下一秒，他转身就走。

洛欢原本还想跟他搭话，但是见这架势便知搭讪无望了，于是只能目送他进了杂货店，便转身离开。

洛欢连着跟了江知寒两天。

到了周五这天，江知寒终于忍不住在走廊里停了下来："你跟着我到底想干什么？"

洛欢停下脚步，抬眸对上江知寒平静而冷淡的眼神。

洛欢觉得他的目光有些飘忽，抿了抿唇，那句"我想让你给我补课"居然说不出来了。

要是她说出来，会更被他看不起吧？

于是洛欢抿了抿唇，笑得跟只小狐狸似的："谁说我跟着你了？你怎么这么自恋？路这么宽，只许你走，不许别人走啊？"

她一如既往地胡搅蛮缠。

江知寒沉默地看了她几秒，转身走了，没再阻止她。

洛欢得意扬扬地继续跟着他。

江知寒照旧回到了杂货店，洛欢照旧进去买了些东西。见那女人也在，洛欢还主动跟她搭了话。

女人有些意外，用一双精明的眼睛在洛欢的身上打量着，还趁机问了她和自己的儿子是什么关系。

洛欢回答："校友。"

女人的眼睛亮了，连语气都热络了几分。

"江知寒，明天见。"洛欢临走前对江知寒说。

等小姑娘离开后，杨艳娇连瓜子都不嗑了，赶紧问江知寒："你是怎么认识她的？"

"我不认识她。"江知寒看了母亲一眼，冷淡地说完，便移开了目光。

杨艳娇看着儿子冰块一样的表情，在心里暗骂了一通：这小子也不知随了谁的性子？果然她当初结婚的时候还是急了点儿，要是好好地挑挑人，说不定对象会更好。

周六，洛欢一大早就起来了，洗漱完毕，从冰箱里拿了昨晚洛国平为她准备的便当就出了门。她在地铁口那儿买了吃的，坐地铁到了补习机构。

补习机构的开门时间很早，洛欢到的时候，走廊里还没什么人。

她挑了挑眉，走进教室，放下书包，拿出水瓶，一边喝水一边注意走廊上的人。结果快上课了，她还是没看见江知寒。

她匆匆起身跑去洗手间，回来时正好在走廊里撞见物理老师。

物理老师见她进来，眼角微微地抖了抖，很快又恢复了正常。

洛欢赶紧调整好表情，弯腰问候："老师好。"

物理老师点点头，背着手："上节课江知寒给你补得怎么样？"

洛欢正要坐下，听见这话愣了一下，然后斟酌着开口："还行，我觉得能听懂。"

察觉到物理老师的脸色不太好，洛欢赶紧拍马屁说："但肯定还是老师讲得最好！那天您有事没来，我可担心了。"

物理老师的表情立刻柔和了不少。他叹了口气，说："你坐吧，我们开始上课。"

这节课物理老师依旧尽心尽力地给洛欢讲。就算洛欢再怎么听不明白，他还是拿出了120分的耐心教她。

老师的两节物理课上完，洛欢觉得脑袋又晕得不行。

物理老师擦了擦汗，赶紧收拾东西离开。

离下节课开始还有20分钟，洛欢伸手摸了下水杯，发现杯子空了，只好起身出去接水。

水房在走廊的角落里。洛欢打开冷水键，垂着眼看着细细的水流从管口流进杯子里。

等待的过程中，她漫不经心地抬头看了一眼，不禁愣住了——映在玻璃窗上的身影不是江知寒的还是谁的？

江知寒坐在办公室里，正低头写着一份文件。他将背挺得很直，用手指握着笔。有光从窗户照进来，他的皮肤在阳光下白得有些透明，如同一幅素描画。

她又眨了眨眼睛，确认自己没有看错。

水从水杯中溢了出来。她吓得手一晃，不小心打翻了水杯。水杯碰到了饮水机，发出响声。

办公室离水房很近，几个老师纷纷抬头看了过去。

"那个小姑娘怎么冒冒失失的？"一个中年女老师笑着说。

江知寒握笔的手顿了顿，又继续写起来。

洛欢手忙脚乱地关掉冷水键，两只胳膊都湿了，腿上也沾了些水，狼狈极了。她正低头收拾，用余光瞥见有人走过，这个人穿的衣服她有些熟悉。

"哎。"她眼睛一亮，顾不上自己，立马跑上前，想也不想就拽住了他的衣服，"你要去哪儿？"

江知寒被迫停下来，把目光落在洛欢用来拽着自己衣服的手上。

那只手细瘦小巧，白得甚至能让人看清底下的血管。被修剪得整齐圆润的指甲泛着粉色，格外可爱。只是她的手有些湿。

洛欢立马放开了手。

江知寒的衣服上留下了一个湿漉漉的手印，场面有些尴尬。

江知寒默默地看了一眼衣服上的手印，又看了一眼少女犹豫的神情，收回目光打算离开。

"你别走！"洛欢又条件反射地拽住他的衣服，"我……我赔你的衣服。"

"不用。"江知寒淡淡地说。

"要的！"洛欢正色道，"我爸妈说弄坏别人的东西要赔，不然别人会以为你不是好人。"

眼看上课的时间快到了，江知寒急着上课，看着少女那双水灵灵的眼睛，抿了抿唇，垂下眼，神情淡然地点了点头。

洛欢立刻松手，喜笑颜开地说："那你去吧，我不耽误你的时间了。"

江知寒转身便走。他拿着东西，腰背挺直，身姿格外挺拔。

洛欢站在原地看着他，忽然想起自己刚刚忘了问下课后该去哪儿等他。她正想追过去问，有老师恰巧路过，随口问了句："你怎么还不去上课？"

洛欢脊背一僵，赶紧点头，吐吐舌头跑了。

也不知是不是因为想到自己一会儿还能见到江知寒，化学课上，洛欢竟然觉得精神百倍，甚至还能听懂不少理论，因此受到了化学老师的表扬。

洛欢用手撑着下巴，一会儿看向门口，一会儿看看头顶上的时钟——离下课还剩8分钟了。

洛欢没有江知寒的联系方式，也不知道他这节上什么课，于是便趁老师整理化学仪器时，偷偷地给生物老师发消息。

生物老师这几天已经和她熟悉了，很迅速地回复了她："江知寒应该去替何老师给初中物理特训班补习了。在楼上307号教室里。你下课直接过去找他就行。"

洛欢收起手机，一下课就立马收拾好书包跑了出去。

　　现在刚放学，走廊里是一群打打闹闹的初中生。洛欢看了眼走廊，然后靠在一扇锁着的门上等着江知寒。

　　等人走得差不多了，她才直起身往教室走去。

　　教室的门开着，几个学生在说话。她站在空荡荡的教室门口，深吸了口气，弯腰探头看过去，却没有看到江知寒。

　　她立刻站直身体，走进教室。

　　教室里，几个稚嫩的学生正聊天儿，见洛欢进来，立刻停止了聊天儿，问："你找谁？"

　　她环视了一圈，看向一个女生，说："你们班的助教老师呢？"

　　"江老师？"那几个小女生对视了一眼，"江老师早就走了啊。"

　　洛欢想：江知寒是不是怕我，所以故意躲着我？

　　她咬了咬牙，点点头，转身就走。

　　还没人放过她鸽子。她才不信江知寒忘了自己在等他，考年级第一的人的记忆力怎么可能这么差？

　　洛欢边下楼边向生物老师询问江知寒的联系方式。

　　生物老师思索着说："他的联系方式我不太清楚，听说他没有手机，工资他也是领现金。"

　　洛欢忘了，其实有手机的学生并不多，就连自己的手机也是去年洛国平瞒着蒋音美买给她当生日礼物的。

　　洛欢有点儿泄气：好不容易到手的接触机会又没有了。

　　下午，生物老师上完课，有些好奇地追问洛欢。

　　洛欢百无聊赖地趴在课桌上，说："没有他的联系方式，我还能怎么办？只能待会儿下了课去他家里找他。"

　　生物老师感动地说："洛同学，你真努力。"

　　努力的洛欢一下课就坐公交车去了江知寒家的杂货店。

　　从补习班到杂货店的距离比从她家到杂货店的距离远多了。江知寒每周都要从杂货店去补习班，她不知道他是怎么坚持的。到了站点，洛欢背着包下车往那条巷子走去。

　　似乎每个光鲜亮丽的城市里都会有这种老旧的巷子。它们不像商圈那么整洁，连招牌都是统一的。巷子里有很多低矮的房屋，交错凌乱的电线布满天空，两侧还不时传来男男女女或粗声粗气或尖锐的笑声。

　　洛欢拽紧书包带，快步往前面那家熟悉的店铺走去。

她一进店，顿时闻到一股粗制滥造的烟味，忍不住皱了皱鼻子。

电视机里传来大笑声。在一片烟雾缭绕中，一个男人坐在柜台后的躺椅上，随意地靠着椅背，抽着烟，烟头发出猩红色的光。

听见声音，男人转头看了一眼，然后坐了起来。

"买什么？"他沙哑的声音像是带着沙砾。

洛欢这才看清他的脸。

男人四五十岁，五官端正，长得并不显老，甚至还能分辨出年轻时的轮廓。但他的一头短发里掺了很多白发，眼睛很浑浊。

洛欢垂下眼，照例挑了几支雪糕。

男人懒洋洋地扯了个袋子往里装雪糕，趁这个工夫，洛欢忍不住扭头往杂货店里面看，但那扇门关着。

"你找谁啊？"冷不丁地，她听到一个声音。

她回过神，扭头看着男人，抿了抿唇，问："叔叔，这里只有你一个人吗？"

男人笑了，眼神有些精明："不然呢，小姑娘？"

"没什么。"洛欢垂下头，避开他的目光，低头很快付好钱，然后接过袋子转身出门。

这里的烟味让她有些受不了。

这个男人应该是江知寒的父亲吧？江知寒的基因一定变异了。

她的心情有点儿复杂。

晚霞铺满天空，洛欢没堵到江知寒，于是走出了巷子，看了看手里的袋子。

一抬头，她看见一个小男孩穿着溜冰鞋经过，于是开口叫道："那个小孩。"

小男孩猛地停住，扭过头，有些茫然地指了指自己。

洛欢点点头，走上前把雪糕都塞给了他："拿回去吃，就当姐姐请你的。"

小男孩想：这年头还有天上掉馅儿饼的好事？

洛欢回了家，第二天依旧早早地到了补习班。她打算去堵江知寒，问问他昨天为什么放自己鸽子。

结果洛欢等到快上课了，江知寒还是没来，她只好先去上课。

物理课结束后，洛欢跑去了办公室。

"江知寒？"一个女老师推了推眼镜，笑着说，"他刚刚请假回去了。"

"回去了？"洛欢赶紧追问，"为什么？"

"这我就不知道了。"老师摇了摇头。

"那他走了多久了？"

"10分钟吧。"

10分钟，他能走很远了。洛欢闷声说："好吧，老师再见。"说完，她就走了。

"哎……"老师话到嘴边又咽了回去。

洛欢只好回教室上课。下午的舞蹈课上，洛欢跳得最认真，连总爱跟她竞争的孟琪琪都在课后挽着她的手臂，敲了敲她的头，说："你受什么刺激了？悠着点儿啊。你想提前结束舞蹈生涯吗？到时候别直接把舞蹈班第一的位置让给我。"

洛欢满头是汗，从角落的垫子上拿起水瓶拧开就开始灌水。

喝足后，她抬手用胳膊擦了擦嘴，瞥了孟琪琪一眼，说出了一句能噎死人的话："本宫一天不退位，尔等就是妃。"

她的潜台词是就算她"退位"，孟琪琪也跳不过她。

洛欢说完这句话，提着水瓶转身就走，只留下了一个笔挺纤细的背影。

舞蹈教室开着窗户，洛欢也不披件衣服，就这么大摇大摆地离开。她仗着年轻，有足够让她挥霍的资本，有些任性、嚣张。

孟琪琪差点儿被她气笑了："这人真是……"

洛欢回到更衣室，取了毛巾擦擦汗，换上自己的衣服，背上书包准备回家。

走出舞蹈机构没几步，她抬头向四周看了看，过了一会儿噘起嘴，又继续往地铁站走去。

没走几步，她突然听到身后有"嘀嘀"的声音响起。

洛欢停下脚步，转头望去，只见一辆黑色的车子停在她面前。

车窗降下，露出少年眉眼含笑的脸庞。

"欢欢。"少年的声音很清冽，"上来，我们去吃排骨锅。"

洛欢不知道付和西是怎么找到这儿的，她下意识地要拒绝。

结果后座上有个女人探出头，温和地笑着对她说："欢欢，快上来。我们跟你的爸爸和妈妈商量好了，今天聚餐，顺便带你过去。"

洛欢没法儿拂长辈的面子，只好坐进车里。

洛欢一坐进去就问候了两位长辈，但完全没看付和西。

付和西怕洛欢发脾气，等她一坐进来，就主动给她Switch（一款游戏机）玩。

付和西的妈妈见状，眉开眼笑道："西西还是和欢欢的感情最好，平时他都不让同学碰游戏机。"

付和西觉得挺尴尬的，脸红了："妈，你能不能别这样叫我？"

"你这个孩子……"

洛欢也不好说自己其实挺嫌弃付和西的，只能装没听见，专心地打游戏。

也许是怕洛欢不开心，付和西一路上一直悄悄地留意她的表情，偶尔小心地跟她说两句话。

有付叔叔和阿姨在，洛欢只能有一搭没一搭地应付着他。

他们订了一个大包间。包间的装修风格有浓厚的中式韵味，红彤彤的小灯笼挂得满包间都是。

两家大人正热络地寒暄着，刚训练完、消耗了大量热量的洛欢则埋着头专心地吃饭。付和西没怎么吃饭，时不时地给洛欢夹菜、倒饮料。

付和西的妈妈见到这一幕，笑了起来，感叹道："两个孩子的感情真好，这么多年没见，关系还是没怎么变。"

说完，她便看向洛国平、蒋音美，像是在等他们认同，付叔叔笑着附和。

蒋音美瞥见女儿小幅度地蹙了蹙眉，就没接话，笑而不语。洛国平也笑着扯开了话题。

付氏夫妇有些尴尬地对视了一眼，没再说什么。

吃完饭，在回家的路上，蒋音美见洛欢低头玩着手机，于是问："看什么呢？"

洛欢下意识地关上手机，垂下眼，有点儿心虚地说："没看什么。"

她本来以为在学校里能见到江知寒。他在补习班里躲她，还能在学校里躲她吗？

事实上，他还真的能。在学校的三天里，洛欢既没有见过他，也没听到关于他的消息。

洛欢觉得有点儿奇怪。这天下午，她终于忍不住了，跑上五楼随便拉住一个同学打听他的消息。

"江知寒啊？"那个戴眼镜的同学面上掠过些不自然的神情，一副不太想回答的模样，"我不太清楚，他周一就请假没来。"

周一？洛欢咬了咬下唇。

下午放学后，洛欢又去了江知寒家的杂货店。只是这回杂货店锁着门。

她站在门口处疑惑了好一会儿，才转身离开。直到周四，她才终于重新见到了江知寒。

放学的高峰期已过，走廊里没几个人。少年背着书包，眉眼低垂，不紧不慢地走着。

她眼睛一亮，追了上去："江知寒。"

听见声音，江知寒停住脚步，转头看过去。

她冲了过去，站定后仰起脸对着他笑道："你这几天去哪儿了？"她的笑容美好得如夏日里的橙子汽水。

"你有事吗？"江知寒表情平静，语气甚至称得上冷淡。

洛欢愣了一下，自己虽然不是什么红颜祸水，但也没那么丑吧？怎么他每次见了她都跟陌生人似的？

她没和他计较，说："也没什么，就是……"

"你没事的话，我先走了。"

江知寒漠然地对她点了点头，而后平静地移开目光，转身走了。

洛欢有点儿瞠目结舌。

她活了十几年，人缘不算差。她从来没对谁献过殷勤，好不容易主动向别人示好，居然有人敢不给她面子。她不是个隐忍的人，于是两三步追上去挡住他。

江知寒被迫停下来，低下头看着她，目光凉薄，不带任何情绪。

洛欢无所谓地笑了笑，说："你别误会，我这段时间之所以缠着你，只是想让你给我辅导理科。我本想先跟你搞好关系，谁知你当我是洪水猛兽，你每次话都说不了几句就走。"

江知寒沉默了一会儿，开口道："抱歉，你找别人吧。"

洛欢死死地瞪着他，努力维持着表面的平静。她深吸了一口气，飞快地转身离去，高傲得像一只小天鹅。

回到家里后，洛欢灌了一杯水，把空杯子搁在桌上，捞起一旁的手机给谷雨发消息："我决定了。我以后不理那个江知寒了！"

谷雨很快就回复了："你还在缠着那个江知寒？天，你不是早放弃了吗？"

洛欢"噼里啪啦"地打字："纠正一下，我不是在缠着他，我是为了学习！"

谷雨发过来一张擦汗的表情图片。

"我早跟你说了。那个江知寒不好接触,是块硬骨头,你非不听。你以为年级第一是这么好接近吗?乖,别去找那个江知寒了。他太危险了。咱们自己学,就算考鸭蛋,也总比被别人笑话强吧!"

洛欢疑惑地问:"谁会笑话我?"

谷雨想也不想地说:"同学啊。毕竟江知寒那么冷漠。到时候你被同学挂在论坛上嘲笑,可别说认识我。"

洛欢回道:"滚。"

这一周,洛欢硬气地没再去跟踪江知寒。等到了周六,她在床上磨蹭了快20分钟,才认命地爬了起来,毕竟补课费挺贵的。

洛欢这回几乎是踩着点儿进教室的,连化学老师都有些惊讶。

物理老师有事,跟化学老师调了课。

洛欢听课还算认真,等下了课,她就趴在桌上。此时,她忽然有个念头不受控制地跳了出来:江知寒今天到底来没来补习机构?应该来了吧?他从上学期就开始做兼职了,看那样子像是挺缺钱的。可他一个学生,去做兼职干什么?学生的花费也不多啊。

洛欢正乱七八糟地想着,桌子被老师敲了两下——上课了。

她甩了甩头,重新坐好,专心地听课。

下课后,洛欢的水杯里没水了。这是一个她去见江知寒的好机会。

她拿着杯子看了两秒,果断地起身往水房走。

走廊里人来人往,她避开人群,来到了走廊尽头的水房,把杯子放下,打开冷水键,然后扭头去看。

隔着玻璃窗户,她看到江知寒坐在角落里,他正低着头专注地批改一堆试卷。

气温这么低,他却穿着简单宽松的长袖T恤,露在外面的肌肤冻得发白。

周围的环境不算安静,不时有学生进进出出。他就坐在那儿,神情专注,仿佛和其他人在两个世界里。

少年低垂着眼,批改过一张后,忽然抬手掩唇咳嗽了一声。

他感冒了?

冰凉的水滑过手背,洛欢猛地回过神,赶紧关掉开关。等她再转头时,少年已经放下了手,继续专注地批改试卷。

直到上课的铃声响起,他都没有发现洛欢。

洛欢撇撇嘴,低下头拿了水杯就走。她回到班上,脑海里全是刚才的画面。

少年捂着唇低头咳嗽，后背都在颤抖。

他感冒了吗？听到门口有人进来，洛欢只好收起这些想法，认真地听课。

她想：关我什么事？他只是个陌生人而已。

物理老师像是临时赶来的，连书都拿错了，上课时还不时地接电话。勉强上了半节课后，物理老师拿着电话走出了教室。

他再次进来时，抱歉地对洛欢说："我的孙女在闹。我得回去看她，换个人给你上课行吗？"

他的儿子、儿媳工作忙，就将孩子交给老两口儿带。物理老师的孙女淘气得很，他的老伴儿几天前去泰国旅游了，照顾孙女的责任就落在了他的身上。

洛欢上次就听说他是因为要照顾孙女，所以才会经常请假，她非常理解他的心情，忙道："没关系，您去吧。"

物理老师点了点头，赶紧收拾东西走了。

没了物理课折磨她，洛欢乐得清闲。趁这个时间，她拿出手机趴在桌上，玩起了斗地主。

斗地主的游戏声盖住了其他的声音。直到有人屈起手指，在她的桌上轻轻地敲了敲。

洛欢顿住动作，转过头去。

那是一只格外修长好看的手。手背没有粗糙的纹路，五根手指纤长，只有中指上残留着因为常年用笔写字而形成的薄茧，手腕清瘦白皙，再往上……

洛欢抬起头，只见江知寒正神情冷淡地站在她的面前。她的瞳孔微微收缩。

江知寒见她终于回过神来，便拉开椅子坐下来，开始讲课。

这是什么意思？洛欢瞪着眼睛看了看江知寒，好半晌才明白：江知寒是物理老师临时找来代课的人，现在他已经开始上课了。

他显然提前问过物理老师讲到哪儿了，所以没问她，就直接开始讲课了。这让她有种发不出火来的憋屈感。她盯着他看了一会儿，关了手机，直起身子。

江知寒讲课还是很认真的。他用余光看见她起身，便将草稿纸往她的面前轻轻地推了推。他的语气温和，语速不快不慢。

洛欢把目光从他白净冷淡的脸上慢慢地挪到他的笔下。既然他假装不认识她，那她也不用热脸贴冷屁股。她暗吸了一口气，强迫自己专心听讲。

两个人就这样相安无事地过了二十来分钟。不知怎么回事，洛欢忽然有点儿烦躁。她看了眼低头认真讲课的人，又看了眼墙上的时钟，拿出手机来，正大光明地继续玩刚才还没过关的游戏，游戏的声音传了出来。

江知寒总算有了点儿别的反应，他停下讲课，转过头，看着洛欢低着头窝在椅子里漫不经心地打游戏的样子，想了想，说："你别玩游戏，我还在上课。"

洛欢没理他。

江知寒沉默了一会儿，说："洛欢，现在在上课。"

斗地主夸张的爆炸声消失了，洛欢抬起头，眨了眨眼睛，用手撑住下巴，弯起粉色的唇。

"江知寒。"她饶有兴致地说，"原来你知道我叫什么啊。"

教室里陡然安静。

江知寒低着头，紧抿薄唇，不说话。洛欢无趣地撇了撇嘴，收起手机："行行行，我不玩了，行了吧？"

洛欢放下手机坐好，凑近了江知寒一点儿，说："讲吧，还有十来分钟，我们别浪费时间。"

江知寒闻到她身上柑橘的甜香，感觉握着笔的手一紧，随后便松开手，不着痕迹地往后退了退，与她拉开了些距离。

一节课结束，两个人相安无事。江知寒立刻起身，带着书离开。

洛欢望着门口，撇了撇嘴。下节课还要由他讲，她真不知道他为什么要往外面跑？

她低头拿出手机继续玩，点开游戏，悬着的手指突然停下了。

刚才，她好像听到他在下课时咳嗽了一声。

半分钟后，她拿着手机起身走了出去。

她没走太远，楼下就有一家药店。她不清楚他为什么得了感冒，就让店员配了些药。付好款后，洛欢提着袋子离开了。

这节课的铃声已经响过了。洛欢进了教室，看到江知寒正坐在课桌旁。与上节课不同的是，他的手边放了一杯水。他正低头掩唇咳嗽着，听到声音，抬头望了过来。

洛欢立刻移开目光，有些别扭地把手里的袋子往身后藏了藏。他的目光在她的身上只停留了不到一秒。好在装药的袋子是黑色的，他看不到里面的东西。她将它拿到座位上，他也没有多看一眼。

见洛欢来了，江知寒便继续讲课，没说废话。洛欢顿时没了和他搭话、给他送药的机会，只好向后靠着椅子。

教室里开着空调，温度有些低。洛欢注意到，江知寒喝水的次数明显变多，而且他的声音也低了些，但这一切并没有影响他讲课。或许是因为他说话吃力，语速变得更慢了，脸色也有些泛白。

一节课结束，江知寒掩唇偏头咳嗽了一声，正要收拾东西想快点儿离开，一袋东西就被丢了过来，"砰"地砸在他的书上。他愣住了。

少女懒洋洋地靠着椅子的靠背，露出一张明艳娇俏的面孔，想假装冷淡却又有点儿不自在，说："我买了点儿药，你拿去喝吧。"

江知寒面无表情，仿佛在思索什么。等他反应过来，洛欢已经走了，桌上只剩一个黑色的药袋，里面装着各类治感冒的冲剂、药片。

洛欢走出补习机构时觉得神清气爽，可紧接着又有点儿后悔。她刚刚应该趁着气势，再居高临下地羞辱江知寒一下，好好地为自己出一口恶气，毕竟还没人像他这样连续几次不给她面子。

可她转念想到他感冒了，决定还是放他一马。

中午，洛欢直接去了附近的小吃店。下午，她回到教室里，江知寒已经不在了。见桌上的药袋还在原处，她蹙了蹙秀气的眉，当即跑上前去翻了翻，见药袋里似乎少了两盒药，这才哼了一声，坐了下来，心想：我说过，药都给你，你拿一两盒干吗？这玩意儿我又用不上。

在生物课上，洛欢又一次旁敲侧击地问生物老师："江知寒在不在？"

生物老师摇了摇头，微笑着说自己没有注意。

洛欢趴在课桌上唉声叹气。下了课，她背上书包跑去办公室看，发现江知寒没在那儿，他大概是回去了。

她本来想去找他，可一走出补习机构就改了主意——女孩子干吗这么主动？天底下理科成绩好的男生那么多，难道她只能找他补习吗？于是洛欢硬气地转身回了家。

家里，蒋音美正穿着舒适的家居服和洛国平看电视。见女儿回来，蒋音美回头望了一眼，看到她提着一个黑色的袋子。

"你拿的是什么？"蒋音美以为洛欢又偷偷地买了零食。

洛欢下意识地想把袋子往身后藏，藏到一半却停下了动作。

她是不是傻了？药又不是什么不可告人的东西，她不需要藏。

夫妇俩见女儿眼神闪烁不定，她只是含糊地说了声"药"，然后就丢下袋子进了房间。

这药是炸药吗？

第二天，洛欢一大清早就起来了，拿起旁边的电子表看了眼时间，离上课还有两个小时。她一定是失眠了才起得这么早。嗯，绝对是！

睡也睡不着，洛欢索性爬起来洗漱。她打开房门，发现客厅里静悄悄的，天雾蒙蒙的，阳光努力地透过窗帘照进来。她小心地进了洗手间，洗漱完毕，拿起包出了门。

这个时间，街上的人很少。她照旧去便利店买了早餐，然后坐地铁去补习机构。

到了班上，她拉开椅子坐下，从包里拿出吃的，边吃边不时地看看走廊。走廊里的人渐渐地多了起来。她慢吞吞地吃完早餐，一口气喝完水杯里的水，然后起身去打水。

办公室里已经来了不少老师，也有学生不时进出。

江知寒不在。洛欢回过头，叹了口气，摁开了冷水键。水"哗啦啦"地往下流，她没等接满水，就关掉饮水机走了。

今天物理老师的爱人回来了，所以她也没了听江知寒讲课的机会。直到物理课结束，洛欢才有机会再去找江知寒。

这次江知寒依旧不在办公室里，她甚至有点儿怀疑他是不是又请假了。她气鼓鼓地从办公室走了出来，正打算回去睡大觉，抬眼看见对面的两个人，立马愣住了。

走廊里，那个消失了差不多一天的少年正蹲在地上给一个小女孩讲题。那个小女孩个子不高，应该是初一的学生，正拿着本数学练习册请教他。

他抱着沓试卷，蹲下来，用修长的食指指着例题，薄唇一张一合。他低头敛目，侧脸清隽瘦削，温和而干净。他对小孩子真的好有耐心。因为离他有点儿远，所以洛欢听不到他究竟在说什么，但总觉得他的声音肯定特别好听。

小女孩神情认真，时不时地点点头。走廊里的其他学生来来去去，却丝毫没影响他们。

洛欢看得有点儿失神，直到江知寒讲完课，抬眸看了过来，两个人四目相对。她觉得有点儿猝不及防，只能飞快地看向其他地方，以缓解自己的尴尬。

"江老师再见。"洛欢听到小女孩欢快地喊了一声，然后抱着习题册离开了。

现在跑已经来不及了，洛欢有点儿僵硬地低下头，开始抠指甲。她的视野里忽然出现了一双洗得发白的运动鞋。

洛欢停下了手上的动作。这人不会是来嘲笑她的吧？正当她指挥着大脑疯狂地运转想对策时，那双鞋在她的面前停留了一下，然后鞋的主人就走了。

他走了。

洛欢整个人愣住了。她扭过头，看着少年清瘦高挑的背影不紧不慢地离开了。江知寒是什么意思？他在耍她吗？她暗暗地咬了咬牙——这是第三次了。看在江知寒感冒未愈的分儿上，她暂且原谅他。

洛欢气鼓鼓地回到教室里。她本就是理科半吊子，单纯是为了通过考试才拼命学习，现在心里憋着气，课也听得云里雾里的，就更气了。

当放学的铃声响起时，洛欢正趴在桌上，等人走得差不多了才准备起身。这时，她听见有人推开门走了进来。

这个教室里的设备很齐全。平时有学生进来，洛欢也不爱计较。但如果她心情差，就不会给对方好脸色了。她现在就想要一个人安静地待一会儿。

她本以为对方是来看看教室里有没有人的，但见对方不但没有离开的意思，还走了过来，洛欢就坐起来语气不善地说："没看见这儿有……"话未说完，她看清面前的人，突然噤了声。

江知寒站在她的面前。他迎着光，皮肤白得透明，面孔清隽，沉默着。他用那双黑漆漆的眼睛看着洛欢。

洛欢觉得脸有点儿烫，说不清是被胳膊压的还是被他气的。她努力露出严肃的神情，问道："找我，有事？"难道他又想来给她"补刀"吗？

江知寒垂眸，从口袋里掏出20元的纸币放在她的面前。她愣了一下，不解地眨眨眼。

他面色平静，淡淡地说："昨天的药钱，谢谢。"说完，他便离开了。

没想到他对感冒药记得这么清楚，她又没让他还钱。她垂下睫毛，看着放在书本上的20块钱。纸币不算新，却很干净。她好像忘了问他："病好点儿了吗？"

洛欢面无表情地重新趴回桌上，过了一会儿，伸手收起了钱。

中午，洛欢去外面吃饭，点了一碗面，加了些肉，正好20。但她没有用那张钱。

下午上完课，她背着书包低头靠在走廊里，偶尔偏过头不知在看哪里，磨蹭了一会儿，才转身下了楼。

晚上回到家里，洗过澡后，洛欢坐在书桌前，拿出20块展开看着。过了一会儿，她忽然起身从书架里找了本书，把那20块钱平平整整地夹了进去。

翌日，上完体育课后，老师让同学们自由活动。洛欢只想偷懒，当即回了教室。此时教室里正开着风扇，有学生在放电影。回来的女生们大部分坐到前排去看电影了，洛欢不爱看，就坐在后面戴上耳机看漫画。

"砰"！有人往她的桌上放了杯西柚果汁，杯子里有一整片红色的西柚，还在散着冷气。

洛欢眼睛一亮，露出笑意，伸手就要去拿："谢谢啊……"

果汁上忽然盖上了一只手。谷雨用一只手拆了一杯葡萄柚的饮料，靠在旁边的桌子上喝，另一只手则按在给洛欢的果汁上，居高临下地看着她。

洛欢挑挑眉："什么事啊？"

谷雨："想喝也是有条件的。你先回答我的问题，回答完了我再让你喝。"

洛欢能屈能伸，为了果汁忍辱负重对她而言完全不是事，于是很爽快地答应下来："好，你说吧。"

谷雨拉开椅子坐下，用灼热的目光盯着她问："你是不是还没放弃追他？"

洛欢装傻道："什么追？"

谷雨闭眼，无比暴躁地捏了捏奶茶杯。

洛欢轻咳一声，也不皮了，老老实实地说："我们是高中生，你用词严谨一点儿好不好？你怎么能用'追'这种随意的词语呢？"

"不然叫什么？"

"叫'致敬'。"

谷雨无话可说。

"学校不是经常教育我们要向好学生学习吗？学习的第一步不就是得先和好学生搭上话吗？不和他搭上话我怎么学习？看，我全面地贯彻了学校的方针精神……"洛欢说了一大堆话。

谷雨好像被绕进去了。于是洛欢趁机抢过果汁，插上吸管喝了起来。

谷雨终于反应过来："我看你以后干传销算了，肯定能成为头儿。还我果汁……"

前座的人看到谷雨压着洛欢一顿"胖揍"。

放学后，谷雨非要跟着洛欢，说要监督她不再跟江知寒接触。在谷雨看来，保护闺密是自己义不容辞的责任。

洛欢很无奈，不过仔细一想，这倒也不是大事，反正她知道江知寒的家在哪儿,想什么时候过去都行。

走廊里,谷雨扯着洛欢下楼,洛欢找不到借口摆脱她。

"给我好好地走,别跑去找江知寒啊!不然我告诉叔叔和阿姨。"谷雨挽着洛欢的手臂,在她的耳边反复叮嘱。

洛欢翻了个大大的白眼,气得扭过头不看谷雨。她用余光扫到某处,眼睛顿时亮了,然后朝那边挥了挥手。

谷雨看了过去,只见一个身形修长好看的男生从旁边的走廊里经过。那个人不是江知寒还是谁?那个人似乎也看到了洛欢,只稍稍地抬了下眼,便收回目光,继续往前走。

洛欢的表情有些僵。过了一会儿,她才把自己僵硬的手臂从谷雨的臂弯里抽了出来。

谷雨忍不住哈哈大笑,毫不留情地嘲笑她:"你看到了吧,人家都不愿意搭理你,哈哈哈。"

洛欢狠狠地翻了个白眼,抽回手臂就往前走。谷雨在后面笑得很厉害。

洛欢觉得挺气的。坐在公交车上,她想了一路,也没想明白。

她和江知寒好歹接触了那么多次,她还给他买过药。他怎么每次跟看不见她似的?就算他看见她了,也像看到陌生人一样。没人教过他怎么对待恩人吗?

洛欢心中愤愤不平,觉得自己的好心喂了狗。

这几天里,洛欢被谷雨"监视"着,没法儿正大光明地去找他。于是洛欢这周的生活又恢复到了之前的模样:每天和谷雨打打闹闹,为了作业发愁。似乎对她来说,不再为一个玩笑去骚扰年级第一也并没有给生活带来什么大影响。

这天中午付和西来找洛欢吃饭。他直接找到教室来,她躲都躲不过去,就顺便叫上了谷雨。

他们选择了学校附近的一家轻食店。这家店食物的价格相对较高,量也比较少,因此来这里吃饭的学生不是很多,挺清静的。

付和西很绅士,主动递了菜单让她们先点。

谷雨彻底被他收服了:人帅又有钱,还体贴,关键是对洛欢好,这样条件的男生洛欢去哪儿找?

可洛欢兴致不高,总觉得少了点儿什么。

吃完饭,付和西送洛欢和谷雨回校。他们在走廊里分别时,付和西挠了挠头,有些不自在地问洛欢:"下午放学我能不能来接你?我有几句话想对你说。"

谷雨顿时一副发现了秘密的样子。洛欢转头瞥了她一眼，朝付和西扬起笑脸，说道："好啊。"

少女的脸上漾着笑，像熟透饱满的甜橙，付和西恍惚了一下。

他回过神来，偏过头轻咳了一声，赶紧点点头："好，我……我放学就来，你等我啊。"他说完就害羞地转身跑了，还带起了一阵风。

谷雨收回目光，很兴奋地走上前挽着洛欢的手："他什么意思？不会要向你表明心意吧？"

洛欢沉思了一下，一本正经地说："不，他是要跟我求婚。"

谷雨想：你未免自恋过头了。

因为听到了付和西的那番话，谷雨一下午都在八卦。一放学，谷雨就催着洛欢快点儿收拾书包去赴约。

洛欢挑挑眉："你不和我一起？"

谷雨笑道："我不想当电灯泡，谢谢。"

洛欢笑了笑，动作麻利地收拾书包。

付和西其实一放学就来了，一直等在8班的外面，有很多学生都在看着他。

"走吧。"洛欢可不想在这儿说话。

"哦，好。"付和西也有点儿尴尬，默默地走在洛欢的身边。

两个人下了教学楼，没那么多人围观他们了。

洛欢明显感到付和西有话要说，也不想浪费时间，直接开了口："你说吧。你中午想对我说什么？"

付和西没想到洛欢这么直接。他微微一怔，眼神有些飘忽："能……能找个地方再说吗？"

洛欢看了一眼时间，摇头说："不行，我要早点儿回家。"

付和西有点儿遗憾，低下头继续问："欢欢，这周你来我家吃饭行吗？"

洛欢叹了口气："抱歉啊，我妈妈给我报了好几个补习班。周末我还要跳舞，实在没时间。"

她抬起手拍了拍付和西的肩膀，笑着说："不管我去不去，你和我永远都是朋友。我一辈子也忘不了小胖墩儿。"

付和西没说话，心想：你还是忘了吧。

付和西小时候营养过剩，比同龄人胖不少，没有小孩愿意跟他玩，只有洛欢肯赏脸和他玩。他想起那段黑历史，薄薄的耳朵变红了，勉强地说："好……好。"

出了校门口，洛欢目送付和西乘车离开，然后在路边的奶茶店里磨蹭了好一会儿，直到看到谷雨走出来上了车，这才捧着奶茶起身，又回到了教学楼内。

她记得江知寒每次下课都走得很晚，高三上晚自习了他才会离开。

这回她直接找到了1班的教室。走廊里空空荡荡的，窗外昏黄的阳光透过玻璃射进教室。隔着透明的玻璃，洛欢看到1班的教室里也空空的，但角落里端坐着一个穿校服的少年。他用手指握着笔，垂下眸子，安静地做题，如玉的侧颜，沉默又专注。周围的一切都仿佛打扰不到他。直到她不知踩到了什么东西，脚下发出声响。

江知寒停下笔，转头看了过来。洛欢收回目光，立刻贴在墙上，仔细地听着教室里的动静。

教室里没有动静。江知寒没发现她吧？洛欢在心里松了口气，可紧接着，又莫名其妙地有点儿别扭，有种被他忽略了的感觉。她想负气地离开，可不知怎么就是迈不开腿，于是就这么纠结地站在原地。

时间慢慢地流走。不知过了多久，洛欢耳边响起了关门的声音，她这才从发呆中回过神来，只见江知寒正低头锁门。她立马几步跑过去："嘿。"

江知寒停下手上的动作，抬眸看她，用低哑的声音问："你有事吗？"

洛欢非常擅长给自己找补，乐呵呵地说："你终于记住我了啊。"

江知寒沉默了片刻，锁好门，转身走了。

洛欢自觉地跟在他的身后，望着他好看的背影，开始"叽叽喳喳"地说："你怎么这么晚才回家啊？你不问问我是什么时候来的吗？好了，我知道你想问。我还是自己说吧！我来了大概半个小时……"

她像只小麻雀一样聒噪，让原本安静的空气热闹了起来。

下楼梯前，江知寒终于停下脚步。他转头，看着洛欢的脸："你有什么事吗？"他又问了她一遍这个问题。

窗外的天色有些黑，走廊里还没亮灯，他那双漆黑的眸子显得越发深沉，像夜晚深蓝的天幕，隐约潜伏着星光。

洛欢被他看得心跳乱了，眼神飘忽："我……就想看看你，你感冒好了没？"

江知寒说："好了。"顿了顿，他又轻声补了句"谢谢"，便转身走了，对她的态度依旧那般礼貌又疏离。

洛欢站在原地看着他。他总算和她说话了，不过他可真难接近啊。

第二章
发现他的秘密

"怎么样，他跟你表明心思了吗？"

第二天早上，洛欢刚到学校里，谷雨就拉着她兴致勃勃地追问。

洛欢一边收拾书包，往桌肚里塞书本，一边用懒散的语气骗谷雨："不知道，反正付和西让我以后和他一起回家。"

"那就是了！"谷雨使劲儿地踩了踩地，无比激动地道，"没关系，你去吧，我支持！"

洛欢整理好第一节课要用的东西，转头怜悯地看谷雨："对不起，以后我不能跟你一起回家了。"

"没关系！"谷雨大义凛然地说，"为了姐妹，我谷某人在所不辞，呜呜呜。他什么时候请你的闺密我吃饭啊？"

洛欢思考了一下，道："付和西说，他必须保持成绩稳定，他爸妈才能提高他生活费的标准。"

"没关系，你们好好学习，一顿饭而已，没关系……"谷雨大义凛然地说道。

洛欢叹着气回过头，心道：谷雨还是这么好骗啊。

算了，改天她亲自掏腰包请客吧。

没了谷雨的"监视"，洛欢每天自由了许多，她终于有了去找江知寒的时间。洛欢也说不清自己到底想干什么，难道就是想让他当自己的补习老师？

她这一口气还没咽下去，不达目的不甘心。也许是因为那天江知寒回答了她的问题，令她重新有了自信。只要他回应了自己，这口气她就算出了，她就不用再每天傻呵呵地跟着他了。只是他那天谢过洛欢之后，就又恢复了原样，不怎么和她说话了，最常说的话就是让洛欢别跟着他。可她偏不听。

　　后来她总感到庆幸，他当年没有报警把她抓起来，脾气可真好。

　　她发现，他总是一个人回家，也没有什么朋友，不像其他的学生。其他学生放学后会和朋友在路边打打闹闹，或者去奶茶店。

　　他在人群中穿梭，永远方向明确，只偶尔去校园旁边的文具店里买些文具。

　　洛欢总是会跟着他来到那条小巷里，看着他走进去。这种怪异的感觉，她对谁都没讲过。

　　周六的早上，洛欢早早地起了床，路过厨房。她打开冰箱，发现里面放着半袋昨天剩的手工吐司，还有生菜和午餐肉。她取出面包、鸡蛋，挽起袖子开始做三明治。

　　她做了两份三明治。虽然她做的三明治卖相不怎么样，但是料十足，很好吃。她抿了抿唇，用保鲜膜把三明治包好，带去了补习班。

　　她到得早，这会儿补习班里还没有什么人。她随手拆开一个三明治，把牛奶放在一边，边吃边复习上周讲的内容，偶尔转头看看走廊。

　　她吃完一个三明治，走廊里的学生渐渐多了起来。她把牛奶喝完，扔了垃圾，从书包里拿出空水杯和另一份三明治，出去接水。

　　和上周一样，江知寒依然不在，她在饮水机那儿磨蹭了几分钟也没见到他。他是去上厕所了，还是又被小朋友缠住讲题了？她有些郁闷地收回目光，看向手里的三明治。算了，她等他回来再给他三明治吧。可万一三明治被哪个小孩拿走，她一早上的工夫不就白费了？为以防万一，她得亲自把三明治交到他的手上。

　　就这样，洛欢带着三明治原路返回教室。可是，她一上午都没堵到江知寒。

　　一开始，她以为江知寒有事要忙，但又觉得他不至于每节课都不在。她没办法，只好发消息询问生物老师。生物老师下午才有课，这会儿还没来机构上班，所以也不太清楚江知寒的事情。洛欢叹了口气，收起手机。

　　中午她没心思出去吃饭，一直趴在桌上睡觉，直到下午上课时生物老师把她叫醒。

上课的时候，生物老师有些惊讶地问："洛欢同学，你中午没有睡觉吗？"

"对不起老师。"洛欢揉了揉眼睛，低头梳理好乱糟糟的头发，专心地听课。生物对她而言是"理三门"里最简单的科目了，但她依旧听得云里雾里，还时不时地走神。

她知道自己为什么走神，感到有些气闷。她越生气越听不懂，整个人就像只气鼓鼓的小河豚，而且头发还有些凌乱。

生物老师说江知寒早上就请假了。

生物老师顿了顿，笑着问她："洛欢同学，你怎么了？"

她刚说了句"没事"，就听见肚子悠然地打了个鼓，想忽略都忽略不掉，太丢人了。

生物老师愣了一下，看向洛欢，弯起嘴唇，让她忍到放学再出去买点儿吃的。洛欢觉得脸颊烫得厉害，有些崩溃地点了点头。

放学后，她低头拿出早上做的三明治，撕开保鲜膜，发现它已经有了点儿酸味。这天气真是什么都不禁放。她重新将三明治包好，包的时候非常用力，像在发泄似的，最后却将它丢进了垃圾桶。

补习机构的走廊里有自动售货机，她随手买了一袋面包、一瓶汽水，把它们当迟到的午餐。

第二天，江知寒依旧没有来。生物老师在门外看见徘徊的洛欢，想到昨天的事，就伸手招她进来。她愣了愣，想跑开已来不及了，于是便硬着头皮走进去。

"江知寒今天也请假了。"生物老师刚把话说完，周围不少人就朝洛欢看了过来。

洛欢愣了愣，顾不上其他的事情，赶忙追问："他说了请假的原因吗？"

生物老师摇头："这倒没有。"

洛欢"哦"了一声，道了谢，从办公室里出来。

上一次江知寒请假，一连请了好几天，回来还感冒了。这次他请假又是什么原因？他是不是又感冒了？

物理老师的心情和洛欢的心情差不多。他的孙女醒来没看到爷爷，大哭一场，谁都哄不好。他的老伴儿没办法，只能给他打电话，喊他回去。但江知寒请假了，物理老师实在找不到人来代课，只好开视频给洛欢上网课。

小姑娘像是知道江知寒，把肉乎乎的脸蛋儿凑近了摄像头，软声问："江知寒哥哥在哪儿？"物理老师回答说请假了。小姑娘还噘着嘴，有些不开心。

洛欢忍不住瞥了一眼小姑娘。她只有四五岁，被养得白白胖胖的，身上穿着条小碎花裙，湿漉漉的头发贴在脸上，像是刚睡醒。她拿着一支雪糕，眼角还红红的，一副小公主的模样。

洛欢偷偷地对她做了个鬼脸，小姑娘顿时停住了啃雪糕的动作。

下午放了学，洛欢收拾好书包去舞蹈班跳舞。

练了整整两个小时，洛欢出了不少汗。课程结束后，舞蹈班的同学们商量着去哪里玩。

"欢啊，你想好去哪儿玩了吗？要不要去玩密室剧本杀？我知道小港城那边开了一家很不错的大头贴馆……"孟琪琪兴奋地在洛欢的耳边念叨。

洛欢低头把东西装进书包，拉好拉链，将书包背到身上："我没兴趣，你们去玩吧。"

"嘿。"

洛欢拿起水杯转身就走。她扎着丸子头，背着个蓝色的大书包。

"洛姐的脾气还这么大。"有女生抱着手臂感叹。

孟琪琪哼了一声，收回目光，说："她不去算了，我们走。"

洛欢去更衣室锁好东西，背着书包走出机构的门。此时的时间还早，夕阳暖黄的光洒在地上，格外舒服。她抬头眯了眯眼，走了几步，忽然偏过头看了看右边。

半个小时后，洛欢知道自己又犯傻了——她居然专门坐车来江知寒家的这条巷子。

公交车在她身后喷着尾气离开。立在巷子口，她暗暗地吐了口气，抬脚往里面走。她就是不服气而已，只要江知寒答应给她补课，她就不来了。没有她做不到的事情，她今天一定要录音。

洛欢自我安慰着，甚至在路上就把手机的录音功能调出来了。可当她走近时，却发现那个熟悉的杂货店此时正紧紧地闭着门。她攥紧了手机。

"小姑娘，你来买东西啊？"身后突然传来一个苍老的声音，引她转过头。穿着普通的老婆婆提着竹篮，看看她，又看看店铺。她抿了抿唇，点头。

"铺子昨天就关啦，你要买东西改天来吧。"老婆婆说完就要走。

洛欢好不容易遇到一个认识他的人，赶忙追问："婆婆，他们为什么关门？"

老婆婆停住脚步，看了看周围，然后压低嗓音说："那个店主一发病就打儿子，把儿子打得可惨了，那动静我们整条街的人都能听见。"

洛欢惊呆了。

老婆婆遗憾地摇了摇头，叹着气说："别看那男人平时人模狗样的，下手可重了。他的儿子要不是命大，早被打死了。还有他的老婆，也不是个正经人。那么俊俏的娃儿在那种家里真倒霉……"

老婆婆慢悠悠地走了，沉沉的叹息声如同落叶般飘浮在空气中。

洛欢回过神，已经看不到老婆婆了。她在原地站了许久，直到天黑才一个人回了家。

洛欢以为自己在巷子里经历的一切只是做了个梦，可是周一上课时，她却总是发呆，直到谷雨把她从纷飞的思绪里叫了回来。

谷雨在她面前摆了摆手，用奇怪的眼神看着她："洛欢，你怎么了？"

洛欢眨了眨眼睛。她垂下眸子，抿了抿樱唇："没什么。"

可内心是不会骗人的，她心里还残留着那种慌乱的感觉。

中午洛欢没去食堂，她把双手搭在护栏上，眯着眼望着前面被太阳晒蔫了的玉兰树，任由风吹着脸。

谷雨在旁边吸溜着在食堂里打包的米粉，抬起头含混不清地说："你到底吃不吃？要减肥吗？你本来就瘦，再瘦就要变成筷子了。"

洛欢从远处收回目光，平静地说："我减什么肥？"

谷雨想：也是，跳舞的人运动量大，这死丫头光吃不胖。洛欢长了一双小细腿，谷雨羡慕得要死。暑假的时候，洛欢把吊带短裙一穿，纤腰一扭，一起出去玩时，谷雨简直就是个陪衬。

"那你怎么了，在思考人生吗？"洛欢会思考人生？谷雨想象了一下那场景，觉得实在太诡异了。

洛欢怅然地仰头吐了口气，自言自语："我可能得去证实一下。"

"哈？"

"傻。"洛欢伸手拿过另一份米粉，拆开筷子搅了搅，夹了一口低头吃。

谷雨的嘴唇上挂着一圈油，疑惑地看着洛欢：这丫头今天"抽风"了？

不光谷雨觉得洛欢今天"抽风"了，洛欢也觉得自己"抽风"了。

她受不得激将法。一开始谷雨说她接近不了年级第一，她不服气，她偏要让谷雨看她可以。结果她发现这人不仅难接近，心思还难猜，他是块硬骨头。

她知道他过得挺惨的,但没想到他这么惨。而且,她好像做不到对他的苦难视若无睹。

下午放了学,洛欢先在五楼等了一会儿,没有看到江知寒的身影,于是独自坐公交车去了江知寒家所在的小巷。

江知寒家的杂货店还关着,洛欢不认识这儿的路,又怕走丢,于是就在门口处站了一会儿。

她是不会让自己受委屈的。洛欢站得腿酸,一转头发现后面有家"老陈食品"糕点铺,于是走进去,借买糕点为由在里面休息。

她坐在靠窗的位置上,点了杯酸甜的桑葚汁,吃着面前的一袋糕点,用那双水灵灵的眼睛隔着泛旧的玻璃窗望向对面关着的店铺门。

在糕点铺里看店的是个上了年纪的阿婆,笑容慈祥,给她端了吃的就转头看电视。

糕点馅料实在,甜腻异常。她本就不爱吃甜的,现在觉得很腻。直到她把整个枣泥酥吃下了肚,对面也没人来开门。她喝完桑葚汁,提起桌上的糕点起身准备离开。

走之前,她转头对阿婆说:"阿婆,我回去了。如果江知寒来了,你给我打个电话行吗?"她把自己的联系方式写在一张便利贴上给了阿婆。

阿婆笑眯眯地点头:"好哇,小姑娘慢点儿走。"

她点点头,提着袋子离开了。

周三下午,洛欢刚合上历史书,就收到了一条陌生的消息:"小姑娘,小寒回来了。他在店里拿了书包,这会儿应该已经到学校了。"

她看到这条消息的时候,先是一怔,然后整张小脸都亮了起来。

"看什么呢,这么开心?"谷雨凑了过来。

她立刻合上手机不让谷雨看,抿抿唇,假装自然地道:"没什么啊。"

看着她这副鬼鬼祟祟的模样,谷雨以为她在给付和西发消息,忍不住嗤笑了一声。

上完下午的课,洛欢收拾好东西,飞快地跑出教室。谷雨皱眉摇头:没想到她和付和西天天见还这么急……

趁着大部队还没下来,洛欢一路小跑到五楼,在水房那儿等着。

1班、2班教室的前后门陆续被打开,有学生背着书包从里面走出来。洛欢瞥了一眼,靠着墙,若无其事地低头整理校服衣领。过了差不多5分钟,她耳边的声音慢慢地小了。

她估算着时间，又在原地等了一会儿，这才直起身子朝1班的门口走去。此时1班的人基本上走了，她站在门口处偷偷地朝里面望。

江知寒的座位上放着一个书包，穿着校服的他正垂着眼用那双修长的手整理着书包。他背对着洛欢，夕阳恰好落在他的身上，衬得他的轮廓干净利落，加上柔软的黑发，给人一种很温柔的感觉。他低着头，细碎的发丝落在额前，洛欢只能看见他高挺的鼻梁、俊秀的下颌线和轻抿着的薄唇。她远远地看去，只觉这情景格外赏心悦目，有种低调的美感。

像是注意到了什么，江知寒停下手头的动作，抬头看了过来。洛欢"嗖"地直起身，躲进旁边的空教室里。

半分钟后，有人从里面走出来，给教室门上锁，然后下楼。洛欢赶紧打开门跟了上去。

江知寒依旧一个人回家。

她和他拉开的距离虽然不算太远，但她没法儿做到毫无动静。他不可能发现不了她。可这回他连步子都没停，仿佛看不见她。

洛欢跟在后面，蹙了蹙眉头。在他的身上，她完全看不到他受伤的痕迹，难道那个老婆婆在胡说八道吗？

一连两天，江知寒都是如此，即使看到了洛欢也当作没看到，不和她说话。放学后，他就独自走回家。洛欢莫名其妙地被他忽视，觉得有点儿气闷，又隐隐有些不甘心。

周五，洛欢还是等在1班的教室外。等到教学楼快空了的时候，江知寒才从里面走出来。他看到走廊墙角处无聊地蹲着的少女，脚步顿了顿，移开目光，往楼梯的方向走。

听见脚步声，洛欢抬眼看了看，眼睛顿时亮了，立马起身跟了上去。这回她没有藏在他的身后，而是正大光明地跟着他，所以江知寒如果再看不到她，就说不过去了。可他依旧一个人走在前面，甚至连以往不耐烦的"别跟着我"的话都不说了。

少年柔软的发丝偶尔被风吹起，背影高高瘦瘦的，有着属于这个年龄的人的纤细感。他完美得像漫画里的人物，却又让她觉得有些陌生。

明明前几天他还愿意和她说话，现在怎么回事？她并没惹他，她觉得他的情绪很奇怪，好难懂呢。她心里的那点儿憋闷感在他越来越远的脚步声里慢慢地被放大了。

洛欢受不得委屈。她在原地站了一会儿，眼看他快要走远了，就一鼓作气地拔腿跑上去，堵在江知寒的面前。

或许是没想到她会忽然这么做，江知寒停下脚步，没来得及做出反应。

洛欢先发制人地问："你是什么意思啊？我天天跟在你的身后，你看不到吗？你很喜欢别人缠着你的感觉吗？"

江知寒面无表情地动了下薄唇："我没有。"

"那你是什么意思？"她提高声音。

"别跟着我了。"他说完，移开目光，越过她朝巷子里走去。

她愣了一下。再三被他忽视，让她下意识地拽了他一把，用手指扯住了他的校服。

她用的力气有点儿大，拽歪了他的校服衣领，锁骨下方一小片泛着青色的肌肤露了出来。

他愣了愣，在她还没看清时迅速把衣领扯了回去，用那双漂亮的黑色的眼睛盯着她，似乎有些不敢相信："你干什么？"

她反应了几秒，回过神来，翘起嘴角，用吊儿郎当的语气说："呀，你的皮肤挺好啊。"她的声音不算大，但也不至于让他听不见。

此时，少男和少女以一种诡异的姿态在大街上对峙着。

江知寒没想到洛欢会这么轻浮，他垂下眼，抿紧薄唇，像被占了便宜后只能隐忍的黄花闺女一样。他轻轻地看了她一眼，转过身就走。他的步伐迈得很大，洛欢快要追不上了。

"喂，你跑什么啊？"洛欢无奈地喊了一声。直到她看着江知寒的身影消失在前面的巷口，那张明艳的小脸上的笑意才渐渐地褪去了。

她的视力很好——江知寒是真的受伤了。除了她看到的地方，还有哪里？

江知寒推开门回到家中，毫无意外地听见了夫妻俩歇斯底里的争吵声："江伟，你别装死。我的钱呢？！老娘存的钱呢？！"

男人哼了一声："那是我的钱！要不是我掏钱开了家店，你连喝西北风的钱都没有！"

女人哭起来，尖厉的声音里带着崩溃之意："老娘的钱是不是让你偷走给哪个女人花了？江伟，我怎么就嫁了你这么个浑蛋……"

"你有什么资格跟我吵？我一辈子都被你毁了！"

摔摔打打的声音从房间里传来，江知寒早已习惯了。他低着头，木着脸推开旁边的房门，再狠狠地关上。

洛欢失眠了。第二天，她是顶着一对黑眼圈到校的。她像没骨头似的趴在桌上，直到下早自习的铃声响了，才从梦中惊醒。

谷雨看了看她，问："你怎么了，没睡好？"

"没什么。"洛欢抿了抿唇道。

放了学，洛欢没先去找江知寒，而是去学校附近的药店里买治伤的药。她买了口服药、外用药膏，还有几瓶补品。她提着这些药物迅速跑回教学楼，直接往1班走。她走到1班外，看到零星的学生背着书包往外走，而江知寒的位置上却空无一人。

她立即上前抓住一个男生询问。那个男生认出洛欢，有些崩溃地说："江知寒应该走了，放学没几分钟我就看到他背着书包走了。"

他走了？洛欢咬紧唇，他是有事还是在躲她？

"谢谢。"她道了句谢，气呼呼地提着药袋大步地走了，留下那个男生疑惑地站在原地。

"顾婉珊，你在看什么呢？"教室门口，有同学挽着顾婉珊经过。

顾婉珊看到了刚才的一幕，攥紧了书包带子，不易察觉地哼了一声："没什么，走吧。"

洛欢因不知道江知寒的联系方式而感到烦躁，觉得不方便联系他。不过，她知道江知寒家杂货店对门阿婆的联系方式。

洛欢边走边给阿婆发消息，询问江知寒有没有回去。

阿婆回消息道："小寒回来了。"

洛欢眼睛一亮，忙合上手机打车过去。

江知寒是被阿婆叫过去的。

洛欢晃着腿坐在店里，用两手撑着脸望着窗外。她不方便直接过去把东西给他，于是就拜托了阿婆当"中间人"。

没过多久，她就看到少年高挑清瘦的身影出现在了门口处。

江知寒一家和隔壁开糕点铺的阿婆是十几年的老邻居了。阿婆为人和善，对他很好。江知寒小时候挨父亲打时，阿婆总会收留他在自己家里住。

他刚到店里，阿婆就笑眯眯地打了声招呼。她抬起手指着一个地方，说有个小姑娘在等他。

他侧过头，看到穿着校服的洛欢坐在窗边。她晃着一双细白的腿，青春动人，和周围灰暗的环境有些格格不入。她正看着他，并冲着他挥了下手。他当即就拧起了眉。

洛欢跳下椅子，拿过桌上的药袋跑了过去，笑得很甜，话里像掺了蜜："江知寒，你好。"

在外人面前，她装得很和善，没有冲他发脾气。

"你来干什么？"江知寒垂着眉眼，淡淡地说。

这是什么态度？洛欢心下不悦，但依然在笑。她伸手拿起药袋，一股脑儿地塞到他的怀里："给你送个药而已，我怕你不治身亡。"

之前江知寒感冒的时候，洛欢也没见他喝药。她担心要是自己不送药，他会自己硬挺过去。她潇洒地把药交给他，就拿着书包离开了。

阿婆好奇地问："小寒，那个小姑娘是你的同学吗？"

阿婆第一次见到这么有个性的小姑娘，也是第一次见到和小寒关系这么近的同学。

江知寒回过神来，洛欢已经不见了。他收回目光，低下头看了看药袋，用一贯冷淡的语气说："不是。"他也不知道洛欢怎么就缠上了自己。

公交车上，洛欢不开心地低头扯着书包的拉链。

独自想了一会儿，洛欢又释然了，挑挑眉，眼睛亮了起来——至少江知寒开始跟她说话了，对吧？每个人的个性不同，她得大度点儿。

后来的两天，她继续跟着江知寒。

也许是想着洛欢前些天给自己买了药，江知寒就没继续忽视她，看到她的时候总是欲言又止，脚步也慢了许多。尽管他的脸上依旧没什么表情，洛欢还是挺得意的，觉得他不过是嘴硬心软罢了。

周五，洛欢放学走到教室门前时，惊讶地看到江知寒在等自己，猛地停下脚步。

"怎么了？"谷雨咬着吸管问道。

"哦，付和西在前面，你先走吧。"洛欢用手固定住谷雨的脑袋，不让她左右乱看，将她推到了楼梯口处。

"重色轻友。"

亲眼看着谷雨下了楼，洛欢这才深吸了一口气，转身朝另一边走去。

"你找我有事？"洛欢问道。

少年原本侧身倚墙望着窗外，听到声音便扭头看过来，低低地"嗯"了一声，直起身子，身上干净的气息似有若无地扑了过来。

洛欢尽力维持着平静的表情。正当她心猿意马之时，突然有一只白皙修长的手拿着两张百元的纸币伸了过来。她抬起眸看他："你什么意思？"

"那天的药钱。"江知寒言简意赅地回答，她听不出他是什么情绪。他照旧说了一声"谢谢"，还让她以后别买药了。

洛欢面无表情，把目光落在他白皙的掌心中那两张百元纸币上。少年疏离的声音在她头顶上响起，他说："我不知道你是怎么注意到我的，但我很忙,真的没时间陪你玩这种游戏。你还是找别人吧。"

洛欢没动。江知寒很耐心地等了一会儿,见她依旧没有接过钱的意思,就俯身把钱轻轻地塞进她的书包的夹层里。他身上淡淡的香气拂过她的鼻子。她固执地一动不动,用一双大眼睛瞪着他。

江知寒放好钱,直起身,抬眸对上少女的眼睛,薄唇轻动:"你以后别跟着我了,这样对你也不好。你别因为小就不在乎自己的名声。"他说完就不再看她,转身离开了。

原来他早就看出她的意图了。

周六,补习班要维修电路,通知放假一天。这也正好给了洛欢调整思绪的时间。

蒋音美一大早就去了学校,家里只剩父女二人。洛国平难得放纵,点了一大堆重口味的垃圾食品。洛欢低着头慢吞吞地喝着粥,偶尔看看手机,似乎有些心不在焉。洛国平不会限制洛欢玩手机,只是敲了敲她面前的盘子,问:"看什么呢?"

洛欢回过神来,说了句"没什么",低头喝完粥后就回了房间。

她在家里待了一整天。其实她从早上就开始玩手机,一直没停过,但还是觉得没意思。在这难得清闲的一天里,她懒得看动漫,也懒得回各种消息。她的脑海里时不时地回放着昨天的画面:自己多么幼稚,江知寒多么高高在上。他看透了自己的小心思,还一副正派人士的模样。

洛欢想了一会儿,把自己埋进被子里,双脚用力地踹了几下被子。

哼,他江知寒又不是绝世偶像,有什么可得意的!

她狠狠地吐了口气,爬起来去厨房拿了一堆吃的,看起动漫来。

第二天,补习班恢复上课。

洛欢今天乖得不行,一到教室里就学习,什么都不问。

生物老师知道洛欢和江知寒是同学,对洛欢今天没有提江知寒感到好奇,便随口问了一句,洛欢就随便编了个理由搪塞过去。

谷雨这几天倒是没介意。在她看来,虽然洛欢每天一放学就去找付和西,扔下自己不管了,但作为闺密,为了洛欢开心,她甘愿形单影只。好在这周洛欢像是反应过来了,知道自己忽略了谷雨这个闺密,就没怎么找付和西了,一放学就和谷雨一起走。

小卖部里,谷雨挽着洛欢的手臂走着,有些担忧地说:"呀,欢欢,你最近和我走得这么近,某人会不会不高兴啊?"

洛欢偏头看着货架,淡淡地说:"先把你的屁股上的肉减减再说。"

谷雨一瞬间面红耳赤，恼羞成怒地低吼："洛欢，你这个流氓！"

洛欢愣了一下。那天她不小心扯到江知寒的衣服时，江知寒看她的表情似乎也是这样的。

"你不会被我骂傻了吧？"谷雨见洛欢愣住了，问道。

洛欢回过神，忍不住白了她一眼，低头拿了东西去结账。

收银台那儿排了很多人，洛欢站在后面，懒懒地低着头。

前面有几个女生在讲话。

"哎，今早我看见江知寒又请假了。"

"请假就请假呗，他请假不是常事吗？"

"对啊，人家就算请假，成绩照样很好。咱们可不行。"

"咦？诗蓝，你突然这么关注江知寒，想干吗？"

几个女生齐齐地看向挑起话头的女生。

诗蓝有些尴尬，看了对面的女生一眼，慌忙解释道："你们想什么啊？我随口问问而已，没什么意思……"

其中一个女生"哼"了一声，看着诗蓝说："你最好没什么意思。"

诗蓝有些尴尬，瞥见后面有一个很漂亮的女生正若有所思地看着自己。

见诗蓝注意到自己，洛欢面无表情地移开了目光。

从超市里出来，谷雨没注意到洛欢的表情，迫不及待地拆开一包小浣熊干脆面就开始吃起来。快进教室时，洛欢忽然顿住了脚步。

"怎么了？"

洛欢垂着眼帘，不知在想什么，忽然偏头对谷雨说："你先进去，我想去洗手间。"她说完就转身走了，可去的方向和洗手间的方向并不一致。

谷雨挠挠头："这层楼的洗手间里没多少人吧？"

洛欢记得前几次江知寒请假的原因不是生病就是被打。她一路小跑到1班教室的后门处，果然看到靠窗的那个座位上没人。她摸了摸口袋，想到了什么，在心里暗骂一句。

她连江知寒的联系方式都没有，还怎么第一时间联系他？

下午放学后，洛欢提起书包，跑得比兔子还快，一溜烟儿就不见了。

谷雨疑惑地想：我又被抛弃了？

洛欢坐车到了江知寒家。

杂货店开着，洛欢在门口处探头探脑。门虚掩着，她不知道江知寒到底在不在。他要是在还好说，要是不在……万一江知寒的爸爸在看店……她想到这儿，不禁有点儿发抖。她甚至想拿出电话报警。正犹豫着，她听到身后有脚步声传来，转过头去。

江知寒用单肩背着书包慢慢地走了过来，上身穿着洛欢第一次见他时的白衬衣，下身穿着校裤。他垂着眸，细碎的发丝微微地挡住眼睛，苍白的脸颊上没有表情。夕阳让他身后拖出一条长长的影子。或许是看到了前面的人影，江知寒停住脚步，抬起头看了过去，只见穿着校服的洛欢站在几米外。她的眼睛水灵灵的，校服裙摆下露出一双细白的腿，俏生生的。

见到他，洛欢立马精神了许多，直起身看着他。

江知寒完全没有心情应付她，平静地移开目光，继续往前走。

洛欢愣了一下，立马追了过去。

"江知寒！"她跑过去伸手抓他，立刻感到他的身体轻微地抖了一下。她被吓得立刻松开手，有点儿慌张地问："你……你的胳膊很疼吗？"

江知寒停下脚步，转过头来看着她，冷冷地说："我不是让你别再来找我吗？"

洛欢想：你说不许找你我就不找你？我什么时候这么容易让人拿捏了？她不确定他身上到底有哪些伤口，也不敢贸然动他。她没计较他的语气，努了努嘴，说道："你这回是为什么请假？感冒了还是受伤了？"

江知寒面无表情地说："与你无关。"他似乎不想再和她多说什么，转身就要走。

洛欢被他接二连三地冷落，脾气也上来了。她觉得自己挺随和的，但并不代表没有脾气。她站在那儿，一动不动地瞪着他。

巷子里人来人往，偶尔有人会好奇地朝着他们俩望过来。有些人认识江知寒。

洛欢一动不动地盯着江知寒的背影，在他的后面说："江知寒，你忘恩负义，无比绝情，上辈子一定是绝情谷的老谷主……"她开始胡说八道，仿佛一定要毁掉江知寒在这儿的名声。

江知寒停下脚步，转头看向她，那张俊俏的脸上罕见地出现了无奈的神情。

洛欢演到兴起，忽然揉了一下眼角，快哭出来了似的："你无情无义、无理取闹，人家为了你容易吗？我千里迢迢地从学校赶过来关心你，你还对我这么冷淡！呜呜呜呜。"

漂亮的小姑娘当街大哭，顿时引起了不少人注意。有认识江知寒的邻居探出头喊："江知寒，你是怎么回事啊，让这个小姑娘在面前哭？"

还有邻居打趣他："小寒，你该不会在学校里欺负了这个小姑娘吧？做人可不能这样!"

很多人笑了起来,可江知寒还是面无表情。

洛欢还在揉眼睛,像是真哭了。

江知寒平生第一次遇到这么不讲章法的女生。在众人似笑非笑的眼神里,他不得不返回来,走到洛欢的面前。

"走吧。"他说,语气生硬。

洛欢装模作样地哼了一会儿才睁开眼,瓮声瓮气地问:"去哪儿?"

"我送你回家。"江知寒说,"你不想在这里被当成大熊猫围观吧?"

洛欢觉得无所谓。她学舞蹈,自小上台表演,什么样的阵势都见过,自然不怕被人围观。不过,她不想被江知寒当成厚脸皮的女生。于是她犹豫了一会儿,勉为其难地答应了他。

"我腿疼,暂时不想回去。"她娇气地咕哝。

江知寒忽然看着她。她故意转过头去。反正在大庭广众之下,他不可能把她丢在这儿。

他想了一会儿,转了个方向:"你先去我家吧。"她正有此意,于是开开心心地跟了上去。

江知寒先带洛欢去了他家的杂货店。这会儿店里没人,门虚掩着。他随手推开门走进去。洛欢也不客气,像到了自己的家一样跟进来,结果立马闻到一股浓重的烟味。

洛欢闻不了烟味。洛国平基本不抽烟,偶尔烟瘾犯了,也只敢背着蒋音美偷偷地抽上一根。此时,洛欢娇气地皱起了鼻子。江知寒好像闻不到烟味,走进去打开里面的小门,然后拿出扫帚开始扫地,一副典型的好学生的样子。

洛欢哼了一声,看着他说:"喂,江知寒,你闻不到烟味吗?吸二手烟有害健康。"

江知寒不理她,当她是个透明人。

"这里怎么连窗都没有?……"洛欢自顾自地环视一圈,终于在角落里看到一扇被关紧的窗户。窗户的合页有些生锈,像是很久没有被打开过了。她跑过去,伸手握住扳手往上扳,没扳动。她的手被铁锈染红了,而窗户却只抖动了几下。

她感到身上起了一层鸡皮疙瘩,立刻转身去找江知寒:"我该去哪儿洗手?"

他看了一眼女孩如临大敌的模样,沉默了一会儿,从货架上取了一包湿巾递给了她。她立刻拆开湿巾擦手。直到两只手都被擦干净了,她才好受了一些,但手上依旧有铁锈的味道。

"湿巾多少钱啊?我给你钱。"洛欢随口问道。她的眼睛在浓密的睫毛下扑闪着,漂亮得不得了。

"不用。"他淡淡地说,用扫帚轻轻地扫过地面,发出细微的响声。

洛欢扭过头去,看到江知寒正将垃圾扫入簸箕中。他背对着她,微微弯腰,双腿笔直又修长,略紧绷的衣料勾勒出他清瘦的腰身线条。

他连扫地的样子都这么令人赏心悦目……

江知寒直起身,走了两步,忽然回过头,刚好看到洛欢直勾勾地盯着自己。

被他看到时,洛欢不仅不躲闪,反而大大方方地冲他一笑。

简直……江知寒转身就走,脸上的表情还是紧绷着的。

"喂,你去哪儿啊?"洛欢问道。

江知寒深吸了一口气,闷声说:"倒垃圾。"

洛欢"哦"了一声,看到旁边有椅子,于是坐了下来。看着变得干干净净的地面,她怀疑江知寒比她还爱干净。

杂货店里来了个七八岁的小男孩要买雪糕。洛欢不知道定价,于是随口说了个价钱。小男孩顿时瞪大眼睛,一副遇到黑心商家的模样,大叫道:"'夏威夷'明明才1块钱!你涨价这么快,骗人!"

洛欢见他长得虎头虎脑,挺可爱的,于是起了逗弄他的心思:"人工搬运费、看管费、电费……这些不是钱啊?"

江知寒进来的时候,一大一小还在冰柜前扯皮。小男孩没买到雪糕,委委屈屈地扭过头,眼里含着两泡泪,向他告状:"哥哥,这个姐姐欺负我。"

见江知寒静静地看了过来,洛欢立刻变乖,讪讪地笑:"我逗他玩呢。"

江知寒不语,从冰柜里拿出雪糕递给了小男孩。小男孩立刻接了过来,把钱给他。

洛欢靠在一旁嘻嘻哈哈地说:"欢迎下次再来。"

"哼!"小男孩把头一撇,趾高气扬地走了。

洛欢抿了抿唇,觉得这个小孩真的不好玩。

"你还有事吗?"

身旁忽然传来一个声音,洛欢回过神,对上江知寒黑漆漆的眼眸。

她站起身,挠了挠头:"也没什么,就是看看你好不好。"

"我没事,明天就去学校。"江知寒顿了顿,看着她继续道,"时间不早了,回去吧。"他又恢复了以往那副疏离冷淡的模样,开始赶她走。

"以后别再来了。"江知寒用的语调不高,却说得清晰,仿佛在劝导她。他开着大门,仿佛就为等她离开。

这人简直是座冰山啊!洛欢在心里怒骂了一句,感觉自己刚才在他家店里完全是在浪费时间。她再任性也是有自尊的,至少现在她失去了缠着他的欲望。于是她冷着脸,高傲地转身,从柜台后走出来。

江知寒一动不动。

她走得挺快的,在门口撞见了一个人。那男人正要进门,看见她,停住了脚步。男人穿着件背心,用目光扫过她的脸,笑了一下:"知寒,这是你的同学?"

洛欢认出这是江知寒的父亲,刚要说话,身后的江知寒忽然变了脸色,上前几步走到她面前,挡住男人打量她的目光:"不是,她是来买东西的。"

男人"哦"了一声,脸上带着点儿笑,不知在想什么。江知寒伸手将洛欢牵了出去,有意挡住男人对她的注视。

她被这突如其来的变化弄蒙了。其实江知寒一出来就放开了手,当时也只是扯着她的袖子,并没有做出任何逾矩的举动,但她还是忍不住把目光落在了他的手腕上。

江知寒走在前面,整个人很沉默。走出巷子时,他才停了下来,转头看她。"你回去吧。"他说,"以后别来了,算我求你。"

洛欢挑了挑眉,沉默了一会儿,不知在想什么,忽然说:"江知寒,你把你的电话号码给我吧,我就不来了。"

江知寒拧着眉毛说:"我没有手机。"

洛欢转了转那对漂亮的眼珠,忽然看向他身后,说:"那我去问问叔叔好了。"

他最后还是给了她一串号码,不过补充了一句:"我不经常用电话。"

少女飞快地将号码记在手机上,认真地说:"我知道。我就偶尔给你打一下电话,问问你为什么请假。"

江知寒不知道该说些什么好,意味深长地看了她一眼,而后转身向家走去。

"明天见啊。"洛欢很开心地冲着他的背影挥手。她这样一闹,又引起了不少人注意。少年一次也没有回头,好像还加快了脚步。她笑了笑,觉得心情很好,准备坐公交车回家。

在公交车上，洛欢一直在研究那串号码。她先在网上搜了一圈，没发现这个号码有人人网、贴吧等网站的留言"黑历史"，她觉得挺满意的。

她回到家，发现蒋音美还没回来，洛国平正在厨房烧饭。她回到房间，坐在书桌旁，深吸了一口气，试着加他的微信。

可她没有搜到他的微信名片，于是蹙着眉，给江知寒发了一条消息。对方没回，她又给他打了电话，这才发现他根本没充话费，电话停机了！

"他不会是在糊弄我吧？"洛欢有些生气，正琢磨着明天要怎么质问他时，洛国平在门外喊她吃饭。她没办法，赶紧应了一声，闷闷地放下手机站起身。

江知寒是到了晚上才想起这件事的。那时他刚写完物理练习册，顺便看了一眼放在一旁的手机上的时间。

他用的手机是一款步步高牌的音乐手机，是前几年杨艳娇回老家过年时在家具城参加抽奖活动得到的。这个手机杨艳娇用了几年，才给了儿子，边角已经有了磨损。

江知寒几乎不用手机，一般只用它看时间。灯光下，想起下午洛欢张牙舞爪的样子，他微微皱起眉头，放下手机，合上书关了灯，起身去洗漱。

临睡前，江知寒盯着手机看了良久，任幽蓝的光映照在他的脸上。过了一会儿，他定好第二天的闹钟，然后把手机关掉。睡到一半，少年忽然睁开眼，几不可闻地叹了口气，掀开被子下床，从书桌抽屉里取出 SIM 卡（用户身份识别卡），打开手机装了进去。不知他是不是被某人烦怕了？

第二天一大早，洛欢就不开心地坐在座位上，沉着脸，不去食堂，也不去小卖部。一旁的谷雨咬着酸奶吸管，掐了下她柔嫩的小脸："喂，谁又惹你了？"

她伸手拍掉谷雨的爪子："烦着呢，别理我。"然后她趴到桌上，侧头盯着手机发呆，把那张白嫩的脸挤成了包子。

"还真有人惹你了啊？"谷雨笑了一声，酸奶也不喝了，凑过来对她说，"哎，不会是跟付和西吵架了吧？要不我帮你去说说？"

谷雨是热心肠的女孩，愿意为闺密付出，但她要是知道了真相，说不定会给洛欢来一顿"胖揍"。

洛欢赶紧拉住她，假装认真地说："别，我有经前综合征。"

谷雨迟钝地问："啥？"

"就是来例假前，身体会不舒服。"洛欢一本正经地说。

谷雨的嘴角抽了抽，她庆幸附近没有男生，吸着气说："嗯，放心，我到时候给你准备卫生巾。"

洛欢无声地扯了扯唇，没再说话，只悠悠地叹了口气。

洛欢因江知寒不给她回消息而烦了一整天。她时不时地看手机，放了学也不走，整个人都快疯掉了。谷雨见状，便拉起她去外面散心。

她们到学校的小卖部里买吃的。谷雨站在炸货摊前，扯了个塑料袋往里面装东西。洛欢不想吃，百无聊赖地站在旁边，只偶尔低头看看手机。

过道里人来人往，十分喧闹。洛欢垂着眸，咬了咬唇，忽然下定了决心。她退出软件，打开通话界面，拨了一串号码。然而，她却只能在手机里听见一阵机械的声音。洛欢脸上的表情越来越冷，在她耗尽耐心就要挂电话时，那边才终于接通了。

"喂？"一道清冽又略带倦意的声音响起。

洛欢整个人愣住了，四周的嘈杂声仿佛消失了。

他又"喂"了一声，停顿了一下，说："你好。"

清晰的声音让洛欢激灵了一下。她觉得大脑里一片空白，突然挂了电话。下一秒，少女兴奋的喊叫声在小卖部的过道里炸开，引得周围人看了过来。

谷雨吓得撒了大半袋妙脆角，惊恐地看过去："洛欢，你在干吗？！"

洛欢那双水汪汪的眼睛亮亮的，瓷白的小脸上透出淡红色。她抓住谷雨的手腕说："他接我的电话了！他终于接我的电话了！"

"这是他第一次接我的电话。我以为他没充话费，为此不高兴了一天！"

谷雨吃惊道："真的？付和西怎么这样啊？那你们平时是怎么交流的？"

两个人驴唇不对马嘴地说话，居然也能继续下去。

"就找他啊。"洛欢也不知道谷雨听进去了没有，抬手晃了晃手机，说，"你自己慢慢挑吧，我有点儿事先走了。拜拜。"话说完，她就跑没影儿了。

"哎……"谷雨望着洛欢的背影。付和西看起来挺害羞的，脾气还有些差，可居然能拿捏住这个丫头。洛欢什么时候因为一个男生这样过啊？谷雨摇摇头，继续慢吞吞地装妙脆角，开始怀疑自己到底有没有错。算了，她走一步看一步吧。

洛欢返回了教学楼，朝教室狂奔而去。这个点儿，学校里没什么人了，只剩住宿生以及高三的学生。洛欢不确定江知寒到底还在不在教室里，但就是想去看看。

1班在五楼，洛欢跑得急，跑上去后大口地喘着气，她第一次对自己的体力产生了怀疑。

门果然被锁住了。洛欢用背靠着教室门，喘着气，抿了抿唇，拿出手机。她看着上面的手机号码，准备设置备注，然而她暂时还没想好给他起个什么名字。洛欢边想边往下走，正要下楼梯时，身后忽然响起了一个熟悉的女人的声音。

"欢欢？"

洛欢的脚步一僵。她迅速放下手机，将手机往身后藏，转过身，看着朝她走过来的两个人，脸上露出一抹笑意："妈妈，爸爸，你们怎么在这儿啊？"

"我找你们汪主任说点儿事。"蒋音美看了一眼楼上，问，"你跑上面去干吗？"

洛欢乖巧地挽住蒋音美的胳膊，用手指挠了挠额头，说："帮谷雨找她一个哥哥。"

洛欢暗想：谷雨，对不起了！

高年级的男生？蒋音美皱了皱眉，又看了一眼楼上，想上去一探究竟。谷雨也算蒋音美看着长大的孩子，她很喜欢女儿的这个闺密，因此难免上心些。这个年纪的少男少女心思活络，蒋音美也不是不明白，可现在正值学习的时候，谷雨要是交了什么不该交的朋友可就不好了。

洛欢疯狂地向父亲投去求助的眼神。洛国平赶紧咳了一声，劝道："咱们管好自己的女儿就行了。再说了，谷雨也不是乱交朋友的孩子，咱们也要尊重孩子们的人际圈嘛。"

洛欢用力地点头。

蒋音美向来严厉，不太赞同父女俩的观点，但最后还是作罢了，只询问了几句，然后叮嘱洛欢不许乱来。

确认江知寒的手机号码能打通后，晚上睡前，洛欢躺在床上举起了手机，眼眸中闪着淡淡的亮光。很快，她认真地打了一些字并发送过去。

晚上，江知寒回到家里，从书包里拿出手机放在桌上。坐下后，他刚开机，就看见屏幕上跳出了几条消息，有的消息是通信公司发来的，还有两条消息是陌生人发来的。他用白皙的手指点开消息：

"嘿。"

"知道我是谁吗？"

江知寒的脑海里不受控制地闪过一张古灵精怪的精致的小脸。他垂下眼眸，没有回复，关掉手机，翻开从巷口图书馆里借来的高二的化学习题看了起来。

　　第二天早上，洛欢睁开眼后做的第一件事就是摸过手机来看，果然，又没收到回信。她甚至怀疑江知寒又没话费了。

　　她想给江知寒充话费，但又想到之前给江知寒买药，他会把钱退给自己。

　　他好像自尊心很强，不愿意接受别人的施舍。但这样，她不就不能经常跟他聊天儿了吗？她不知在哪儿看到过这么一条"歪理"：接近别人的第一步，就是要让那个人习惯你的存在。

　　话费挺贵的，她不知道他家里有没有路由器。如今QQ、微信等聊天儿软件很普及，洛欢习惯和人在网上交流，还建了很多个小姐妹群，不知道已经有多少年没用短信发过消息了。但江知寒好像连微信都没有……在学校里，还没有注册过微信的学生真的很少……

　　床头的闹铃响了起来，洛欢暂时收起那些乱七八糟的想法，认命般起床洗漱。收拾完东西，拿过书包，正准备出门，她忽然停下脚步。下一秒，她从书包里摸出手机鼓捣了一会儿，然后关掉手机，雀跃地跑出了门。

　　阳光有股暖意，照在身上舒服极了，她在校门口的文具店里磨蹭了一会儿，买了几支笔、一个漂亮的本子，然后踩着点儿匆匆地进校。

　　"啧，心情不错啊。"谷雨合上漫画书，看她的眼角眉梢都是笑意，问，"你们和好了？"

　　洛欢把全部的注意力都放在了漂亮的本子上，没怎么听谷雨在说啥，随口应了几句。

　　谷雨挠挠额头，思考：我该怎么劝闺密不要太宠对方呢？对方一个电话就让她激动得不行，让她跟小宠物似的立刻跑过去。在谷雨看来，洛欢从未这么卑微过，她应该永远是被娇宠着的小公主！

　　"欢欢……"谷雨一脸凝重的表情，她纠结地说，"你要不要重新考虑一下跟付和西的关系？"

　　"嗯？"洛欢终于把注意力拉了回来，转过头看着谷雨，"怎么了？"

　　谷雨思考着要怎样说才能不伤害到她，调整了一下措辞，犹豫道："我觉得，付和西对你不太好。昨天你们吵架了，结果他一打电话过来，你就立刻过去找他和好……这都不像你了。"

　　洛欢挑起眉，回忆了一下。昨天放学的时候她的心情不好，谷雨问什么她都瞎说一通，让谷雨误会了。见谷雨一脸担忧的样子，她沉默了一会儿，说："没事，我和他闹掰了。"

"真……真的？"谷雨吃惊地瞪大眼睛，差点儿晕过去。

洛欢本就不喜欢遇到麻烦事，也不想给别人惹麻烦，她觉得自己总利用付和西也不好，万一以后"东窗事发"，大家尴尬怎么办？她转过脸"嗯嗯啊啊"地应了谷雨几声。

谷雨总算放下了心，这才注意到她手中的本子："什么本子？也给我一个。"

洛欢大叫道："你的手是无影爪吗？哎，你别动，这是我好不容易买到的联名款式的本子。"

谷雨伸着胳膊不给她本子："哈哈哈，一个本子而已！咱们俩是什么关系？你再去网上买吧……"

两个人嘻嘻哈哈地打闹着。

课间操一结束，洛欢就往教学楼跑。谷雨在后面喊："你追魂呢？！"回到教室里，洛欢坐下后第一时间拿出手机。

没有收到任何回信，洛欢皱了皱眉，看来他还没看手机。

谷雨发现，洛欢整个早上都在关注手机。

"看什么呢？"上午最后一节课快下课时，谷雨凑了过来。洛欢趴在桌上，皱着眉望着手机。她迅速地把短信页面切换成游戏，清了清嗓子，道："没什么。"谷雨一脸不相信的表情。

放学铃响了，怕洛欢还在等付和西回消息，谷雨便拉着她去外面吃饭，还不许她带手机："我们女生绝对不能这么卑微，知道不？"

洛欢懒得跟谷雨解释这个误会，只好放回手机。吃完饭回来时，洛欢依旧走得很快。

洛欢这么一等就等到了下午。

晚上，江知寒回到家里，只见杨艳娇跟江伟又在为一些鸡毛蒜皮的小事争吵，他们还把东西砸在地上，动静大到连邻居都听到了。

他从小就习惯了，冷漠地进了旁边的屋子，关上门，开始学习。

屋外的争吵声不知什么时候停下了，江伟骂骂咧咧地离开了，动静很大。房门忽然被人推开，杨艳娇也不管儿子在做什么，一屁股坐在沙发上就开始哭："那个挨千刀的，他怎么不去死？一在外面受了气，回来就拿我撒气，成天揪着我那点儿破事说。我怎么就倒了霉，看上他这种人？这小店还是我掏钱开的，他这几年给家里赚过几分钱？要不是我开了铺子，全家都得饿死！"

杨艳娇随意地束起一头鬓发，穿着一条碎花V领的吊带裙，露出丰满的胸脯和有些发黄的、粗糙的肌肤。她对此不甚在意，只捏着手帕擦脸。

这样的情景几乎每隔几天就会发生一次。江知寒让杨艳娇离婚，她又不肯。这对夫妻就这么互相折磨着。

书桌前的少年安静地垂眸写着题，仿佛丝毫不受影响。他做题十分专注，台灯昏黄的光照亮了他柔和的侧脸，长且浓密的双睫落下一片影子。

杨艳娇看着他，忽然觉得又气又憋屈。这个孩子仿佛天生性格冷淡。从他刚出生，她把他从医院里抱回来的时候起，他就对人不怎么亲近。他连奶都不吃几口。

她以为孩子长大点儿就好了，结果他长到现在，还是一副冷冷淡淡、对什么都不关注的模样。好在他成绩很好，从小到大总能拿第一，还得了很多奖状、奖学金，没怎么让她操心。

他一点儿也不像江家或杨家的种。他从小就会在她跟江伟吵架的时候护着她，但她从来不像寻常母子般亲近。可能他们还是缘分浅薄吧？杨艳娇低头擦了擦泪，心头涌起一股复杂又怅然的情绪。但她还是他的母亲，将来他得给她养老。

过了一会儿，杨艳娇调整好情绪，站起身，拉开门走了出去。

月亮升得很高，渐渐地隐没在云层里。

江知寒合上物理习题册，眨了眨困倦的眼睛，这才低头从抽屉里拿出手机，开机。

屏幕上闪烁着几条消息：

"温馨提示，你于9月××日06时45分交费100元，账户当前余额为……"他停下了翻看消息的动作。

洛欢等江知寒的消息等了一整天。

放学后她想去质问江知寒，但想到之前答应过人家不再骚扰了，结果才一天就食言了，怪丢人的，只好不开心地回了家。

接近凌晨，她还坚持睁着困倦的眼睛等消息，直到门外响起敲门声，有人问："欢欢，干什么呢，怎么还不睡？"

"哦，这就睡。"她赶忙应了一声，关掉床头灯，整个房间顿时陷入了黑暗。

手机右上角的时间正式变成零点，对方还是没有给她发消息。

她又气又憋闷，彻底被睡意打败。在睡着之前，她不甘心地随便发了一句话过去：

"你是个王八蛋！"

然后她就关掉了手机，没有看到手机亮了一下。

几乎在江知寒把消息发出去的同一瞬间，一条消息闯进了他的手机：

"你是个王八蛋！"

翌日清晨，失眠了大半夜的洛欢一到教室里就趴在桌上补觉，甚至连早餐都没吃。

第一节课结束后，洛欢饿得厉害，于是拉着谷雨去小卖部买吃的。洛欢正咬着汉堡往教室走，忽然听见身后有人喊自己。

"洛欢。"

洛欢觉得声音有点儿陌生，便停下脚步回头去看。

"谁啊？"谷雨也跟着回头，发现是一个不认识的女孩。

这个女孩穿着高二的校服，眉眼长得大气，还挺漂亮的。

女孩也不说废话，一路跑到洛欢的面前停下，伸手从口袋里摸出一张100块钱递给洛欢。

洛欢不知所措地站在原地。

"这是江知寒让我还你的。"女孩把钱给洛欢后就走了。

"这是怎么回事啊？"谷雨愣了一会儿，看向洛欢问道，"洛欢，你不是早就跟那个江知寒没……"

见洛欢的表情不太对，谷雨下意识地噤声。

洛欢垂眸看着手里的100块钱，然后抬起眼睛望着前面。

就在谷雨以为大事不妙时，洛欢咬了咬饱满漂亮的唇，有几分不爽地自言自语道："那个女生是谁？"

谷雨想：你现在是想这个问题的时候吗？

洛欢没理谷雨，苦恼地捏着那100块钱转身往楼上走。

洛欢的裙摆下露出两条又白又匀称的美腿，有人仔细看的话，还会发现她的肌肉有些紧绷，她的脚步踏得有点儿重。

没等放学，到了中午，洛欢就去堵江知寒了。

德川高中有走读生，离家近的同学中午会回去，离家远的同学就直接在学校里吃午饭然后午休。洛欢的家离得远，她懒得跑回家，就在学校里吃午饭。她不知道江知寒是不是也在学校里吃午饭，但她相信总能撞到他。

她提着一口气来到1班门口，探头往里面看，看到江知寒坐在靠窗的位置上，他正低着头专注地写着什么。

风吹起薄薄的浅色窗帘，太阳光爬上他的额角，他的皮肤被衬得更白暂了，额前的黑色的碎发被光线染成了浅金色。

班里十分安静，只有几个同学还在座位上。放学快20分钟了，江知寒还坐在座位上没走。

洛欢倚在墙上，侧过头望了他一会儿，然后才开口叫他。

"江知寒。"

少女清晰纯净的嗓音在安静的空气中响起，像燥热夏日里的一杯冰镇汽水。

教室里的人被惊扰到，望了过去，刚好迎上洛欢笑得亮晶晶的眸子。下一秒，洛欢就看见江知寒拧了拧眉头。

他这是什么表情？她还没说什么呢。只见江知寒放下笔站起身，朝她走了过来，然后在她的面前停下，垂眼看着她，说道："你怎么来了？"他的语气低沉冷淡，夹杂着一丝不悦。

洛欢的眉头跳了跳。她……长得也没那么讨人嫌吧？她收了收脸上的笑容，咂了咂嘴，低头从口袋里掏出100块钱递到他的面前："你是什么意思啊？"

走廊里，有风拂着他们的面庞。江知寒只看了一眼，便淡淡地说："我以为我之前已经说得很明白了。你要我的手机号码，我给了。你答应过不再缠着我。"他之前还说过，不管她在玩什么游戏，他都没时间陪她玩，潜台词就是她不守信用。

洛欢听到这一番话，有些心虚。她是答应他了啊，可是……

好在她最擅长装无辜，便眨了眨眼，理直气壮地转移话题："我是答应过你，可我这回来找你是事出有因。谁叫你不回我消息？我以为你又没话费了，所以才……"她轻咳了一声，心虚得不敢看他，嘟囔着，"我又没让你还钱。"

江知寒沉默了一下，接着问："那你还找我干什么？"

此话一说出口，原本理直气壮的洛欢瞬间有点儿不自然了。

江知寒等了一会儿，仍然没等到她开口，于是准备转身。

"等等！"洛欢下意识地拉住江知寒的校服。他停下脚步。

洛欢忽然想起今天自己来的目的，大胆地问道："今天给我钱的那个女生是你的什么人？"那个女生好像跟江知寒认识。

洛欢还以为江知寒从不跟其他的女孩子多说一句话，也从不接触别的女孩，结果他转头就让一个女生来替他还钱。

少女的质问没有立场，却又坦坦荡荡。江知寒第一次遇到洛欢这种女孩,有点儿无奈。也许是怕她再烦自己,他沉默了一下,解释道:"那个女生是我的邻居。"

邻居啊……洛欢仔细地观察着他的神情,确定他没撒谎之后才开心起来。她正高兴着,忽然听到头顶上响起江知寒清冷的声音:"你骂我干什么?"

她愣住了,猛地抬头,对上他漆黑漂亮的眼睛。她想起了自己昨晚临睡前气急败坏地给他发的短信好像是……王八蛋?她眨了眨眼睛,真的感到心虚了。

还没和江知寒成为朋友,她就气急败坏地开骂,万一给他留下了坏印象,要怎么扭转过来?她觉得耳根微微发烫,心虚道:"谁……谁让你不回短信?我等了一整天。"她的语气里有点儿抱怨之意。

她低着头,神情诚恳,把细白的手指背在身后,漂亮微翘的眼角闪烁着亮光。江知寒忽然不知该说什么,顿了顿,然后轻声开口:"以后别这样了。"

洛欢哼着歌回到教室。离下午上课还早,教室里没什么人,她干脆趴在课桌上,任由思绪纷飞。

江知寒说完那句话,就转身进了教室。他说的是"以后别这样了"。所以,她以后再跟着他,他应该不会阻止吧?本来她还想和他一起去食堂吃午饭,但是不能操之过急,所以过两天再说吧。她美滋滋地想着,随后闭上眼睡了过去。

上课铃响起,洛欢被吵醒,发现自己白皙的脸颊已经被压出了几道红印。

教室里热闹非凡。谷雨早来了,刚想跟醒来的洛欢说话,见物理老师来了,只好暂时忍住,先听课。

下节课是体育课,同学们三三两两地往外走。洛欢三两下收拾好,也站起身对谷雨说:"走吧。"

夏天的体育课格外烦人,学生才活动了几圈就热得不行。体育老师贴心地让同学们自由活动。洛欢的嗓子干得冒烟,加上她中午忘了吃饭,就拉着谷雨往小食堂跑。

坐在小食堂角落的沙发上,谷雨吸着绿豆冰沙,吹着空调,看着对面的洛欢吃麻辣烫。

"怎么着,是自己交代还是让我逼问你?"谷雨上午就想问她了,奈何她一放学就往外跑,谷雨追都追不上,所以到了这会儿才有机会问她。

洛欢停下吃东西的动作，眨了眨眼，假装傻笑："交代什么啊？"谷雨伸手就要去拿洛欢的冰可乐。

"行，我交代。"洛欢手疾眼快地抢走可乐，说，"我交代，行了吧。"

听完洛欢一番陈述之后，谷雨嘴里的绿豆冰沙差点儿喷出来："我当时是和你开玩笑的，你干吗当真？我不会笑话你啊。你还是我心里魅力四射的小仙女，好吗？"

谷雨恨不得用一盆水浇醒洛欢，她现在万分后悔自己当初一时嘴快，扯谁不好，非要扯那个江知寒呢？

洛欢固执地笑："我不管啊，说到做到！"

看着谷雨的表情，洛欢无奈地笑了："好了，你放心吧，我成功了就撤。"

"真的啊？"谷雨问，看她的眼神充满了怀疑。

洛欢又低头吃饭，随口应和了几句，谷雨看不清她的表情。

谷雨勉强相信了她，催促道："快吃吧，快下课了。"

"真的，我快笑死了，你们知道我刚进去的时候听到什么了吗？"

小食堂门外，一个女孩提着一袋东西跟同伴分享自己刚听来的八卦。

"什么？"同伴好奇地问。

"我听见有个女的说要骗江知寒。"那个女生忍不住笑了，轻蔑地说，"真以为她是什么仙女？"

"哈哈哈，真的假的？顾婉珊，你听见了没？"

顾婉珊扯了扯唇角，并没把这件事放在心上。

谷雨倒不是看不起江知寒，毕竟他是年级第一，但她怕自己的闺密会受到伤害。跟洛欢当闺密这些年，谷雨为她操了不少心。以前洛欢虽然胆大、叛逆，但做事有分寸、聪明，不会给自己惹麻烦。这次谷雨就搞不懂了，她实在不知道洛欢为什么这么执着。

放学后，洛欢收拾好书包，瞥见谷雨一脸担忧的模样，"啧"了一声，故意问："我又不是去炸碉堡，你至于这么紧张吗？"她伸手挽住谷雨的胳膊，轻挑眉毛，"今晚想吃什么？我请客。"

"我才不用你请客。你给我老实点儿，我就谢天谢地了。"谷雨说。

洛欢笑得不行："成！"

回到家，洛欢绞尽脑汁地写着物理作业，却被一道题难住了。她先在网上搜了一圈，可搜到的内容要么是最终答案，要么就是省略了一些解题步骤的解析。她挠了挠头，想了一会儿，就拿过手机给江知寒发消息。

抽屉里的手机忽然振动了一下，江知寒停下了写字的动作。片刻后，他才抬手拉开抽屉，将手机拿出来。

这是一条来自陌生人的消息：

"那个，江知寒，你有空吗？"

江知寒没记过洛欢的电话号码，但总觉得是她。本来他没打算回应，可正要关掉手机继续学习，就又收到了两条消息：

"我想问你一道题，关于物理……"

另一条消息是一个可怜巴巴的表情符号。

江知寒悬在删除键上的手指顿住了，过了一会儿，终于发了条消息过去："是什么题？"

洛欢正无聊地趴在桌上等着他回复，没想到手机真的振了一下。看到回信，洛欢顿时眼睛一亮。明明他回的只是简单的四个字，还公事公办得要命，却让她雀跃起来。她赶紧拿过练习册准备拍照，又想到短信没有发送图片的功能，只好一个字一个字地往对话框里敲。

这年级第一的学习态度就是好，每个步骤他都解释得很清楚。

洛欢的物理成绩实在差得要命，问到后来，她感觉江知寒的回信速度慢了下来，可能她真的让他感到无奈了。过了一会儿，他还是把解题内容发了过来。她觉得他可能在想：她怎么这么白痴？！但是因为他修养好，所以才没发消息过来嘲讽她。

洛欢总算弄懂了一道题，连连给他发了好几个表示感激的表情符号。江知寒没回。她从下往上翻聊天儿记录，发现他发了好多条消息，猜到他花了不少钱，觉得很愧疚。她咬着手指，停顿片刻后，敲了一行字过去："喂，你的QQ号或微信号是什么？可以加我好友吗？"

洛欢发出这段话后有点儿紧张，毕竟这是她第一次主动给一个男生发送加好友的请求。发送消息之后，她就一直盯着手机。她正看得入神，门被敲了两下，蒋音美的声音出其不意地传了进来："干什么呢，看看几点了？还不睡？"

她吓得差点儿把手机丢掉，赶忙应了一声，关了手机去洗漱。

她就知道江知寒不会马上回信。他不会是睡觉了吧？这种好学生一般都睡得早。算了，她明天再问也不迟。

实际上，江知寒看到了洛欢的消息。

两个人加好友？

这段时间里，学生之间开始建立各种聊天儿群，但班级群还没流行起

73

来，因为如果有事，老师会在学校里通知同学。江知寒很少申请什么社交账号，因为基本用不到。他按了退出键，放下手机，抬手捏了捏鼻梁，而后起身整理书本。

第二天早自习，收不到江知寒的消息是洛欢意料之中的事，因此她也不生气，关了手机，继续读书。

终于等到了下午放学，洛欢收拾好书包，跟谷雨说："你自己先走，我找江知寒说点儿事。"

"你……"谷雨欲言又止。

"放心吧。"洛欢说，表情挺真诚的，"我和他就在学校里说几句话而已，没什么别的事，真的。"

谷雨勉强地点点头。

洛欢感觉江知寒不太喜欢自己去找他，但她也不清楚原因，可能是江知寒觉得她烦吧。洛欢自觉地躲在走廊的尽头处，等周围人走得差不多了再去找他。

经过这段时间的观察，她发现江知寒一般不会太早离开教室，于是也没特意关注他，而是无聊地拿出手机，打算玩消消乐打发时间。她正玩得入迷，旁边就传来了熟悉的男声："欢欢？"

洛欢点在"小黄鸡"上的手指一顿。

付和西在3班，平时和同学走得早，一般遇不到洛欢。今天付和西陪同学上来找朋友，正好看到洛欢一个人靠在墙上玩游戏。距离他们上次见面应该过了一周了。

付和西从小就欣赏洛欢。但小时候他胖，所以就没好意思向她表明心思，结果后来他们一家就搬走了。当长大后，他再遇见她时，发现她变了很多。

她长开了，变得越来越漂亮了，但那大大咧咧、随心所欲的性格还是没怎么变。

付和西的妈妈之前试探过洛欢，但洛欢好像并不喜欢付和西。付和西挺失落的，但也不想给她造成困扰，就尽量离她远点儿，不打扰她。

今天付和西偶然碰见她一个人站在那儿，看到她百无聊赖的模样，有点儿惊讶，最终还是没忍住，走过来和她打招呼。

洛欢抬起眸来，有点儿意外。

"你怎么在这儿？"少女用柔和的声音问。

付和西有点儿受伤，转过头跟几个同学打了声招呼，让他们先走，然后回头对洛欢笑了笑，说："我陪同学上来有点儿事。你怎么在这儿啊？"

洛欢弯腰朝1班门口看了一眼，还有人在往教室外走，便收回目光，随口说："我等同学，你先走吧。"她催促付和西，怕他耽误自己。

付和西张了张嘴，话脱口而出："你等谁？我陪你一起等吧。"他的语气带了些撒娇、无奈的意味。

其实，付和西就是想多跟洛欢待一会儿，他那么多年没见洛欢，快和她生分了。

洛欢深吸一口气，忙着赶付和西走，自然就没看见走廊里的人慢慢地少了。

江知寒从教室里出来，听见从楼梯口传来的说话声，抬眸望了一眼。下一秒，他便淡漠地收回目光，往楼下走去。

付和西还像小时候一样赖皮，洛欢怎么赶都赶不走他。她差点儿动手了，转头看了一眼已经空空的走廊——人都走光了，她还等个屁啊！

她撸起袖子，盯着面前的人看了几秒，踢了他一脚："我不等了行了吧？走走走。"

付和西笑得十分乖巧，得了便宜还卖乖："真的啊？洛姐，你说什么就是什么。"

付和西非要请洛欢吃饭，这一磨蹭就到了七八点。

洛欢也挺爱玩，不知不觉就把找江知寒的事忘了，直到蒋音美打电话叫她回家时才想起来。

回到家里后，洛欢翻出手机看了看，依旧没有收到江知寒的消息。她能屈能伸，毕竟自己要靠近的不是凡人，对方是整个年级有名的"高岭之花"。于是她也没在意，又发了条打招呼的消息给他。

洛欢趴在桌上，边写作业边看手机。她等了一会儿，依旧没有收到他的消息。她把漂亮的眉头皱了皱，又发了条消息过去。

那天她给他充了100块钱的话费，昨天他就算再怎么用，也不可能一下子把话费用光。明明昨天这个时间点儿他还给自己回了消息……那就是他今天懒得回信了？洛欢抿了抿唇，抓耳挠腮地回忆昨天自己到底发了什么他才回信的。

昨天……她发的啥来着？她发的好像是物理题吧。哦，那她就再发一次物理题，反正她这会儿还要做作业，不会的物理题多着呢。

洛欢从书包里拿出物理习题册翻开，在上面随便找了一道大题，老老实实地誊写到短信里，然后检查了一下，发给江知寒。

她耐心地等着回复。不久，手机总算有了点儿反应，振动了一下，屏幕上出现了几个字："你哪一道小题不会？"

原来他在啊。她盯着这句话笑了起来，然后"噼里啪啦"地打字："嗯，都不会呢……"

过了一分钟，那边的人发了一句话："那先讲第一小题。"

江知寒讲起题目来一如既往地认真。无论洛欢对哪个公式有疑问，他都会耐心地讲解，他简直比她从小到大见过的任何补习班的老师都有耐心。但他不跟洛欢说废话，古板得很。看着密密麻麻的好几条短信，她有点儿心疼他的话费。洛欢搞懂一道题目后，舔了舔唇，赶紧打字问昨天的问题："江知寒，你之前看手机信息了吗？你到底有没有QQ号或微信号？"

她等了一分钟，手机没响，便知道江知寒不打算回了，于是打字威胁道："事不过三，你再不回答，我明天一大早就去你们班上堵你。"

果不其然，半分钟后，手机响了。

"我没有QQ号和微信号。"

洛欢得意地笑了声，乘胜追击道："我给你申请一个？"

"抱歉，不需要。"他回复，语气礼貌又带着疏离感。

洛欢"噼里啪啦"地打字："那怎么办？我总不能天天都用短信和你交流吧？我的物理成绩太差了，要是我们用短信交流的话，那得浪费多少钱？我估计你也不会申请账号。没事，我明早去你们班上帮你申请账号。"

那边的人足足有一分钟没发来消息。洛欢实在忍不住，"扑哧"一声笑出来。她耐心地等了几分钟，他终于发过来一条消息。

她一个字一个字地读："你别来了，我自己申请。"

明明他没有发表情图片，洛欢却莫名其妙地读出了一丝咬牙切齿的意味。哈哈哈哈，这个年级第一好可爱！

她心满意足地敲了句话："注册完别忘了加我。"江知寒没回她。

江知寒放下手机，用修长的手指揉了揉太阳穴。过了一会儿，他拿着手机起身出了门。

"你要申请QQ号？"门口，女孩望着眉眼清秀的少年，有些愕然。她被江知寒叫出来，还以为有什么事呢，结果只是他想申请QQ号。江知寒从来都是一门心思地学习，什么时候想起申请QQ号了？QQ号、微信号刚在学生之间火起来的时候，她曾经问江知寒："你要不要也申请一个？"江知寒当时想也没想就拒绝了。

江知寒垂下眸子，稍稍抿了抿薄唇："嗯。"

女孩爽朗地笑了："行啊，申请账号也挺简单的，不过要先下载QQ软件。"

洛欢等到快睡觉时，手机才终于振动了一下，屏幕上显示了一串数字。她睁开眼睛，咧了咧嘴，立马搜索这个QQ号。对方的头像还是系统头像——一只大熊猫，名字叫"天空"，有种一本正经的感觉。

她强忍住笑，用手指点了几下屏幕，加上好友。洛欢困得不行，还没等到好友申请通过，就丢了手机睡了。她没有看到，过了十几分钟，手机屏幕亮了一下，对方已经通过了她的好友请求。

第二天一早，看到已经通过好友验证的消息，洛欢忍不住笑了。她成了唯一一个和江知寒加了QQ好友的人。

自打自家小姐妹说要认识江知寒后，谷雨这两天就一直有些担心，毕竟这是她提议的，万一洛欢出了事，她不好跟蒋阿姨交代。

因此谷雨这段时间里一直有意无意地观察着洛欢。万一有苗头，她好及时跟蒋阿姨说，把危险消灭在萌芽状态。

下午放学时，谷雨正打算跟踪洛欢，没想到洛欢居然主动对她说要去找江知寒说点儿事，让她先走。这叫她怎么跟踪洛欢？

洛欢照旧等在五楼走廊的尽头。

江知寒出来看到洛欢后，不禁垂下了眉眼，脸上闪过一抹苦恼的表情。

第三章
心疼的情绪

洛欢咧了咧嘴,故意装作没看见他。

伸手不打笑脸人,更何况江知寒从来不擅长和女孩子接触。于是,他只看了她一眼,便转身往楼梯下走。身形高挑清瘦的他依旧背着洗得发旧的书包。

洛欢只在原地站了一秒就跟了上去。

这会儿五楼往下的走廊里没什么人。江知寒估计也是被她的出尔反尔弄得没脾气了,低头一个人在前面走着,也不理会她。

洛欢这人有给个杆儿就往上爬的臭毛病。她虽然平时挺随意的,但也挺会看脸色,一旦发现对方对自己有纵容的痕迹,就容易蹬鼻子上脸。

这毛病蒋音美给她改了十几年都没改过来。

周围很安静,洛欢背着书包跟在江知寒后面,裙摆下白嫩的双腿迈得十分轻快。她自娱自乐,也不嫌无聊,嘴里还逗着前面的少年。

"哎,你怎么不说话啊?"

"我有那么丑吗?你看也不愿意看一眼?"

"昨晚你给我讲的受力分析,我立马听懂了,我发现你好厉害,比补习老师都厉害。"

"难怪你能得年级第一——"

前面,江知寒的脚步忽然一停。

洛欢也跟着他猛地停下,差点儿撞上他的后背。

江知寒转过身来，眼眸半垂地望着她，那对清秀的黑眉微微拧起，目光中透着丝丝冷淡。

明明和她在手机上聊天儿的时候还行，可是一见面，洛欢就仿佛是他的仇人一样……

哦不，江知寒这人可能对所有女生都免疫。

"你想说什么？"他问。

啊，这是不耐烦了？

洛欢舔舔嘴唇，眼睛忽闪了几下，俏生生的脸颊扬起一抹灿烂的笑，说："没什么大事啊，就是……"她忽然直直地看向他，表情凝重，"你的QQ号——我是唯一的好友吗？"

江知寒："……"

江知寒轻微地抬了抬眉头，没说话，而是移开目光，准备转身离去。

"哎！"洛欢气鼓鼓地就要追上去。

他快走出教学楼了，操场里的人多了些。

江知寒只得又停下来，轻叹了口气，低声回答她："是，能不能别再跟着我了？"

洛欢眨了下乌黑的眼眸。

在她的视线里，江知寒已经走了。他的背影映着夕阳，梦幻而又隐隐有些孤独。

洛欢甩开心头那点儿莫名其妙的情绪，撇了一下唇，无声咕哝。

不跟就不跟，她又没天天跟踪他！

他为什么还要一遍遍地强调？

晚上，家里。洛欢早早地把其他作业做完了，然后翻开理科那几道不会的题目扫了一眼，摸过手机给江知寒发消息。

这是洛欢第一次和他在QQ上交流，先找了张表情图片给他发了过去。

江知寒不会回她无聊的话，但只要是关于学习的，他还是会照答不误。看来他习惯把学习和其他事分清楚。

果不其然，他沉默了几秒，还是把解题步骤给她发过来了。

讲完题后，洛欢见江知寒不回了，又试探地发了一句话："谢谢，那我明天就不缠着你了？"

这回对方回得挺快的："嗯。"

洛欢气得咬牙，把手机丢了。

不跟就不跟，反正她已经有了他的QQ号了。

这两天洛欢憋着气，没去找江知寒，而是冷着他，每天一放学就和谷雨回家，或者和她去外边玩一圈再回。

这弄得谷雨有点儿疑惑：说好的想跟年级第一的人成为朋友呢，这就是行动？恐怕又是像以前一样，三天打鱼两天晒网吧？

谷雨心里暗松了口气，想着自己也不用整天提心吊胆了。

洛欢虽然不再跟着江知寒了，但晚上回去还是会借着各种由头跟他说话。

只要是学习方面的事情，江知寒一般都会回她，十分有原则。

到了周末，洛欢的第一堂课就是物理课。物理老师的孙女这回没有掉链子，一个催促的电话都没打来，而且化学课、生物课也是如此。

而江知寒似乎很忙，忙着帮其他老师代课。虽然她和江知寒同在一个地方，而且时间几乎高度一致，但一整天都没怎么碰到。而且补习班人多，她也不方便堂而皇之地找他。

洛欢有些郁闷。

生物课结束，洛欢趴在课桌上，给江知寒发了条消息问他在哪儿，然后就一直等着。

准备回家的生物老师提着包路过教室门口。

"洛欢，怎么还不回家？"生物老师问完，像是想起什么似的，又自顾自地笑了，"江知寒刚刚上完课，已经走了。"

"走了……"洛欢"嗖"地坐了起来，尾音微微上扬。

生物老师眨眨眼："是啊，走了5分钟了。"

洛欢瞬间感觉自己的胃有点儿疼。

"哦，谢谢老师。"洛欢郁闷无比地向生物老师道了谢，坐下收拾书包。

他用得着躲她躲得这么厉害吗？

回去后，洛欢没有再给江知寒发消息。

第二天，天气有些阴，是下雨的征兆。洛欢一早就带了伞来补习机构。

虽然江知寒周末两天都会来补习机构，但洛欢不知道他今天会不会还要代课。她也懒得问。

洛欢烦得要命，决定在江知寒主动回她之前不再去找他了。

下午放了学，洛欢收拾好书包就准备去舞蹈班。

课程结束时，外面下起了雨。窗外雨声不停，洛欢嫌身上黏得厉害，就去洗了个澡。

雨还在下，外面一片雾蒙蒙的。洛欢不想这么早回家，就没让洛国平来接自己，而是给谷雨发了消息，叫谷雨出来玩。

"现在？大哥，你没搞错吧？现在雨下得这么大，你叫我出来？"谷雨回复道。

洛欢站在机构一楼的窗前，"噼里啪啦"地打字："来不来？不来我请别人了。"

谷雨回得很快："大哥，等我20分钟。"

洛欢哼了一声，收起手机，听着耳机里的英文歌曲，望着窗外。

事实上还不到20分钟，谷雨就打车赶来了，一见到洛欢，就"声泪俱下"地说："为了你，我可是连躺在家里看电影的美事都给放弃了，我对你可太有义气了……"

洛欢有些不耐烦听她讲话，直接伸手勾住她的脖颈，说："走，大哥带你去看电影。"

两个人去了太华商场，先吃了顿海底捞，顺便订了两张电影票。因为这是部动画电影，加上今天是周日，所以带孩子来的家长很多。

电影放到搞笑处，引得观众纷纷大笑，一旁的谷雨抱着爆米花更是笑得不得了。

洛欢心思有点儿飘，就没多少兴致看电影，自然也体会不到趣味，只是抱着爆米花木着脸盯着银幕，消磨着时间。

从电影院出来，两个人又去附近找猫咖店玩，一通闹腾下来，就到了晚上七八点。

她们俩从猫咖店出来后，外面天色渐渐地暗了下来，路灯亮起。雨依旧"淅淅沥沥"地下着，风里掺杂了点儿凉爽。

时间已经不早了，她们在店外分开。洛欢塞上耳机去附近的公交车站。路上有家便利店，一进门就是关东煮。洛欢没忍住，拐了进去。

"我要魔芋丝、海带、鱼蛋，还有……"洛欢挑了七八样，然后结账。

橱窗边有座位，洛欢不想淋着雨吃，就在那儿挑了个位子坐下。

鱼蛋煮的时间长了，有点儿软。洛欢咬了一口，抬起头边吃边看外面。她的余光扫过对面一家药店时，目光忽地一顿。

下一秒，她赶紧把关东煮三两口咽下，拿起放在一旁的雨伞冲了出去。

"哎，你的书包……"店员愣愣地瞧着这个女孩才吃了一两口，就忽然起身拿了伞往外跑——她连书包都没拿。

江知寒手里提着药从巷子前面的药店里出来，正低头一个人往前走着。

江知寒没有撑伞，走在雨中更显得清瘦单薄。

凉风吹着他的衣角。

江知寒穿着校服 T 恤,有些凌乱的发丝遮挡着眼睛,让人看不清楚他脸上的表情。

"江知寒。"突然,江知寒身后响起一个熟悉的女孩的声音。

江知寒脚步一顿,浑身一紧。

他缓缓扭过头,看到是洛欢。

洛欢刚才还以为自己眼花了,没想到竟然真的看到江知寒了。她见他从药店里出来,心脏莫名其妙地一紧,想也不想地就跑了过来。

洛欢微喘着,努力伸手给他撑着伞,紧张地上下看他是不是哪里受伤了。

可就在她刚伸手触碰他的手臂的一瞬间,少年忽地躲开了。

洛欢微愣:"我……我不是要占你便宜,我就看看,你是不是哪里受伤了?"

江知寒冷淡的目光落在女孩的脸上。

少女撑着伞,乌黑的眸子映着昏黄的路灯灯光,干净纯粹又透着点儿紧张。

江知寒攥紧垂在身侧的手指,别开了目光。

"别跟着我。"他的声音透着点儿嘶哑,带着前所未有的冷漠。

说完,江知寒转身就走。

洛欢愣愣地看着少年被风吹着的单薄身躯。几秒后,她追了上去,直接在巷口拦住江知寒的去路,然后在他没有准备的情况下忽然伸手扯了扯他的校服,看到了江知寒腰上的皮肤。

冷白的皮肤上,横亘在他的腰上的瘀青被衬得格外明显。

洛欢瞳孔猛地一缩,手指攥紧。

江知寒反应过来后,立刻伸手推开洛欢的手,有些不可置信地问:"你干什么?"

洛欢慢慢松开被咬得发白的唇,抬眸看着他,微微扯了扯唇,问道:"什么时候被打的?"

江知寒的双眼泛出一抹复杂的目光,薄唇微微抿紧。他再次推开了她:"不关你的事。"

洛欢重新挡住他,说:"不行,你说清楚了再走!"

随后,两个人无声地在街上对峙。

昏暗的路灯下,洛欢那透着坚定的双眸亮如星辰。

偶尔有行人路过，好奇地望一望这边。

江知寒沉默地望着她。

10分钟后，他们回到便利店内。店员见女孩把包丢在这里，差点儿就要拜托人看着店自己去找失主了，却没想到没过一会儿她就自己回来了。

准确地说，她是牵着一个高高瘦瘦的少年回来的。

那男生看起来年纪也不大，好像也是学生。他的头发被雨淋得有些湿漉漉的，面庞白皙，没有什么情绪，精致的五官让人过目难忘。

店员正看着江知寒出神，洛欢就牵着他走了过来，问："姐姐，楼上这会儿没人吧？"

店员反应过来，将目光自那少年的脸上收回，投在面前言笑晏晏的少女的脸上："没有，怎么了？"

洛欢嘴甜，跟店员套近乎，说："姐姐，他是我朋友，父母不在，进不去家门，我们能借你们店楼上坐一会儿吗？"

店员见女孩态度很好而且有消费，就答应了。

"谢谢姐姐，待会儿我下来拿吃的。"洛欢谢过之后，转身又去牵少年的手。

江知寒稍稍躲了一下。

洛欢顿了一下，用细白的手指捏住他的衣角，往旁边的楼梯走："我们走吧。"

江知寒略微惨白的脸冷淡沉静，有种几乎认命的感觉，任由她牵着。

因为他知道，就算自己拒绝，她也会用意想不到的方式逼他就范。

明明他们认识还不到一月，他就已经能猜到她会做出什么反应了。

这家便利店的二楼也有就餐区：一条长长的桌子，两边是类似酒吧的那种卡座。

洛欢带江知寒上来，然后按住他的肩膀，让他坐下。

洛欢感觉到江知寒冰冷的肩膀上的肌肤微微绷紧，便立刻识趣地收回手，让他先坐着，自己下去有点儿事。

窗外的雨小了些，"滴答滴答"地落在玻璃上，在昏暗的路灯下反射着亮光。江知寒身上只穿了件单薄的短袖校服，觉得有些凉。

刚刚下着雨，他还不觉得，这会儿到了开着空调的室内，冷风加速流动，带走了衣服上的暖气，他才终于反应过来。

江知寒垂眸敛目，用左手提着一袋药，低着头一动不动。

他不知道洛欢去干什么，淡漠地想：总之不管她待会儿想干什么，自己配合着就过去了。

直到他身后响起一个甜润的嗓音——

"哟，这么乖地在这儿等我啊？"

江知寒猛地扭过头，见洛欢抱着一袋零食站在楼梯口，言笑晏晏地看他。

洛欢在下面买了几杯关东煮、热牛奶和一些零食，还拜托店员暂时别让其他人上来。

店员十分痛快地答应了。

洛欢手里拿着满满的吃的，一上来就看见少年侧对着她，一动不动地坐着，脸上一副"不管怎么样应付就好了"的认命表情。

洛欢顿觉有趣，忍不住想逗逗他。

江知寒的目光从洛欢的脸上收回，不理会她。

洛欢慢条斯理地走过去，将吃的放到桌上，侧头看他，说："哎，你就这么一直坐着？"

江知寒终于有了点儿反应，将目光缓缓地定格在她的脸上，拧了拧俊逸的眉，轻启薄唇，疏离冷淡地问："你到底想干什么？"

因他此时是坐着的，洛欢站着比他高出不少，所以能清晰地看到他的脸。

他不仅有着标准的挺鼻薄唇，还生得一双好看的眼睛。这一双潋滟的桃花眼，睫毛纤长浓密，眼皮薄薄的，褶皱如工笔着墨一般散开，眼尾微微上挑，有种古风美少年的感觉。

这么优秀又好看的儿子，他父母却总是不当一回事，动辄斥责打骂……没天理啊。

换作洛欢家，爸爸妈妈一定会拿好吃的好喝的把江知寒供起来，亲亲他、抱抱他，绝不会欺负他。

被帅哥不悦地盯着，洛欢很难继续幻想下去，便收起了脑海里乱七八糟的想法，在他的对面坐了下来。

她把短裙下莹白的腿跷起来，将一只手支在膝盖上托着下巴，点了点桌上的零食说："你还没吃饭吧？吃点儿这个垫垫。"

江知寒看也没看，淡声说："对不起，我不饿。"

江知寒依旧固沉静默地看着她，想问她个究竟。

洛欢不禁笑了，挑了挑眉："看我干吗？我脸上有花？"

江知寒觉得她又在逗他，于是深吸一口气，站起身，微微侧头道："你没什么事的话,那我先走了。"

洛欢也不急,软软地打了个哈欠,说:"你走一步,我也不敢保证会发生什么。"

江知寒的脚步生硬地停下。

他没她那么疯,所以注定败给她。顿了几秒,江知寒有些僵硬地扭过头看向她:"你又想做什么?"

洛欢笑得又甜又无辜:"没什么。"

江知寒不得已地坐了回来。

洛欢十分热情地把东西从袋子里拿出来,一本正经地扯谎道:"这家店的老板特别实在,8点以后东西全部打折,我买了这么多,总共都不到20块!"

"你先尝尝这个炸鱼糕,店里的招牌,我每回来这儿都要点。"

江知寒也不知道听进去没有,麻木地伸手接过一根鱼糕,沉默了一会儿,说:"谢谢。"

洛欢大刺刺地笑:"没事。"

洛欢第一次看江知寒吃东西,只见他细嚼慢咽的,一点儿声音也没有,仪态端正得像是古代的矜贵公子。

他连吃东西都这么令人赏心悦目。

洛欢用一只手托住下巴,放肆地欣赏着江知寒,完全没有避嫌的意思。

洛欢本就穿着短裙,将纤细的腿一搭,露出大片雪白的皮肤。

江知寒不经意扫到,突然一哽,不吃了。

洛欢"哎"了一声:"你怎么不吃了?这么多呢,别浪费嘛。"

"我饱了。"江知寒别开眼不去看她,认命般等待她最后的审判。

洛欢"啧"了一声,觉得他的情绪真奇怪。

然后,她起身。

江知寒等了一会儿,不见洛欢有什么动作,刚要询问,忽然感觉身后的衣摆被人轻轻撩起,他瞬间绷紧了后背肌肉。

"你干什么?"洛欢问。因为刚才的江知寒宛如一只炸毛的鸡崽,迅速推开了洛欢的手,扯回了自己的衣服。

对上江知寒那双几乎喷火的漂亮眼眸,洛欢却一点儿都没有占便宜的羞耻感,而是大方地说:"我在看你身上的伤啊,不看怎么涂药?"

江知寒没说话。

"还是说……"洛欢一顿,将声音低了几分,微扬尾音,露出调戏意味的眼神,"你怕被我看光啊?"

江知寒的耳尖通红,他竭力隐藏着情绪,目光冷淡地开口道:"我没有。"

于是,下一秒,洛欢又伸手撩起了他背后的衣服。

江知寒背上下方有一条明显的瘀青,边缘都泛了青紫。其他已经变青的地方也有好像巴掌、棍子留下的痕迹。旧伤新伤叠加着,遍布冷白的皮肤,看上去有些狰狞骇人。

施暴者下手的时候真是一点儿都不心软。

洛欢脸上的笑容顿时消失了。

她不着痕迹地吸了一口凉气,用指尖攥紧他的衣服,甚至攥到手心都出了汗。

他过去十几年,一直都是这么过的吗?

这还是家长吗?

"疼吗?"

江知寒挣扎的动作微微一顿,垂着眼帘,脸上没什么情绪。过了半晌,他才淡淡地说:"不疼。"

洛欢早前就听谷雨说过,江知寒的父亲很不堪,却没想到会到这种地步。

她有些不敢去想过去的江知寒是怎样一个人长年累月地在漆黑无望的环境里生活下去的。

相比之下,她的生活简直太幸福了。

"那你……不报警吗?"

对面的人没有回答。

空气忽然陷入安静。

洛欢垂下眼睛,在手边的袋子里翻出一支红花油,拆开盖,倒了些出来,用棉签轻轻地往江知寒身上有瘀青的地方擦。

她柔凉的手指偶尔会触碰到江知寒的皮肤。

江知寒回过神来,偏了偏头。

洛欢不给他推开的机会,一边涂药,嘴里一边逗他:"你怎么跟个女孩一样?我一个女生都不害羞,你害羞个什么啊?"

江知寒勉强压了压气息。

他从来都没见过这种女孩——毫无规则,根本猜不到她下一步会做出什么事来。

他不知道她总招惹他的目的是什么,他明明都答应给她讲题了。

她是因为无聊,还是觉得好玩?

洛欢刚涂完这处,正要掀开他的衣服往上时,江知寒就怎么也不让她涂了。

洛欢"喊"了一声。她又不能吃了他,至于这么怕?洛欢还想再逗他时,蒋音美打电话来催她:"在外面玩疯了不知道回来了是吧?"

洛欢的身子僵了僵,江知寒却立刻像逃过了一劫似的。

洛欢挂了电话,气哼哼地把东西都放到他的怀里:"回去后好好涂药,听、到、没、有?!"

江知寒低头看着她,默不作声地接过药。他这温暾又耐心的样子,看起来特别好欺负。

唉,难怪他被自己的爸爸这么对待,也能尽量忍受。

洛欢一边塞药,一边分神地想:要是换作是我,说不定没几天就闹翻天了,谁都别想好过。

就算是父母,也没有家暴孩子的理由,难道生孩子就是为了出气吗?

说来也奇怪,在这样的家庭环境里,江知寒的脾气居然还能这么好,不仅没被养歪,反而还这么优秀。

可能这就是基因突变吧。

有那么令人难堪的一对父母,还真是够"幸运"的。不过,好像也正是因为江知寒脾气好,从不凶别人,所以洛欢才能顺顺利利地缠着他。

"噗……"洛欢自己想着都忍不住发笑。

他的脾气可真好,简直是她这么多年来见过的脾气最好的人了。

一个清淡的声音在洛欢头顶上方响起:"好了吗?"

洛欢抬起眸,看到面容清俊的江知寒正微拧着眉头。

他真是不禁逗啊……不过今天也算是占够了便宜。洛欢没再继续得寸进尺,见好就收地放下手,拍了拍。

江知寒略微思考了一下,对她开口道:"20块是吧?我今天钱不够,明天——"

"我不要,真不用多少钱。"洛欢无奈地说。

江知寒沉默了一会儿,点点头,温和地说了句"再见",便越过她离开。

洛欢扭头看过去,只见他的身影修长,又有点儿清瘦,一如冬日里的雪松。

洛欢抿下唇，最开始一时口快的"补习"原因，好像慢慢成了一个借口——她从来没发觉自己居然有跟踪别人的兴趣。

这"兴趣"好像随着时间被洛欢慢慢淡忘，不再重要。她的心头有一抹酸酸涨涨的情绪开始慢慢发酵。

她好像知道那是什么。

这晚回去洗过澡后，洛欢坐在椅子上抱着手机等了好久，还是忍不住发消息给江知寒，询问他有没有涂药，父母还有没有打骂他。

直到睡前，江知寒才回了消息："我没事，谢谢关心。"

他疏离得像在回答问题，惜字如金。

洛欢松了口气，她终于能丢下手机安心睡去。

她迟早要教他学会及时回复女生的消息，但是只能是她。

德川中学每个月都有月考，这个月也不例外。时间刚进入9月，班主任上完课时就通知了这个消息，让同学们好好复习。

班上哀号声一片。

"都好好准备啊，这周五考试。"班主任闲闲地背着手，在一众学生生无可恋的表情里悠悠地走了出去。

"完了完了，我刚开学光顾着玩了，一科都没复习！"谷雨趴倒在桌上，拉长语调，"好歹再透露点儿考试范围嘛。"

洛欢咬着手指，偏头看了她一眼："有这时间你都多背了两个公式了。"

"对对对。"谷雨慌慌张张地爬起来，开始找开学时买的各种复习资料。

因为突如其来的月考，洛欢不得不把精力都放在这上面，将其他事搁在脑后，甚至连自习时间都没跟前后同学玩闹。

好在洛欢前段时间一直被蒋音美押着补习，也算有点儿效果。她最头疼的几门理科的公式现在记得都还算熟，书上的各种例题也都会。

但洛欢就是不会变通，题型稍微变化一下，她就不会了。

她这个程度，应该能应付月考吧？

刚开学，各个科目讲的内容还不算多，洛欢只能抓紧时间死背各种公式。

她们那片地方迎来了难得的安静。

一节课很快就过去了，洛欢感觉自己那装满各种公式的脑袋都快炸了，也就忘了其他事。

"走吧。"洛欢背着书包，在一边等还在收拾的谷雨。

两个人从教室里出来，慢吞吞地往楼下走。

谷雨习惯在公交车来之前先去学校里的小卖部买点儿吃的。进了小卖部，洛欢拿着一个小册子，低着头在谷雨旁边念念有词。

谷雨听得头大，"啪"地一把合上她的册子："求你别折磨我了。"

洛欢"哼"了一声："知道了。"

等谷雨买好吃的，洛欢就在旁边的货架上拿了袋虾仔面，又买了两根烤肠。

排队结账的时候，洛欢正扭头和谷雨说着话，回头时刚好看见一个背着书包的男生站在外面的花坛旁。

洛欢愣了一下。谷雨啃着辣鸭脖，等洛欢结完账，正准备接过洛欢手上的烤肠，洛欢却忽然越过她，提着东西匆匆跑了。

谷雨惊愕地扭头，就看到她的闺密径直往花坛那边跑去。

看到江知寒站在那儿，洛欢赶紧跑到他面前停下来，仰头微喘着问："你怎么在这儿，是来找我的吗？"

江知寒穿着蓝白色的校服，带着一股洁净感，清清瘦瘦的，特别好看。洛欢咬住嘴唇，往后退了一步，抬头看他。

这回江知寒没有否认。他抿住薄唇，在洛欢的目光里垂下眼帘，用修长的手指在校服的裤兜里摸出了20元钱递给了她。

她挑了挑眉。

"昨天的饭钱。"江知寒听她没说话，温和地解释。

"你都吃了啊？"她笑意盈盈地说。

江知寒没有说话。昨晚他到家门口时，忽然停住，转身将怀里除了药膏以外的东西都送给了邻居。邻居家的小孩很爱吃这些零食。

洛欢也不指望他解释，只得无奈地伸手拿了过来，说："我都说了不要了。"

可洛欢知道，如果她不要，江知寒还会接二连三地找机会还她钱的。虽然她对这种机会梦寐以求，但是也不想给江知寒造成困扰。

江知寒点了点头，不再说话，转身要走。

"等等。"洛欢伸手抓住他的衣服，然后将手里的一根烤得焦黄脆香的烤肠递给他，"看你挺爱吃零食的，给。"

江知寒怔了一下，等了几秒，垂下眼睫，缓缓地伸手将烤肠接了过来。

"谢谢。"他低声开口。

洛欢满足了，一双明净的眸子里满是笑意："没事。"

目送江知寒离开后，洛欢心满意足地转过身，立马看到了谷雨一脸被背叛的神情。

她完蛋了。

洛欢只好哄了谷雨一路。

谷雨觉得自己太蠢了,竟然相信这丫头对江知寒是三天打鱼两天晒网的态度。

洛欢那副一见到对方就冲过去的样子像假的吗?而且,以前洛欢买两根烤肠,一定有一根烤肠是谷雨的,可今天谷雨根本没尝到烤肠的味道!

谷雨觉得自己的地位没了,非常心痛,嘀嘀咕咕地抱怨着:"你能不能再加快点儿速度?"

洛欢抿着嘴角,笑了一下:"好,我尽量。"

晚上洛欢回去吃饭时,蒋音美提到了这次月考。

"也不知道你这回能考几分,我要看看补课费有没有白花。"蒋音美喝了口汤,偏头看了她一眼。

蒋音美的潜台词就是,如果这次洛欢考不好,那补习班她就不用上了。

洛欢缩了缩肩,郑重地说:"妈妈,你放心。我这回一定好好考,不给你们丢脸。"

蒋音美淡淡地哼了一声。洛国平很欣慰,给女儿夹了块红烧狮子头。

晚上,洛欢趴在桌上写作业,疯狂地看书。

江知寒今天回得还算快。她问的都是关于学习方面的问题,他也都仔细地回答了。

翻了翻手边的用于基础复习的习题册,洛欢咬着笔头,打了一句话过去:"江知寒,你不是年级第一吗?那你们老师平时对你有优待吗?"

那边的人顿了几秒,才发来消息:"什么?"

洛欢回道:"就是……就是……那个,你知道吧?为了保住你这个第一,老师会不会对你特殊关照啊?这次月考肯定也会有老师关照你吧?"

江知寒直接给洛欢发来一串省略号,过了几秒,又发给她一条消息:"这是作弊。"

他的语气很古板,洛欢隔着屏幕都能想象江知寒那副一本正经的样子。她想笑,觉得他真是可爱,于是轻咳了一下,继续打字:"你想什么呢?我可是人民教师的女儿,像会作弊的那种人吗?你这是在怀疑我的人品吗?!"

那边的人像是感受到了她的火气,忽然沉默了。

洛欢急躁地皱了皱眉。就在她以为江知寒又掉线了的时候,对方终于发来一条消息。

"抱歉,我不是这个意思,对不起。"

这还是江知寒第一次跟她道歉。她愣了一会儿,反应过来后,笑得不行。

"哼。"她回了个高冷十足的字。

江知寒可能觉得自己伤害她了,于是破天荒地主动发了一条消息过来。

"那你想问什么问题?"

洛欢嘟了嘟嘴:"我是想问你,你有没有具体的考试范围?老师应该会特殊关照你,偷偷地给你们好学生考试范围吧?"

"没有。"

江知寒又顿了几秒,下定决心后又发了一条消息。

"如果你想要考试范围,我自己可以帮你,不过不一定会考到。"

啧啧,年级第一还这么谦虚。洛欢摇着头,心想:我就等着这句话呢!她迅速地敲字:"好啊!"

第四章
小调戏

最后，江知寒说让她等等，自己整理一下。

洛欢有点儿吃惊。她以为"学霸"都会记笔记，再不济，他平时也会标注吧！后来她才听江知寒说，他确实会记笔记，只不过怕她看不懂，所以重新整理了一份笔记，毕竟两个人当时的水平的确不在一个层次上。

江知寒不会浪费笔墨记太基础、太简单的知识点。

洛欢听得想揍人。

她"哦"了一声，打了个哈欠，像有了靠山一样踏实下来，又看了会儿书，这才起身去洗漱睡觉。

第二天到了学校里，洛欢发现谷雨还生着气，只好继续安慰她。

"哼！"谷雨气呼呼的，觉得自己好蠢，居然被好闺密当猴耍。

洛欢无奈地伸手朝她勾勾食指，示意她靠近点儿。

谷雨睨她一眼："干吗？"

洛欢背靠着后面的桌子，把双手抱在胸前，悠闲地道："我昨晚有幸得到一本考试秘籍，原本想跟你分享，结果你还生气。"她刻意压低了嗓音，"既然如此，那这份能让人的月考成绩提高至少100分的礼物，我就不给你了。"

谷雨原本准备通过晾着洛欢来表达自己的愤怒，但一听到有考试秘籍，立刻狐疑地看着洛欢："什么考试秘籍？真的假的？"

洛欢一笑，白皙的小脸上露出点儿坏意："我拿到了江知寒的笔记，他昨晚答应帮我整理考试范围。"

"你们还私底下联系上了……"谷雨睁大眼睛。她话还没说完,洛欢便伸出一根白嫩的食指,严肃地问:"一句话,你要还是不要?"

虽然闺密比较重要,但是考试也……而且,虽然关于江知寒不好的传闻颇多,但他的成绩不是假的……在二者之间,谷雨艰难地选择了笔记。

"别以为你用'秘籍'就能收买我了。"谷雨木着脸说道。

洛欢笑着看向谷雨,说:"放心吧,人家根本就没想过要讨好你。"

谷雨想:这胳膊肘老往外拐的闺密,我还能不能要了?

上课时,洛欢单手托腮,盯着黑板,偶尔分神低下头看看手机。她明明知道他这会儿肯定不会看手机,搞不好他根本没把手机带到学校里来,却还是忍不住地看。直到下课,洛欢也没有收到任何消息,她抿了抿唇。

做完课间操,谷雨跟洛欢在楼下的小卖部里买了吃的,边吃边往楼上走。洛欢一边低头啃面包,一边唉声叹气。

谷雨忍不住批评她:"看你这一副怨妇样儿,脸快掉到地上了。"

洛欢抬起头看了谷雨一眼:"我只是在思考要怎么背书。"

谷雨嗤笑一声:"再装。"

到了教室里,洛欢拉开椅子坐下。一旁的谷雨忽然"哎"了一声,拍拍她的肩膀:"你看你看!这是什么?在你的桌上。"

洛欢一低头,就发现乱七八糟的书上竟然有一本崭新的蓝皮笔记本。

"什么?"洛欢拿起来,翻开一页,目光停滞了。

他在本子上整整齐齐地用黑色的水笔写了每科的要点,字迹工整又秀气。

谷雨凑了过来:"哇,这是谁的笔记啊?这字也太好看了吧。"

恰巧学习委员宋雯颖路过。宋雯颖倒是没听清她们说的关于笔记本的事,只是停下脚步,从上到下地打量着她们俩,说:"平时就不好好学习,你们就等着继续拖班级的后腿吧。"说完,宋雯颖就抱着书走了。

谷雨盯着她的背影,轻轻地哼了一声:"仗着成绩好,瞧不上谁呢?也不见她平时帮帮我们啊。"

班长跟学习委员都很清高,平时仗着成绩好,总爱抬着下巴瞧别人。

洛欢低头欣喜地翻动笔记,毫不在意地咕哝:"理他们做什么?我们考好才是正理。"

上课前,洛欢偷偷地给江知寒发了一条消息:"笔记本我收到了,是你给我的吗?"

等了一会儿，还是没收到回信，洛欢就把手机收起来。

上课间，洛欢翻开江知寒写的笔记本对照复习，发现上面的内容比老师讲的还简洁。她好像捡到宝了。

谷雨也挺兴奋："嘿嘿，'隔离法'这个知识点，我看懂了！"

而且，笔记本上的内容不止有物理，还有其他的科目。

洛欢想，他一晚上是怎么写出这么多笔记的？他肯定熬夜了。这个人道歉的方式还挺诚恳的。

谷雨不禁叹息："真不愧是年级第一，连笔记都做得这么有条理。"

这恐怕就是"学神"和"学渣"最直观的区别吧。

洛欢抿抿唇，点点头。

中午一放学，谷雨就扯着洛欢去校门外的打印店里复印资料，顺带在旁边的小餐馆里吃饭。

洛欢点了一锅砂锅米线，没吃几口就催促谷雨快点儿吃。

两个人吃完后，洛欢起身走了几步，忽然停下脚步。

谷雨："怎么了？"

洛欢："你等等。"

洛欢折回去迅速地打包了一份砂锅米线走出来，眼睛都笑弯了："走吧。"

谷雨知道这是她给江同学带的。鉴于收了人家的"好处"，谷雨强忍住翻白眼的冲动，没怎么批评她。

回了教学楼里，上到二楼，洛欢把复习资料塞到谷雨的怀里，然后继续往上走。谷雨摇了摇头，转身回了教室。

这会儿正是午休时间，整栋楼静悄悄的，教室门外的走廊里更是如此。洛欢提着外卖，站在1班的后门口往里面张望。教室里没什么人，只有窗边一个穿着校服的背对着她趴在桌上。

洛欢抿抿唇，再次环视四周，然后踮起脚大大方方地走进去。

江知寒安静地趴在座位上睡觉，把脸埋在臂弯里。阳光透过窗外的枝叶落在他的发梢上，他的头发显得毛茸茸的。

洛欢先立在他的桌边俯下身看了一会儿，而后才走到桌前，轻手轻脚地拉开凳子坐下来，把外卖放在一边。

江知寒睡觉的时候显得很乖。他将整张脸埋进胳膊，呼吸很轻。他精致白皙的侧脸沐浴着阳光，干净乌黑的头发有些凌乱，整个人看上去就如同从漫画里走出来的人物。

94

这是她第一次见他在学校里睡觉。他是不是昨晚熬夜累坏了？洛欢用两手托着腮，安静地看着他。

时间一分一秒地过去，滚烫的食物散发出的香气慢慢地向周围弥漫。江知寒动了动，忽然睁开了眼。洛欢听到动静，赶忙从胡思乱想中回过神来。

或许是因为刚醒，江知寒迷迷糊糊的，完全不是平时那副清冷理智的模样。随着衣服布料和桌椅摩擦出的声音，他慢慢地坐了起来，垂下长睫，用修长的手指揉着眉心。他白皙的侧脸上有被压出的红印，有点儿可爱。

洛欢没忍住笑。江知寒停下手上的动作，瞥到对面坐着的洛欢。他猛地抬头，就对上一双水亮的眼眸。那眸子亮晶晶的，盛着明媚的笑意。穿着校服的洛欢正托着腮望着他，他也不知她看了多久。

见江知寒看过来，洛欢慢慢地翘起粉嫩的嘴唇，用软糯清甜的嗓音说："你终于醒了啊。"

江知寒的表情微微一僵。他感觉全身的血液在往脸上涌，只好极力地克制着，深吸一口气，恢复了一向冷淡的表情，蹙起的眉仿佛能夹死一只苍蝇："你……什么时候来的？"

只是，他高冷的表情配上有些凌乱的乌发和白皙却带着红印的脸，有点儿反差。洛欢没说话，盯着他看了几秒，不禁笑出声来。

"好啦，好啦。"洛欢将手边的砂锅米线往他的旁边推，微微扬了扬小巧的下巴，"你肯定还没吃饭吧？吃。"

江知寒把目光落在他手边的外卖上。外卖被塑料袋装着，不知道是什么，他还没碰就能感受到它散发的热气，空气中飘浮着若有若无的麻椒香气。

"这是学校门口的砂锅米线，我今天吃时感觉很好吃，想让你尝尝。"洛欢解释道。

江知寒沉默了一阵子。

"你快吃啊，真的很好吃。"见他不动，洛欢催促道。

洛欢很喜欢和亲近的人分享食物。平时如果遇到什么美食，她都会分享给谷雨，现在江知寒也成了她分享的对象。

江知寒白净的脸庞上没什么表情。他刚睡醒时还在调整思绪，清醒后，又恢复了那拒人于千里之外的冷漠感。他放下冰冷的手指，看了眼墙上的挂钟。时间还早。他深吸口气，转过头，用沙哑的嗓音说："我不饿，你回去吧。"

他又这样……洛欢吃饭的时间也不算晚，她来到这里时才1点，她不信他这么快就吃完饭午休了。她偏看不惯他这副冷冷淡淡、不食人间烟火的模样，听他这样一说，那股子无赖的脾气莫名其妙地就涌了上来。

　　于是，她将身子往后一靠，跷起二郎腿，将纤细的手臂搭在旁边的课桌上，像个小流氓似的，白皙的小脸上透出一股"我偏不听"的执拗劲儿。

　　洛欢说："现在你要么把饭吃了，要么看着我吃饭。事先声明，我已经吃过午饭了，要是再吃的话肯定会很慢。我又不想浪费食物……"

　　江知寒深吸一口气，沉默了一会儿，整理好校服起身。他个子很高又清瘦，站起来能挡住大半的阳光，整个人散发着一股清新的味道。

　　见他起来，洛欢忙问："你去哪儿？"

　　"洗手间。"

　　洛欢"哦"了一声，弯起唇角。

　　或许是察觉到身后放肆的目光，江知寒只略微扯了下身上的衣服，便迈开了笔直修长的腿，朝外面走去。

　　直到他走出教室，洛欢才慢吞吞地收回目光，伸手把外卖袋子解开，打开锡纸散热。

　　五楼就有洗手间，江知寒拧开水龙头，抬起头。下一秒，看到镜中少年白皙的面庞，江知寒忽然愣住了。

　　阳光透过窗户的缝隙洒进来，照在他的身上，给他凌乱的发梢染上了金色，配上他白皙的肌肤，有点儿可爱，又有点儿呆。他刚才就是这样对着……难怪洛欢刚才一直笑眯眯地看着他，嘴角还挂着一抹意味不明的笑容。

　　江知寒闭了闭眼睛，过了半晌，抬手关了水龙头。走出洗手间，他僵硬地用手指理了理头发。

　　7分钟后，洛欢看到回来的江知寒，眼睛顿时亮了，朝他招了招手："快来吃，凉得差不多了。"

　　江知寒看向她手边的食物。外卖已经被揭开了盖，上面铺满了菜，汤上漂浮着一层红红的辣椒油，微微地冒着热气，应该很好吃。香气已经在空气中弥漫。

　　江知寒微微抿唇，走了过去。他刚坐下，洛欢就把一双筷子递了过来。她脸上带着温柔的笑，说："给。"江知寒低下头，将筷子接了过来。

　　砂锅店的老板特大方，外卖直接用砂锅装，这让洛欢很惊讶。不过这样更保温，至少现在食物还是热的。

看到上面红红的一层辣椒油，江知寒没动。

"你不喜欢吃吗？真的很好吃，你吃一口就知道了，尝尝吧。"女孩不遗余力地推荐。

江知寒低下头，伸手夹了一筷子米线，在汤里涮了涮才送到嘴里。

洛欢紧张地盯着他。下一秒，江知寒忽地放下了筷子，偏头猛咳起来。

洛欢愣了愣，这才意识到有点儿不对劲儿，赶紧站了起来，紧张地问："喂，你是不是呛着了？你还行吧？要不要水？哪里有水，我去给你买！"

"不用。"江知寒低低地咳嗽了几声，然后转过脸，摆摆手，低声说。可他的眼睛都红了。

江知寒低头从书桌的桌肚里拿出一瓶水拧开盖子喝。洛欢忽然大叫一声，像发现了什么似的："江知寒，你不会不能吃辣吧？"

江知寒的薄唇被水浸润后，格外好看。他抬起眼皮看了她一眼，平静地说："很丢脸吗？"

"那也不是……"洛欢对江知寒的表现感到惊讶。尽管他似乎依旧没什么表情，但不知怎么回事她觉得他有点儿委屈……

她竟然能看到江知寒在"冰块脸"之外还有其他的表情，哈哈哈……她以为男生都很爱吃辣，但她知道了江知寒不但不能吃辣，而且吃完辣椒的反应还有点儿严重。难怪他的皮肤这么好。江知寒只吃了一口辣，就咳得这么厉害，眼眶红红的，鼻尖也有点儿红，像一只雪白的小兔子。洛欢忽然有种微妙的感觉……

她暗自调整着呼吸，假装在思考的样子："男生不能吃辣，也不是什么大事，抱歉，我能吃辣就行。"

说完，她坐下来，拿过一旁的勺子，细心地把上面的辣椒油撇去。

江知寒微微蹙眉，觉得她这句话有点儿怪。鉴于之前的经历，为了防止她再次说出什么惊人的话，他还是不说了。

洛欢抿了抿唇，低下头继续撇辣椒油。几缕黑亮的发丝从她的耳畔垂下，她低着头专注地用纤白的手指拿着勺子一勺勺地往外撇辣椒油，连菜上的辣椒油也不放过。

江知寒移开了目光。

"好了！"洛欢放下勺子抬起头来，看向他的眼神有点儿歉疚之意，"有的菜实在撇不干净辣油了，其他的我撇出来了，你将就着吃好吗？"

江知寒除了不吃辣之外并不挑食。他沉默了一会儿，将筷子接了过来，说："谢谢。"

被撇过辣椒油的砂锅汤颜色淡了不少，但还有些残留的辣油，江知寒吃的时候需要在汤里再涮一涮油。洛欢用单手托着下巴，欣赏这幅"美男进食图"。

"好吃吗？"她忍不住问。

江知寒顿了顿，轻轻地点头。

洛欢弯了弯双眼。她盯着他看了一会儿，忽然问："江知寒，今天早上是不是你亲自把笔记送到我的桌上的？"

江知寒又被呛到了。他放下筷子，偏过头重重地咳嗽着。

问话被咳嗽声打断，洛欢连忙给他拿水，无奈地说："好好好，我不问了，好不好？下次我绝不给你带辣的东西了。"

"谢谢，不过不用再给我带了。"江知寒喝了水，勉强止住咳，对她说道。

洛欢扬了扬眉，笑着道："哎，你怎么这么喜欢说'谢谢'啊？我觉得怪不好意思的。"

或许是性格使然，她从小到大都不习惯听到别人道谢。江知寒抿唇不语，她也不知道他听进去了没有。

反正洛欢已经得到自己想知道的答案了。如果笔记本是别人代送的，江知寒应该不会有这么大的反应。她很难想象江知寒会趁着课间来到她班上亲自把笔记放到她的座位上。

看着江知寒吃完米线，洛欢没继续骚扰江知寒，而是见好就收，在江知寒的同学回教室之前离开了。

"怎么，人家吃了你送的米线？"谷雨咬着棒棒糖，停下正在做题的手，扫视了一下洛欢的脸。

洛欢的心情挺不错。她坐下来，咧了咧嘴，没有说话。

"厉害。"谷雨憋了半天，只能这么评价。外界都说1班的年级第一很不好接近，结果她的闺密没几天就能让人家主动吃她的闺密带的米线了，传言果然不可信。

"那当然，对付这种高山上的雪莲花，就得心脏强点儿才行。"洛欢边整理书边传授所谓的"成功经验"。

谷雨鄙夷地说："你那是'强点儿'吗？你还能再谦虚点儿，你还有什么不敢的？"

洛欢没心没肺地大笑了起来。

"快月考了，还成天就知道玩……"就在这时，她们俩听到一个女孩鄙夷地嘀咕道。

洛欢止住笑，闻声看过去。

穿着校服的女孩抱着一沓习题册经过，被梳得高高的马尾甩得很有精神。

谷雨皱紧了眉："这人有病，用得着这么阴阳怪气地说话吗？"

这人平时都用鼻孔看人，她们俩问个问题对方还满脸不耐烦的表情。这人现在怎么想起她们俩了？

洛欢笑了笑，安慰着谷雨："别管她了。我们学习，反正不怕她嘲讽。"

谷雨看着洛欢："你怎么不反击她？这不是你的风格。"

洛欢无所谓地拿出考试资料，说："等等也不迟。"

什么意思？谷雨没反应过来，但是见洛欢一副认真的样子，自己全身的热血仿佛也燃烧起来，卷起袖子翻资料："看我这次不考个像样的好成绩出来，好好地打她的脸！"

洛欢无声地笑了。

就算快到月考了，老师也不会停课专门腾出时间给学生复习。学生只能在课间、回家后写复习的作业。洛欢为了让母亲看到补习的成果，也不敢像平日里那样玩了，而是专心搞学习，连去找江知寒的时间都少了，只在晚上缠着他给自己补习。

洛欢不爱看书，就拿着江知寒整理的"秘籍"使劲儿复习。

到了月考这天，洛欢一大早就到了教室，一边喝牛奶一边翻书。

谷雨打着哈欠："你昨晚复习得怎么样？我昨晚看到半夜，快困死了。"

洛欢咬着吸管，不让目光离开书，随意地回答："还行吧。"

班上有些人临阵磨枪，下了早自习，食堂也不去了，趴在座位上疯狂地背书；有些人复习好了，就带着朋友一块儿去食堂。

几个女生手挽手经过，看到还趴在座位上学习的两个人，其中一个人忽然嗤笑一声，故意说："早干吗去了？这会儿临时抱佛脚，万一背的都不考，就惨了。"

"哈哈哈，你干吗打击别人的自信心啊？"

洛欢停下翻书的动作，抬头对上那女孩嘲讽的目光。

女孩或许没想到洛欢会盯着自己，笑容僵在脸上，周围的嗤笑声也停了下来。

洛欢往后一靠，从容地一笑："你们没听过这么一句话吗？"

"什么？"那女生不大自在地问道。

洛欢悠然地开口:"临阵磨枪,不快也光。你们看不起我们这些后进生,不知道的还以为你们能考年级第一,可以'拳打四海,脚踢八方'。不过你们连年级前五十名都进不去,也没什么资格看不起别人吧。"

气氛一时有些僵,那几个女生面面相觑,表情都有些难看。

俗话说"物以类聚,人以群分",这些女生和宋雯颖属于一个小团体,成绩在班里算上游,性格比较骄傲,平时不跟后进生玩。

每个班里都有小团体,平时大家各玩各的,互不相干。但这次是她们主动招惹洛欢和谷雨的。她们这次不过是一时嘴快,谁知竟然被洛欢揪住不放了。

洛欢在班上属于不爱学习的学生,她不坏,只是平日爱玩。

洛欢虽然平日里脾气温和,却绝不是"软包子"。再加上她的父母都是学校里的骨干教师,班里的老师多少会给些面子,所以她也不是个好惹的。

正在埋头苦背的其他学生听到那女生讽刺的话,本来打算不搭理的,结果洛欢一反击,他们也忍不住了。一个男生从单词本里抬起头:"你们考了几分啊,就一副指点江山的表情?年级第一都没整天炫耀,你们炫耀什么?真让人讨厌。"

"高中有三年呢,才上高一,你们看不起谁啊?"

"可能人家这辈子就没见过更高的分数,哈哈哈。"

顿时嘲讽声四起,大家考前本来就有情绪,现在都发泄了出来。

那几个女孩也没想到自己随口一句话,居然能引起这么大的反应,很快涨红了脸。

宋雯颖的脸色也不太好看。但她不想跟这些人纠缠,于是按捺住脾气,漠然地对洛欢道:"不管怎么样,明天就月考了,你们与其跟我们争论,还不如多背几个单词,说不定还有点儿用。"说完,她便先走了。其他几个女生面面相觑,也跟着快速地跑了。

"呸,打扰我背书。"男生冷哼一声,正要低头继续背书,面前的桌子就被人敲了一下。他一抬头,便看见洛欢将一本资料放在自己面前。

他蒙了,笑着问:"洛姐,这是什么啊?"

洛欢:"鉴于你刚才说的话我很喜欢,现在我给你一本'考试秘籍'。你拿去复印给刚才帮我说话的那些人,他们照着学肯定能多考几分。"

"真的假的?"男生有些不信。

洛欢嘴角带着一丝笑意,说:"这可是高人给我的,你不要算了。"

"要要要!"男生一把抢过笔记本,笑着说,"那谢了,洛姐。"

他平日里和洛欢关系不错。洛欢仗义，不像其他的女生，她们平时都看不起他。他相信洛欢不可能骗大家，就死马当活马医吧。

"厉害啊，洛欢。"见洛欢坐了回来，谷雨冲着她竖了竖拇指。谷雨早就看不惯那些所谓的清高的好学生了——成绩还没多好呢，人就先膨胀起来了。

谷雨平时想反击她们，又知道自己的成绩确实不好，没底气。可洛欢不一样，她活得向来随性。以前洛欢懒得费口舌，这回应该也受不了，只不过……

"欢欢，你把'考试秘籍'给他们干吗啊？万一他们考得比你好怎么办？"谷雨有点儿私心，不愿意和别人分享。

洛欢喝了口水，拧好盖子说："没关系，毕竟他们也帮了我，咱们班的成绩能上去，班主任不得高兴死啊？"反正她还有江知寒单独辅导。

谷雨被噎住了，不得不承认："你说的也对。"

午休的时候，洛欢跑去找江知寒。她先在1班的门口处晃悠了一圈，没找到他，又跑到楼梯口张望，看到从对面的走廊里走过来一个高高瘦瘦的男孩，于是笑起来，跑了过去。

江知寒上完体育课，从小卖部里出来，正在上楼，就听见一个娇俏的女孩声音，自己的校服还被她抓住了。他身体不稳，被她抵到墙上。

"江知寒！"洛欢依旧一副冒冒失失的样子，她用两只细白的小手攥着他的校服，踮着脚看着他，"你去哪儿了？教室里都没人。"

江知寒站好，别开脸推开她，吐出两个字："上课。"

"哦。"洛欢扯着他的衣领，问，"那你吃了吗？"

江知寒习惯性地点头，又怕她像上次一样给他买吃的，于是开口道："吃了。"

洛欢抿着唇笑着。

江知寒低头从裤兜里摸出一张20元的钱递到她的面前。

哦，昨天的饭钱。洛欢抿抿唇，也懒得跟他争辩，伸手抓过钱。

江知寒点点头，伸手把她推回去，站直身体，和她保持距离，越过她走了。

洛欢不管不顾地跟在他后面叽叽喳喳地说话。

"明天就月考了，你给我的复习资料我学得差不多了。

"今天上午我复习的时候，有女生瞧不起我们这些后进生。我反驳了她们，我们班里好多男生帮了我。"

听见身后的声音，江知寒停下脚步，像是有点儿害怕，从嗓子里冒出一声"嗯"。

身后的女孩又开心起来，跑了过来："我把你的复习资料也给了他们，毕竟他们帮了我，我是很讲义气的。"

"嗯。"

周五月考当天，学校没有专门安排考试的教室。各班的学生在班内调换位置考试。洛欢的位置在第四小组的第三个座位上，旁边就是昨天那群嘲笑后进生的女生中的一个人。那个女生低头在座位上整理考试要用的东西，看到洛欢，就故意放慢动作。另一个人看到洛欢在这里，就跑过来跟那个女生说话，故意边笑边收拾文具。

洛欢不着急地靠在桌旁。

那张桌子的主人是个男生，跟洛欢关系还行，大大方方地让她坐。

"对不起啊，我们收得有点儿慢。"女生扭过头来，假装道歉。

洛欢笑得眉眼弯弯："你慢慢地收拾，这'老寒指'不容易好，我能理解。"

有个男生没忍住，笑出声来。

女生黑着脸瞪了洛欢一眼，嘀嘀咕咕地离开了。

洛欢直起身，走过来坐下。

铃声响起，外班的老师带着试卷进来，8点15分准时开考。两个小时后，老师收了试卷离开。

几个男生起身跑到洛欢前面的座位上坐下，很兴奋地说："神了啊洛欢，刚刚语文那道文言文的题目，你昨天给的考试大纲里居然有！还有翻译题和作文题，大纲里也有！"

"对对对，我第一次把翻译的答案写上了。"

"我昨天背到半夜，没想到'秘籍'真的有用！"

洛欢笑了笑，脸上现出浅浅的梨涡。她垂眸整理着文具盒，说："我说了啊，'秘籍'是高人写的啊。"

几个男生还想说什么。洛欢看到有老师进来，竖起一根食指："老师来了，你们快回座位吧。"

几个男生说说笑笑地起身走了。

上午考了两科，语文跟物理。12点，考试结束。等人走得差不多了，谷雨才来到洛欢的面前，佩服地说："那个江知寒确实厉害。"

语文跟物理考试，江知寒居然押对了那么多道题。

洛欢笑着说："当然了，我们去吃饭。"

下午考的是英语跟化学，4点30分考试结束后，更多的男生拥到了洛欢的面前，无比兴奋地表达自己的心情。

"我感觉我物理能拿满分！"

"哈哈哈，那我化学能得100分！"

"我有生之年第一次弄懂曲线运动。这回考试，物理试卷我写满了，你敢信吗？"

"我后悔昨晚只会考两道题了，不然这次物理就能上80了！"

"洛姐，给你考试资料的'大神'太厉害了吧，物理、化学题押得真准，像提前看过试卷似的！"

洛欢坐在座位上笑吟吟地看着他们。

"他们说什么呢？"教室里，还没走的几个女生望着洛欢拧眉道。

一个女生转过头，对她们说："好像洛欢给了他们什么复习资料，他们都考得不错。"

"怎么可能有什么资料？一群后进生在盲目自信罢了。"有个女生不屑道。

"是啊，有'秘籍'的话，也是班长的资料最接近考试题目。"有女生讨好宋雯颖道。

宋雯颖面无表情地说："走吧，吃饭了，我要饿死了。"

好不容易摆脱了那群男生，洛欢跟谷雨出了教室。走到楼梯口时，洛欢停下脚步，与谷雨两个人对视。

知道她要去找谁，谷雨这回什么都没说，十分淡定地扭头往楼下走。洛欢笑着收回目光，背着书包，脚步轻快地往楼上走。

1班的教室里还有几个学生在订正答案。洛欢站在门口处往里面看，看到江知寒的座位上多了一个女生。那个女生个子不高，穿着校服，背对着她，站在江知寒的课桌旁边，手里拿着一本笔记本在说什么，可能在订正答案。江知寒向后靠在桌子上，垂着眼看着她指的地方，偶尔回应一两句，神情平淡。那女生时不时地扬起脸，望着江知寒的脸笑。

洛欢盯着那女生的后脑勺儿看了几秒，又将目光挪到江知寒的脸上，忽然气沉丹田，喊了一句："江知寒！"

这清脆的声音把里面的其他人吓了一跳。他们停止讲话，扭头看过来。江知寒也朝门口看过来，动作僵硬。背着书包的洛欢站在门口处，用一双水润的眸子直勾勾地盯着他，毫不避讳。

"她是谁？"顾婉珊皱了皱眉，刚问完，便见身旁的男生什么也没说，站起来径直朝门口走去。

顾婉珊愣了愣。

"你怎么来了？"江知寒看起来很意外，语气有些生硬。他很高，几乎挡住了她的目光。

洛欢也不怕他，转了转眼珠，抿抿唇后说："没什么，我就是过来看看你。"

江知寒还没说什么，顾婉珊便走了过来，对洛欢发问："你是谁？找江知寒干什么？"

洛欢不怎么喜欢这个女孩说话的口气，蹙起秀气的眉，没回答她，而是反问道："你又是谁？"

"什么？"顾婉珊皱眉。

"你用什么身份这么跟我说话？"

因为从小练习跳舞，洛欢身高一米六五，皮肤白嫩，气质也好。顾婉珊只有一米六，皮肤也黑。洛欢有身高上的优势，看顾婉珊的时候，占据着俯视的角度，带着点儿气势。

顾婉珊的脸色有些难看。洛欢没有再看她，而是将目光又挪到江知寒的脸上。看这样子，江知寒不表态，洛欢就不走了。

江知寒垂眸。顾婉珊不想跟一个陌生人计较，深吸了一口气，看向江知寒："江……"

"你等等。"江知寒开了口，然后转过身。

顾婉珊的话被打断了，洛欢的脸上露出了笑。然后，班上其他人便眼睁睁地看着江知寒收拾了几本书装进书包，和洛欢一起离开了。

两个人离开前，顾婉珊分明看到洛欢露出了……对自己不在意的表情。

"刚才那人是谁啊？"

"不会是江知寒认识的人吧？我前几天好像看见有个人找江知寒。"

后面几个人正议论着，忽然看到顾婉珊朝他们瞪了过来，纷纷噤声。

洛欢跟在江知寒的身后。走廊里，江知寒背着书包，还是一贯地沉默，也没有甩开洛欢的意思——他知道自己甩不开她。

洛欢蹦蹦跳跳地走了一会儿才抬头看向他，见他真没有解释的意思，于是伸手扯了扯他的衣袖："喂。"

江知寒偏头看她。洛欢抿了抿唇，问他："刚才的那个女生是谁啊？"

那个女生怎么能用那种语气跟她讲话？

"同学。"江知寒回过头，淡淡地说。

"你们之间没有其他的关系？"

"嗯。"

洛欢观察了一会儿他的表情，确定他没什么撒谎的痕迹，这才长长地"哦"了一声。

江知寒走下一级台阶时，洛欢忽然伸手攥住江知寒的衣服，把他按到墙上，凶神恶煞地说："以后除了我，你不许再跟别的女生靠得这么近，知道吗？"

江知寒拧起眉头，想把她推开。洛欢却不动，依旧凶恶地叫嚣："你答应我！"她害怕无论是谁厚着脸皮缠他，都能像自己一样，得到他的关注。

这里是一楼的楼梯间，虽然人少，但也有同学经过。楼上偶尔会传来关门声。江知寒沉默地盯了她半晌，面无表情地点了点头。

洛欢心里一动，松开手，顺手把他的衣襟整理好。

江知寒垂眸看了她一眼。洛欢"嘿嘿"一笑，又开心了。他垂下眼睫，微不可察地叹了口气。

接下来，洛欢一改之前有些别扭的情绪，一路上说个不停。

"你押题押得好准，四门科目押对了不少。"

"今天考完试，我们班里的那群男生特别感谢我。"

"对了，你真的没有提前看过试卷吗？全是凭感觉押的？"

江知寒虽然脸上依旧没什么表情，但还是努力地回答着她的问题："没有。"

洛欢"啧"了一声，笑道："好学生。"

他们在路口处分别。洛欢站在公交车站前，抿抿唇："好啦，我不跟你了还不行吗？不用你说。"

江知寒点点头，转身走了。洛欢看着他的背影发笑，上了公交车。

直到她回了家，脸上还挂着笑。下午上完课提前回来的蒋音美看了洛欢一眼，淡淡地问："考得怎么样？"

洛欢正在玄关处换鞋，抿住唇，保守地说："嗯，还行。"

蒋音美笑了笑："但愿你没骗我。"

第二天他们考数学跟生物，11点考试结束。考完后，班上的一群男生彻底被那份资料征服了，围着洛欢不让她走，吵着想见见她背后的"高人"。

洛欢怎么可能让他们见江知寒？于是她撒谎说"高人"是邻居家在上大学的儿子，对方已经回学校了。应付完他们后，洛欢来找谷雨。谷雨问："下午有什么安排？出去逛街吗？"

洛欢摇头："我下午还要上补习课。"

"你这么乖啊，就不能缺一次课吗？"

洛欢歪头笑："他也要去。"

谷雨做了个无奈的表情，只得气呼呼地收拾东西先走了。

尽管在谷雨的面前保证过，但洛欢回家后还是用手机问了下江知寒。

"下午的补习班你来吗？"

江知寒照例给出一个言简意赅的回答。

"嗯。"

洛欢满足了，将手机放到一边安然地睡去。

下午养足了精神，洛欢精心地打扮一番，背着布袋神采奕奕地去了补习班。生物老师上完课，关心地问她："这次月考的生物题有没有不会的？"

洛欢说："我都会。"

生物老师以为洛欢脸皮薄，笑着说："洛欢同学，你真可爱。月考试卷发下来之后，如果有不会的题可以问老师。"

洛欢知道老师不相信自己，便鼓了下腮帮子，没有再争辩："好的，谢谢老师。"

下课后，洛欢收拾好自己的书包，直接去了办公室。下午办公室里的人不多，她一眼就看到眉清目秀的江知寒正坐在窗边，握着笔批改测试卷。

她在学校里会收敛一点儿，放学后也很规矩，但在补习班就不用太拘束了，毕竟自己是顾客。于是她大大方方地朝江知寒走去："你在看什么呢？"

江知寒批改完一道选择题，抬头就对上一张甜美的脸。洛欢穿着一件蓝色的牛仔T恤衫，搭配一条短裤，把乌黑柔软的发丝束成马尾。她有着白皙的皮肤和一双澄净有神的眼睛。

"初一，周测。"江知寒垂下眼眸，淡淡地说。

洛欢点头表示知道了，也不问他，自顾自地在对面坐下，用一只手撑在桌上托着脸看他。瞧这样子，她是要等他一起回家。

江知寒握着水性笔的手顿了一下，便接着低头改卷。他一副沉静的模样，仿佛丝毫不受影响。

有老师路过看到这一幕，笑着调侃洛欢："哟，又来找江知寒啊？"

洛欢丝毫不害羞，大大方方地道："吴老师，我们是同学嘛，要团结友爱。"

洛欢没看到江知寒听到"团结友爱"时深吸了口气，他的表情也变了。

那老师又笑着说了几句，带着东西离开。洛欢回过头，瞅瞅江知寒面前的试卷，发现还有十几张。

"感觉补习机构里的老师快把你当机器人用了。"洛欢抱怨着，"你还是个学生，而且只是个助教，居然比有些老师还忙。"

听到她嘀咕，江知寒也没抬眼，依旧安静温和地改着试卷。于是洛欢

106

抿抿嘴唇，打了个悠长的哈欠，无聊地趴下来看着他。

随着老师渐渐离开，办公室里慢慢地安静了下来。窗外的风从窗户的缝隙里吹进来，洛欢不知何时竟然在他批改试卷的声音中闭眼睡着了。

洛欢垂着小扇子一样的浓密卷翘的睫毛，奶白色的皮肤像泛着光的白瓷，额上的几缕发丝被风吹得拂到脸上。

江知寒的笔不知何时停了下来。过了一会儿，他将窗户关了一些。

洛欢是被江知寒叫醒的。她迷迷糊糊地爬起来，看到江知寒站在对面，他低头安静地整理批改完的试卷，于是她赶忙站起身，背好书包等在一边。

等他整理好东西，洛欢自发地跟了上去。出了办公室，没走两步，她忽然叫了一声，拽住江知寒说了句："你等等我，我去下洗手间。"她说完转身就跑，没给江知寒反应的机会。

洛欢一路跑到洗手间里，对着镜子照了照，果真在镜子里看到了自己有些凌乱的头发跟被压出红印的脸。

10分钟后，洛欢从洗手间出来，跑到等在墙边的江知寒面前才停下来，喘了口气，然后大方地笑道："走吧。"

江知寒看了洛欢一眼，没有任何表示，朝前走去。洛欢跟在后面，纠结地咬了咬唇。他到底看没看见她的变化啊？哎，算了，无所谓。

洛欢想通后，又欢快地跑了过去。

下午的阳光带着浅浅的金色温柔地洒落下来。离公交车站还有段距离，洛欢一路脚步轻快地走在前面，甩着柔亮的马尾。她短裤下的一双腿笔直纤细。江知寒安静地走在后面。他依旧穿着简单的校服T恤，但因为身形高瘦，整个人像衣服架子似的。他的五官精致无比，很是夺人眼球。

洛欢偶尔扭头看他一眼，发现有好几个女生偷偷地打量江知寒。

她有点儿不高兴，停下来，径直走过去拽住他的手。江知寒低下头看她。

"陪我买冰激凌。"洛欢也不管江知寒同不同意，就把他往街边上的一家冰激凌店里拽。江知寒被拽了过去，她如愿以偿地看到周围女生心碎掉了的表情。

今天他们正赶上路边的店搞活动，水果茶买一送一，于是决定不买冰激凌了。洛欢最喜欢这家店卖的冰鲜柠檬茶，于是排队买。但今天排队的人挺多的，她等得不耐烦，就掏出4块钱让江知寒代买两杯，自己去旁边的树荫里乘凉。

江知寒没说什么，只好替她排队。

大约10分钟后，江知寒带着两杯冷饮走过来。洛欢拿起其中的一杯，然后对着另一杯点点下巴，示意他喝。

江知寒说："我不渴。"

"骗人！"洛欢低头拿吸管往杯子里插，"你的嘴唇都有些干了，喝吧喝吧，没看今天有活动吗？买一送一，所以这不算我请你的。"

接着，洛欢猛地吸了一大口饮料，只觉得通体沁凉。

江知寒沉默了一会儿，从裤兜里掏出……两块钱。洛欢翻了个白眼，伸手拿过钱。

公交车到站了。因为他们俩有段路是往一个方向的，所以207路公交车停下后，他们俩就一前一后地上车了。车上没有空座，洛欢跟江知寒只能抓着栏杆。她故意和他握着同一道栏杆。

"怎么样，我推荐的饮料还不错吧？"见江知寒低头吸了口果茶，洛欢抬起头得意地问。

他垂下浓密纤长的睫毛，微抿薄唇，又喝了一口。柠檬水将他原本有些干燥的嘴唇润得有些诱人。

洛欢忍不住轻声问："江知寒，你没喝过果茶吗？"

江知寒抬眸瞧她，淡淡地"嗯"了一声。洛欢"哦"了一声，垂下眸，伸手挠挠耳后的皮肤："这也不是什么大事，我不会笑话你。你是男生嘛，爱喝果茶的男生本来就少。"

实际上，和她班里的其他男生相比，江知寒除了学习，课余活动简直匮乏得厉害。他们玩的游戏江知寒基本没玩过。这样一个单纯到只知道学习的乖孩子，以后到了社会上被人骗了可怎么办？

洛欢大方地笑着说："没事，以后我带你多多出来玩。"

江知寒没有说话，目光却越过她，落到她身后不远处坐着的一个男人的身上。男人约莫40岁，穿着一身普通的西装，挺着个气派的啤酒肚，上下打量着洛欢。

洛欢背对着男人，所以没看到他。她穿着短裤，尽管是宽松的款式，但一双白皙纤长的腿展露无遗，在车厢里格外夺目。

江知寒发现那男人往洛欢这边看了好几次，就往旁边走了两步，挡住了男人的目光。

公交车到了江知寒家巷口的站。车门被打开了，江知寒却没有下去。

洛欢疑惑地朝他望去。江知寒不知该怎么说，然后胡诌道："我有事。"洛欢很愿意跟他多待一会儿，于是高高兴兴地点头。

这时车上的人下了一些，总算空出了几个座位。洛欢拉着江知寒往后面空着的两个座位走,座位正好就在那个男人的身边。

男人又把猥琐的目光落在了洛欢的身上。江知寒站在过道里没动,冷冷地说:"你先坐进去。"

洛欢不解,但是依言开心地坐到了里面。江知寒坐在外面,用身体挡住男人的目光。他的侧脸十分冷峻。男人不悦,但是见少年一副不太好惹的样子,只好作罢。三站后,那男人下了车。江知寒这才收回目光,起身跟洛欢道别。

洛欢有点儿疑惑,心想:江知寒来这里干吗?不过,她还是很开心江知寒能和她一起坐公交车。

第二天,洛欢下午要去练舞,只有上午能和江知寒一起上课。于是她中午找到江知寒,厚着脸皮问他能不能和自己一起吃饭。结果,她遭到了他的拒绝。

江知寒是什么人啊?真是的,昨天他还对她那么有耐心,今天他就跟失忆了似的!洛欢气不过,忽然把他的水杯抢过来,跑了。谁让他对她忽冷忽热的?!

江知寒没说话。旁边目睹这一幕的老师忍不住笑出了声,调侃道:"洛同学和你的关系挺好嘛。"

毕竟他们年纪相仿,又是补习班里长得好看的两个学生。他们的日常互动,老师看在眼里,觉得格外好玩。这个江知寒虽然成绩好,人也认真负责,深受补习机构里的学生喜欢,但没有亲密的朋友。洛同学是他的第一个朋友。

听着老师的调侃,江知寒垂下眼,看起来很平静。

下午回到家里,洛欢吃过饭就钻进房间,查看手机上有没有消息。

手机上没有消息。

"很好。"洛欢咬了咬唇,向后靠在椅背上,"噼里啪啦"地敲键盘发消息:"什么时候赎回你的杯子?不然我给你扔了。"

江知寒安静了一会儿,有些迟疑地发来一条消息:"明天。"

洛欢哼了一声,把手机丢到一旁。她将目光挪到桌上的白色的水杯上。那是个很普通的水杯,盖子上坠着一条银灰色的挂绳。

洛欢伸手把杯子拿了过来。水杯已经被用了很久,却很干净。她多次见江知寒用修长的手指捏着水杯喝水。她微微地用力拧开盖子,里面装着透明的水。她忍不住晃了晃杯子,甚至有点儿变态地闻了闻。什么味道都没有,是凉白开吗?

凉白开这么淡，他是怎么喝下去的？洛欢从小就不怎么爱喝水，小时候被蒋音美逼着喝，长大后就爱喝各种饮料，就连白开水里也要有两片柠檬她才肯喝。洛欢不由得再次对"学霸"江知寒产生了佩服之情：他连生活习惯都这么健康！

到了周一，洛欢早起去厨房烧了水，重新灌到江知寒的杯子里，临走前还从冰箱里拿了柠檬片放进去。

9月虽然出了伏，但秋老虎仍然厉害，早上还是热得不行。

洛欢灌满水后重新拧紧杯子，然后蹦跳着去学校。到了教室里，她刚坐下，谷雨便凑了过来："听说今天月考成绩会出来。"

洛欢把眉梢轻轻一挑："这么快呢？"

谷雨道："电脑阅卷，就是快。"

难怪洛欢一大早过来，就感觉班里的气氛有点儿紧张。她无所谓，低头收拾书包。

谷雨观察着她，问："你不紧张？"

洛欢头也不抬："你不也不紧张吗？"

谷雨笑："我感觉我比前面哪次考得都好。如果我真的考得还行，等你成功地靠近他了，我就请你们俩吃饭。"

不吃白不吃，洛欢笑道："那你等着吧，反正我快成功了。"

"哼，盲目自信。"

不知道今天会公布哪科的考试成绩，班上的学生都挺紧张的，课间还有同学跑去老师办公室里询问。第一节课下课，她们就听见旁边有几个女生在说话。

"听说咱们班这回考得不错，我去办公室的时候见数学老师脸上的褶子都要笑得多了几条。"

"班主任还神神秘秘的，说现在不给看，等发试卷的时候再说。"

"哈哈哈，咱们班这得考得多好啊？宋雯颖，你跟班长两个人不会考到年级前十了吧？"

众所周知，在他们这个普通班里，学习委员跟班长的水平不分伯仲，轮流是班上的第一名和第二名，不过他们俩的成绩跟那些尖子班的比还是有差距。他俩的年级排名都在前五十之后，跟班里的其他同学比，不过是矬子里拔将军。

"我们不会也考到年级前几十名里去了吧？"

几个女生畅想着，纷纷笑了起来，笑声清脆。

一个女生注意到洛欢在看着自己，忍不住哼了一声，得意地道："看什么看？你再看也考不过我。"她觉得洛欢那天虽然仗着人多势众反驳了自己，但也没什么用，因为学生最终比的还是成绩。

那几个女生用不屑的眼神看着洛欢，笑了。

洛欢无所谓地移开目光，喝着牛奶玩手机。

谷雨看不惯她们："成绩还没下来呢，你们炫耀什么？一个个的，还会预言了不成？"

第二节是数学课，全班同学正襟危坐。数学老师带着试卷走进来，看到平时老爱趴在桌上的后排的男生也一个个精神得不行，满意地笑了笑，然后开始发数学试卷。

第一名是班长，考了125分，分数并没有上午传言的那么高。班长皱了皱眉，推了推眼镜，上去接了试卷。第二名是学习委员，考了119分。

谷雨听了，忍不住"扑哧"一声笑了，凑过去跟洛欢咬耳朵："什么嘛，我还以为他俩都考了150分呢，结果成绩跟平时比没什么大的变化啊。"

洛欢无声地笑着。

前几名的成绩与平时变化不大，这也让同学们开始怀疑上午听到的消息是真的还是假的。传言不是说他们班这次考得还行吗？

洛欢用单手托着腮，看着刚才那几个女生，拿到考卷的，满脸难以置信的表情；而未领到考卷的，则焦急地张望着。

"洛欢，108分。"

大家听到讲台上传来的声音，原本有些喧闹的教室忽然安静了几分。

谷雨把眼睛瞪得大大的，扭头做了个"哇"的口型。要知道，以前洛欢数学成绩差得要命，上学期差点儿没考及格。

班里不少人扭头朝洛欢看过去。而洛欢只是愣了几秒，便站起身，在众人的目光中大大方方地上去领试卷。

数学老师笑着表扬她："这次考得不错，下次继续努力。"

洛欢咧开嘴笑了："嗯，谢谢老师。"

宋雯颖扭头看着她，皱紧眉头。

她刚回到座位上，谷雨就抢过她的试卷前后翻着，确认是她写的，上面还有她用铅笔算数的痕迹。

"我的乖乖，进步这么大，你还是我认识的那个洛欢吗？"

洛欢用手托着脸笑道："我聪明，没办法。"

接着，班上其他人的试卷也陆续被发了下来。这时他们才知道，原来数学老师早上说的"考得不错",是指班里其他人进步很大。

这次,不仅是洛欢,就连其他后进生的进步也挺大的,大家基本考及格了。连一个经常趴在桌上睡觉的男生也破天荒地考及格了。班里的惊呼声此起彼伏。

数学老师发完试卷,在教室里巡视了一圈,忍不住问:"你们这次考试是怎么回事,提前看答案了?"

一个男生高兴地看了看试卷上鲜红的"92",抬头回答:"老师,洛欢的邻居哥哥给了一本复习大纲。那个哥哥押中了大部分这次月考的题目,特厉害!"

数学老师有些惊讶,看向洛欢:"洛欢,是真的吗?"洛欢的邻居里竟然还有这么厉害的人。

洛欢不得已站起来,点了点头,说:"但更重要的还是同学们努力。复习资料只是大纲,不是答案,如果同学们自己不学,就算哥哥给了大纲,同学们也考不好。"

数学老师满意地笑笑:"能让我看看那份资料吗?"

洛欢犹豫了一会儿,想到数学老师应该认不出江知寒的字迹,就低头从书包里掏出笔记本递了过去。

数学老师翻了翻,字迹漂亮又工整,更难得的是,大纲做得很认真。

"你那个邻居大哥哥还挺好的。"数学老师调侃道。

洛欢笑得脸颊上出现了两个梨涡,她克制地点头:"我也觉得,他的资料要比其他人整理得好。"

不远处的班长瞪着洛欢。谷雨实在忍不住,翻了个白眼。

"这本考试大纲很有条理啊……"数学老师翻看着,说,"如果不是看到了大纲,我还以为你们提前看考卷了。能把大纲借我,让其他老师看看吗?省得有些老师说我们班的学生是从哪儿看了答案才考得这么好。"

洛欢犹豫着点点头。

班上那些考得不错的男生纷纷过来感谢她。洛欢大气地笑:"没事,最重要的还是你们自己肯学啊。"

前面的几个女生盯着洛欢,脸色都不大好。

"不就是一科考好了吗,得意什么?还有五科呢。"

"一个个欢天喜地的,一副没见过世面的样子。"

"仗着帮了那些男的,就故意和他们称兄道弟,她好虚伪。"

中午放学后,洛欢没等到江知寒来找自己,不大开心,只好亲自拿着他的水杯上楼去找他。她一边走一边想，自己迟早有一天要让他下来找她。

这一回江知寒倒是没有对她露出厌恶的神色。他原本在座位上坐着，听见她的声音就走了过来，从她的手中接过水杯。

"你不是说今天来找我吗？我以为你不要水杯了。"洛欢倚在教室门口，仰头调侃着面前的少年。

江知寒表情淡定，拧开水杯，看到上面漂浮着柠檬片，喝起了水。他看起来渴得不行。

洛欢愣了一下，忍着笑大声地说："你没拿杯子，就一直这么忍着口渴？"

江知寒差不多喝了半杯水，才低下头拧好盖子，看了她一眼，默默地摇了摇头。没等洛欢说话，他想了一下，淡淡地说："我本想大课间去找你，但是有人。"后面两个字他顿了一下，才说出口。

洛欢睁了睁眼，话脱口而出："你不会又想偷偷地拿走杯子吧？"

江知寒看了她一眼，对她解释："不是偷。"

洛欢不太理解为什么他不爱找她，她又没什么见不得人的。或许是察觉到他略带幽怨的眼神，她轻咳一声，语气却没有丝毫愧疚，"甩锅"给他："谁让你那天对我忽冷忽热的？"

江知寒微抿薄唇，没有说话。过了半晌，他叹了口气，低声说："谢谢你的柠檬片。时间不早了，你回去吃饭吧。"

他拿着水杯往教室里走。洛欢跟上去，问："那你饿了吗？我们……"

"我不饿。"

江知寒打断了她的话，认真地说："老师让我待会儿去登记成绩，我登记完就去吃饭，你先去吃吧。"

洛欢却把双臂在胸前环抱着，用亮亮的双眼上下打量着他，轻轻地挑了挑眉毛，说："你要登记成绩啊，真的假的？哪个老师让我们学生饭都吃不了？要不我让我爸妈打电话问问？"

江知寒没说话。洛欢"扑哧"一笑，说："江知寒，你真的一点儿也不会撒谎。"

江知寒那张俊秀白净的脸上浮现了些许尴尬的神色。少女笑得更厉害了。

江知寒的脸有些红，他沉默不语地坐到座位上。洛欢觉得他有些可爱，忍着笑轻咳一声，走过去好声好气地哄他："好吧，我不问了，行吗？你好好地'登记成绩'，我去吃了。"

江知寒动了动眉毛，没有说话。他穿着校服，身形纤瘦，气质冷淡，仿佛谁也走不进他的心里。

瞅着他那张脸，洛欢生不出气来。她深吸口气，哼了一声："行吧，你一定要吃啊。"

江知寒抬眸看她。她笑了笑，摆摆手，无比潇洒地走了，留下潇洒的背影。

下午又陆续发了三门科目的试卷，洛欢都及格了，而且进步不小。班主任听说了洛欢那份复习资料的事，也看了资料，还特地表扬了她，顺便对这么优秀的学生竟然已经毕业了表示感叹。洛欢笑而不语。

下了课，洛欢照旧被一群人包围住。大家送了她好多零食，甚至还有人开玩笑叫洛欢"救世主"。

就在这时，几个女生突然拨开人群进来，质问洛欢。

"洛欢，你得意什么？你真的以为自己是全班的'救世主'了吗？"

洛欢抬起头来，看了几个女生一眼，说："怎么，我哪里惹到你们了？"

"你……"一个女生咬咬牙，叫道，"不就靠着一份破资料，碰巧跟这次的月考题对上了，你得意什么？下次没了资料，你还能考几分？"

洛欢笑眯眯地说："那抱歉了，我下次还能继续考好。怎么？被你一向看不起的男生超过了，心情很差吧？"她不客气地戳这些人的心窝子，"人家在考试前努力地学了一会儿，就比你们考得好，说明人家的脑子比你们要聪明。"

其实江知寒给的大纲和上课老师讲的重点差不多，只不过他整理了出来。如果大家用心去记，绝对考不差。

几个女生的脸色很难看。

洛欢旁边也有人反驳道："我以为你们能考得多好，结果你们还没我们考得好。你们看不起谁呢？"

"你们年级前五十都考不进去，谁理你们？"

"就是，洛欢不是咱们班的'救世主'，难道你们是啊？"

"平时不见你们来帮我们学习，这会儿有什么资格在这里说三道四？"

那几个女生脸上红一阵白一阵，说不出话来，最后只能灰溜溜地走了。

周围的几个人得意地回头，对洛欢说道："洛姐，以后你就是我们的大恩人，要多关照我们。"

洛欢眨眨眼，笑着说："得了，这次我们也算走了捷径，但高考有捷径吗？你们脑子也挺好用的，别整天想着投机取巧了，踏踏实实地学习才是正理。"

几个男生互相看看，只好憋出一句话来："好吧。"

等大家走后，谷雨凑了过来，挑着眉看她："啧啧，我真没想到，你也会用这种大道理教育别人。"

洛欢拨了拨头发，微抬下巴："这叫近朱者赤。"

谷雨不客气地打击她："你可是到现在还没成功。"

洛欢皱皱眉："我会成功的，快了。"

虽然还有两门科目的试卷没下来，但蒋音美是学校的老师，提早知道了女儿的成绩。女儿全考及格了，语数外三科还都过了100分。

蒋音美在家里看着成绩单，又看了看女儿，轻轻地一挑眉毛。

洛欢："你们知道我这段时间里有多努力吗？我真的很努力，考试前快累死了。"

"真是你自己考的？"蒋音美用不高不低的语调质问她。

"都是妈妈的辅导班选得好。"洛欢说完抿抿唇，在心里补充：还有江知寒辅导。

蒋音美深吸了口气，又拿起桌上的试卷反复地看。洛国平也看着试卷。他们俩怎么看都觉得是洛欢的笔迹，上面还有她用铅笔列过的推导过程的痕迹。

蒋音美终于相信成绩是洛欢自己考的了，也对补习班的效果表示满意。

洛欢很高兴，回到房间里后，就发消息给江知寒说了这件事。江知寒也回了她一句："恭喜。"

洛欢噘噘嘴，不满意，又缠着江知寒说了好久的话。

第二天，最后两门科目的试卷也发了下来。早已知道成绩的洛欢很淡定，谷雨却不同。她第一次成绩全部及格，高兴极了，开始在心里盘算着这次跟父母要什么礼物。

成绩表很快就被打印了出来，洛欢进步了15名，排名第一次到了班级中等。班上不少人的成绩进步很大。他们班的整体成绩在年级里进步不小。

下课后，谷雨乐不可支地说："哎，你看到没有？那几个女的考得没平时的差生好，一个个脸臭得要命，简直快笑死我了，哈哈哈。"

洛欢也忍不住笑了出来，好心情一直持续到了下午放学。她好久没好好地跟江知寒相处了，每次只能见他短短的十多分钟。今天，或许是天气好，或许是开心，她突然好想跟他多待一会儿。

可是，江知寒从来都不想被洛欢跟着，也从来都不找她。于是她像之前一样在放学后跟踪他。但是那天，她在他独自走进小店不久后，看到了她永生难忘的画面。

第五章
我不是说过让你离我远点儿吗？

洛欢原本不想进去，因为看到店里有人。

从上次起，江知寒就明确地表示了不喜欢洛欢来这里找自己。而且，洛欢也不喜欢江知寒的爸爸。

洛欢没想打扰他，就躲在外面的大树下看了一会儿。正准备离开，洛欢忽然看见里面一个男孩抱着东西慌慌张张地往外面跑，边跑还边往后面看。对方是洛欢上次逗的那个小胖子。

洛欢愣了一下，停住脚步，正犹豫着要不要进去，一个玻璃杯子忽然被人扔了出来，"砰"的一声碎裂在地上。接着，从里面传来了激烈的争吵声。洛欢的一颗心提了起来，她急匆匆地跑了进去。

小门半掩着，她隐约能看见院子里有个面目狰狞的中年男人正提着一块砖追着一个女人打。女人披头散发地尖叫着，身上的衣服也有些凌乱，整个人在发抖，用双手死死地攥住前面一个清瘦少年的校服衣摆寻求庇护。

"我今天就要打死你，你给我过来！"

"你自己偷了家里的钱出去，你还有理了？你要不要脸？"

"我拿点儿钱怎么了？当初我为了你，差点儿把家底赔光，这是你欠我的！你还敢说三道四让我丢人，我今天非打死你不可！"

女人慌张地尖叫着，拼命地躲着男人的拳头。被扯住衣摆的少年，发丝有些乱，脸上的表情很冷漠。夫妻俩争吵打架难免会伤到他，但他像个没有感觉的"人肉沙包"，面无表情，或许是早已麻木了。

洛欢张了张口，愣愣地瞧着这一幕。

两个人争执间，男人忽然一拳抡了过去，没打到女人，却打中了江知寒的下颌。江知寒的脸立刻偏了过去。

洛欢禁不住叫了一声。江知寒仿佛听到了动静，忽然扭头往这边看过来。他的眼睛漆黑阴郁，像是无底的黑色旋涡。洛欢从未见过这种眼神，莫名其妙地有些心慌。

下一秒，他忽然挣开杨艳娇的胳膊，大步地朝洛欢走了过来。洛欢下意识地退了几步。

江知寒浑身似乎裹着冰雪，停在她的面前，然后伸手将门关住。门发出"砰"的一声，仿佛砸在了洛欢的心上。风掠过她的脸，带起了几缕发丝。

或许是江知寒离开的缘故，里面的尖叫声停了一阵子，然后又响了起来。这边的动静极大，门口有人好奇地往里面张望。外面的店门还开着，所以那些人只看了几眼就收回了目光，似乎对此早已习以为常。只有路人会好奇地往里面看几眼，但都不敢进去。

"小姑娘，你傻站在里面干吗？快出来。"身后糕点店里的老婆婆见到女孩傻傻地站在店里，赶忙过去将她拉出来。

洛欢愣愣地低下头，看向老婆婆拽住自己的苍老温暖的手。她的声音轻得像在云上，她说："阿婆，江知寒他们家……在打架。"

"知道知道，你别管。"老婆婆没回头，脚步很快，用夹杂着方言的声音劝她，"他们一家从十几年前搬来起就这样，闹一会儿就消停了，我们别管。上次有人来管，还被那个江伟打破了头，住了半个月的医院。"老婆婆的手掌心粗糙却温暖，她一心想要带洛欢远离这里。

十几年前……原来，江知寒从很小的时候起就活在这种家庭氛围里，时不时就要担心自己会不会被父母争吵殃及……难怪他那么瘦，而且总要请假。她不知他还要在那种环境里生活多久。想起刚刚江知寒关门前的眼神，洛欢觉得心里像被针扎了一般。

快走到糕点店里时，洛欢忽然抽出了手。老婆婆回头看她。

"阿婆，你先进去，我得再去看看。"洛欢有些恍惚地说着。她不能坐视不理。江知寒那个父亲是个疯子，万一他真的出事了怎么办？她转身往回跑。

"小姑娘！"

洛欢没有理老婆婆，跑回江知寒家的店外，听到里面打闹的动静更大了。里面的人边哭边说:"早知道你是这种烂人,老娘当初瞎了眼才会跟你结婚!"

"你再说一遍,我一辈子都被你毁了!"

"那点儿陈芝麻烂谷子的破事你还有完没完?你自己管不住你的下半身,赖我干什么?就算丢了工作,也是你自作自受啊!"

男人像被激怒了,拿起一个东西砸了过去。

"啊!江伟,你疯了是不是?!"

洛欢被吓了一跳,忙从书包里掏出手机,颤抖着摁下"110"。

手机被接通后,她说:"你好,我在西路胡同这边,这里有家暴事件……"

5分钟后,胡同口传来一阵警笛声。正闹得脸红脖子粗的男人骤然清醒,见警察过来,立刻泄气了,带着醉意骂骂咧咧地说:"谁报警了?我弄死……"

"老实点儿!"一个按着他的警察沉声喝了句。

江伟立马噤声。刚才还跟江伟闹着,恨不得同归于尽的杨艳娇立刻心疼地嚷道:"你们轻点儿啊,他没有打我,我们闹着玩呢!"

江伟连忙抬头附和:"对对对,我们是小打小闹,根本没怎么着,你看我老婆,她连血都没有出!"

"非得见血才算是吧?"

"哎呀,你们警察就是把事情想得太严重了。"

江知寒坐在院子里的塑料桶上,低着头不说话,任由那夫妻俩与警察缠斗。他的乌发垂在额前,白皙的胳膊上有瘀青,脸上也有瘀青。他有种天生的脆弱感与漠然的气质,与父母的气质实在大相径庭。

"你没事吧?要不我带你去医院看看?"一个女警察不忍心,轻声问道。

江知寒只是沉默地摇了摇头。对面传来少女结结巴巴的声音,他抬起了薄薄的眼皮。

店铺外面,洛欢正被警察问话。她有点儿紧张,但还是努力地保持镇静,有问必答。警察做着笔录,见洛欢害怕,笑着安慰她:"小姑娘,你别怕,我们会保护报案人的安全。"

洛欢想说她根本不担心自己的安全。她刚要说话时,瞥见一道身影从里面出来,立刻停住了。警察侧头看了眼,发现这男生他们认识。他挺可怜的。警察跟他打了声招呼:"出来了?你放心,我们会好好教育你父母的。"

警察用上了经验丰富的语气,江知寒小时候听过多次,可每次的结果都是失望。

江知寒面无表情,并没有说什么,点点头便出门了。他的目光也并未在洛欢的脸上停留一秒。

"江知寒。"洛欢看到他手臂上有瘀青,张了张口,回头问警察,"我可以走了吗?"

警察还想提醒江知寒等一等,让他先上药,闻言回过头来:"啊?已经问完了。你可以……"

"谢谢。"洛欢点了点头便朝江知寒离开的方向追去。

天色暗了下来,街边的路灯亮起。洛欢跟在江知寒的身后,看着少年安静孤独的背影,不说话。

四周人流如织。洛欢看着江知寒独自进了药店。她跟着走过去,站在店外看着他。他低垂着头,面无表情地掏钱、买药。

几分钟后,他提着一袋药从药店里走出来。洛欢往前走了几步,嗫嚅道:"江知寒……"

江知寒没有看她,只是停下脚步,然后头也不回地淡淡地说:"你回去吧。"

"我不。"洛欢盯着他,执拗地说。

江知寒没说什么,继续往前走。他这回没有走洛欢知道的通往他家店里的那条巷子,而是选了另外一条巷子。另一条巷子黑乎乎的,只有最深处亮着一盏灯,巷口几乎什么也看不见。

江知寒一步不停地走着,洛欢想也没想就跟上他。

看到后面隐隐约约的身影,江知寒微蹙眉头。

这条路像是通往居民区。月亮洒下微弱的光芒,洛欢借着月光能看到两边的门都锁着,门口堆着杂物或停着自行车。路上有些泥泞,洛欢走得磕磕绊绊的。虽然她不知道江知寒来这里干什么,但她一点儿也没有犹豫地跟着他。或许她打心底里相信,江知寒不会骗她,他也不会伤害她。虽然周围黑漆漆的,但她看着前面的身影,就莫名其妙地觉得很安心。

正走着,洛欢忽然看见江知寒在路灯下的一条长石凳上坐了下来。

他没有看她,低下头打开药袋拿出药。她跟了过去,在他的身旁坐下。

下一秒,江知寒手里的红花油被一只小手抢了过去。他微微一顿,抬眸看去。

洛欢上次用过红花油，这次低头很熟练地拧开瓶盖，又取出袋子里的棉签蘸了蘸药，拉过江知寒的胳膊，轻柔地往上涂抹。

路灯昏黄的光将少女脸部的轮廓勾勒出来，朦朦胧胧的。

洛欢密睫下的双眸亮晶晶的，握住江知寒手臂的那只手温热柔软，仿佛一片羽毛。她垂着长睫，神色安静又认真，和平时疯疯癫癫又令人捉摸不透的样子完全不同。江知寒眼也不眨地盯着洛欢，周身散发着和平时不同的阴郁气质。

这就是江知寒独处时的样子吗？他每次被打之后，都独自忍受伤痛。她在心里叹息着，不敢像平时一样放肆地说话，只好默默地替他处理伤口。

今天是她第一次见到江知寒家里打架的场景。她直到现在心里都不舒服。她从小就在一个和谐温暖的家庭里长大。虽然蒋音美有时候对她严厉了点儿，但绝对不会动手打她。因为父母的关系很好，所以她一直对家暴没有概念，也想象不到江知寒的生存环境会是什么样的。

江伟那张因喝醉而泛红的脸，那副狰狞的样子，和那次她见到的随和模样完全不同。喝醉的江伟像个疯子一样。她不知道这些年，江知寒一个人是怎么忍受的。身为这种父亲的儿子，江知寒活得很苦吧？

洛欢擦着他手臂上被砖头蹭过的还有血丝的瘀青，渐渐地泛起了心疼的情绪。她给他有瘀青的地方涂了红花油，擦破皮的地方先用酒精消毒，然后再贴创可贴。整个过程，江知寒都没反抗，他只是用那双仿佛没有情绪的眸子淡淡地望着她。

要是在平时，洛欢肯定会激动。但这会儿她顾不上这些，拿了支新棉签给他从右脸到下巴的伤口消毒。

江知寒的脸都肿了，嘴角还有点儿破皮。江伟下手可真狠，这种父亲真是禽兽。洛欢在心里骂着，低头取了一片创可贴撕开，要贴在江知寒的下巴上。然而，她感觉自己的手腕忽然被冰凉的手握住了。

洛欢一愣，抬头对上江知寒乌黑的眼睛。

"为什么？"

"什……什么？"洛欢有点儿僵硬，望着灯光下他的脸。

江知寒忽然又抬起手，用手指捏住她的下巴，把她脸颊上的肉挤了挤。他垂下眸，又低沉地重复了一遍问题，用沙哑的声音说："我不是说过，让你离我远点儿吗？"

从洛欢的脸颊上传来冰凉的触觉——这触觉来自江知寒的手指。

她用一双漂亮的眸子望着面前的少年，觉得他既陌生又有些熟悉。她眨了眨眼,忽然伸手攀上他的手腕,发现他的皮肤微微地绷紧了。

于是她笑了,眸子亮了,轻启粉唇,吐出两个字:"我不。"她的声音甜腻又清脆,还透着点儿任性,唇边的笑容透着一股挑衅的意味。

江知寒木着脸,半响也没有说话。洛欢用水汪汪的眼睛盯着他,眼睛眨也不眨。灯光下,她能隐约地看到他的眼里映着自己的面容。周围有点儿安静。

洛欢忍不住笑出声来,破了功。江知寒像是有点儿恼,收回手,面无表情地别开头。

尽管他依旧维持着镇定的模样,但发红的耳根却出卖了他。

江知寒明明就不是一个冷酷无情的男生,装什么冷酷啊?她又不是被吓大的,他这种把戏一点儿也骗不到她。她看穿了他在演戏,因为自己的下巴并没有被他捏疼。她小声地说:"江知寒,你的演技真的很不好。"

江知寒更恼了,把垂在身侧的修长的手指握成拳头,就要起身。

"别走!"洛欢伸手拉住了他,娇声说,"我还没给你贴完创可贴。"

江知寒本来想说不必了,可谁知洛欢微微一使劲儿又将他拉回去坐下。刚刚那片创可贴在两个人拉扯间掉在了地上,洛欢眯着眼找到它,丢进口袋,然后又翻出一片新的撕开。

江知寒默默地盯着她专注的脸,任她往自己的下巴处贴创可贴。

他不想让别人看到家里不堪的一面,本想说几句重话让她害怕、远离自己。可她好像并没有被吓到,也没有任何嫌弃的表现,甚至还看出了他在演戏。他从没有见过这样的女孩。

"你……"感觉到自己的喉咙慢慢发紧,江知寒盯着洛欢的脸,艰难地说,"到底想干什么?"

洛欢正用细细的手指按住他下巴上的创可贴,用水汪汪的大眼睛看向他,无辜地说:"我觉得我已经表现得很明显了。"

夏末的晚风吹来洛欢柔和、轻盈的声音:"我在意你。"

巷口的汽笛声和巷子里偶尔的狗吠声仿佛消失了。江知寒愣住了,回过神来后,那双漆黑的眼睛装满了平静却又压抑的情绪。

他低声问:"为什么?"

江知寒自认为并没有什么地方能吸引洛欢。

洛欢眨巴着眼睛,唇角微微上翘,笑得没心没肺,道:"你好看啊。"

"我还没有见过比你更好看的男生。"洛欢又小心地补充了一句。

江知寒把脸一沉,低声说:"只是……只是这样吗?我就没有其他能吸引你的地方了吗？"他觉得有些荒唐。可洛欢本身就是一个很活泼的女孩，思维无拘无束，他无法用正常的想法去想她，他从一开始就知道。

"在意就是在意，还需要什么理由吗？等我们上了大学，就在一起。"洛欢说，似是对他的问题表示不解。

江知寒默默地看着她。

洛欢舔了舔唇角，像是开玩笑地说："你好看，成绩也棒。我们关系好，你可以帮我辅导功课，为学校解决一个大麻烦。这么有功德的事，就算是学校也会支持的。"

江知寒记得当初洛欢整天缠着自己，她就是想让他辅导功课。那时他并没有多想理会她，以为洛欢会像其他"花痴"一样，跟踪自己一段时间就没兴趣了。结果他没想到，她不仅没有退缩的意思，反而变本加厉，好像她把他所有的排斥行为都自动过滤了。

江知寒没有完好的家庭，走到哪儿都会被人指指点点。所以他从懂事起，就知道要主动远离别人，从不和任何人深交，怕连累对方。他除了学习，什么也没有，而洛欢拥有一切。他们本不该有交集。

她不知过了多久。

"你……真的考虑清楚了吗？"

就在洛欢在心里打鼓的时候，突然听到自己头顶上方传来少年平静的声音。她回过神来，抬起头，赶紧点头。

"你答应了？"洛欢开心地问。

江知寒垂着眸，没说话，用双手轻轻地拍了拍她的肩，说："起来吧。"

这是什么意思？洛欢满头雾水。

江知寒看了一眼天色，垂眸对她说道："时间不早了，我送你回去。"

洛欢这才想起自己从一放学就跟过来了，赶忙掏出手机看。果然，蒋音美给她打了好多电话。

糟糕！洛欢吞了口口水，刚要回拨电话，忽然想到了什么，先给谷雨打了个电话。电话一被接通，她就说："谷雨，我这会儿在外面。我妈妈刚才给我打了好几个电话，你……"

电话那边的谷雨丝毫不慌，翻翻白眼，悠悠地回答："我知道，阿姨给我也打过电话了，我帮你应付过去了。"

洛欢乐得挑眉："多谢啊。"

"赶紧回去吧，祖宗。"

她没想到谷雨这么直接，轻"哼"了一声，欢欢喜喜地挂了电话。一抬头，发现江知寒站在她身边看着她。路灯昏暗的光照在他的身上，衬得他整个人清俊又好看。

洛欢轻咳一声，收敛了一点儿，收起手机乖乖地看着他。

"走吧。"江知寒收回目光，迈步往巷口走去。

洛欢"哦"了一声，乖乖地跟上去。

江知寒走在前面，巷口的灯明明灭灭，光笼罩着他的身形。洛欢有点儿无聊，跟在后面问："江知寒，这里是哪儿啊？"

江知寒顿了顿，开口了："我家后门的巷子。"

哦，原来如此。她早应该知道，他家的铺子连通前后的巷子，后面应该也有一扇门。

他这是把她带到他的家门口了吗？洛欢胡思乱想了一会儿，想到了什么，问："江知寒，你这次月考考得怎么样？"

"747分。"他的语气平淡得仿佛在谈论天气。

洛欢愣了下，接着做了个"哇"的口型：他只差3分就能拿到750分的满分了，不愧是年级第一。

他们班拿到最高分的人是班长，总分只有678分。这差距，啧啧。大家用的是同样的教材，他怎么考得这么好，脑子是怎么长的？

洛欢再次感叹他们家的基因在他身上真是变异了，而且是换了底子的那种。江知寒的父母上辈子真不知道做了什么好事？她喃喃地说："那个，谢谢你的考试大纲啊，我们班这回成绩进步挺大的。"

闻言，江知寒忽然停下脚步，侧身看着她。

"不过你放心，我没有把你供出去，假称是邻居弄的。"她补充。

江知寒"嗯"了一声，不甚在意，转身朝前面走。

洛欢不禁咧了咧唇角，跟着跑了几步，离他近了点儿才慢下来，偏头看看他，说："我的成绩也进步了十几名，排名升到了班里的中等水平，谢谢你前段时间帮我辅导功课。"

两旁的灯光明明灭灭，衬得他的眉眼精致得过分。

"没事。"江知寒低垂着头，似在思索什么，温和地回答道。

洛欢收回目光，闷头走着。

江知寒似乎没发现洛欢的情绪不好，但一直和她保持着差不多的步调。

这条路崎岖不平，光线还暗。洛欢不大愉快，走得心不在焉，被一块凸起的石头绊了一下。

"啊。"

江知寒手疾眼快地揽住了她："怎么不好好走路？"

洛欢听到头顶略微低沉的嗓音，那点儿委屈瞬间被无限放大了。她抓着江知寒的两只袖子，仰头委屈地盯着他。

"怎么了？"江知寒终于发现她似乎心情不太好，柔声问道。

洛欢说："我还想问你怎么了呢！你不想给我回应也就算了，还这么冷漠。我不就是成绩差了点儿，就要被你嫌弃吗？"

这简直快成了洛欢人生中最丢脸的事了。

江知寒愣了会儿，反应过来后，认真地说："我没有嫌弃你。"

"那你是什么意思？"洛欢质问他。

江知寒想了一会儿，问她："你真的是认真的吗？"

洛欢木着脸说道："不然呢？我老实地跟在你的后面这么久，你连个好脸色都没有，我图什么？"

江知寒垂眸静静地看着她，过了一会儿，轻启薄唇，终于开了口："今晚回去后我给你答案，好吗？"

她还得等他回去？他有什么不能当面说？她回去后更方便他拒绝她吗？他直接拒绝怕她会死缠烂打？

洛欢下意识地嘟了嘟嘴，感觉心里有种说不上来的滋味。

她低头不太专心地往前走着。

前面的江知寒停了下来，看了看她，带着她往前走。

洛欢愣了愣，抬头瞧着他。江知寒高瘦的身体被光笼罩着，四周各种景物仿佛都黯然失色了。他将她送到公交车站前，看着她坐上公交车，便走了。

洛欢回去后，自然免不了被蒋音美盘问、训斥。她低头乖乖地听训。因为提前跟谷雨通过气，再加上洛国平在一旁打圆场，她倒也没受苦。

洛欢回到自己的房间后舒了口气，拿出手机，发现没新消息，于是收拾东西去洗漱。

洛欢第一次这么正儿八经地主动认识男生，结果惨烈地被拒绝，这确实对一向过得顺风顺水的她打击挺大的。她自认为自己长得不差，除了脾气不怎么好、成绩不行外，也没什么不堪的地方。可谁让对方更优秀呢？

洛欢甚至产生了一种逃避的想法。于是，她在浴室里磨蹭了快一个小时才穿着睡衣走出来。

放在桌上的手机屏幕依旧是黑的。洛欢深吸一口气，走过去给屏幕解锁，飞快地瞧了一眼，还没有收到消息。

洛欢说不上来是什么心情，半劫后余生、半失落地把手机放回去，拿起吹风机吹头发，然后又看了会儿书。

可这种时候，洛欢根本静不下心。她索性自暴自弃地打开电脑，开始暴躁地玩游戏。

上天为你关上一扇窗，肯定还会给你打开一扇门。别看洛欢学习差，她游戏玩得挺好的。只不过因为蒋音美平时限制她玩游戏，所以她总尽不了兴。

洛欢心情烦躁，鼠标点得飞快，看着一个个倒下的NPC（游戏中的系统人物），也没有丝毫轻松的感觉，反而有种负面情绪在逐渐地积累。

一旁的手机屏幕忽然亮了。洛欢按着鼠标的手指猛地停下。游戏人物失去控制，瞬间倒在了地上。

电脑的屏幕黑了下来。洛欢望着漆黑的屏幕愣了一会儿，才深吸了口气，拿过手机解锁，抱着被拒绝的心态随意地扫了一眼。忽然，她整个人愣住了，不自觉地收紧了攥着手机的手指。

此时正是深夜，周围极其安静。屏幕上是长长的一段文字，江知寒应该认真地写了很久。

他把他的家境以及他的父母都介绍了一遍，没有用任何修饰、美化的词语，而是赤裸裸地将真相展现给了洛欢。

原来，江父有间歇性精神病。江知寒说："我的家境很不堪，他们是我的父母，我没办法抛下他们不管。我父亲的病，我将来可能会花很多精力治疗，还有我的母亲……外人会戴着有色眼镜看我们，就算在学校里也是。我说这些，是想让你清楚我的情况。我不是个很浪漫的人，除了学习什么都不会，人也很无趣，可能满足不了你的幻想。如果你是单纯地想要找个人玩，我可能不是最好的选择。在我的计划里，这个阶段我没有这种想法。但我答应了，就会很认真。我不知道你的想法，今天先说这些，希望你看到后能好好地考虑。如果你后悔了，就当我们之间什么也没发生吧。"

洛欢定睛看着这些文字，眼里泛起了水雾。半晌后，她忍不住破涕为笑。原来是这样……他一直不喜欢她去找他，在学校里也只趁没人的时候悄悄地来找她，就是因为怕她被他连累？

这个笨蛋。她有那么虚伪吗？她在乎那些虚名吗？

江知寒背负了这么多，还这么懂事。

洛欢向来不是一个会用各种外在条件去衡量别人的人。她若觉得一个人好，就会允许对方靠近自己，甚至会主动靠近对方；她若觉得这个人不好，则不会多看对方一眼。从小到大，她都是这样的。

江知寒是洛欢第一个主动去接触的人，或许她是被他的气质和担当感吸引了。尽管原生家庭很不堪，江知寒却没有因此自甘堕落，也没因怕丢脸对她有所隐瞒。他是一个清风明月般的少年，又是一个傻瓜。

洛欢眼睛湿漉漉的，心里忍不住生出了一丝终于得到回应的欢喜。

她细长的手指在键盘上悬空了两秒，随后郑重地按了下去："江知寒，你相信我会等你很久吗？我想等你，所以，你可以让我成为你的第一选择吗？"

发完后，洛欢捧着手机盯着它。过了半分钟，那边的人发来一条消息："好。"

他还真是一如既往地惜字如金啊。洛欢捧着手机看，感觉心上悬着的大石头终于落地，往后靠上椅背，慢慢地弯起唇角。

在昏黄的灯光下，江知寒紧紧盯着屏幕里洛欢的回答。少年白皙的脸庞上挂着平静淡漠的表情，他的眼睛漆黑，眉毛精致，下巴处的创可贴依旧在。可要是有人仔细一瞧，就会发现他碎发下的耳根竟隐隐有些发红。

窗外异常寂静，静得他甚至能听见自己心跳的声音。一向波澜不惊的江知寒，终于在这一年的盛夏里迎来了让他手足无措的、汹涌的情绪。他完全不知道该怎么将它压下去。可他对这情绪丝毫不厌恶，反而甘之如饴，甚至希望它能再停留得长久一些。

不知过了多久，江知寒才反应过来。他伸手打开桌下一个上了锁的柜子，从里面拿出一个笔记本，翻开。

笔记本上面被他写满了各种计划：每周的计划、每月的计划、每年的计划……字迹从稚嫩到成熟。他翻到17岁这一年，在其中一行字上停顿了一会儿，然后画去了一些内容，添加了一些内容。灯光下，他显得格外专注、沉静。

洛欢自从收到那条消息后便激动得不行，到了晚上12点还没有睡意。因为怕被蒋音美发现，所以她只能关掉电脑爬上床，在被子里滚来滚去。

她明早想以一个好的面貌见江知寒，不想顶着一双熊猫眼丑丑地出现在江知寒的面前，于是只好逼着自己入睡。可她才闭上眼没半分钟，就又睁开眼拿过手机，盯着上面的字傻笑，像个神经病。

洛欢既感叹自己太不容易了，又感叹江知寒真难接近。

她像中了上千万元彩票一样睡不着，也没心情玩游戏。她本来想骚扰谷雨，但想到谷雨应该已经睡了。要是谷雨被吵醒，可能会立刻杀到她家里的。于是，她试探着给江知寒发了一条QQ消息："你……睡了吗？明天

126

中午我去找你好不好？"

她屏住呼吸，正猜测着江知寒是不是睡了时，屏幕上跳出了新消息："嗯。"
"快睡吧。"

洛欢瞪着这两条消息，半响后，一把拉起被子把自己蒙在里面，低声欢呼着来回翻滚。

翌日，一听到闹铃响起的声音，洛欢就从被窝里爬起来，眯着眼去洗漱。洛欢收拾好时还不到7点，她没等蒋音美跟洛国平起床，就自己坐车到了学校里。

今日的天气不错，空气清新。也许这样的天气平时也经常出现，只是洛欢之前没注意。今天因为开心，她看什么都觉得美，甚至空气闻起来都是甜的。

班长和学习委员早早地到了。他们因为上次月考成绩不太出众，被班里好些人在私底下嘲笑了，于是开始头悬梁、锥刺股，一副要在下次期中考试里惊艳所有人的架势。

教室里的其他人因为有这两个人存在，尽量保持安静。

洛欢没再关注这些人，而是自顾自地低头拿出了手机，翻到昨晚的聊天儿页面上，给江知寒发了条消息："你来学校了吗？"

洛欢用一只手托着脸等了会儿，还是没等到回信，只好先将手机放回去，然后随便翻开本书看。她看了一会儿，教室里的人渐渐多了起来。谷雨姗姗来迟，随口问："你什么时候来的？"

洛欢翻着书，淡定地答："40分钟前。"

正在收拾书包的谷雨顿住了动作，转头看她："受什么刺激了？"

洛欢脸上出现了两个漂亮的梨涡，瞧了瞧四周，鬼鬼祟祟地趴过来，压低嗓音："我成功了。"

"什么成——"谷雨顿了顿，忽地瞪大眼睛，声音听起来有点儿失控，"你跟那个江——"

洛欢一把捂住谷雨的嘴，示意她小声点儿。

周围有些同学看了过来。谷雨大惊，但好在理智还在，赶紧点头。洛欢这才松开她。

谷雨看了看周围，过了几秒才压低声音，磨着牙质问道："到底怎么回事？老实交代！"

于是，洛欢只好花了一个早自习的时间，把昨晚的事老老实实地说了。谷雨听后，小声地问道："你来真的？"

"不然呢？"洛欢用上了理所当然的语气。

谷雨皱了皱眉头。江知寒个人条件确实不错，学习好，人长得帅，也足够低调。但是江知寒家里的情况……

"你知道他家里的情况吗？"谷雨问道。

洛欢说："我当然知道。"

像是知道谷雨在担心什么，洛欢温柔一笑，安慰她："他昨晚已经把他的一切都告诉我了。如果他这个人不好，我也不会靠近他那么久啊。"

谷雨虽然对江知寒了解不多，但是莫名其妙地觉得他很可靠。况且她了解洛欢，洛欢虽然看起来对什么都无所谓，但只要是洛欢认定的事情，就不会轻易地改变。

于是，谷雨只好说："我们还小，记得别让自己受伤，要是以后……你还有我。"

洛欢定定地看了她两秒，浅笑一声，郑重地点头："嗯，你放心吧。"

谷雨轻叹了口气，竟有了种娘家嫁女儿的心情，又忍不住叮嘱她："江知寒脾气好，你可不能欺负他。"

谷雨这么快就叛变了，洛欢好想打她。

洛欢一早上都因没收到江知寒的消息郁闷不已，心想：他都不看一眼手机吗？

大课间时，洛欢做完操上来，原本想上去找他，但见周围人很多，还是勉强忍住了。

谷雨没心没肺地嗤笑她："你瞧你现在的样子，好像一个怨妇。"

洛欢这会儿没心情和她斗嘴，木着脸说："10年后，你就能体会这种感觉了。"

10年后……

"你在笑话我吗？"谷雨反应过来，咬着牙去挠洛欢的痒痒。两个女孩又打闹起来。

洛欢一上午都在拼命忍着去找江知寒的冲动。终于等到放学，她像被抽走了筋骨一样倒在了桌上。

谷雨饿得不行，边收拾东西边瞪洛欢："这不是下课了吗，洛小怨妇，还不去找你的年级第一？"

洛欢转过头来反驳道："谁说我要去找他？"

谷雨"哦"了一声，挽住洛欢的手臂："那走，我们去吃饭，我快饿死了。"

洛欢被谷雨拖出了教室。刚走了几步路，到了楼梯间时，洛欢忽然推开谷雨，转头就跑上楼。谷雨在后面哈哈大笑。

洛欢飞快地跑到1班的门口，往里面看。里面坐着几个人，江知寒的位置上却空空如也。她眉头轻蹙，嘴唇噘得更高了。

他在骗她吗？她像被泼了一盆冷水。是不是他又后悔了？难怪江知寒昨晚只回了几个字，今天早上也不回她的消息。她火热的心瞬间凉了不少。她一整晚的激动、兴奋与期待，仿佛都在慢慢地消失。

"洛欢。"她身后忽然响起一个温和好听的男声，好似夏末的风。

洛欢愣了愣，猛地转过头，看到身后站在走廊里的江知寒。他穿着校服，安静地凝望着洛欢。

她张了张口，抿住唇看他。他迈开脚步走了过来，低头看她，轻声问："怎么了？"

她隔了两秒，抬手扯住他的袖子，仰头看着他问："你去哪儿了，怎么不在教室里？"

江知寒说："我去了洗手间。你等很久了吗？"

洛欢故意磨蹭了一会儿，才咕哝道："我也没等多久啊，一上午而已。"

江知寒面露不解之意。

洛欢看看他，实在忍不住了，问："你为什么不回我消息？你忙到没时间看一眼手机吗？"

江知寒沉默了一会儿，问："什么消息？"

看来江知寒真的没时间看手机，洛欢只好解释道："我早自习前给你发了一条消息，问你到学校里了没有，你没有回我。"

江知寒这才反应过来为什么洛欢刚刚看起来不太高兴。

他说："抱歉，我不带手机来学校，就没有看到你的消息。"

原来她错怪他了。

洛欢抿抿唇，脸色变得好看多了，随后又懊恼地想：自己刚刚一通质问，那副模样会不会很丑很凶？

"对不起，那我以后也带……"江知寒还在道歉。

洛欢赶紧摆手，说："不用不用，我以后上课时间尽量不给你发消息了。"

江知寒抿住薄唇。洛欢抬头看着他，小声地问："你为什么没有禁止我带手机？我以为你会这样说。"

他歪了一下头，思考了一会儿说："我没有权力限制你做喜欢的事。学

129

生如果真的不想带手机，自然就不会带；学生如果想带手机，学校制定再多的规定也无法阻止他们。"

他好温柔。洛欢用手指拽紧他的衣袖，得寸进尺地低声道："那你会怎么看我？"

江知寒一愣，在洛欢灼热的目光里，沉默了一会儿，尽量平静地说："我不希望你带手机，因为……"

江知寒话还没说完，洛欢就蹦到他的面前，仰着头，满脸都是灿烂的笑容。她大声地说："我明白了。我保证以后不带手机了，在学校里遵守规定，当个安安分分的好学生！"洛欢的声音在安静的走廊里显得格外洪亮。

江知寒轻吸一口气，看了一眼四周，伸手将女孩带到安静的地方。

"时间不早了，去吃饭吧。"江知寒抬起头，透过玻璃窗看了一眼教室黑板上方的时钟——已经放学半个小时了。

洛欢抬头看他："那你呢？"

江知寒沉吟了一会儿，叹了口气说："我等等吧。"

他怕她因为和他在一起而被人围观吗？

江知寒因为怕给别人添麻烦，所以一直很孤僻，从不主动接近任何人。洛欢能和他变得如此亲近，全靠她的厚脸皮。可是洛欢什么时候在乎过别人的想法和目光？她自己活得开心就行了。

于是，她不管不顾地伸手拉住江知寒的校服衣袖，笑着说："我们一起去嘛。"

江知寒知道洛欢一直都很随性。可他不一样，他需要多为洛欢考虑。或许是从小家庭特殊的缘故，江知寒比同龄人成熟，很早就懂得了流言蜚语的可怕之处，也习惯了懂事地不给别人添麻烦。而洛欢这样天真烂漫的女孩，还不懂得流言可怕。

江知寒温和地伸手将女孩的手从袖口处拉下来："我还有点儿事要做。你先去吧，我待会儿再去。"

洛欢知道，这分明就是江知寒故意找的借口。她嘟了嘟柔软的双唇，垂下眼睫，将小脸转到一边，像是赌气般站在原地不走。

江知寒看着她，空气里忽然响起一声若有似无的轻叹："听话，好不好？"他低缓的声音显得有些不自然。

洛欢愣了一下，猛地抬头看江知寒。他表面上依旧很平静，只是薄薄的耳垂有些泛红。洛欢觉得刚刚自己似乎产生了错觉。她双眼亮了，又在内心上演了一出大戏。

江知寒居然那么温柔地说"听话"！她快不行了！

不等江知寒再说什么，洛欢就赶紧点头，按捺着自己的情绪，郑重地说道："好，那你快点儿弄完，早点儿去吃饭，我先走了。"

洛欢说完就转身离开了。

江知寒安静地看着洛欢风风火火、欢快的背影。

"江知寒，你站在这儿干什么？"顾婉珊吃完饭从另一条走廊里回来，见江知寒独自立在走廊的角落处，停下脚步问。

江知寒收回目光，低下头，没去看她，淡淡地回了句"没什么"，便转身往教室里走。

顾婉珊顺着他的目光看了一眼，看到走廊里空荡荡的。

下午的自习课没有老师看管，谷雨用手机看漫画、看娱乐新闻，看到有好玩的，就习惯性地凑过来和洛欢分享："快看快看！"

洛欢撑着脑袋，推开谷雨的脸，将注意力重新放在面前的习题册上："你别打扰我，我正想题呢。"

谷雨转头看她："怎么回事啊？"

被谷雨打断思路，洛欢托着脑袋皱了皱眉，说："我答应了他，以后在学校里不玩手机了。"

谷雨挑挑眉："哟，他这么快就开始管你了。"

学校不让带手机，她们都是阳奉阴违的，可洛欢这回居然这么听话？那个江知寒可真不简单啊。

"神圣的力量。"谷雨"啧"了一声，看看四周，然后凑到她的耳边问，"那你这就算成功了吧？录音呢？"

洛欢抬眸看着谷雨，没好气地瞪了她一眼。

那本来就是个借口。一开始，洛欢确实有赌气的成分在，可现在，洛欢真的挺满意江知寒的……况且，她也不舍得欺骗江知寒啊，让一个大帅哥哭，太罪恶了。

谷雨就知道是这样，恨恨地评价："肤浅至极！"

洛欢笑了笑，没有否认。

放学后，谷雨冷眼看着欢快地收拾书包的洛欢，语气酸酸地说："我怎么没发现你这么黏人？等人家帅哥厌烦了、抛弃你了，我看你还笑得出来不？"

洛欢笑眯眯地回："啊，没关系，你放心，等你以后老了，本闺密就把你送到单身养老院里，让你和一群单身老太太跳广场舞。"

她这是咒自己一辈子单身吗？！谷雨气得起身要打她。洛欢动作飞快，说了句"拜拜"就溜了。

谷雨有点儿胖，自然追不上她，气得要死。

洛欢跑上了楼，靠在楼梯的拐角处等江知寒。江知寒出来时，发现她的唇角还含着笑。

"在笑什么？"

听到头顶上的声音，洛欢仰起头。原本坐在台阶上的她立马站起来拍了拍屁股，抿住唇摇摇头，然后说："没什么啊。"

她低头看了看手机上的时间，然后小声地说："你今天出来得好早。"

她还以为他得等学校保卫过来时才出来。她探头朝走廊看了一眼，发现已经没什么人了，白净的小脸上带着一抹笑意。

上面一层楼是杂物区，洛欢站在台阶上才勉强够得着江知寒。余晖从江知寒身旁的窗户照进来，把他染成了金色。

江知寒只轻声说了句"走吧"，便转身走了。洛欢答应一声，跳下来，蹦蹦跳跳地跟在他的身后。

校园里偶尔有人走过。洛欢规规矩矩地跟着江知寒，和他隔着不远不近的距离，两个人一前一后地走出了校门。直到离校门口远了点儿，洛欢才大胆地跑过去，靠近他。

江知寒低头看看她，没说什么，把她送到了公交车站。

洛欢抿抿唇，然后仰头问："我能不能陪你回家？"

江知寒想也没想就说："不行，不安全，太晚了。"

实际上，江知寒已经对洛欢去他家这件事产生了恐惧，因为他不想让她看到那堪的一面。

洛欢不大情愿地"哦"了一声，不说话了。

江知寒没有把她送到公交车站就走，而是耐心地陪她等公交车来。

穿着校服的江知寒高瘦清俊、肌肤白皙、容貌绝佳，站在人群里格外出众，在哪个学校里都堪称"校草"。

不少人偷偷地往这边看，并轻声地议论着，可见那男生低着头专注地看身旁同样穿着校服的女孩，都只得压下心头的悸动，暗自感叹。

洛欢原本不大高兴，但是感觉周围的人对自己投来了艳羡的目光，就高兴了很多，很有占有欲地往江知寒的身边贴了贴。

江知寒没有察觉到这些，只是低头看了她一眼。

公交车总算到了，人们都往里面挤，江知寒伸手护着洛欢，目送她上去挑了个位置坐下。

洛欢坐在窗边,一放下书包就转身朝下面的江知寒摆手,隔着玻璃车窗用口型说:"明天见。"

她看到江知寒朝自己点了点头,于是重新露出了笑容。

她在学校里憋了一下午,回去吃完饭就拿着零食回房间里玩手机,看各种游戏攻略和娱乐消息。正用手指点着屏幕,洛欢突然感到手机振动了下,然后看到一条消息:"作业写完了吗?"

洛欢手指一抖,赶紧退出游戏坐直身体,纠结了一会儿,回道:"还没呢,作业太难了。"

她根本没开始写作业!洛欢赶紧收拾桌上的零食包装和饮料,那边的人又发来了消息:"嗯,你现在有空吗?可以学习吗?"

为什么别人都是玩玩玩,他一回家就开始学习?不过洛欢也不能放过这个难得的和他一起学习的机会,回道:"有!你等等我,我去下洗手间。"

那边的人顿了一下,然后回:"好。"

洛欢把零食包装扔掉,确保桌面干干净净,然后掏出书来丢到桌上,深吸一口气拿过手机:"我准备好啦!"

"好,有不会的就告诉我。"他再没有其他的话。

洛欢叹气,不过可能这就是和好学生在一起的代价吧。她总不能和江知寒的成绩相差太远,否则被别人知道了就丢死人了。如果可以,她将来还想离江知寒更近一点儿。

洛欢开始老老实实地写题。她底子差,就算第一次月考成绩有进步,作业还是写得不顺。有不会的,她就恬不知耻地骚扰江知寒。

好在江知寒有耐心,只要是洛欢不懂的题目,哪怕只是一个解题的步骤,他都会耐心地给她讲解。

他简直比课外辅导老师还贴心。洛欢再一次感叹:江知寒简直太温柔了,温柔得她都有点儿愧疚了,毕竟……是她把他拉下了"神坛"。

洛欢平常写作业时没有耐心,经常写到一半就开始玩手机,总要磨蹭到快睡觉时才匆匆忙忙地赶完作业。可江知寒真的很专注,学习的时候只和她聊学习,别的什么都不讲。他的反应也快,就好像那些题已经被刻在他的脑海里了一样。

有江知寒陪着,洛欢觉得学习有趣了好多。

江知寒起初回答得有些慢,到后来速度就快了。他一开始一边写自己的作业一边辅导洛欢,后来自己的作业写完了,就专门辅导洛欢。

洛欢写完所有的作业时还不到10点，这是她第一次写得这么快。

"谢谢你！！！"

洛欢开心地连着给他发了好几张表情图片，格外奔放。江知寒像被她惊到了，隔了好一会儿才回了个高冷的"嗯"。

"明天还要上课，早点儿休息。"

洛欢向后放松地靠在椅背上，捧着手机开心地笑着。

临睡前，她捧着杯子去厨房接水喝。正在关电视、准备睡觉的蒋音美转过头来，叫住了她。

"怎么了？"洛欢顿了下，走了过去。

蒋音美说："你这次月考考得不错，爸爸妈妈想周末带你出去吃饭。"

洛国平说："你想要什么礼物？到时候我们顺便帮你买。"

洛欢暗自松了一口气。她笑了笑，说："礼物就免了，我没什么想要的。我们一起吃顿饭就好。"

蒋音美笑道："那礼物就等你期末再说。"

洛欢想了想，严肃地点头："嗯，那我得想想到时候要什么礼物。"

洛国平笑了笑："期末还没考，你就这么自信啊？"

洛欢神秘地笑了笑："对啊。"

洛欢很喜欢缠着江知寒，总是很想见他、联系他。

不过洛欢很听话地没有拿手机来学校，所以也就没法儿在学校里联系江知寒。其实就算她带了手机也没用，毕竟江知寒不习惯带手机来学校。她一直忍到放学，才总算有时间和江知寒相处。

"走吧。"洛欢蹲在前面的台阶上，仰头看着少年，小脸上露出笑容。

这时，从洗手间出来一个女生，正慢吞吞地下楼，不经意地看了一眼楼梯间，忽然一顿。她睁大眼睛，连忙跑了几步去看。

到了公交车站，江知寒照旧陪着洛欢等车。

四周不少人看向他们。

回到家里后，洛欢吃过晚饭就进了房间让江知寒辅导作业。

第二天，江知寒一到教室里，就被一个人堵住了。

这时候教室里只有几个人。他们听到动静，纷纷转头望了过来。

顾婉珊的眼角有些红，她高傲地质问："江知寒，你昨晚是不是一个人回家的？"

顾婉珊昨天在路上收到朋友的消息，觉得消息是假的。可她还是慌了一整个晚上，甚至失眠了。今天一大早她就来了，一直等到江知寒来教室。

顾婉珊的朋友告诉她，江知寒昨晚是跟一个同年级的女孩一起回家的，顾婉珊不信。江知寒平时在学校里几乎不跟人交流，怎么可能会跟一个女生一起回家？只有那次……

面对顾婉珊的质问，江知寒只是淡淡地说："抱歉，这是我的私事。"

顾婉珊挡在路中间，仿佛一定要江知寒解释才放行。

周围有男生提高声音，朝他们这边笑着喊了句："顾班花，你这是什么意思啊？你又不是人家的什么人，没什么权利质问他吧？"

"对啊，不知道的人看你这架势，还以为你是他的谁呢。"

"你……你闭嘴！"顾婉珊气急败坏地说，脸色很难看。

江知寒想了一下，转身绕过了讲台，往座位处走去。

顾婉珊直接冲了过来，把手按在他的桌上。

江知寒没什么情绪地抬眸看她。

顾婉珊不知怎么回事，慌神了，恨恨地说："你可别被骗了。我告诉你，人家和你搞好关系，是因为一个赌约。那天赵诗蓝她们都亲耳听到了！"

第六章
对她的偏爱

江知寒沉默了很久,才温和地开了口:"哪天?"

"什么?"顾婉珊无意识地说,但很快就反应过来,"上上周的体育课上,你被老师叫去改物理作业的那天。"

顾婉珊原本并没有将那天从食堂出来时听到的那段话放在心上,谁知昨天就收到了赵诗蓝的消息,当时还愣了好一会儿。

这简直是个玩笑!他家的情况那么烂,学校里就算有女生对他感兴趣,也没一个人敢行动。

这也是顾婉珊自从和江知寒成为高中同学以来一直有恃无恐的原因。因为她不怕他被抢走,所以根本不用行动。她要等到江知寒摆脱那个烂家庭,进入大学之后再行动。

可现在忽然有人告诉顾婉珊,江知寒已经有在乎的人了,顾婉珊怎么接受得了?

居然还有女生胆子这么大,甚至连自己的名声都不在乎。

幸好顾婉珊知道那个女生没安什么好心,所以顾婉珊一定要让江知寒知道那个女生的真面目。

顾婉珊坏笑着说:"那个女生纯粹就是个骗子,你要是不相信就去问赵诗蓝,赵诗蓝那天也听到了。或者你去问那个女生啊,看她到底承不承认。"

免得江知寒还天真地以为,真的有女生会不计较他的出身,真心地在意他。

原本有些嘈杂的教室安静了不少，很多同学看了过来。

江知寒自始至终保持平静，回忆了一下，淡淡地说："你还有事吗？"

顾婉珊意味深长地笑着说："你不觉得这是最大的秘密吗？她在欺骗你。"

江知寒什么也没有说，朝她点点头，便放好书包坐了下来，低头拿出书本。他表情平淡，完全看不出任何生气的迹象。

顾婉珊脸上的笑容僵住了。江知寒就这么听完了，他不去质问人家吗？遇到被欺骗这么伤自尊的事，江知寒就一点儿反应也没有？

可是江知寒一向是一个情绪不外露的人，像跟别人隔着一层玻璃一样，连顾婉珊也猜不出他到底是怎么想的。

大家关注的焦点慢慢地从江知寒变成了顾婉珊，不少人开始窃窃私语。

顾婉珊的脸皮很薄。这会儿她涨红了脸，攥紧垂在身侧的手指，死盯着面前平静的少年，冷笑一声："你就掩饰吧！等你发现了她的真面目，看你还怎么保持平静？！"顾婉珊说完，便转身大步流星地走了。

班上又安静了一会儿，大家见江知寒依旧没什么反应，才慢慢地开始交谈。

赵诗蓝往后扭头偷偷地看江知寒，只见他依旧低着头安静地写题，仿佛丝毫没被顾婉珊的一通胡闹影响。

赵诗蓝回过头来，懊恼地想：那个顾婉珊什么意思？她昨晚明明提醒过顾婉珊，别让江知寒知道是自己说的，结果顾婉珊今天早上却把自己给供出来了，还害得江知寒被其他人嘲笑。

这导致赵诗蓝有种当了告密者的愧疚感，一上午都不敢看江知寒，连他来收作业的时候也不敢抬头。

赵诗蓝瞥到一只修长白皙的手接过她的习题册，随后江知寒便离开了，只留下淡淡的皂角香气。

江知寒好像没有生气。可赵诗蓝心里酸酸胀胀的，眼角还有些湿。这次的事让她彻底得不到江知寒的好感了。

洛欢发现，戒手机瘾真的很痛苦。

对以前酷爱网上冲浪的洛欢来说，一上午都不能玩手机简直就是一种折磨。

洛欢虽然爱玩了点儿，但还是挺有原则的，只要是答应了江知寒的就会尽量做到。所以她虽然很难受，但还是坚持不带手机来学校。偶尔想玩，洛欢就用谷雨的手机解解馋。

下了课，洛欢就搁下笔无聊地趴在桌上看着某处，暗自感叹：时间过得好慢啊，还有两节课才放学。

谷雨低头看着漫画，见洛欢都不抢着玩自己的手机了，便笑道："看看你这个怨妇样儿，真活该。"

洛欢听到后翻了个白眼，懒得搭理她。

谷雨还在那儿不知死活地笑着："哎呀，你和年级第一真是苦恼呢。人家都忙得没时间理你，明明才两层楼，也不来找你。可怜我们如花似玉的小仙女……"

洛欢慢慢地坐了起来，伸手整理了一下衣领跟头发。

谷雨问道："怎么，你想去哪儿？要去找人家啊？啧啧啧，真可怜，倒贴。"

洛欢偏头看向她，眯起眼睛，瓷白的小脸上露出笑意："不，我去趟班主任的办公室，顺便和她聊聊，班上还有几个校规的漏网之鱼。"

洛欢刚站起来，谷雨就吓得求饶："姐姐，我错了！"

还是你厉害。

谷雨还以为洛欢有了在乎的人后会温柔点儿，自己就能尝尝翻身打压洛欢的快感了，结果反被洛欢"教育"了一顿。

洛欢哼了一声，又趴了下去。

谷雨小声地说："你怎么还这么凶？"

洛欢轻挑秀眉，妩媚一笑："需要我现场给你表演一段温柔吗？"

谷雨想象了一下，顿时全身起了鸡皮疙瘩，觉得洛欢还是凶巴巴的样子比较好。

"可怜的江知寒，被你的外表给迷惑了，以为你温柔体贴，实际上凶死了。"

洛欢懒懒地转头打了个哈欠，然后笑着说："不会啊，我平时对他可温柔了，完全不会凶他。"

谷雨十分憋屈，行吧！

中午放学后，洛欢刻意等到一班的人差不多走完了才去找江知寒。

江知寒正低头收拾着自己的东西。

"嘿。"洛欢一路跑了过来，坐在他的前面，趴在他的桌上，歪头笑着问，"你接下来还有事吗？"

"没有。"江知寒低着头。

"太好了。你去吃饭吗？我们一起走吧。"洛欢又很快补充了一句，"我们不是一起走，就是顺路，所以你不用担心。"

江知寒顿了顿，并没看她："我还有事。"

"还有什么事？"洛欢顺嘴问了句。

江知寒抿住薄唇，沉默了。

洛欢等了一会儿，发现有些不对劲儿：他对自己的态度好像有点儿冷淡。

于是她伸手轻轻地戳了戳他的脸："你怎么了啊，不开心吗？"

洛欢软软的手指有柑橘的香气，她的动作冲击着江知寒的情绪。

江知寒僵了一下，忍无可忍地抬起手，攥住她的手指，阻止她再动。他的嗓音有点儿哑："别动。"

洛欢愣了一下，抿了抿唇："怎么了？"

江知寒用那双深沉的眸子凝视着洛欢。洛欢的眼睛亮晶晶的，非常纯净。他最终败下阵来，偏过脸去。

"没什么。"

洛欢保持着被他握住手的姿势，用另一只手托着脸，咕哝了一句："江知寒，你今天好奇怪啊。"

江知寒放开她的手，忽然站起身来。洛欢也站起身，像小尾巴似的跟在他身后，问道："你去哪儿？"

江知寒垂眸轻声道："我陪你走一段路吧。"洛欢便很开心地跟着他出门了。

一路上，江知寒都没怎么说话，只有被洛欢问起时才会回答两句，浑身透着一股冷气。她几次偷偷地瞅他，想问他怎么了，又觉得是自己想多了，因为江知寒似乎总是很安静。

江知寒陪洛欢下了楼，看着她欢快地跑开，这才低下头，重新转身上楼。事实上，洛欢的感觉有时还是挺准的。

下午放学，洛欢去找江知寒，两个人一起下楼。她看了看他的脸，虽然他依旧沉默寡言，但她还是莫名其妙地觉得有点儿不自在。

校园里的人变得稀少，洛欢故意慢了半拍，落在江知寒身后，站在原地看着他。她想知道他是不是因为怕被别人看到，所以才故意装作和她不熟的。

谁知江知寒往前走了几步，似乎察觉到身边没有人，便停了下来，静

139

静地转头看她,像在等她过去。

洛欢屏住呼吸。好吧,他在这种地方光明磊落地等她,好像并不是怕被人看到……

一想到有一个帅哥站在那儿等着自己,洛欢就赶紧快步朝他跑了过去:"我想和你搞个恶作剧,没想到你这么快就发现了。"她仰头朝他吐了吐舌头,娇俏地笑。

江知寒低头看了看她,淡淡地应了一声,接着往前走。

洛欢在女生当中算高的了,但身高还是只到江知寒的肩膀。江知寒迈开一双修长的腿,走得挺快的。按他的正常速度,洛欢是追不上他的。

或许是刚刚差点儿丢了洛欢,江知寒走得慢了点儿,步伐基本和洛欢保持一致。

洛欢低头走了一会儿,快到公交车站时,忽然拉住了江知寒的校服袖子。江知寒停下来,看着她。

洛欢仰起瓷白的小脸,小声地问:"江知寒,你是不是不开心?"

她猜了一路,总算确定了——江知寒不开心。她打量着他的脸。

江知寒攥紧了拳头,说:"没有。"

"真的吗?"

"嗯。"

"车来了,快上去吧。"没等洛欢继续提问,江知寒便伸手带她上车。

洛欢感觉有一双手温柔地拨开挤她的人,推她上了车。周围乘客很多,她坐下后只来得及跟他挥了挥手。

公交车门"砰"的一声关上了,喷着尾气,离开了站台。

回到家后,洛欢给江知寒发了条信息。江知寒如常回复,像平时一样耐心地给她辅导作业。

他到底有没有生气?

第二天洛欢正要进食堂时,撞见1班的顾婉珊。她对顾婉珊没什么印象,正走着,听见身后隐约传来对话声。

"就是她吧?……"

"也不怎么样啊。"

"看起来一脸高傲的样子。"

洛欢停下脚步,皱着眉转过头去,见那几个女生迅速回头,唯有顾婉珊和她对视后冷笑着走开了。顾婉珊看她的那一眼,有些轻蔑。

"什么毛病?"洛欢回过头来,并没把这事放在心上。

因江知寒这两天似乎心情不太好，洛欢不敢太过放肆，连和他说话都很小心，一直坚持到周末。

她不是个能忍的人，有什么事都会直接说出来。周六补习这天，她再也忍不住，趁着中午没什么人，便将江知寒堵在了楼梯间。

"江知寒，你是不是有什么事不高兴？"洛欢踮着脚，用两只手扯着江知寒的衣服，紧盯着他质问道。

他手里还拿着教案，表情生硬地别开脸，深吸一口气，低声说："你先……让开。"

"我不。"洛欢一副不问清楚就不罢休的架势，固执地说，"除非你先告诉我你有没有生气。"

"没有。"

"不信。"

洛欢简直像个缠人精。江知寒闭上眼睛，调整呼吸。偏偏洛欢还皱眉盯着他，用手扯着他的衣服。

四周很静。大概过了两分钟，江知寒睁开眼，看向洛欢。他那漆黑的眼睛里带着洛欢看不懂的情绪。他安静又专注地看着她，淡淡地问："游戏玩够了吗？"

"什么？"洛欢没反应过来。

"游戏。你的目的应该已经达到了吧？"江知寒没头没尾地说。

洛欢的手松了几分。江知寒便站直身子，收回目光，越过她离开了。她扭过头，看着江知寒笔直纤瘦的背影渐渐远去。

她是个直肠子，花了半天时间去琢磨江知寒的那句话到底是什么意思。

下午课间，洛欢撑着脸盯着手机的聊天儿页面瞧了好半天，也没编出一句话来，于是烦躁地扭头去看窗外的风景。

电光石火间，洛欢的脑海里闪过一个念头：他不会是在哪儿听到了自己跟谷雨吹嘘时说的话了吧？！可是他是从哪儿听说的呢？

洛欢猛地想到，上周顾婉珊看她的眼神怪怪的。难不成是顾婉珊？洛欢这会儿没时间去猜到底是谁跟江知寒说的，她的首要任务是澄清。

洛欢赶紧拿过手机，编辑了一条消息发给江知寒。

上课铃声响了，洛欢只好先认真地听课。

放学后，洛欢第一时间拿出手机，发现江知寒并没有回消息，只好收拾书包赶紧去找他。她在走廊里等了一会儿，偏头瞧见了江知寒。她正要打招呼时，手机响了。蒋音美跟洛国平给她打了电话，说开了车过来，在培训机构外等她出来。

洛欢挂断电话，见江知寒已经不见了。她垂下头，只好先回去。

回家后，洛欢等了一晚上的消息，可是江知寒却毫无动静。洛欢忍不住又发了一条消息给江知寒，可他还是没有回复。

怎么回事？洛欢咕哝着，泄气地丢了手机去睡觉。

第二天，洛欢得知江知寒请了假，一上午都没来补习机构！她气得忍不住丢开手机。

什么意思？江知寒不相信她也就算了，现在居然还躲着她，是怕她纠缠不成？

她觉得自己看走了眼，这个年级第一看上去那么温柔，实际上是个"渣男"！她要去学校曝光他！可她到底……没舍得动手。

洛欢丢开手机，双手环胸，坐在椅子上，鼓着腮帮子气成了一只河豚。

路边的手机维修小店里，走进来一个穿着蓝白色校服T恤的少年。

"买个电池。"少年的声音很好听。

店主是个四十来岁的男人，听见声音，一抬头便看到了高挑清瘦、皮肤白皙、五官十分精致、下巴处却贴着一片创可贴的江知寒。

江知寒的手心躺着那个破碎的白色手机。

手机的壳已经碎裂了，屏幕也有裂痕，电池安回去后，屏幕依旧是黑的。

店主拿起来看了看，歪头道："主板坏了，换了电池也不能用，还不如重新买个手机。"

店主想趁机推销自己店里的新手机，谁知少年却抬头礼貌地说："谢谢，主板没事，我只买个电池。"

店主被噎住了，心想：这学生还是个行家吗？犹豫半响，店主只好转身去拿电池。

江知寒拿到电池换上，付了款便转身离开了。

洛欢一早上都闷闷不乐，做什么都没精神。她听完课后，在外面随便解决了午饭就去了舞蹈班。

因为心不在焉，洛欢练习时没把握好重心，导致下落时脚尖先着地，整个人往前摔在了地上，重重落地——洛欢清晰地听见了自己的膝盖骨发出的"嘎嘣"的声响。

"洛欢！"离她最近的孟琪琪首先发现她摔倒了，立刻跑了过来。

虽然地上铺着垫子，但洛欢下落时重力集中在脚尖和膝盖上，力道极大。她痛得当场就哭了出来。

周围的学生和老师也跑了过来。

"洛欢,你没事吧?"

"你们都小心点儿,别乱碰她!"

"洛欢,你还好吧?哪里疼?"

"我没事,老师……"洛欢被人小心地扶起来,额头上布满了细密的汗。她掉着泪小声地说:"没什么大事,让我休息一会儿就行。"

老师还是不放心,让同学先扶洛欢去医务室,自己则立刻打电话叫医生。

"洛欢,我背你吧。"一个脑后扎着小马尾、穿着舞蹈服的男生自告奋勇地走了过来。

洛欢看了一眼他身上被汗水浸湿的舞蹈服,拒绝道:"不用了。"

"为什么啊?"男生不甘心地追问。

"因为你有点儿臭。"

那男生满脸都是受伤的表情,周围一片笑声,扶着洛欢的孟琪琪也忍不住笑出声来:"都这样了,你还挑三拣四的,让他背一下怎么了?"

洛欢扭头说:"我就希望累死你,这样就没人跟我抢第一了。"

"哎呀,你还这么坏。"

几个人扶着洛欢走到了走廊尽头的医务室。洛欢坐在床上,疼得出了一身汗。医生过来给她检查后,确定她摔伤了膝盖,所幸没伤到骨头,就是有点儿肿。

孟琪琪知道她没什么大事后,就带着一帮小姐妹走了。洛欢咬着牙拜托其中一个人把她的手机拿过来。

洛欢虽然没伤到骨头,但特别疼,毛巾隔着冰袋敷在肿胀处,那滋味真叫一个酸爽。洛欢终于有点儿理解了江知寒每次敷药时是什么感觉了。可他每次上药的样子,看起来都好像不疼。

一起练舞蹈的人把手机拿了过来,医生也出去了,医务室里就剩洛欢一个人,很安静。她敷着冰袋,觉得很孤独,无聊地翻看了一会儿书,最后拿起手机。

她想,自己要最后给江知寒打一次电话。如果他不接,那她就跟他断了。她并不是个死缠烂打的女孩。

洛欢颤抖着按下那串数字,然后把电话放到耳边。铃声响了几下,对面的人接听了,双方却谁也没有说话。

洛欢不知怎么回事，鼻子一酸，带着哭音说："江知寒，你是不是嫌弃我了？呜呜呜……"

那边的人开了口，嗓音温和又有些诧异："你在说什么？"

她继续哭着："你干吗还躲着我？我又不是什么妖魔鬼怪，还能吃了你不成啊……人家腿都摔断了，你就一点儿不关心我……"

电话那边的少年原本在静静地听她说话，忽然紧张地问："你的腿摔了？"

洛欢顿了一下，带着鼻音"嗯"了一声。

"你现在在哪儿？在医院里吗？"

洛欢抿了抿唇："没有。"然后她告诉了江知寒自己学舞蹈的地方的医务室的地址。

电话那边的人说了句"好"，便挂了电话。

洛欢慢慢地放下手机，眼睛一亮。

他要来找她吗？

洛欢靠在床上无所事事，用一只手拿着冰袋敷着腿，用另一只手艰难地玩着手机，时不时地还看看门口，有些急躁。

其间，舞蹈老师来了一趟医务室，安慰了她一通。洛欢还是挺怕这个舞蹈老师的，只得老老实实地点头，整个人看起来乖得不像话。

等老师走后，洛欢又躺了回去。等了几分钟，还是不见有人来，她有些失望，越来越烦躁。

因拿冰袋的胳膊很酸痛，洛欢便把手机、冰袋都丢到了床头柜上，摘了碍事的头绳，闭上眼睡觉。

洛欢的裤腿挽在膝盖上，两条腿就那么暴露在空气中。膝盖处高高地肿着，紫红色的皮肤显得有些狰狞，看起来显得跟周围白皙的皮肤对比明显。

江知寒推门进来的时候，洛欢还闭着眼。昏昏欲睡的她以为来的是医生，也就没管，依旧闭着眼。直到那人走到她面前，床边响起细碎的声音，接着，她感到膝盖处传来一抹清凉。

这股清凉瞬间传到了洛欢的大脑皮层，刺激得洛欢睁开了眼。江知寒穿着校服的高瘦身影跃然映入她的眼帘。

江知寒坐在床边的凳子上，用修长的手指拿着一个冰袋，轻轻地在她的膝盖上来回滚动。这冰袋正是刚刚洛欢放在床头柜上的。

江知寒低垂着头，轻抿着唇，鼻梁高挺，黑色的发丝有些汗湿的痕迹。

他像是快跑过来的。

洛欢盯着他，鼻子莫名其妙地涌上一抹酸意："江知寒！"

江知寒一手拿着冰袋，温柔地说："你醒了。"

"是你把我吵醒了。"洛欢故意这么说。

江知寒立马道歉。

洛欢哼了一声——他果真是跑来的。

他动了动，见她的两膝悬在床沿边，于是说："你的膝盖……"

"骨头没事，小伤，就是看起来肿了点儿。"

练舞时有不顺的地方，这很正常，洛欢小时候摔了还会哭鼻子，但随着慢慢长大，也就习惯了。

洛欢柔亮的发丝擦过他的手臂。她真的好想江知寒。在江知寒来之前，洛欢想了无数种凶巴巴地对付他的办法，但江知寒一来，她就瞬间忘了。她总觉得，只要江知寒来了，就比什么都好。况且，他还给她敷冰袋。这就足够了吧。

她龇着牙，小声地抽泣："江知寒，你帮帮我，我的腿麻了……"

江知寒立即将冰袋放回去，起身小心地扶着她，让她靠在床头。

洛欢双腿膝盖处的红肿看起来依旧很可怕。江知寒什么也没说，又拿过冰袋，帮她敷起来。

江知寒原本就是个沉默寡言的男生，习惯了安静地做事。他敷冰袋时力道掌握得很好，不会太轻，也不会太重。不像洛欢，粗鲁又没耐心。

洛欢被他这样照顾着，感觉自己就像公主一样，觉得自己膝盖上火烧般的疼痛好像也轻了一点儿。她坐在床头，用亮晶晶的眼睛盯着他，小声地说："江知寒，你这两天都去哪儿了啊？消息也不回，我以为你生气了。"

江知寒停下手里的动作，对她表示抱歉，温和地解释道："家里有点儿事。"

"你家里怎么了？是不是你爸又喝酒打你了？"洛欢焦急地要查看他身上是不是又添了新伤。

江知寒把她按回去，笑着说："没有，我没受伤。"

洛欢被他的笑给说服了，喃喃地问："真的啊？"

江知寒低下头，"嗯"了一声："我不小心摔坏了手机，电池坏了。我找了很多家店买电池，没看到你发的消息，抱歉。"

洛欢打量了一下他，似乎真的没受什么新伤，这才慢慢地放下心来："没事，其实也不是什么大事，我平时比较啰唆，所以喜欢给你发消息多唠叨两句。"

洛欢这时又庆幸江知寒没看到她那些矫情的文字，否则该多丢脸啊。

江知寒继续帮洛欢敷着膝盖，他的手法十分轻柔。

洛欢舒服地叹了口气，突然想起什么来，抬眸看他，说："江知寒，你那天问我的问题，我想跟你解释一下。"

江知寒停下动作，抬起眼看她。他漆黑的眸中满是专注。

平时要是这么被他看着，洛欢肯定会很欢喜。但这会儿她顾不上高兴，飞快地说："其实我一开始靠近你，就是因为我同桌的一句玩笑话。开学那阵子，我作业一大堆，差点儿补不完，心情很沮丧。恰好那天你经过我们教室，被我的同桌看见了。她就开玩笑，怂恿我去认识你，说这样我就不用担心自己的作业了。她原本是开玩笑的，但你知道我这人不愿意服输，于是就鼓起勇气每天去骚扰你，但是后来……"

洛欢垂下头舔了舔唇，像是有点儿害羞。她缓了一会儿，然后再抬起头，漂亮的双眸中满是认真："我真的觉得和你在一起时很开心。不骗你。"

江知寒低垂着头，面无表情，不知道在想什么。

洛欢有点儿忐忑，小心地扯了扯他的衣袖，说："江知寒，你不相信我吗？"

江知寒将目光落在洛欢细白的手指上，轻轻地动了动喉结。

怕他不信，洛欢急忙伸出四根指头，对天发誓："我是认真的。我说的都是真的，但凡有一句假话，我……"

她的话还未说完，江知寒就皱着眉伸手握住了她的手，深沉地望着洛欢："我知道了。"

他这就……完了？洛欢瞪着江知寒，过了半晌才小心翼翼地问："真的吗？"

江知寒"嗯"了一声，也向她道歉："我昨天的语气也不好，对不起。"

他这一本正经的样子好可爱啊！洛欢觉得自己内心的小鹿就像在做托马斯旋转一样，啊！

洛欢的呼吸有点儿急促，她拼命地让自己平静下来，故作镇定地摇头，说："没……没事啊，你的语气一点儿问题都没有。要是换了我，早就抡起拳头打人了。是我的错，我不该吹嘘，不该动机不纯，不该靠近你的时候带着别的目的。"

"那你是不是……真的原谅我了？"洛欢小鹿一般纯净的眼里全是紧张。

江知寒神情温和地看着她："嗯。"

洛欢心里仿佛炸开了烟花。她故作镇定地倒在床头的被子上，把脸埋在里面，在心里尖叫着。

江知寒让她小心自己的腿。

"我没事！"洛欢十分欢快地说，而后从被子里抬起脸，用亮晶晶的眸子望着他。

江知寒温和地问："你在看什么？"

"没什么。"洛欢又爬了起来，吃力地挪了挪双腿，然后拍了拍空出来的地方，笑着说，"凳子太硬，你坐这儿吧。"

江知寒扫了一眼她旁边的位置："洛欢。"

"我的腿疼，你能不能让我靠一会儿？床头垫的东西太矮了。"洛欢可怜巴巴地说。

江知寒沉默着走过来，坐在她的旁边，和她隔着一段距离。他的坐姿挺拔如松柏。

洛欢眉开眼笑，主动挪过去靠到江知寒身上。

江知寒的身体僵了一下。他侧过头看了看她的头顶，尽量保持不动，支撑着她。

江知寒的肩膀有些薄，衣服干干净净的，散发着淡淡的皂角香气。只是他很瘦，没什么肉，所以肩胛骨硌得洛欢有点儿疼。

洛欢有点儿心疼，她好想把江知寒养得白白胖胖的。

她靠着他，见他没有排斥，又得寸进尺地往舒服的方向挪了挪。洛欢时刻注意着江知寒的反应，只听到他发出一道低低的轻叹，像是妥协了。

洛欢忍着笑，眼睛亮晶晶的。

江知寒低下头，安静地替洛欢敷着红肿的地方。

四周一片静谧，温馨的感觉弥漫在空气中。但快乐的时光总是短暂的。洛欢正享受着这难得的专属"福利"时，医务室的大门忽然被人一把推开了："看我给你带什么了，小——"

孟琪琪提着一袋东西走了过来，看到里面的男生后，还没说出口的二字卡在了喉咙里。她保持着敲门的姿势，呆呆地站在门口。

洛欢立马从江知寒的身上直起来，瞪向她，有点儿慌张："你来干什么？"

孟琪琪看了一眼洛欢身边的男生，眼底闪过一抹羡慕之色。

孟琪琪是头一次见洛欢这么慌张、害羞，于是看着洛欢的眼睛，惊讶地挑挑眉。

江知寒默默地坐在床边。他的皮肤很白，眉眼仿佛用笔画出来的一般，清冷、撩人。

孟琪琪从小练舞，参加过不少比赛，也见过不少帅气的跳舞男生。但说真的，江知寒的五官绝对比她之前见过的任何一个男生都要精致。江知寒身上有种十分吸引人的清冷气质，真像个贵公子。

江知寒见孟琪琪进来，也丝毫不慌张，而是平淡又礼貌地冲她点了点头。孟琪琪有些不自然地笑笑，移开了目光。

现在孟琪琪也不方便说什么，便收敛地朝洛欢笑了笑："哎呀，我是担心你，所以过来看看你嘛。我还给你带了奶茶。"

原本孟琪琪请了假，想过来和洛欢斗嘴边喝奶茶，现在看来好像没必要了。孟琪琪小心翼翼地走过来，将两杯奶茶和一块鸡排放到床边的小桌子上。

洛欢忍住翻白眼的冲动，感慨着孟琪琪的虚伪。要是这里没别人，孟琪琪的第一句话肯定是"我来看看你是不是还活着"。

"谢谢啊，钱我一会儿转给你。我没事，你早点儿训练吧，不能耽误你的时间。"洛欢柔声催促着，不想让孟琪琪在此久留。

孟琪琪在心里骂了句"小气"，皮笑肉不笑地点点头，语气里透着不舍："那行吧，我先走了，你好好休息。"

洛欢眼睛都笑弯了："好的，姐姐。"

死丫头，这种时候也不忘占便宜。

孟琪琪往前走了几步，忽然停下，假装不经意地对身后的人说："我猜洛叔叔跟蒋阿姨也快来了吧，你要收拾一下，别到时候慌慌张张的呀。"说完孟琪琪就走了。

这个心机……洛欢瞥了一眼江知寒，将骂人的话努力地咽了回去。

她们是一对"塑料姐妹花"。

她咬着指头，江知寒察觉到她很纠结，偏过头看了她一眼，说："那我先走了，叔叔阿姨应该很快就来了，回去后你好好休息。"

洛欢感觉自己的腿已经不怎么疼了，仰起头，有些不舍地望着他。她漂亮的眼角微微下垂，整个人像只被抛弃的小猫。

江知寒思考了一下，看到桌上的奶茶，说："你先喝点儿奶茶，吃点儿东西。"

"可我不想吃这些。"洛欢小声地咕哝。

江知寒思考了一下，让她等等，下楼去便利店给她挑了些清淡的食物。

洛欢抱着这些食物，眉开眼笑地抬头看着他。

江知寒嘱咐了几句，和她告别后就离开了。

洛欢挥着手。要不是腿不方便，她肯定会送江知寒到楼下。

没过5分钟，蒋音美跟洛国平就来了。蒋音美在学校有事，刚下班。夫妻俩一边唠叨，一边心疼地替洛欢收拾东西。

洛欢忙阻止洛国平伸手碰床边的袋子："我自己拿！"

洛国平已经提起了奶茶，疑惑地问："你抱这么重的东西干吗？"

洛欢心虚地没说话。

两个人扶着洛欢下楼，坐进车里。一路上，洛欢都抱着那袋吃的，时不时就低头看看。

蒋音美瞧了她一眼，说："不就一袋吃的吗？瞧你宝贝的，我们又不抢。"

洛欢瓷白的小脸上露出一丝神秘的笑。她"哼"了一声，摇头晃脑。

洛欢回去后，连饭都不吃了，就吃那堆食物。其实江知寒买的也就是面包、牛奶、饭团这些普通零食，但她就是觉得它们比其他东西好吃。

洛欢只吃零食不吃饭，蒋音美正要阻止，就被在厨房做饭的洛国平劝住了："闺女受伤了，这两天你就随着她吧。"

蒋音美看了一眼被洛国平吃了一半的鸡排："你一个大男人，跟女儿抢什么零食？"

洛国平轻咳一声，随即又正色道："我这不是和女儿共情吗？不能让她因为受伤感到孤独。"

这父女俩一个比一个能胡诌。

洛欢咬着面包，低着头给江知寒发消息："你这会儿在家吗？"

那边的人过了半分钟就回了消息："我在店里，怎么了？"

"没事没事，你这会儿在干什么？"

"看书。"

江知寒好认真，放假了还看书。

洛欢忽然觉得自己有点儿玩物丧志。江知寒连周末都还在学习，难怪能考得这么好，而她周末就知道玩。

她正想着怎么结束话题，结果对面的人忽然发来了消息："你呢，在干什么？"

洛欢嘴里的面包差点儿掉了，她赶紧手忙脚乱地托住，然后回道："哈哈哈，我没干什么，在吃你买的面包！"

她打开拍照功能，特意对准面包上她刚咬过的那个超丑的牙印，拍了一张照片，又打开美图程序，加了粉嫩嫩的滤镜边框跟贴纸。于是这张朴实无华的照片就变得少女心十足。

洛欢很快处理完照片，满意地发了过去："真的好好吃！"

那边的人沉默了一下，发来了一个"好"字。

"膝盖还疼吗？"

看到他关心自己的膝盖，洛欢嘻嘻一笑，立马又拍了张膝盖的图发过去："我已经涂了药，彻底不疼啦！"

洛欢的性格跟男孩子差不多。以前她住的小区有个大院，栽着不少银杏树。她那会儿因为爬树、掏鸟窝而受的伤不计其数。别看她长了一张容易让人产生保护欲的脸，其实早就被锻炼得很皮实了。

只是才把照片发过去没多久，洛欢就有点儿后悔：她这么说，一点儿都不能激起男生的保护欲！这么诚实干吗？

于是洛欢趁着江知寒还没回信，赶紧编辑了一条消息发过去："但是好像还是有点儿痛……"

江知寒发来了消息，叮嘱她注意保养："要是还痛，你就再敷一会儿冰袋，尽量躺在床上休息，别乱动，等到了明天再看看情况。"

洛欢看着这条消息，心里暖暖的，又娇气地问："那万一明天还痛怎么办？"

"让叔叔阿姨替你请假？"

要是请了假，不就见不到江知寒了吗？况且她也不是真的残废了。

她当即表现出了惊人的毅力："不用不用，我的膝盖就是看着肿，实际不怎么疼，而且我的恢复能力挺不错的，说不定明天早上就全好了！"

江知寒沉默了一阵，回了个"好"。

洛欢又和他聊了会儿，才依依不舍地结束聊天儿。她吃面包时，嘴角微微上翘着。

孟琪琪发来一条消息："这会儿你有事吗？"

"有。"洛欢咬着面包，想也没想地回了句。

那边的人也不管她是真的有事还是假的有事，就自顾自地发来了一个问题："今天下午的那个男生，是你的朋友？"

洛欢拧了拧眉，回复她："你这么八卦干吗？"

"死丫头，我就是问一问，你的戏也太多了吧！"

洛欢笑着没理她，向后靠着椅背，拿过牛奶喝了一口。

然后洛欢就不再看孟琪琪的消息，关掉了手机。

她决定要好好地对江知寒，让他感受温暖。她要弥补江知寒之前尝过的所有艰辛。

经过一晚上的休息，第二天，洛欢觉得膝盖好多了，不再像昨天那么肿了，但瘀青仍未消散，看起来依然惨不忍睹。

洛国平给洛欢请了早自习的假，先带她去附近的诊所换了药，然后开车送她到了学校。

这会儿校门口没什么人，洛国平停下车后，要扶洛欢去教室。

蒋音美对洛欢管教得很严格，虽然在成绩方面没提什么高要求，但很早就要求洛欢在生活上独立了。

平时在学校里，洛欢不经常找父母，怕被人说她是教师子女，有特别待遇。因此她遇到问题的时候，能自己解决的就会自己解决。

这次也一样。洛欢拒绝了洛国平中午给她送饭的提议，背上书包，下了车，很潇洒地说："我一个人就能去吃饭了，没事的，爸爸快去办公室吧。"说完她挥了挥手，有些笨拙地走了。

洛国平无奈地摇着头笑了笑。

洛欢到了教室门口。恰好班主任在教室里巡视，见到洛欢，便让她进来。

"一个周末没见，你的腿就断了，没事吧？"谷雨趁着班主任离开，扭头看了一眼她的膝盖。

洛欢翻着白眼，低头边收拾书包边嘟囔道："什么断了？就摔肿了而已。你姐姐我坚强得很。"

"啧，那你中午别出去了，想吃什么？我给你带。"

"你不带谁带？"洛欢接着说。

谷雨想：早知道就不说给她带饭了！

洛欢身为病号，能免的外出活动都免了，不仅不用去课间操，连最后一节的体育课都可以不参加。谷雨那叫一个羡慕忌妒。

洛欢趴在课桌上，冲着谷雨无精打采地笑："记得帮我带饭。"

谷雨气咻咻地扭过头，丢下一句"记不住"，就走出了教室。

教室里只剩下洛欢。她有些无聊，于是掏出上午老师布置的作业写了一会儿，写完后又趴回了桌上。

洛欢自从不拿手机来学校，日常生活就变得无聊了许多。这会儿没什么事，她就发起了呆，不由自主地想到了江知寒。江知寒现在在干什么？他应该还在上课吧。

洛欢的脑海中闪过他低头认真记笔记的画面，嘴角忍不住上扬了几分。

一上午没见他，她真的迫切地想见江知寒。

她抬头看了一眼墙上的时钟，还有十几分钟才下课，干脆先闭上眼睡觉，打算放学后吃完饭再上去找他。

四周很安静，洛欢的眼皮慢慢地落了下去。她很快就陷入了睡梦中，连铃声是什么时候响的都不知道。

洛欢睡得迷迷糊糊的，听到耳边传来一阵脚步声，蹙了下眉，便继续睡。过了几分钟，那阵脚步声渐渐地小了，教室里重新陷入了安静。

过了很久，教室里又传来一阵很轻的脚步声，还伴随着轻微的塑料响动声。洛欢在迷迷糊糊中感到那人在她的身边停留了几秒，他似乎在观察自己。接着，那个人轻轻地将手里的东西放在她身旁。

直到嗅到一丝熟悉的温和的气息，洛欢才挣扎着睁开眼，看到一个穿着校服的高大少年直起身子，他正准备离开。

"江……知寒？"洛欢的声音令江知寒停下脚步，他转过头去。

"醒了？"他低沉的声音好听极了。

洛欢赶紧坐起来，看了眼时间，发现已经下课10分钟了。

她揉了一下眼睛，看着江知寒，有些惊讶："你……怎么来了？"

江知寒抿了抿唇，把目光落在她的脸上，盯着那块被压出来的红印，说："你的腿不太方便，我来给你送吃的。"

洛欢转过头去，看到一份被打包好的清汤排骨面和一块被切好的蜜瓜在谷雨的桌上。

"你膝盖有伤，暂时不能吃辣的。我买了这些，不知道你喜不喜欢。"

洛欢看着面前热气腾腾的面，心里美得在冒泡，弯起眼睛对他笑："喜欢、喜欢，谢谢你！"

洛欢没提过，江知寒竟然主动帮她带了饭，还亲自将饭送到她的教室里。

他以前从来不来找她。

望着女孩眼里奕奕的神采，江知寒舒展眉头，温和地说："你吃吧，我先回去了。"

"哎，等等。"洛欢伸手抓住他的衣服，仰头问他，"那你吃了吗？"

江知寒点头。

洛欢"哦"了一声，吐了吐舌头，说："本来我想放学后去你们班上找你的，结果睡过头了，抱歉。"

"没关系。"

"那你能陪我一起吃吗？你放心，我们班的人回来得挺晚的。"他们班的同学按照习惯，不到下午1点是不会回教室的。

152

对上少女央求的目光，江知寒犹豫了一下，坐了下来。

洛欢瞬间眉开眼笑。

教室外面，谷雨上完课，飞快地跑到食堂里打包好洛欢要吃的鱿鱼盖面，提着面就往教室跑，结果刚到门口处，就看到洛欢的座位前站着一个别班的男生。他提着一袋吃的，看着趴在课桌上的女孩，微微俯着身体，额前垂下几缕发丝。

窗外的阳光照进来，打在他们的身上，那一瞬间，谷雨觉得自己似乎看到了周杰伦拍摄的 MV 的画面：身材挺拔的少年穿着宽松的校服，凝视着女孩。男孩精致的侧脸十分温柔。

谷雨不由得屏住了呼吸，在心里感叹道：原来这就是那个年级第一，他对我的闺密好温柔。然后谷雨就看到洛欢醒了过来，她仰着头很开心地和男生说话。

谷雨躲在教室门外，没敢仔细听，只觉得他的话不多，但是他对洛欢超级有耐心。她也是第一次看到洛欢的脸上出现那么动人的笑，和平时的笑完全不同。

谷雨又看到洛欢拉着男生坐了回去，两个人面对面地坐在同一张桌子边，凑得很近。她没敢再看下去，直起身靠在墙上，心里酸酸的。

哼，既然洛欢重色轻友，那自己就把两份面都吃掉好了。

谷雨虽然嘴上抱怨洛欢，但脸上并无半分责怪的神情。她悄无声息地走了。

洛欢平时跟谷雨吃饭从没在乎过形象，但这次江知寒在，她就莫名其妙地矜持了许多，连汤也要专门用勺子喝。

或许是见她吃得慢，江知寒侧头看着她，主动说了句："你好好吃，不用在意我。"

洛欢差点儿呛住。她眨了眨眼，急忙反驳："谁……谁在意你了？我……我平时就这样吃，怎么了？！"她不打自招。

江知寒忍俊不禁，很温柔地点点头："嗯，那你慢慢吃。"

洛欢的脸瞬间滚烫起来。她表情僵硬地低下头，不到半秒就自暴自弃，用筷子搅着面嘟囔道："吃就吃，是你说的。"反正是江知寒主动提的，她丑到他了可不管。

洛欢夹起一大筷子面，低头吃起来。

江知寒侧过头，用清澈的眼神温柔地注视着洛欢大口吃面的模样。

洛欢很快就把面解决掉了，捧着蜜瓜吃起来。她的腿不方便，江知寒主动收拾了剩饭，扭头看着她："下午叔叔阿姨来接你吗？"

洛欢试着动了动腿，转了转眼珠子，点点头："不接。"

江知寒"嗯"了一声，看了一眼时间，快1点了，对她说："你吃完休息一会儿，下午才有精力上课。"

洛欢笑眯眯地乖乖点头。

目送江知寒出门后，洛欢几口吃掉蜜瓜，站起来活动了两步。今天膝盖差不多消肿了，如今这点儿疼痛对她来说算不上什么。她伸手摸了摸膝盖，然后在原地跳了一下，痛……

洛欢连忙用手撑住桌子，去丢垃圾。

谷雨下午1点多才咬着糖回教室。

洛欢从作业里抬起头，伸手向谷雨要吃的："我的饭呢？"

谷雨赏了她一巴掌："你还想吃两份啊？天底下没有比你更恶毒的闺密了！"

洛欢笑嘻嘻地问道："你看见了啊？"

谷雨坐下后，懒懒地翻了个白眼说："不然呢？我一下课就飞速地冲到食堂里，辛辛苦苦地提着两份面跑回来，结果被塞了一大碗'狗粮'。我气得当场就走，两份面全吃了，一份也不给你！"

洛欢惊讶地瞪着眼："你说你是狗狗啊？"

谷雨一巴掌拍过去："滚滚滚。"

洛欢笑了，双手合十，用大眼睛可怜巴巴地看着谷雨："抱歉，下次我不这样了，一定叫你一起吃。"

谷雨拒绝道："我才不要！我可不想当大瓦数的电灯泡。"况且，她和江知寒一点儿也不熟，一起吃饭真的很尴尬。

洛欢叹气："那好吧，明天我请你喝奶茶。配料你随便加，就当我赔罪了。"

"为什么不是下午请我喝？我中午沿着南操场走了十圈，消化得差不多了！"

洛欢咳了一声："放学我得找他啊。"

谷雨想：哎，终究是自己一个人扛起了所有。

下午的时间过得很快。放学之后，洛欢低着头收拾好书包，站起身来。

谷雨有些担心，绷着脸说："你行不行啊？不然我搀着你去。你别上了楼，把自己弄残废了。"

洛欢微微一笑，道："小雨子如此关心本宫，本宫颇感欣慰。"

谷雨："你赶紧滚吧。"

洛欢慢吞吞地上了楼，见已经没什么人了，便不打算再等，直接去教室找江知寒。结果她刚走过去，还没进门，顾婉珊就从里面走了出来。

顾婉珊抱着几本书，一见洛欢便停下了脚步，拧起两条眉毛，出言不逊道："你怎么还缠着江知寒？"在顾婉珊看来，江知寒知道洛欢的目的后，肯定会生气。

洛欢往后退了几步，和顾婉珊隔开了一段距离，挑了挑眉，说："你这是什么意思？"

江知寒不在，顾婉珊的胆子就大了些。她低声说："我看你是个女生，所以奉劝你一句，你不要再做这些丢脸的事。你骗了江知寒，就应该缩起脑袋不去见他，而不是继续这样恬不知耻地缠着他！"

顾婉珊是怎么知道洛欢"骗了"江知寒的？

"所以是你向江知寒告密的？"洛欢问。

顾婉珊盯着洛欢，过了半晌，抬起下巴，说："是又怎么样？你骗了江知寒，我看不下去。我可不想看着他受伤。"

看着顾婉珊这副正义凛然的模样，洛欢觉得很有趣，问："你戏这么多，江知寒知道吗？"

"什么？"

洛欢悠悠地开口："江知寒对你不感兴趣。我们早就把误会解释清楚了，不需要你在这儿费心挑拨离间。"她们俩说话时，教室里几个还没走的同学向这边看了过来。

顾婉珊的脸色变得难看起来。她咬了咬牙，随即冷笑着说："怎么可能？江知寒怎么可能相信你这种……"

"洛欢。"她们的身后忽然响起一个温和又干净的少年的声音。

洛欢正觉得不耐烦，听见这个声音，眼睛立马亮了。她扭过头去，看见江知寒正拿着一沓试卷站在几米外，旁边就是走廊的窗户。光透过窗户照进来，江知寒沐浴在阳光里，整个人显得清贵优雅，好看得不行。

洛欢也不管顾婉珊了，立马冲过去拉住他的袖子："你去哪儿了？害我跟别人浪费口水。"

"我去帮数学老师复印试卷，抱歉。"江知寒温柔地看着洛欢。

洛欢撇了撇嘴，看着他柔和的轮廓，心里痒痒的，碍于有人在场，只好"哼"了一声，说："那你快点儿，我不想在这儿待了。"

江知寒点了点头，让她先等一会儿，然后迈步往教室里走。

顾婉珊愣愣地看着这一幕，想质问江知寒几句，但他非常平静地进了教室。

洛欢也没理顾婉珊，自顾自地走到楼梯口等江知寒。

没过多久，江知寒发完试卷，从里面出来了。洛欢脸上立刻露出笑，伸手抓住了他的校服衣袖。

155

江知寒侧头看了她一眼,有点儿无奈,却没有推开她,而是任由她抓着自己往楼下走。

洛欢蹦蹦跳跳地跟在江知寒的身旁,听到江知寒说了句什么话,于是吐了吐舌头,收敛了一点儿。

"顾婉珊,你还不走吗?"顾婉珊堵在门口不走,有女生想出去,便小心翼翼地问。

"你不会从前面走吗?腿是用来干什么的?"顾婉珊突然恼羞成怒地说。

女生被吓了一跳,只好转身。她的座位就在后门附近,她从后门走方便点儿。

"啧,顾婉珊丢了脸,就朝别人发脾气。"一个男生说。

顾婉珊立马扭过头:"你说什么?"

男生无辜地说道:"我说错了吗?江知寒根本就不理你,你还整天一副自大的样子,脸真大。"还好江知寒的朋友看起来挺棒的,所以刚才那一幕他们看在眼里,觉得很爽。

因教室里有好几个人看了过来,顾婉珊虽然气得咬牙切齿,却只能努力不让自己失态,甩头就走。

"你刚才表现得挺好,值得表扬。"从校门口出来,在去公交车站的路上,洛欢严肃地肯定道。

江知寒看了她一眼。

洛欢严肃地对着江知寒说道:"今天的事你都看到了吧?是她主动挑衅我,所以以后非必要情况,你不许跟她说一句话。"

她不是专制的人,如果江知寒要和顾婉珊对接正事,还一句话都不讲,那么老师就会以为他不团结同学。洛欢还是挺为江知寒考虑的。

江知寒想了一下,温和地应了。

洛欢抿唇笑起来,突然看到路旁开了一家冰糖葫芦店。

江知寒顺着她的目光看了一眼,转身走过去。

"哎。"洛欢只是随便看一眼,没想到江知寒直接进店了。她追过去小声地问:"你干吗啊?"

江知寒垂着眼看她,洛欢纤长浓密的眼睫漂亮得惊人。他低声问:"你想吃哪串?"

洛欢愣了愣。见他固执地要买,她只好叹了口气,看了一圈柜台,伸手选了一串。

店主见这两个学生长得挺好看的,边打包糖葫芦边笑着问:"你们是兄妹吗？长得都这么好看。"

洛欢嘻嘻哈哈地说："是啊，姐姐。你也觉得我的哥哥帅吧？"

洛欢感觉江知寒转头看了自己一眼。她故意不去看他。

店主："哎哟，是啊，你们俩一看就是好学生。你们的爸爸妈妈肯定特别好看。"

洛欢笑着打哈哈："哈哈，是的。"

糖葫芦每颗都又圆又大。新鲜的水果被包裹在透明的糖浆中，十分诱人。

洛欢捏着糖葫芦，咬了一颗山楂，含混不清地说："我就是随便看看，你以后别给我买了。"不过，她觉得这种被在乎的感觉挺暖的。

江知寒没有说话。洛欢歪头看了看他，伸手戳了戳他的脸："你不开心啊？"她故意笑了笑，调戏他，"哥哥？"

江知寒瞄了她一眼，她忍不住哈哈大笑。他果然因为这个生气了。

四周不少人看了过来。江知寒冷着脸低头往前走。洛欢还在笑，跟在他的身边说："哥哥，怎么了？你这么生气干吗？店主说你长得好看，我还跟着沾光了呢。"她一副沾沾自喜的模样。

江知寒停下来，盯着她看了几秒，问："你很喜欢和我当兄妹？"

洛欢愣住了："什么？"

江知寒走到了公交车站边。洛欢的反应慢了半拍。她跟了上来，抬起头望着他的侧脸，试探地小声说："你……不喜欢啊？"

江知寒淡淡地"嗯"了一声。洛欢觉得自己的胸口像被羽毛轻轻地拂了一下，在金色的夕阳下，她仿佛听到了微风吹过小草的声音。

洛欢忍着悸动，不自在地垂下眼帘，咕哝了句："知道啦。"

前面忽然传来一阵公交车的喇叭声。江知寒转头，见是洛欢常坐的那班公交车，便转身准备通知她上车。

他一转身，就看见洛欢拿着一串吃了一半的冰糖葫芦。她仰头对他俏生生地笑着，撒娇道："哥哥，我吃不下了，你帮我解决掉好不好？"她将手里的那串冰糖葫芦递到他的唇边。

江知寒垂下眼皮，看着被递到唇边的糖葫芦，愣了两秒，张口咬住它。

洛欢弯起眼，嘱咐他一定要吃完、不许浪费，然后冲他摆摆手告别，转身跳上了公交车。

江知寒看着车厢内冲着他灿烂地笑着挥手的女孩，感觉到口腔内的清甜滋味在慢慢地化开。

洛欢发现，江知寒有时候真的很别扭。他看起来像一朵干净矜贵的高岭之花，比同龄人更懂事、沉稳，但偶尔也会流露男孩子的小脾气，比如今天。

今晚洛欢回去后，在QQ上连着给江知寒发了好几条"哥哥"。

江知寒一开始没理她，最后抵不住这般骚扰，一本正经地发了两个字："别闹。"

洛欢笑得不行，又继续发"哥哥"，骚扰江知寒。

最后江知寒还是妥协了，只能任由她发，也不理她。直到洛欢问他题目时，他才肯回答。

江知寒真的太可爱了。

第二天，洛欢的伤恢复得差不多了。她不让洛国平接送，坚持自己坐车上学。

9月末，学校宣布了期中考试的安排，学生考完试就放国庆假。

班主任宣布下课后，谷雨撑着脑袋，唉声叹气："为啥不国庆节后再考试呢？节前考试，害得我们连国庆都过不好。"

洛欢倒想得开："早晚都要考，我倒觉得没什么区别。"

谷雨："你说得真轻巧。"

到了中午，洛欢想着自己的膝盖已经好了，就忍不住上楼骚扰江知寒。

或许是因为上一次被洛欢奚落后发现洛欢不好惹，所以顾婉珊这回碰到她时只是冷着脸快步地经过。

洛欢不在意地走进去，坐在江知寒的前面，用两只手捧着脸颊喊了他一声："哥哥。"

江知寒看了她一眼，又把注意力放在手边的笔记本上，继续握着笔写字。

洛欢瞟了一眼，没看清楚他在干什么，他好像是在整理物理笔记。

于是她趴在桌上，用下巴压着手背，看着江知寒记笔记的手。

江知寒安静时是真安静，而且也不会主动跟洛欢说话。洛欢却是个静不下来的人，最终还是忍不住开口了："江知寒，你知道下周要期中考试吗？"

江知寒"嗯"了一声，低垂着眼。

他好安静。洛欢刚想说什么，他就在她面前放下一张写满字的纸。

"这是什么？"洛欢一呆，伸手拿过来。

"这段时间的补课计划。"江知寒淡淡地说，"这是我根据你目前的水平做的计划，你在考试前看一下。"

她禁不住傻了眼。

第七章
有你的未来

洛欢看看江知寒，又低头看看面前的计划书。

江知寒详细地写了洛欢每天的学习计划和每科的考试要点。

洛欢不禁吞了一口口水："你是认真的？"

江知寒低声说："不然呢？"

洛欢把计划表轻轻地放回桌上，勉强保持着微笑，看着他，说："江知寒，你想让我考进年级前五十名吗？我真的是个'学渣'，你应该知道吧？"

江知寒沉默了两秒，像是在思考："以你的水平，考进前五十名也不是不可以。"他看着洛欢，语气平淡却很认真，"没有谁永远是'学霸'或'学渣'。洛欢，你很聪明，只不过把时间浪费在其他的地方上了。只要你愿意学，肯定会进步，没有什么是不可能的。"

洛欢将永远记得那个夏末，江知寒眨着明亮又水润的眼睛告诉她："没什么不可能。"他生活在那样不堪的家庭里，却从没想过堕落。

洛欢开始心跳加速。片刻后，她把计划表重新拿起来，看了一眼，视死如归地说："好吧，我尽量不给你丢脸。"

然后，她不放心地说："我听不懂的题目，你能不能多给我讲两遍啊？"

江知寒看着她，说："讲几遍都行。"

有了学习计划后，洛欢下课后就不敢在校园里悠闲地乱逛了，吃完饭就回教室趴着睡会儿午觉,然后起来做作业。下午上课时,她也听得挺认真的。

谷雨认真地听了一会儿,被下午的太阳晒着,忍不住打起了瞌睡。迷迷糊糊之间,她看见了洛欢的侧脸——洛欢在认真地听课、记笔记。她暗自感叹:闺密竟然这么认真!

下午最后一节课是自习,谷雨看了会儿数学作业,抓耳挠腮,歪头看看洛欢,见洛欢已经做完了一页,在做第二页了。

"哇!"谷雨立即瞪大了眼,"你怎么做得这么快?!"

洛欢头也不抬地回答:"快吗?有些题不会就先放着,等回家后,他给我讲。"

谷雨鄙夷地说:"又喂我'狗粮'。"

洛欢用无辜的眼神看着谷雨,继续写,几秒后,停下笔又看了看谷雨。

回去后,洛欢吃完饭就回了房间,第一时间从抽屉里拿出手机给江知寒发了一条消息:"我吃完啦!"

等了几秒,那边的人回道:"作业都做完了吗?"

洛欢有些郁闷,谁像他一样看一眼就知道每道题要用什么思路去解啊?于是她坐下来打字:"还没,还剩英语跟化学。"

江知寒"嗯"了一声,说:"那你快点儿写,写完了我帮你检查。"然后,他就不再发消息了。

洛欢哀叹一声,知道自己再发什么消息也没用,只好掏出笔,开始写作业。她想早点儿跟江知寒聊天儿,所以只能心无旁骛地写作业,效率一下子高了起来。

一个半小时后,洛欢搁下笔,松了口气:"写完了!"

"嗯,把写完的作业拍照发过来吧。"

于是她一页页地给作业拍下照片,将照片发过去。

江知寒检查了十来分钟,然后把整理好的错题圈出来发给洛欢,接着开始一题接一题地讲,很有耐心。

洛欢在这段时间里,靠江知寒恶补了很多基础知识。至少在他提到一些公式时,她能反应过来公式在书上的哪个地方。偶尔她没听懂,想糊弄过去,江知寒总会一遍遍地耐心地向她确认:"真的听懂了吗?"他好像会读心术。

洛欢圆不了谎,只好老老实实地承认自己哪些地方没听懂,这样他就会更细致地再给她讲一遍。

洛欢其实挺怕江知寒觉得自己笨，怕他不耐烦。她虽然看起来大大咧咧的，但内心还是有些敏感。但江知寒好像并没有这种想法，他更在乎的是她有没有听懂。她没有见过比他更负责任的老师。

两个小时后，所有的作业都被他讲完了。

江知寒没逼着洛欢继续学习，让她休息一会儿。

洛欢跑去厨房取了瓶酸奶，路过客厅时被洛国平叫住了。洛国平给了她一碗刚切好的水果。

蒋音美转过头说："早点儿休息，别熬夜。"

洛欢咬着橙子，含糊地说："知道了。"

回到房间里，洛欢见江知寒没有发消息，于是坐下来拧开酸奶喝了一口，咬着一颗葡萄，思考着该给他发什么消息。

她将最近听的歌曲分享给了江知寒。

江知寒："这是……？"

洛欢笑着敲字："《江南》啊！林俊杰的歌，你没听过？"

"没有。"江知寒回道。

洛欢笑了笑：也对，江知寒就知道学习，应该不知道学校里现在流行什么歌曲。

学校里的学生现在流行听林俊杰、周杰伦的歌曲。每次他们出了新专辑，不久之后，专辑里的歌就会出现在学校的广播台和学生的随身听里。不少女生私底下还会准备专门的歌词本，在本子上贴满了精美的贴纸。

洛欢就在房间里贴了一张周杰伦的海报。

"你听听吧，特别好听！"

江知寒发了个"好"。他很少拒绝洛欢。

洛欢盘腿坐在座椅上，一边吐着葡萄皮，一边敲字："你不觉得这首歌真的很好听吗？意境也很美。男女主角居然为爱殉情了，真的太棒了！"

江知寒无可奈何地发来了一句话："不是男女主角殉情了。"

"什么？"

江知寒耐心地解释："这首歌只是让我们感受一下爱情亘古不变的忠贞样子，并不是什么男女主角要为爱殉情的故事。"

洛欢眨了眨眼睛，似懂非懂。她听歌习惯根据自己的想法来猜主题，从来不会去认真地研究，毕竟100个人眼中有100个哈姆雷特。

她觉得江知寒好认真，于是发了几个字："你好严谨，不过好可爱。"

江知寒或许是被洛欢的话弄蒙了，不知道发什么好。过了好半晌，他才回:"还好。"

洛欢忍不住哈哈大笑,不依不饶地问:"那你觉得好听吗?"

"嗯。"

"很好,那以后我就继续给你分享歌曲了!你好好听就行,不用像教授一样认真地分析歌曲主题,不然我的压力很大。"

那边的人沉默了好半晌,回复:"好。继续补课吧。"

洛欢吐吐舌头,放下水果碗拿起笔来。

晚上11点,洛欢终于复习完了。她觉得脑袋有点儿涨,活动了两下手臂,给他发消息:"江知寒,谢谢哟。"

"嗯。"

他回的消息一向很简洁,洛欢忽然记起什么事来,又说:"哎,江知寒,我能求你一件事吗?你不愿意也没关系。"

"什么?"

"就是……"

洛欢求人的次数不多,犹豫了好半晌,直到对面的人打出一个问号,她才咬咬牙,快速地组织语言,把消息发了过去:"你知道我还有个小姐妹叫谷雨吗?她的成绩比我好点儿,但上补习班没什么效果。快期中考试了,她要是考不好,零花钱得减半,还会被爸妈联手教训。我想,我这么笨你都能把我教会,你教她应该很轻松吧。所以我想创一个小群。以后你补课能不能也带上她?但你要是没时间,不给她补课也没关系。"

江知寒安静了几秒,发了句:"可以。"

洛欢瞪着这两个字,忍不住松了口气,笑了:"嗯嗯!我这就把这个消息告诉谷雨,谢谢你!"

"嗯。"

"那……那晚安,你也早点儿睡。"

又过了几秒,江知寒才回复:"嗯。"

洛欢给谷雨发消息,刚敲了几个字就停下手指,又点回了江知寒的聊天儿页面。她犹豫了一会儿,试探着问:"江知寒,你今天不开心吗?"

江知寒除了讲课,回复总是很简略,比和她当面说话还惜字如金。

洛欢是粗神经的人,总是后知后觉,现在聊完天儿才渐渐地反应过来,不知道是不是自己的错觉?

那边的人没有回信息。洛欢以为江知寒已经睡了或者去洗漱了,刚打算退出聊天儿页面时,他发来了一条消息:"你为什么不叫我哥哥了?"

洛欢一愣,感觉皮肤上仿佛有电流滑过,眼前竟莫名其妙地浮现出江知寒闷闷不乐的样子来。

原来他是因为这个不高兴。可他昨天不是还很淡定吗?哈哈哈,她忍不住想笑,问他:"啊,原来你想听我叫你哥哥啊?"

或许是因洛欢的语气太欠揍,江知寒硬邦邦地发来了一句:"没有,我发错了。"

"哦,你原本想发给谁?快说!好啊江知寒,我没想到你看起来一副清风明月的样子,原来你是个不折不扣的'渣男'……"洛欢开始控诉。

"不是,我没有,你在胡说什么?"江知寒解释道。

洛欢却还跟窦娥似的继续控诉着他。

最后,江知寒只得无可奈何地承认:"我没有发错。"

洛欢咧嘴一笑,故意不说话了。

那边的人犹豫了许久,最后什么消息也没发过来。

洛欢却莫名其妙地觉得,他一定还略带纠结地在那边等着自己。这时,她悠悠地敲了几个字过去:"晚安,哥哥。"

那边的人飞快地回:"……"

这像是他误发的。江知寒估计不知道消息有撤回的功能,两秒后,才故作镇定地发了一句:"嗯。"

洛欢笑得捂着肚子倒在桌上,发了"哈哈哈哈哈哈哈"过去。

最后江知寒不回话了。洛欢笑了一会儿,才心满意足地起身去洗漱。

"真的假的?"

第二天,得知江知寒也愿意帮自己补习,谷雨瞪着眼睛,含在嘴里的水果糖都掉了。

洛欢得意地冲她挑挑眉:"不然呢?你还不感谢我?"

要是在平时,谷雨肯定一巴掌扇过来了。但现在她激动极了,握住洛欢的手,紧张地说:"你真的没骗我?是你逼着他答应的吗?要是这样,我死也不来补习!"

洛欢拍拍谷雨的手,安慰道:"放心吧,我没逼他,他的态度跟平时差不多。"

"真的啊?"谷雨有点儿不敢相信。江知寒那种清清冷冷、不好说话的男生,竟然会答应洛欢这样的要求。而且,她还没求洛欢呢,洛欢就主动地帮了自己。

因为这个堪比核弹爆炸的消息,谷雨一整天神经都紧绷着,不敢偷懒睡觉，在课间还疯狂地复习，生怕到时候被年级第一嫌弃。

洛欢见状哭笑不得，说："你别紧张，他又不是什么洪水猛兽。他能吃了你？"

谷雨疯狂地点着头，可是还是很紧张：洛欢是江知寒的什么人，谷雨又是江知寒的什么人？江知寒对她们的态度当然有区别了。

放学之后，洛欢吃完饭就早早地进屋学习。

蒋音美转头看着洛国平，说："你有没有觉得咱们的女儿最近好像很爱学习？"

洛国平没想那么多，很高兴地说："女儿有进取心，那是好事。"

洛欢回到房间里就建了个群，把谷雨拉了进来。

谷雨很紧张，在群内正正经经地发："大家好。"然后她疯狂地给洛欢发消息，问江知寒有没有什么不能聊的禁忌事情。

洛欢只能绞尽脑汁地说了一些。

江知寒在群里回应了谷雨。他对外人一贯很有礼貌、有涵养，只有在洛欢的面前才会流露出一些小脾气。他没再说废话，直接开始讲课。

谷雨战战兢兢地听完了全程。

晚上 11 点刚过，江知寒就结束了给她们的补课。

洛欢问谷雨："怎么样，还能跟上吗？"

"我居然……居然能跟上……我有种听君一席话胜读十年书的感觉，太清晰了……江知寒私底下就是这样给你补课的吗？"

"对啊，其实最开始他讲的我也听不懂，他后来改了方法。"

谷雨发来了一张柠檬的表情图片。

"我觉得我现在浑身充满斗志，还能再复习两个小时！"

"别了，注意身体吧，明天还要上课。"

洛欢又和谷雨瞎聊了一会儿才结束了对话。退出聊天儿界面时，她发现 10 分钟前江知寒给自己发了几条信息。

他发了一个问号。

"睡觉了吗？"

"晚安。"

他还发了一张云遮住月亮的表情图片。

洛欢的一颗心瞬间柔软得不行。

提出那个建议时，洛欢是有点儿忐忑的，毕竟江知寒给她补习就已经够累了，再加上一个水平差的谷雨……这样会挤占他更多的时间。

但江知寒一句抱怨的话也没有，很认真地帮助她们。洛欢决定一定要好好地对江知寒。

洛欢回了个"晚安"，然后放下手机，起身出了卧室。

洛国平在客厅里看球赛，见洛欢从卧室里出来进了厨房，没过一会儿，就传来一阵乒乒乓乓的声音。

洛国平好奇地按了暂停键，起身来到厨房里，看到洛欢正向碗里打鸡蛋，旁边是几个鸡蛋壳。

"欢欢，你饿了？"洛国平有些惊讶。

洛欢垂着头继续往碗里打鸡蛋，抿抿唇："没啊，我想做点儿吃的，明天拿到学校里吃。"

鉴于洛欢偶尔会进厨房做菜，但做的成品都不怎么样，洛国平说："我来吧。"

洛欢原本想逞能，但在把第三个鸡蛋壳打进碗里时泄了气。为了不让某人吃坏肚子，她只好把做饭的任务拜托给爸爸，然后不放心地站在旁边盯着："你做得好吃点儿啊，造型最好可爱点儿。"

洛国平笑着拍拍胸口："包在老爸的身上。"

洛国平索性将一家三口明天中午的饭都做好了。这个将近一米九高的大汉非常懂洛欢的少女心，用粉色的盒子装女儿的便当。饭盒里面有四个粉色的小猪状饭团，配菜是午餐肉、厚蛋烧和芦笋炒虾仁。煎好的午餐肉被紫菜点缀成小兔子的形状，可爱得不行。

"老爸做得不错吧？"洛国平得意地向洛欢炫耀。

洛欢拿起粉色的盒子，看看充满童趣的便当，暗暗地吸了口气，眼神有些复杂："哈哈哈，谢谢爸爸。"

第二天，洛欢从冰箱里拿出便当去学校。

洛欢先去了小卖部。由于她经常来这儿买吃的，跟老板娘很熟，所以很顺利地将便当盒寄存在了小卖部的冰柜里。

一放学，洛欢就跑过来，借小卖部的微波炉把便当加热，然后又跑回了教学楼。

江知寒还没走。她提着便当直接走进教室，将便当放到他的桌上。

江知寒愣住，抬起头看看她，又看看面前的粉色盒子："这是什么？"

"午餐啊，犒劳你！"洛欢侧身坐着，把两条胳膊搭在椅背上，期待地说，"快打开，看看你爱不爱吃！"

江知寒本想说不用犒劳自己，但是看到洛欢亮晶晶的眸子便不忍拒绝了，点了点头，放下笔，伸手打开盒子。

他看到食物的那一刻愣住了。洛欢伸手挠挠脸，尴尬地笑了一声，睁大眼看着他："那个……是不是很可爱？"

他要是说出让人泄气的话，她就会生气。

他竭力地掩饰着唇角那点儿不易察觉的弧度，"嗯"了一声。

"Perfect（很好）！"洛欢打了个响指，把筷子递给他，说，"那你赶紧吃，凉了就不好吃了。"

江知寒接过筷子，看着她："你吃了吗？"

"吃了啊，我们上节是体育课。一放学我和谷雨就去吃饭了，吃完才来的。"洛欢睁着眼说瞎话。

江知寒冷静地开口："你们上节课是化学。"

他的身上有雷达吗？洛欢正在思索如何给自己找补，便听见他叹了口气："你吃吧，别饿着肚子。"

"不行，这是我特意给你准备的！"洛欢坚决摇头，往后退。

江知寒沉默了一会儿，说："那我们一起吃吧。"

洛欢眼睛亮了："好哇！"

她原本想跟江知寒用同一双筷子，没想到还没来得及说话，江知寒就起身去外面找筷子了。

她哭笑不得：自己太自作多情了，还以为某人很"闷骚"，实则他纯情又正直。胡思乱想的人是她自己啊……

过了一会儿，江知寒拿了双一次性筷子进来，像是从食堂拿的筷子。

洛欢有点儿意外地睁大眼："你去食堂了吗？"

他是飞过来的吗？

江知寒解释说："我找萧萧借的。她经常在食堂里吃饭，所以筷子比较多。"

洛欢这才想起江知寒有个邻居。之前江知寒不来找洛欢的时候，就拜托过那个女孩替他还钱。

洛欢的语气有些酸溜溜的："你和那个叫萧萧的感情很好嘛。"

萧萧帮忙跑腿，还借筷子给他。他们之间还有什么事是洛欢不知道的？

洛欢记得那个女孩长得不错，她是他们的学姐。

江知寒想了想，点头说："还行。"

"江知寒，你竟然敢点头！"洛欢跳起来就要跟他闹。

江知寒接住洛欢,倒吸了一口凉气,忍住笑,在她的头顶上叹了口气:"我和她是朋友。"

"那我呢,那我呢?"洛欢仰着瓷白的小脸,用灼热的目光盯着他。

江知寒默默地别过脸,碎发遮掩下的耳根有抹可疑的红晕。

洛欢得意地笑了。

吃饭的时候,她本想拿那双一次性的筷子,结果江知寒把新的筷子给了她。见江知寒固执得厉害,她只好接受。

洛国平估计是在搞养猪试验,他们拼命吃,才将一盒便当吃完。

江知寒低头收拾剩饭,洛欢吃着橙子,说:"江知寒,你的饭量也太小了。"她以为这个年纪的男生都很能吃。

江知寒停下动作,看了她一眼,有些不自在。他没说话,继续低头收拾,像个勤勤恳恳又不怎么费粮食的"田螺王子"。

洛欢"嘿嘿"一笑,大手一挥:"没事没事。这个年纪正是长身体的时候,尤其是你,学习好,肯定更费脑。你放心,我会把你养得白白胖胖的!"

江知寒低着头,闷声说:"我不需要吃太多。"话虽这样说,他的眼里却有了一丝暖意。

江知寒很爱干净,收拾完剩饭就要去水房里清洗饭盒。

洛欢本来打算将饭盒拿回去洗,见江知寒要去水房,便跟了上去,正好消消食。

走廊尽头的水房里有人,江知寒只好去下面的水房。

水房里,江知寒冲洗着便当盒。洛欢站在旁边看着他,偶尔跑到窗前看看外面,再跑回来。

透明的水缓缓地流过江知寒修长白皙的手指……洛欢看着江知寒白皙沉静的侧脸,不禁咽了咽口水。

见江知寒洗好后直起身,洛欢赶紧移开目光,罪过……

"你不洗手吗?"听到江知寒的声音,洛欢转过头,看到他侧头望着自己,赶紧点点头。

江知寒让开位置,洛欢便在他刚刚站的地方洗手。

两个人出来后,沿着长长的走廊走。午后的风轻轻地吹进来,水汽很快就蒸发了。

"你回去后会睡午觉吗?"洛欢有点儿舍不得和他分别,问道。

江知寒用一只手拎着粉色的饭盒,点点头。

"洛欢。"前面忽然传来一个女人的声音。

洛欢肆无忌惮的笑容立刻消失了。她僵硬地转过头，看到一个穿着黑色职业套装、绾着黑发，妆容十分得体的女人。女人清丽的脸庞上带着几分严肃的表情，正将目光远远地投在洛欢的脸上。

下一秒，洛欢立马将手背到后面："妈……妈妈。"

江知寒回头看着洛欢。

蒋音美将怀里的会议笔记夹到腋下，看了一眼对面的少年，微张红唇："江知寒是吗？你过来一下。"

洛欢心一紧，赶忙解释："妈妈，这跟他没关系，都是我……"

"我有叫你吗？"蒋音美侧头看了她一眼，把她吓得一抖。

蒋音美潇洒地转身走了，似乎并不担心江知寒会不听话。

完了，洛欢预想过千万种自己的秘密被爸妈撞破的场景，却唯独漏算了这一种。她觉得自己比《大话西游》里的唐僧还要委屈。

她立马扯了扯江知寒的衣服，可怜巴巴地小声说："对不起啊，都怪我。你到时候把责任推给我。根据刚才的情形，我妈肯定会认为是我的责任！反正我妈也舍不得打我。"

江知寒有点儿无奈地侧头看洛欢，抬手揉了揉她的头发，没说什么就走了。

他是什么意思？洛欢捂着被他摸过的脑袋，愣住了。

办公室内，蒋音美放下会议笔记。不久，她身后的门就被轻轻地敲响了。蒋音美侧头看了一眼，说："进来吧。"然后她就自顾自地找出茶叶，烧水泡茶。

水被烧热后，蒋音美接了水，端着茶杯走到办公桌前坐下。她端起茶杯吹了吹上面的浮沫，抿了一口，这才抬眸端详眼前的少年。

从蒋音美叫江知寒进来到现在，已经过了5分钟，可江知寒仍旧安安静静地站立着。他那张干净温和的脸上，没有丝毫不耐烦的神色。

蒋音美心想，江知寒气质沉静，比她那个整天冒冒失失的女儿好了不知道多少倍……她将茶杯放到一边，捏了捏眉心，终于开了口："你们认识多久了？"

江知寒略微思考了一下，回答："一周左右。"

这还不算太久。蒋音美点了点头，又不着痕迹地打量了他一会儿，忽然开口："是不是洛欢那个小丫头胡搅蛮缠地缠着你？"

江知寒摇了摇头，说："不是。"

正喝着茶的蒋音美闻言，眼皮微跳，有些诧异地看了江知寒几眼，忽然笑了："你别担心。我毕竟是她的母亲，只是随意问问。你只需要老实回答我就行。"

可江知寒仍旧说不是，而后补充道："是我的原因。"

蒋音美这回没喝茶了，只静静地盯着江知寒。她那双经过多年沉淀的眸子，仿佛能看到人的心里去。

江知寒虽然看上去还一副少年模样，身上却有种温润而疏离的气质。只是，他在说"是我"两个字时，脸上明显闪过一丝不自然的青涩表情。

蒋音美虽然教的是高二，但还是听说过高一的江知寒。江知寒是以中考状元的身份考入这所学校的，在大大小小的考试里都能拿满分，尤其是理科，成绩很好。学校把他当"种子选手"在培养。此外，蒋音美还听说江知寒长得很帅气，但他为人很低调，因为他家里的情况有些复杂。

这样一个好学生，能主动去接近她那个娇气又任性得要命的女儿？蒋音美还不至于眼花到看不清刚才的画面，明显是她那个女儿更主动……

不过，这个男生竟然没指责她的女儿，哪怕她说了不会告诉学校，他也没有指责她的女儿。蒋音美想到这里，不禁心下动容。蒋音美从教多年，见过不少被老师抓到后推卸责任的男生。

蒋音美沉默了一会儿，淡淡地说："如果老师让你们为了成绩保持距离，减少联系，你答应吗？"

江知寒垂下头，思考了一下，然后冷静地说："老师，首先，我们并没有在一起，我们现在更多地是一起学习。其次，你们不能因我们年纪小，就轻视、否定我们。如果你担心洛同学的成绩，我会尽力辅导她、帮助她。如果你的女儿因为和我在一起学习而成绩下降，我会主动远离她。"

原来洛欢这段时间里一吃完饭就钻进房间学习是因为江知寒……

蒋音美觉得自己接下来的话有些残忍，却也不得不问："听说你家里的情况挺复杂的，万一洛欢因此受到牵连怎么办？"

江知寒沉默了一会儿，坚定地开口："每个人都选择不了出身，他们是我的父母，我不能因为他们有缺点就否定他们。以后我会努力治好我父亲的病，不让他影响洛欢。她是自由的。"

江知寒选择不了自己的出身，也拒绝不了洛欢。但他不会绑着洛欢，洛欢是自由的。

洛欢躲在办公室外面着急地等了很久，才看到江知寒从蒋音美的办公室里出来。她眼睛一亮，立马朝江知寒挥手。江知寒看到了，便朝她走过来。

"江知寒。"洛欢抓住他的胳膊，急急地问，"你怎么样？我妈没恐吓你吧？"

洛欢几乎是被蒋音美从小吓到大的。虽然蒋音美不会揍洛欢，但每次洛欢犯了错误，蒋音美往沙发上一坐，也不说话，光是看她一眼，就能让她发怵。

"没有，蒋老师很好。"江知寒含笑说。

"真的？"洛欢不信，瞥了瞥办公室的门，然后严肃地说，"江知寒，你不许骗我。你告诉我，我妈有没有让你……"

江知寒沉吟了一下，说："没有，但是……"

"但是什么？"

见洛欢一副着急的样子，江知寒轻轻地扬起唇角，温柔地说："蒋老师说，你期中考试要是倒退一名，就打折你的腿。"

洛欢反应过来后，伸手打了他一下。

江知寒的眼神很柔和，他笑着说："看来我得想办法给补习内容加量了。"

洛欢还能怎么办？她知道这可能是妈妈跟江知寒谈的条件，自己要是成绩退步，妈妈一定立刻大义灭亲。她只好闷闷不乐地点了点头。

"洛欢。"蒋音美魔鬼般的声音再次响起。

洛欢吓得赶紧规规矩矩地站到一边。

江知寒也没料到蒋音美会再出来，也有些尴尬。

蒋音美将这一幕看到眼里，没说什么，看向洛欢，说："你过来。"

洛欢暗吸一口气，几秒后，看了江知寒一眼，乖乖地低下头过去了。

一整个下午，洛欢听课都无比认真，连下课都趴在桌上写作业。

谷雨问："你又受什么刺激了？"

洛欢唉声叹气。开学的时候她乖了一段时间，蒋音美也就不怎么查监控了。结果自从中午她和江知寒被抓包后，蒋音美就又开始查监控了。她要看看洛欢上课有没有认真地听讲，有没有玩物丧志、不务正业。

"谷雨啊，我跟你说个事。"

"怎么了？"

洛欢顿了一下，转头看着谷雨，说："你这会儿别看漫画了，翻翻书吧。江知寒说以后补课的难度会上升，所以你不能指望补习就行了。"

谷雨答应了一声，合上手机翻开书："咱们俩的水平就算上升也上升不到哪儿去啊。我能考到班上的中游，我爸妈就很开心了。"

洛欢欲言又止地看着她，叹了口气。

晚饭时，洛欢乖乖地低头吃饭，连玩笑都没敢开，躲着蒋音美的目光，一吃完就回房写作业了。

洛国平觉得有些奇怪，转头看蒋音美，问："欢欢今天怎么了？"

蒋音美夹着菜，意味深长地说："可能她心虚吧。"

"啊？"洛国平有些不解。

"欢欢，我作业写完了，你呢？"谷雨给她发消息。

洛欢正在做最后一道题，回复道："快了，等我5分钟。"

"好！我已经做好了接受知识洗礼的准备，快快快！"

洛欢摇摇头，想：谷雨可真天真。

洛欢两三下把题目算出来，然后发到群里跟江知寒汇报情况。

江知寒看了几分钟，开始讲了。

刚开始谷雨还雄赳赳的，结果江知寒讲到一半她就蒙了，立马问洛欢："怎么回事啊，我怎么听不懂了？！"

洛欢淡定地发消息过去："我说了你要提前复习啊，谁让你不重视？"

"呜呜，我以为难度变化不大嘛。"

"你以为江知寒是开玩笑的？"

"呜呜……不过他为什么要突然提高难度啊？"

洛欢冠冕堂皇地说："为了我们好。"

"呜呜……"

这毕竟是洛欢的责任。她心虚地嘱咐谷雨下次一定要复习，然后问江知寒能不能讲得再慢点儿。

江知寒答应了。

经过今天的事，谷雨不敢再三心二意了，下了课就老老实实地学习，才勉强跟上进度。

到了周末，洛欢去上补习班。因近期补习班里的学生大多面临期中考试，补习班的老师就对补习班的教学内容做了相应的调整。

物理老师这周又被家里的孙女缠着出不来，洛欢就主动申请让江知寒来代课。

江知寒接着昨天的进度，继续给洛欢补课。

"怎么样，我还不错吧？"洛欢很快就听明白了一道题，得意地看着江知寒。

江知寒看着洛欢，温柔地笑了笑，哪里还有两个人刚见面时的疏离、冷淡？她觉得很满足。

化学与生物课的内容洛欢也基本听懂了。

生物老师觉得很惊奇，笑着说："你进步了挺多。"

洛欢假装淡定，笑着说："我厚积薄发嘛。"

物理老师似乎是觉得总请假不好，第二天就把孙女带到了补习班上。

那个白白胖胖的小姑娘穿着条花裙子，扎着两个马尾辫，一双乌黑的眼睛炯炯有神。

小姑娘一点儿也不怕人，用白藕似的手指抓着一瓶AD钙奶，一边喝一边到处跑，对什么都很感兴趣。

"囡囡，别乱跑，小心撞到了。"物理老师操心地喊，然后不好意思地说，"这孩子爱动。我不放心让她待在办公室里，给你添麻烦了。"

洛欢挺喜欢这个白白胖胖的小姑娘，笑了笑说："没事。"她还把自己从家里拿的一盒红豆沙方糕给小姑娘吃。

小姑娘跑过来大大方方地接过糕点，奶声奶气地说："谢谢。"那副样子特别可爱。

直到洛欢开始上课，小姑娘才跑累了，坐在旁边的沙发上晃着腿，低下头吃起了糕点。

物理老师见小姑娘终于乖了，就开始认真地上课。

下课后，江知寒推门走了进来。小姑娘原本正靠在沙发上低头看《小猪佩奇》，看见门口的少年后，立刻丢下平板电脑跑了过去，一下子抱住了江知寒："哥哥！"

第八章
小黏人精

洛欢愣住了。

江知寒没想到会有一团小东西突然朝自己冲过来，下意识地伸手接住她。

"哥哥，哥哥，你是来看恬恬的吗？"小丫头仰头脆生生地问他。

江知寒反应了半秒，先抬头看了一眼盯着这边的洛欢，然后低下头望着小女孩纯净的眼睛，没有直接回答，而是半弯下腰，温和地问："你今天怎么来了？"

小胖妞摇头晃脑地回答："我爷爷带我来的！"

看着孙女对别的男生这么亲，物理老师觉得心里直发凉，忍不住唤她："恬恬啊，来爷爷这儿，咱们要走了。"

"我不！我要和哥哥玩！"

小胖妞一扭头，甩着两根马尾辫，拒绝得十分干脆。

江知寒笑了，蹲下身对小姑娘说："恬恬，哥哥有事，不能和你玩了，下次再陪你玩好不好？你先跟爷爷回家，不然爷爷会很伤心的。"

小胖妞整张小脸苦恼地皱在一起，她问："下次是什么时候啊？"

江知寒想了想，说："等你下次过来的时候。"

小胖妞咧着嘴快哭了："恬恬要上幼儿园，下次……下次恬恬周末起不来，呜呜……"

眼看孙女要哭了，物理老师赶紧说："囡囡，别哭啊，你让哥哥来找你玩嘛。"

小胖妞瞬间不哭了，眨了眨亮晶晶的眼睛，看着江知寒说："真的吗，哥哥？"

江知寒下意识地看向洛欢。

洛欢正托着腮，一副事不关己的样子看戏呢，接收到他的眼神后，无辜地眨了两下眼。

江知寒收回目光，轻笑一声说："嗯。"

"耶！"小胖妞立马就开心了，在原地蹦蹦跳跳。

物理老师怕孙女缠着江知寒不让他走，连午饭都不吃了，收拾了东西就哄着小胖妞去儿童乐园玩。

小胖妞在走之前，郑重其事地对江知寒说："哥哥，下次你一定要来。"

江知寒愣了愣，而后笑着点头说："好。"

小胖妞欢欢喜喜地被物理老师领走了。

教室里只剩下洛欢跟江知寒。外面偶尔有放学的学生经过。

"啧，看不出来你的异性缘这么好，连3岁的小孩都喜欢你。你是不是过分了啊？"洛欢瞧着朝她走近的人，故意调侃道。

江知寒无奈地看了她一眼，说："别闹。"

洛欢笑了一声，低头整理东西。下午还有课，她没耐心整理，就把书本随便往布袋里塞。

江知寒看不下去了，只好帮她整理。

洛欢便起身靠在一旁的桌上看着。他用那双修长干净的手拿起笔袋，把被硬塞在里面的尺子和圆规拿出去，又将书本有条不紊地放进布袋。

江知寒柔软的碎发垂落下来，挡住他的眼睛，更显得他鼻梁高挺、气质温润。他就像一个貌美无比的"田螺王子"。

他做这些简单的动作，看起来都这么赏心悦目。

洛欢的心又开始抑制不住地躁动。她不由得再次感叹：我这是找了个小保姆吗？她轻弯嘴角，故意问："江哥哥，你来找我有事吗？"

江知寒停下了整理的动作。洛欢盯着他，期待他的反应。

他只是停顿了一会儿，又继续整理起来，把圆规、尺子整整齐齐地放进她的布袋的夹层里，平静地说："你待会儿去吃饭吗？"

洛欢顿了一下，笑着说："去啊。"

"在这儿附近吗？"

洛欢想：你以前不搭理我的时候，我不也天天在你的耳边说吗？怎么你现在就装失忆了？洛欢清了清嗓子，说："是啊。"

江知寒不说话了。闷了一会儿，他终于迫不及待地问："你一个人吃吗？我……"

洛欢忍不住笑了出来。江知寒原来是想和她一起吃饭啊！

江知寒抬眸看过去，对上洛欢满是笑意的双眼，耳根不禁微微泛红。他尽量平静地开口："如果没有，那我们一起去吧。"

"哦，不就是我们一起吃饭嘛，你这么害羞干吗？我又不会拒绝你！"洛欢开心地跳下来，仰头笑道。

江知寒原本绷着脸，听到这话后，眼神终于柔和起来。他低头望着洛欢脸上洋溢的笑容，伸手揉了揉她的发顶。

洛欢知道江知寒不太能吃辣，就在附近找了几家不怎么辣的馆子。

当洛欢和他商量去哪里吃饭时，他很随和地说去哪家都可以。

她干脆选择了附近的沙县小吃，甜的、辣的、不辣的东西都有。

两个人进店时正是中午，人比较多，但还有位置。洛欢最喜欢吃这里的牛肉粉，让老板做的时候多放点儿辣。江知寒点了份芋饺。

洛欢拿纸巾擦了擦筷子，搅拌了几下牛肉粉，白色的热气涌了上来。

虽然风扇呼呼地吹着，但店里还是有些闷热，江知寒又去买了两杯冰绿豆汤。

洛欢的鼻尖沁出了点儿汗，她一回头就看见江知寒递过来一杯绿豆汤，于是笑着对他说："谢谢。"

洛欢喜欢吃辣，低头尽情地吃着，偶尔抬头喝一口绿豆汤，很爽。

洛欢和江知寒的外形都很出众，他们坐在角落里很引人注目。大家看到的画面是：女孩埋头专注地吃着。坐在她对面的男孩时不时抬头看看她，很关注她。

洛欢吞下一口粉，因吃得太急，被呛了一下。江知寒立马放下筷子，扯了张纸巾递给洛欢，让她喝点儿绿豆汤。

"谢谢。"洛欢咳得脸通红，吸了一大口绿豆汤，然后擦了擦嘴，对上江知寒略显紧张的目光，弯了弯眉眼，"谢谢啊。"

洛欢看到江知寒碗里还有几个芋饺，于是努了努嘴："你那个好吃吗？"

江知寒低头看了一眼饺子，点点头。

洛欢有些馋，说："那我能尝一个吗？"

江知寒愣了一下，起身说："我去给你重新买一份。"

"别别，不用了。"洛欢赶忙拉住他，说，"我就是馋，再来一份我肯定吃不下，多浪费啊。没事，我吃你的。"下午有舞蹈课，她可不能多吃，不然待会儿就跳不动了。

江知寒怔怔地说："我……已经吃过了。"

"没事啊。"洛欢无所谓地说。她用筷子从江知寒的碗里面捞起一个芋饺咬了一口，嚅动着被辣得通红的嘴唇："我又不嫌弃你。"

"你……"

"好吃！我以为味道很淡，没想到还挺好吃的！"洛欢惊喜地说。

江知寒心里忽然有种无法形容的感觉生了出来。但看到洛欢晶亮含笑的眸子，他慢慢地放松了垂在身侧的略显紧张的手，努力压下全部的情绪，用漆黑深沉的眼睛望着洛欢。过了半晌，他妥协地别过脸，淡淡地说："嗯。"

洛欢眉开眼笑。当然，这一幕也落到了周围人的眼里。

江知寒面皮薄，一吃完就要起身走。洛欢捧着绿豆汤，用吸管抵着牙齿，看着前面江知寒略显僵硬的背影无声地笑。

出来后，江知寒才觉得能顺畅地呼吸了。

回补习机构的路上，洛欢故意走得很慢，江知寒也配合着她。

他沉默了一会儿，像在调整情绪，偏头看洛欢，问："下午你跳完舞，叔叔阿姨来接你吗？"

洛欢笑了笑，说："我又不是什么公主小姐，天天有人接送。"她要是敢那样，早被蒋音美骂死了。

江知寒"嗯"了一声，没再说话。洛欢偏头看看他，倒也没上心。

回去后，因时间还早，洛欢缠着江知寒玩了会儿游戏，然后被他强制关掉手机午休。

没办法，她只好听话地眯了一会儿，醒来时差不多就到了上课的时间。

生物课结束后，洛欢收拾好书包，还来不及和江知寒打招呼就去赶地铁。到了舞蹈班，她直接去更衣室换衣服。

换到一半时，她听见身后响起一个熟悉的声音："哟，大小姐，你今天来得这么早？"

洛欢没搭理对方，把衣摆拉下来，低头扎头发。

孟琪琪背着包走到旁边的大衣柜前，拿出钥匙开锁，然后也换起衣服。

听不到洛欢回应，孟琪琪有些忍不住了，扭头瞪向洛欢，突然说："你是不是长胖了，小肚子都有肉了？"

对跳舞的人来说，没有比听到自己胖了更恐怖的事情。老师上课时会时不时地检查。

洛欢戴好最后一枚发卡，朝天翻了个白眼，说："恐吓我你有什么好处？"然后她拿出舞蹈鞋，坐在一边的长凳上开始换鞋。

孟琪琪向后靠在衣柜上，双手环胸："我开心啊。"

洛欢无语，把一只脚踩在凳子上，耐心地绑着鞋带。她的两条腿又长又直，小腿的起伏弧度也很漂亮，肌肉分布得恰到好处，是班上最标致的。洛欢稍稍屈起腿，这副样子像在勾引谁似的。

孟琪琪有些忌妒。虽然她的外形也不差，但和洛欢比还是有差距。

孟琪琪不禁酸溜溜地开口："他很在乎吧？"

洛欢说："滚滚滚，他才没那么肤浅。"

"哦？"孟琪琪很感兴趣似的，"那他在乎你什么，你的思想高度吗？你有思想吗？"

孟琪琪还刻意地瞥了眼洛欢的胸，说："你胸大，无脑。"

洛欢不厌其烦，起身关上衣柜，拎了瓶水就往舞蹈室走，甩下一句："别把怨气撒在我的身上。"

孟琪琪被噎住了，"哼"了一声然后追了上去。

舞蹈老师来了，关心了一下洛欢的身体状况，便开始上课。

下午放学前，老师把所有学生集中起来说了比赛的事：三周后有"舞动青春"全市舞蹈比赛，每个人都可以报名，获奖的人有机会参加一个多月后举办的省级第十届"华月杯"舞蹈大赛。

他们学舞蹈的人，都打算借这个技能在高考中加分，拿的奖越多越好，因此班上每个人都有大大小小的奖项傍身。老师希望班上所有人都报名。

老师走了之后，洛欢一屁股坐了下来，揉着酸痛的腿。

有些人还在聊天儿。孟琪琪没跟那些小姐妹走，而是坐在洛欢的身边问："哎，你报名吗？"

"报啊。"

孟琪琪翻了个白眼："怎么哪儿都有你，我就摆脱不了你了是吧？"

洛欢撑着垫子，晃着双腿，一只手揉着脖子，仰起头："原话奉送给你。"

"看来我们是一辈子的对手。"孟琪琪笑着起身，招呼剩下的几个小姐妹要走。

洛欢没理她，干脆躺在地上准备放松一会儿再走。

孟琪琪还没出教室，刚走几步就突然停住了脚步。

"怎么了？"周围人转头看她。

孟琪琪盯着前面的人，动了动嘴唇，却说不出话来。

几个人跟着转头望去，只见一个穿着休闲服的少年走了过来。

他很高，眉眼却生得格外精致，肤色很白，周身有种温润冷淡的气质。他走了进来，像是认识孟琪琪似的，朝她点了点头，便绕过面前的人往里面走。直到他进了教室，周围的女生才逐渐找回了自己的声音。

"他……他是谁啊？"

"琪琪，你和他认识？"

"这哪里来的大帅哥？！"

孟琪琪没理她们，往后扭头，看到少年朝着没什么形象地躺在地上的洛欢走过去。那男生慢慢地蹲在了洛欢的面前。

人对旁人的注视是很敏感的。洛欢原本眯着眼，忽然下意识地睁开眼，便看到了江知寒的脸。

江知寒垂着头，专注地望着她。

"江知寒？"洛欢立马坐起来，确认自己没看错，提高音量问，"你怎么在这儿？"

江知寒低头看了看洛欢的腿，问："你的腿还疼吗？"

洛欢愣了愣，跟着低头看了一眼，摇头说："不疼啊。"

江知寒"嗯"了一声，眉眼舒展了些。

洛欢忽然抬眸问道："你是怕我像上次一样受伤，所以才来的吗？"

江知寒沉默了一下，有些不好意思地点头。他根据上次的记忆来到舞蹈班，当时洛欢刚上课不久。他一间一间地找到洛欢的教室，然后便在外面等着，偶尔还朝里面看看，直到她们放了学，他才进教室。

洛欢听到后忍不住笑了起来："我又不是玻璃做的。"

江知寒不喜喧闹的场面，何况刚下课不久，一些人还没有走。要不是担心洛欢，他根本不会出现。这会儿被周围的人有意无意地看着，他一向淡漠好看的脸上流露出些许尴尬的神色，连耳根也开始泛红。

他总是用自己的方法，笨拙地关心着洛欢。

洛欢这才发现江知寒有些黏人，忍不住笑了出来，心头涌上一股暖流。她决心解救这个可怜的少年，于是朝他伸出手，说："今天谢谢你来接我，时间不早了，我们走吧。"

江知寒点了点头，伸手将洛欢从地上拉了起来。

洛欢拿起水杯，两个人一起从前门走了。

"他真的是……"教室里的几个女生看着那两个人消失在门口，面面相觑。

"太绝了吧，洛欢到底在哪儿认识这个极品帅哥的？"

"对对对，那个男生看洛欢的眼神绝了！"

听几个女孩纷纷表示羡慕，孟琪琪不禁嗤笑了一声，扭过头去："人家是洛欢的同学。"

天色渐暗，但还没到亮路灯的时候，夕阳柔和的光照在他们的身上，微风轻轻地吹着。

洛欢背着书包，拿了根烤肠吃着，一头长发还保持着扎着的状态，任微风吹着她耳边的碎发。她边咬着烤肠边说着自己练舞以来发生的一些趣事，又告诉他自己接下来要报名参加舞蹈比赛。

一旁的江知寒认真地听着，直到她说完，才问报名是什么时候。

洛欢吃了一口烤肠，歪头望着他："怎么，你要陪我去吗？"

江知寒略微不自然地说："如果你一个人不敢……"

洛欢抿着唇，笑得很开心："我当然不敢啊，万一路上有人趁我睡觉打劫我怎么办？所以，到时候如果你有空，我就拜托你陪我了。"

而且，这也是你们男生的义务嘛——洛欢偷偷地在心里说。

她原本是半开玩笑说的，可江知寒似乎把这当成了一件很严肃的事来看待。他点点头，答应下来。

洛欢想笑：江知寒怎么这么好骗？他太单纯了。

她有时候会愧疚，感觉自己像祸害了"男神"似的。

周一，因这周要进行期中考试，班里的学习氛围渐渐地变浓了。

谷雨笑得很畅快，凑过来跟洛欢聊天儿："他们俩把人当傻瓜吗？期中考试这种大考，他们俩不好好学习，整天想着搞这些歪门斜道。我看这回不亏死他们，哈哈哈。"

洛欢托着腮看单词本，懒懒地笑："我花几十块买一堆废纸干吗？还不如江知寒免费讲的课有用。"

"哈哈哈，还是你'毒舌'。"

"嘿，洛欢。"一个男生跟人换了个位置，戳了戳洛欢的背。

洛欢扭头问："什么事？"

男生讨好地道："姐姐，你那个邻居最近有空吗？再给我们整理一下考试资料吧！"

洛欢看了他一会儿，将手搭在桌上，严肃地道："不行。"

"为啥？"

"他去非洲实习了，我都找不到他。"

谷雨拼命地忍住笑。

洛欢用一本正经的语气说："所以，邻居帮我们准备考试资料是偶然事件，我们也不能每次都依赖他，对吗？"

男生的表情非常复杂。

"所以好好学习吧，少年。"洛欢苦口婆心地说。

"好吧……"男生摸摸鼻子，叹了口气，"主要是我上次考得太好了。你那个邻居真的很棒啊，比班长跟学习委员好太多了……"

洛欢与有荣焉地接受夸赞。

"也不知道她上次是从哪儿弄来的复习资料。这次弄不来了，所以才说邻居去非洲了，想挽回面子吧。"宋雯颖讥讽道。她这两天只卖出了两份复习资料，正生气。

洛欢闻声，回头看向宋雯颖。

宋雯颖对上洛欢的目光，冷冷地说："看什么看？"

"呵，你这是骗不到人发疯了？"洛欢笑道。

宋雯颖脸色一变："你说什么？"

洛欢提高声音说："身为学生，做这种买卖本来就是违反校规的，被学校知道肯定会被通报批评。如果你们还不打算住手的话，我可以去举报你们。"

"你要举报我们？"宋雯颖不敢相信地说。在她看来，这只不过是一件再平常不过的小事，洛欢居然要大张旗鼓地闹到学校去。其他班也有人这样做，为何洛欢要故意跟她作对？

"洛欢。"宋雯颖生气地说，"别以为你爸妈都是学校的老师，你就可以肆无忌惮了！"

洛欢听了这话觉得很搞笑，反问："我什么时候炫耀过我爸妈是老师了？我要是用特权早就进1班了，还能一直待在普通班里给爸妈丢脸吗？"

她皮笑肉不笑地盯着宋雯颖，说："天底下比我有背景的多了去了，2班一个女生的爸妈还是学校的领导呢。我爸妈只是普通的教师，决定不了学校的事。我就是一个普通人，就算要举报，也是以一个普通学生的身份去举报。再说了，你这种事，一旦被上报到学校里，学校能不管吗？"

宋雯颖的表情有些扭曲："别的班也有这样的事，你这是存心针对我！"

"哦？"洛欢感兴趣地问，"都有谁啊？你说来我听听。"

宋雯颖要是多说出几个人，洛欢就可以顺道多解决几个人。她还能救一些同学于水深火热之中——学生的零花钱都不多。

"都……"宋雯颖猛地打住，心想：差点儿就上了洛欢的当。

这会儿周围的人这么多，她一旦说出口……宋雯颖看了看四周，不打算和洛欢纠缠，转身就要走。

这个时候，谷雨在宋雯颖后面悠悠地道："哎，学习委员，你别走啊，事情还没说完呢！"

宋雯颖停下脚步，忍了忍，转头瞪向谷雨："你们还想干吗？"

洛欢托着脸，漂亮的小脸上荡出一抹浅浅的笑意："说清楚啊，你们别再做这种事了，否则闹大了对你们的影响也不好。"

"你在威胁我？"宋雯颖的声音不禁有些失控。

此时，周围不少学生看向这边。洛欢旁边的男生笑着说："学习委员，平常不都是你威胁我们买资料吗？我们不买，你就给我们小鞋穿，洛欢说的话怎么就算威胁了？"

那男生一说完，周围胆子大点儿的男生也跟着批评起宋雯颖来。

宋雯颖涨红了脸，说："你们干什么？怎么敢这么跟学习委员说话？"

"怎么了？"从外面回来的班长拨开众人，走了过来。

宋雯颖一见班长来了，顿时像狐狸见了老虎似的，眼里蒙了一层水雾，可怜巴巴地告状，添油加醋地说自己有多委屈，他们有多过分。她倒打一耙的本事不小。

班长抬手斯文地推了推眼镜，对着罪魁祸首——洛欢冷冷地道："洛欢同学，宋雯颖同学做的事情是符合学校对班干部的要求的。你身为学生，不仅不尊重她，还对她进行辱骂威胁，甚至拉帮结派、搬弄是非。如果你不为自己的行为道歉，我作为班长，有权按照学校的规定处罚你。"

谷雨瞪大眼："你……她……"

班长说的是什么话？洛欢明明一直好声好气的，怎么到他们嘴里就成了搬弄是非、辱骂威胁了？他们俩连颠倒是非的本事都如出一辙。

谷雨还没说出脏话，就被洛欢按住了。

其他的男生也叫道："班长，你这说的是什么话？"

班长面无表情地说："我这是公事公办。"

"公事公办？"对面传来一个不屑的女声。

班长扭过头，对上洛欢似笑非笑的眼神。

洛欢不客气地直接开口："包庇倒卖学习资料的人是公事吗？有你这样的班委，我们班真是倒了霉了。"

周围的男生笑了，连谷雨都感到惊讶：洛欢这丫头真敢说。

虽然这俩人心很黑，但他们是班委。班里的人虽然对他们感到不满，却很少敢正面冲撞他们。

班长的脸色顿时青了。或许是觉得洛欢挑战了他的权威，他正要说话，洛欢又似笑非笑地开口了："水能载舟亦能覆舟。班长、学习委员，你们该不会真的觉得能一辈子'统治'我们这个班吧？我们能把你们选上去，自然也能把你们拉下来。"

"说得没错！"男生鼓起掌来，带着周围的人起哄。

"你……"

"还不回座位上，都在干吗呢？"上课铃响起，语文老师站在门口，皱着眉冲他们喝了一句。

大家乖乖地散了，洛欢也跟着坐好。班长控制住脾气，扭头就走。

宋雯颖张了张口，在语文老师的注视下赶紧往座位的方向走，回座位前，还忍不住扭头看了洛欢一眼。

洛欢似笑非笑地看着她，眼睛里却流转着丝丝犀利的光。宋雯颖有些心慌，赶忙扭回了头。

这一节体育课，1班和2班一起上。快下课时，老师把大家聚集在一起点名。

江知寒个子高，从初中开始就站在队伍的最后面。有两个男生点完名后，凑在一起看一个论坛上的视频。江知寒一开始并没有注意，只微微低着头，只有在听到"8班"这个词时才眼角微动，抬眸看了过去。前面两个男生压低声音，正嘻嘻哈哈地笑着。

"这么厉害？"

"这女孩真能说，我看她快把那个班委说哭了。"

"真是差班欢乐多啊，哈哈哈。"

"这个女生叫什么名字？长得还挺好看的。"

两个男生在戴着耳机看视频，当听到点名结束时，急忙摘下耳机，把手机收了起来。

体育老师收回目光，说了声"下课"。

前面那两个男生一个飞快地朝食堂跑去，另一个重新拿出手机，打算把那个视频保存下来。他刚转过身,就瞥见一双漂亮、眼神幽深的眸子,不禁愣了。直到旁边有人推了他一把,他才回过神来,但面前已经没人了。

他怀疑刚刚是自己产生了错觉,有些疑惑地挠了挠头:他跟1班的年级第一也不认识啊,怎么年级第一刚刚看自己的时候好像莫名其妙地带着敌意?

江知寒独自回了教室。教室里没什么人,他正整理着书本,门外就传来女孩的嗓音。

"江知寒!"

江知寒顿了一下,扭头看到是洛欢。或许没想到洛欢会这么早来,他怔了两秒才放下手中的东西,起身走了过去。

"你今天怎么来得这么早?"

"没什么事干,我就早一点儿来。"洛欢靠在门边故意皱皱鼻子,问道,"我没打扰你吧?"

"没。"江知寒摇了下头,压低声音,吐字却很清晰,"本来我想整理完东西就去找你。"

洛欢将嘴巴张成了"O"形,愣愣地看着他。

不仅如此,江知寒还做出了让她更震惊的举动——

他眨了眨眼,努力让自己的神色看起来自然一些,声音却有些哑:"我们……可以去吃饭吗?"

江知寒的掌心湿漉漉的,他很紧张。

洛欢愣住了。身后有微风吹来,在少年期盼的目光里,她渐渐地回过神来,连忙点点头:"可……可以,当然可以啊!"

今天的江知寒怎么回事?他怎么会这么可爱?!江知寒居然想通了,愿意和她一起去吃饭!她当然不在乎那些无聊的流言蜚语,只是没想到,他今天竟然这么主动!

之前他在补习班里陪她吃饭,她觉得已经是史无前例了,她没想到他还能再进一步!

洛欢尽管心里已经乐开了花,但依旧死命地压制着欢欣,盯着江知寒说:"那……那我们什么时候去?现在?"

江知寒深吸一口气,安静地点点头,往前面走。

洛欢的脑子晕乎乎的。她一向不在乎别人的眼光。江知寒一开始有些不适应,后来也逐渐恢复了自然。她言笑晏晏的模样让他的心中一动,那种紧张感慢慢地消散了。

他们俩吃完饭，在回去的路上，洛欢比平时要开心许多，叽叽喳喳地说着话。

江知寒专注地听着。晴空下，微风轻轻地拂着他耳边的碎发，那张阳光下的脸白皙俊秀，轮廓柔和得不像话。

洛欢不禁有点儿犯"花痴"，夸赞道："江知寒，你真好看。"

江知寒被洛欢惊到了，愣愣地瞧了她几眼。

…………

早上的风波暂时被压了下去，好像什么也没有发生过，不过宋雯颖一整个上午都没在学校里卖过资料。

下午，班上风平浪静，连洛欢都以为这件事已经平息了，但是最后一节课时，教室的前面忽然爆发了一阵争吵。

"尚林，你就是个浑蛋！"

全班都被惊到了。洛欢抬头，看到宋雯颖不知道怎么回事，突然就跟班长吵了起来。

谷雨八卦得很，到处打听："怎么了？怎么了？"

前面有人转过身来，压低声音说："班长和她闹起来了。"

宋雯颖站在那儿压低声音说："这事闹到今天这个地步，难道跟你一点儿关系都没有？你有什么脸怪我？"

班长很冷漠地说："你闭嘴，我不想跟你吵。你明早把钱还给我就行。"

"凭什么让我承担全部的钱？当初是你要印这么多资料的，要承担也是一人承担一半！"宋雯颖提高了声音。

"要不是你，我能浪费时间编这种东西吗？有这时间，我早复习完了。"尚林把所有的责任推到了宋雯颖的身上。

宋雯颖没想到尚林这么无耻，质问道："你收钱的时候怎么不说？收钱的时候那么开心，一出事就全是我的责任，尚林，你到底是不是男人？"

班长脸色一变："你闭嘴行不行？"

"凭什么让我闭嘴？尚林，你就不是个男人！每次赚钱我劳心劳力，你坐着收走大头。上次月考，我花了一周的时间做出了四门功课的复习资料，你就做了两门功课的资料。

班长脸都黑了，控制不住地站起来跟宋雯颖吵。

宋雯颖气得不管不顾地继续爆料，两个人互相揭短，话题越来越劲爆，听得众人目瞪口呆。

洛欢坐在那儿听"相声"，感叹道："哇，真劲爆。"

谷雨嘴里的棒棒糖都掉了。

"尚林你去死吧！"宋雯颖忽然将一沓复印好的资料甩在班长的头上，然后推开旁边的人哭着跑了出去。纸张纷纷扬扬，然后落到了地上，那场面十分讽刺。尚林狼狈地涨红了脸，忽然也在全班同学的注目下跑了出去。教室里只剩下被他们的劲爆言论惊呆了的同学们。

"有生之年竟然能看见他们起内讧，哈哈哈。"谷雨幸灾乐祸地说着，又左右看了看，然后凑到洛欢的旁边，"啧啧啧，他们俩看起来一个比一个清高，尤其是班长，看起来道貌岸然，没想到这么抠！这一对比，我发现江知寒可真是优秀，拿出自己的时间给咱们补课都没怨言。"

洛欢只看了一会儿好戏，便低下头继续写作业，一副不大关心的样子。只有在听到江知寒的名字时，她才露出了些许笑容，朝谷雨伸出手去。

"干吗？"

"我不能看着他当免费的劳力，这心意费就由我替他收了。"

"啊，洛欢，你要不要脸？！"

班长跟学习委员争吵的事情被好事的学生偷偷地传到了校园的贴吧上，当晚就被传开了。一时间，引来了无数"吃瓜群众"。

尽管学校当晚凌晨时分就锁帖了，但还是堵不住学生的嘴。第二天，全校学生都在议论这件事。

宋雯颖没来上课。尚林的心理素质倒是强，他能忽略周围人的注视，像个没事人一样地坐在位置上读书学习。

第二节课的时候，班主任上完课就把尚林叫走了。班里的学生一时间议论纷纷。

谷雨沉痛地摇头，用长辈的语气说："这都什么跟什么啊？"

洛欢毫不客气地戳穿她："可我看你挺幸灾乐祸的。"

谷雨嘻嘻哈哈地笑："哎哟，你干吗戳穿人家啊？真是一点儿都不可爱。"

尚林去了两节课，再回来时正好放学。他灰头土脸地低头收拾书包。

尚林跟宋雯颖的事闹得挺大的，关键是传得太广。他们身为班委，却做出了不好的行为，影响很不好。

学校以儆效尤，停了他们俩的职务，给予警告处分，让他们暂时停课，回家反省后期中考试时再来。同时，全校开展自查自纠行动，一时间好多私下售卖考前复习资料的人都被查了。

校领导很生气，特意在教师大会上再三强调，老师不许给学生随便说重点，连月考也不可以。

  8班的班主任也很气，这件事毕竟是从他们班传出来的，于是特意占用了一节自习课开会，并且把相关的学生都拉出去谈话了。

  流言传了好几天，才慢慢地被期中考试冲淡。

  周三期中考试。考前，江知寒给洛欢强化复习了一番。早上考政治和生物，洛欢还挺有信心的，考完就直接去找江知寒。

  江知寒的考场在三楼，洛欢交了试卷，一路跑下楼，看到江知寒已经站在走廊那儿了。他把双手随意地搭在栏杆上，微微弯着背看向前面。

  这会儿是上午11点多，偶尔有几个学生在他的身边走过。阳光灿烂，风轻轻地拂着他的面颊，显得他那么清爽、好看。

  "江知寒。"洛欢朝他跑了过去。

  听见声音，江知寒转过头，望着面前的少女，有些惊讶，压低声音问："怎么出来得这么早？"

  洛欢不在意地挥挥手："我懒得再检查了，反正不会的还是不会。"

  "你考得怎么样？"

  "答对了80%吧。"洛欢凑过来，欢快地对江知寒道。

  江知寒比较细心，叹了口气："你应该再检查一遍啊。"

  洛欢应付道："你出来得比我还早呢，怎么不检查几遍？"

  其实她有一个小心思，觉得自己这两科考得还行，就没必要再检查了，想早点儿出来见他。

  江知寒只是笑，说道："饿了吗？去食堂吧。"

  "好。"

  在去食堂的路上，江知寒低下头看洛欢："晚上回家后，我帮你讲解不会的题目。"

  洛欢蹙起两道秀眉："大哥，你饶了我吧！"

  并不是所有人都有考完就订正答案的强大心脏。万一她发现有道题不幸写错了，会影响她对接下来的考试的热情。她以前无所谓，反正知道自己考得不怎么样。但现在不一样了，她好不容易有了那么点儿自信，万一受到打击，那她可就不想活了。

  江知寒不太赞同洛欢的这种逃避的心理，但还是含笑顺了她的意思。

  食堂这会儿人不多，他们不用和别人挤，饭菜也丰盛。他们吃完就回了教学楼。洛欢懒得回自己班，便来了1班。

  趁站在走廊里消食的工夫，江知寒帮洛欢巩固重点。

"这篇背了吗？"

"背了。"

"这几句文言文，还有这几个生僻字……"

"知道了。"

顾婉珊抱着一沓书匆匆地走上来，看到的就是这一幕。

江知寒上半身随意地靠着栏杆，用修长的手指指着书本上的内容跟旁边的洛欢说着什么，不时还低头看看她。阳光下，江知寒的侧脸轮廓柔和，他看向女孩的眼神那么温柔。

顾婉珊转身走进教室，不小心撞倒一个板凳，发出"砰"的一声。这声音在空旷的走廊里格外清晰。

洛欢抬头看了过去，只看到里面女孩一闪而过的背影，接着便听到一个男生恼怒的声音："学习委员，你有病啊？"

洛欢正看着那个背影，耳边就传来江知寒清润的声音："专心点儿。"

洛欢扭回头，看到江知寒正盯着自己，于是"哦"了一声，往前挪了挪。

教室里，顾婉珊眼睛发红地盯着书本，看着其中一页，很长时间都没有收回注意力。她本以为江知寒家里的情况不好，应该没有女生会接近他，所以一点儿都不担心，甚至任性地随意欺负江知寒。

顾婉珊在江知寒的面前颐指气使时，他从来都不反抗，也不说什么。

她以为江知寒对自己另眼相看，即使自己不去主动靠近他，他也跑不了。而且，她以为江知寒很难接近。可谁知，洛欢居然那么轻易地就达到了目的。

顾婉珊攥着书页的手指紧了紧。

考试一共三天，最后一门是英语。考试时，洛欢照例很早就交了卷出来。时间尚早，洛欢拉着江知寒去了学校附近逛街。

考完试就是国庆节，学校后面的那条小吃街上挤满了学生。洛欢和江知寒挤在其间，倒也不觉得突兀。

"你平时很少来这里吧？"洛欢扭头看江知寒。

江知寒很诚实地点点头，对上洛欢的笑脸，温柔地一笑："真的没有来过。"

也是，他的气质太特殊了，干干净净的，与这里的烟火气格格不入。

洛欢无所谓地摆了摆手："没事，以后我多带你到处逛逛。这里的东西都特便宜，我跟谷雨以前就经常来这边吃饭。"

江知寒好脾气地笑着说："好。"

一直逛到6点多，洛欢才依依不舍地回家。

在去公交车站的路上，洛欢摸了摸鼓鼓的肚皮，转头问江知寒国庆节有什么计划。

江知寒根本没有什么计划，除了去店里和在家里学习，他应该只会去补习机构了。

洛欢也不感到意外，笑着说："没关系，去补习机构也很好嘛。我爱学习，哈哈哈！"她反思：怪不得江知寒是好学生，放假还想着学习，不像自己，一放假只想着去玩。

江知寒轻扬唇角，笑得很温柔："你想去哪儿玩？我陪你。"

"不了不了。"洛欢连忙摆手，露出严肃的表情来，"我们还是学生，应该以学习为主，一切与学习无关的事都得坚决杜绝，嗯！"

江知寒顿了一下，温和地道："你不用为了我委屈自己。"

"我不委屈，真的。"洛欢低下头，含混地说，"再说吧。"

学校放假，补习班可不放假。因为学校放假后，有学生每天要去补习。不过，洛欢也因此多了许多时间和江知寒相处。他们每天中午一起吃饭，然后洛欢回补习机构听江知寒讲课。

有时候，洛欢中午困得趴在沙发上。江知寒会把空调调到最舒适的温度，然后在一旁看书，偶尔偏头看看她。等到快上课时，江知寒就叫醒她，然后自己回办公室忙。下午他们会一起回家。

见他们走得近，老师不禁感叹道："你们关系真好，像兄妹一样。"

洛欢抿唇笑笑，没有否认。因为她也不喜欢张扬。

这天上午，洛欢上完课后等得无聊，干脆去办公室里找江知寒。

江知寒并没有在办公室里。洛欢得知他代课还没有回来，便来到初一英语小班的门口，看到他正站在教室的前面，被许多半大的小孩围着。

这群学生刚刚进入初中，还没彻底脱去小学生的稚气，说话的声音脆生生的，有点儿吵。下课铃声已经响了5分钟了，他们还没有走，在问问题。

江知寒弯着腰，无比耐心地回答着，没有一丝不耐烦的痕迹。他个子高，身形修长，虽然穿着简单，但气质出众，有种鹤立鸡群的感觉。周围那些小孩看着江知寒，眼里都闪着星星。

洛欢乖乖地站在门边。江知寒原本在讲题，像是察觉到什么，抬头往这边看过来，对上洛欢的眼睛："怎么站在那儿？进来。"

他一说话，周围那些小孩纷纷扭头看了过来。

洛欢整个人一僵。她原本打算看一会儿就走的，没想到被江知寒看到了。如今被这么多小孩看着，她不能失去"长辈"的稳重，只好咳了咳，挺胸收腹地走了过去。

"你在干吗？"她走过去站在一群小孩旁边，装模作样地问道。

江知寒轻笑着说道："给几个小朋友辅导作业。你怎么来了？"

洛欢转了转眼珠子，哼了两声："我就来随便看看。"

"姐姐，你是江老师的同学吗？"一个小男孩仰头问道。

洛欢"嗯"了一声，点点头。

"哇，姐姐，你学习一定也很好！"另一个小女孩也跟着惊叹了声。

事实是她的成绩超级烂。洛欢眨了眨眼，而后郑重地点了点头："也……还行吧。"

"哇！"一群小孩也跟着崇拜她。

洛欢不禁有些飘飘然。听见一声笑，她赶紧瞪了过去，见江知寒已经忍住了笑，只是眼里还残留着些许笑意。他对孩子们点点头，帮洛欢做证："嗯，姐姐学习也很好。"

"哇！"

洛欢的心飘了起来。小孩子们缠着江知寒不停地问问题。眼看江知寒连午饭都吃不了了，洛欢想帮他分担，于是对孩子们说："你们有什么不会的，也可以来问我。"

一个小女孩抱着国庆假期的作业过来，指着"monkey（猴子）"这个单词，问洛欢它的复数形式是什么。

洛欢想也没想就说："变 y 为 i 加 es。"

"是……是吗？"小女孩隐约觉得不是这样，有些犹豫地看着洛欢。

"当然，所有'y'结尾的单词都这样！"洛欢笃定地说道。

小女孩正犹豫着要写上去，这时，听见她们说话的江知寒抬起头来，叫了女孩过去，纠正了洛欢刚刚的说法，原来是加"s"。洛欢觉得很羞愧。小女孩又看了看洛欢，一副欲言又止的模样。

江知寒温和地对她解释："姐姐说的是一般情况。这个单词是特殊的，可能姐姐忘了告诉你。"小女孩这才点点头。

江知寒无奈地抬头看了洛欢一眼。

为了避免再次教坏小孩子，洛欢随便编了个借口就溜了。

大概20分钟后，江知寒出来，在走廊里看到蹲在角落里玩手机的洛欢。见江知寒过来，洛欢立刻收起手机，跑过去吐了吐舌头，有些不好意思："对不起啊，我好像给你丢脸了。"

江知寒眼里漾着浅浅的笑意，温和斯文地说："不会啊，他们夸你很好相处。"

"真的？"洛欢问，眼睛都亮了。

江知寒点点头，握住她的手往外走："嗯。"

洛欢挺得意地说："我就知道我是孩子王，没有哪个小孩不喜欢我。"

往后几天，洛欢几乎天天来。小孩们都愿意和她玩，但不让她讲题了。她觉得郁闷，于是趁着大家不注意，偷偷地抓住一个小男孩问。那个小男孩告诉洛欢，江知寒哥哥说姐姐在家里学习很辛苦，她出来玩是为了放松，江知寒哥哥让他们不要再问姐姐问题，他们来问哥哥就好。

江知寒总是很会为别人着想。

她补习了几天之后，物理老师又请假了。或许是知道江知寒和洛欢的关系好，物理老师直接让江知寒去代课。洛欢表示特别满意，听课也听得很认真。可刚上完这节课，洛欢正逗着江知寒说笑时，就接到了一通视频电话。

江知寒上课时不带手机，所以物理老师只好打洛欢的手机。洛欢点开后，看到了一张哭得惨兮兮的小脸。

她愣住了。下一秒，屏幕上就换成了物理老师的脸，他手足无措地问："洛欢啊，江知寒现在在你的旁边吗？"

洛欢看了江知寒一眼，点头说"在"，然后把镜头转向正在整理笔记的江知寒。

听见洛欢叫他，江知寒微微侧头看了过来，黑色的玻璃珠般的眼睛浮现浅浅的疑惑。

洛欢用口型说道：物理老师。她知道江知寒做什么事都很专心，估计他没听到。

江知寒把目光落在视频上。

物理老师像是站在卫生间里，背景夹杂着噪声，有些歉疚地说道："江知寒啊，你接下来要代课吗？"

江知寒想了一下，然后摇头，温和地问："王老师有什么事吗？"

"是这样的。"物理老师有些歉疚地开口，"你要是没课，能来我家照顾一下我的孙女恬恬吗？她奶奶患了流感在住院，我得去医院送饭，儿子儿媳都在上班，我实在走不开。恬恬还小，我又不敢带她去医院……你要是还有什么事，老师就不麻烦你了。"

像是应景似的，电话里传来一声小女孩稚嫩又撕心裂肺的哭喊声："爷爷，你说好哥哥会来的，你骗人——"

"哎，爷爷还在问。"物理老师哄着孙女，擦了擦额上的汗水。

江知寒想了想，然后点头说："好，王老师，你把地址发过来吧。"

物理老师眼睛一亮，赶紧点点头："好好好，太麻烦你了，我实在没办法。恬恬还记得你上周答应她的事，不然我也不会麻烦你……"

江知寒温和地笑笑，说："没关系，老师。"

物理老师又感谢了他好一会儿，才把电话挂了。

"你要去帮物理老师带孙女吗？"洛欢收了手机，这才问江知寒。

江知寒"嗯"了一声，把东西收拾起来，偏头看了看洛欢，歉疚地说："中午你可能得一个人去吃饭了。"

洛欢想说"我想陪你去"，但估计那小胖妞可能不想见自己，而且江知寒也不会答应她旷课。他在重要的事情上一向很有原则。

于是洛欢将已经到嘴边的话咽了回去，转而笑着，无比体贴地说："那你路上注意安全。还有，不许让那个小胖妞占你的便宜。"

爱美之心人皆有之。

江知寒对洛欢的说法不敢苟同，不过还是轻轻地叹了口气，说："嗯。"

物理老师还在等他，江知寒不好拖延，安抚了洛欢后便走了。

自从江知寒走后，洛欢就无聊起来了。但为了不浪费昂贵的补课费，她还是死撑着上完了整节课。

中午放学后，洛欢掏出手机看了眼时间，然后准备给江知寒发消息，刚问问他在干什么——哦，他不带手机。

江知寒不怎么用手机，他的手机的唯一作用就是和洛欢联络。补习时洛欢就在他身边，他就没必要拿手机了。

洛欢"啧"了一声，心想：江知寒的这个习惯还真的有点儿麻烦，以后她必须让他改正。因为他们不一定时时刻刻在一起，所以江知寒带手机是有必要的。

下午上完课，洛欢直接去了舞蹈班。

班上一大半学生报名参加了"舞动青春"比赛，舞蹈老师专门用了一节课来帮他们确定舞蹈比赛的内容。

"哎，你想好了吗？要跳什么？"看着围在舞蹈老师身边报名的学生，孟琪琪看了看洛欢,心想:她还真不着急啊。

洛欢不想过去和大家挤,便坐在坐垫上,打开双腿贴着墙压腿,把双手撑在细腰上,随口说:"我跳独舞啊,看老师安排,也许再跳个群舞。"

她的眼睛像猫的眼睛一样慵懒,头发扎成丸子头,落下几缕发丝,衬得本就白且细腻的肌肤更加雪白,整个人有种别样的气质,像个水蜜桃。

"你心情不好?"孟琪琪问。

洛欢歪过头,问:"你那是什么眼神?"

"可怜你的眼神。"

洛欢正要反驳,那边的舞蹈老师抬起头,喊了句:"别聊天儿了,过来登记。"

洛欢立马收了腿,跟孟琪琪去登记。

舞蹈老师将所有参赛学生要跳的舞登记了一遍,然后让学生一个个地试跳,再决定怎么修改。学生按照学号一个个地跳,还没上场的在场边准备。

因为今天只是一次试跳,不是正式比赛,所以大家都比较放松。

孟琪琪靠在杆上,继续刚才的话题:"哎,你怎么了,心情不好?"孟琪琪是笑着说的,洛欢的心情越不好她就越开心。

洛欢对孟琪琪的恶趣味表示无语,不搭理她,专心看前面的人跳舞。

就在这时,几个女生好奇地围了上来,其中一个女生试探性地开口问:"欢姐,上周那个来接你的男生是你的朋友吧?他这周来吗?"

洛欢闻言皱起了眉头。

孟琪琪看在眼里,顿时明白了,于是问:"吵架了?"

洛欢给了孟琪琪一脚:"滚,你才吵架了。"

孟琪琪灵活地一躲,笑得花枝乱颤:"那是为了什么啊?"

洛欢叹气,重新靠了回去:"他被小朋友缠住了。"

"啥?"

洛欢撇撇嘴,向孟琪琪解释。

听完洛欢的解释后,孟琪琪顿时忍不住哈哈大笑:"洛欢,你太恐怖了吧,哈哈哈……"

比赛里可以跳的舞蹈有民族、流行、古典、现代、拉丁六种。洛欢准备的节目是一段古典舞,名字叫《采莲去》,耗时总共5分钟。

洛欢的骨骼发育得好,四肢修长纤细,动作干净利落,配上音乐,很有点儿轻盈的感觉。她将豆蔻年华的少女捧着莲蓬泛舟溪上的灵动之感展现得很好。

老师很满意，没有打断洛欢的舞，让她跳完了。

音乐结束，洛欢的舞蹈也结束了。周围响起一些掌声。

老师说："你这个节目选得挺好的。我再给你压缩一下，你就跳这个吧。"

"谢谢老师。"洛欢笑了笑，刚要下去，不经意地瞥了一眼教室的门口，睁大了眼。

"怎么了？"

洛欢立刻回过头，收起脸上的情绪，摇摇头说："没……没什么。"

老师让洛欢下去，看完剩下几个学生的舞蹈后，让所有人聚在一起，商量群舞的事。

洛欢站在前排，有些心不在焉，不时看看门口。

孟琪琪狐疑地凑过去，问："看什么呢，那儿有金子啊？"

洛欢偏头看了孟琪琪一眼，没理会。

孟琪琪："重色轻友。"

洛欢："你是友吗？"

好吧，她不是。

大家经过投票，选择了一个难度较低的群舞作品——《美好新时代》，毕竟谁也不愿意去记更难的舞步，而且这个节目的名字还很喜庆，多好。

"欢欢，到时候如果要选搭档，你选我好不好？"扎着小马尾辫的男生凑过来殷切地问着。

洛欢说："不行。"

"为什么？"

"因为我个子和你差不多，到时候穿舞鞋，肯定比你高，我们跳起来不太和谐。"

孟琪琪笑了笑：这丫头还是这么"毒舌"。不过也好，她"毒舌"总比当"渣女"强。

那个男生失望地说："好……好吧……"

洛欢心不在焉地回头，听到老师说"下课"，赶紧拿了水杯往教室门外跑。

教室外的走廊里站着一个穿着休闲服的男生，洛欢跑过去在他的身边站定，仰起头，笑着调戏道："啧啧啧，你怎么来了？"

洛欢跳舞出了些汗，额头的发丝粘在脸上，后颈也粘了几根头发。洛欢的身材本就很好，她现在出了点儿汗，薄薄的练功服紧贴在她的身上，勾勒出美好的身体曲线来。

江知寒的脸微微泛红。他偏过头，将手臂上搭着的一件薄薄的衬衫披在她的身上，尽量克制地开口低声道："外面凉。"

10月，暑热渐退，已不似6月、7月那么闷热。走廊里有微风吹过。

洛欢微微愣住，低头看了自己一眼……确实有点儿不雅。

洛欢也不大自在地咳了一声，毕竟跳舞避免不了遇到这种事。衣服很贴身，他们也习惯了。

洛欢忽然捕捉到江知寒耳上的一抹红晕，不禁眨了眨眼，用手戳戳他的耳朵："哎？你害羞了？"

江知寒不知道该怎么形容他的感觉。他知道洛欢一向说话直白，只能扭过头低声说："穿好。"

"哦。"洛欢笑着低下头，乖乖地系好扣子。

江知寒的衬衫是浅灰色的，干干净净的，还有清新的皂角香，穿在洛欢的身上有些宽大，衬得女孩越发娇小。

洛欢走几步就到更衣室了，不过她不想把他的衬衫脱下来。穿他的衬衫，她有安全感。

她将长长的袖子随意地卷到胳膊上，露出一截白嫩的手臂。衬衫宽松的下摆落在大腿处，非常好看。

洛欢："好啦。"

江知寒这才扭过头，看见她穿好衣服后暗自松了口气。

洛欢仰着头看着江知寒。

"哟哟哟，你们这是干吗呢？"这时，孟琪琪她们出现在门口，望着这一幕发笑。

洛欢朝天翻了个白眼，立刻像只护崽的母鸡，伸手拽着江知寒往前走："你别理她们，她们是一群'八婆'，我们走。"

江知寒眼底微微含笑，礼貌地向她们点点头，然后任由洛欢牵着自己走了。

江知寒等在外面。洛欢加快了收拾的速度，发卡都没拆完，就背上书包跑了出来："我们走吧！"

"等等。"江知寒伸手轻轻地拉住着急的洛欢，低头凝视着她。

他垂下漆黑的睫毛，眸子却如水珠般清澈，让她能轻而易举地看到他眼中的自己。

洛欢有点儿疑惑。下一秒，江知寒抬手轻轻地取掉她自己都没注意到的黑色的发卡。他把力道放得很轻，她几乎感觉不到疼。

"好了。"江知寒放开洛欢，将发卡递给了她。

洛欢抿唇笑了一下，伸手握住发卡，说："谢谢。"

江知寒抿唇，朝她伸手："把你的包给我。"

洛欢便不客气地卸去了重量。

两个人往舞蹈机构外面走。出了大门之后，阳光洒在他们的身上，洛欢眯了眯眼，转头问了句："哎，江知寒，我还不知道你是什么时候过来的？"

江知寒怔了一下，神情有些不自在，声音低了许多："两个小时前。"

洛欢停住脚步："你吃午饭了吗？"

看着洛欢紧张的样子，江知寒觉得心里暖暖的，点头说："吃了。"

洛欢"哦"了一声，这才放下心来，走了一会儿，然后装作不经意地问他："中午跟那个小丫头玩得开心吗？"

江知寒莫名其妙地觉得这话怪怪的，看着洛欢努力表现出很随意的样子，他叹了口气，笑着说："没有玩，我一直在等她睡觉。"

你都没有看过我睡觉啊！洛欢酸溜溜地想着。她那么体贴，国庆节都没叫他出去玩。那个小丫头一哭，就把她的江知寒霸占了一上午！

"小心。"江知寒忽然握住洛欢的胳膊拉了一把。原来是一辆自行车飞快地冲过来了。

洛欢下意识地伸手撑在江知寒的胸膛上。

那个骑自行车的小男孩大幅度地扭了一下，然后车子从洛欢的身旁飞驰而过，车轮带起的水溅到了江知寒的裤子上。

洛欢耳边的发丝被一阵风带起，身旁是江知寒温热的身体。她抬眼望去，只能看到他精致的喉结与下颌的弧线。从这个角度看，江知寒的皮肤很光滑，还特别白，五官特别立体。

江知寒缓缓地松开握着洛欢的胳膊的手，看了看那辆飞驰而过的自行车，然后低头看着洛欢："怎么走路不小心啊？"

洛欢知道江知寒的性格，所以不敢在马路上放肆。可现在，她摸到江知寒的胸口了！

但江知寒还没有这种感觉，只是微皱着眉，低头看着洛欢，问她为什么不好好看路。

在江知寒的目光下，洛欢笑出了两个梨涡，低下头，说："不是还有你吗？有你在，我看什么路？"

江知寒像是被洛欢的一番话镇住了，一时回答不上来。

接下来，洛欢又得寸进尺。江知寒表情僵硬，赶紧低头说："洛欢！"

洛欢嗓音软软的："我害怕。"

周围路过的人不禁看了过来。

江知寒感觉自己的理智受到了冲击。他想推开洛欢，可是又舍不得这份明目张胆的依赖——洛欢是唯一这样对他好的女生。

江知寒不自在得厉害，尽管身体依旧有些僵，但他还是慢慢地抬手，在洛欢的头上轻轻地摸了两下。

"你有点儿笨。"江知寒的话音中带着无限纵容。

直到快到站时，江知寒脸上的表情才恢复正常。

洛欢扬着唇，像只招财猫似的欢快地挥手，送江知寒下了车。

国庆假期过去后，便开了学。长假7天时间，足够老师将试卷改出来了。所以学生返校第一天，老师就开始发试卷。

洛欢这次的总分比上次多了50分，她进入了班级前十。谷雨也进入了班级中上游。

班里的人对此很惊讶。班主任还特地表扬了洛欢和谷雨。

班上不少人在私下有意无意地打听为何洛欢会进步得这么快。明明洛欢在学校里没怎么埋头苦学，整天一副轻松的样子，也不像熬过夜；谷雨也是。

洛欢跟谷雨只是笑笑，默契地没有说出实情。要是被别人知道年级第一每晚都给她俩特训，肯定得在学校里造成不小的轰动。

班主任让两个人在班会课上做报告。洛欢为此特意手写了一份发言稿，还让江知寒替她仔细检查，到了班会课上，就开始跟台下的同学吹牛："实际上我也不聪明啊，就普通智商。都是自己刻苦学习，才换来了好成绩。题目看一遍看不懂，我看两遍，两遍不懂就看三遍，迟早会看懂的。你们看啊，我手上都是写字磨出来的茧……"

谷雨在下面憋笑憋得肚子痛，心想：那不是你练舞磨出来的茧吗？

洛欢继续慷慨激昂地说她的励志故事："其实什么复习资料都没用，主要还是得自己肯学！不是每个人都有当出题老师的水平，那年级第一出的复习资料，跟年级前五十名都进不去的人整理的复习资料能是一个水平吗？盲目崇拜权威的下场，就是赔了夫人又折兵，你们说傻不傻……"

"好！"有男生带头鼓掌，接着全班都热烈地鼓起掌来。

班主任坐在一边看着，觉得洛欢离经叛道的发言一点儿也不正规，可话糙理不糙，于是忍着笑点点头。

台下被含沙射影批评的尚林脸都绿了，宋雯颖也忍着。

他们那天闹了一场大戏，导致考试时被不认识的同学围观，根本就没心思做题，因此排名一落千丈。同学们对他们的信任彻底没了。加上他们双双被撤职，班上更没人愿意搭理他们了。

下午放学，洛欢和江知寒一起回家。

路上，洛欢叽叽喳喳地跟他分享白天在班里发生的事，然后仰头问他："江知寒，你听见我们班最后一节课时的掌声了吗？"

洛欢像迫切等待表扬的小动物，眼睛亮亮的。江知寒故意犹豫了一会儿，点了点头说："听见了，怎么了？"

洛欢得意地摇头晃脑，说道："是我发言得到的掌声！我的发言可精彩了！"

江知寒望着她亮亮的眼睛，配合地问："那你都说了什么？"

于是洛欢很开心地把演讲的内容都告诉了他。

江知寒安静地看着她，唇边带着一抹笑。

"我是不是讲得很好？我都有点儿崇拜自己了。还好我们老师人好，允许我放肆。"洛欢说。

江知寒垂下眼帘，暗自感叹：洛欢这不是放肆。他很羡慕她拥有这么旺盛的精神，她能活得这么肆意。

洛欢这次的成绩出来后，让蒋音美在同事那儿长了脸。因此，蒋音美给洛欢涨了零花钱，对女儿的脸色也好了许多。

洛欢开心得不行。

因为她要参加下旬的舞蹈比赛，近期舞蹈班的训练以准备节目为主，强度加大了许多，连时间也延长了一个小时。

江知寒每次都会等在外面，久而久之，班上的人都知道洛欢有一个长得很帅又对她很好的"男神"了。

训练时难免会不顺，以前洛欢磕了碰了，忍忍就过去了，可自从"男神"来后，她就变得娇弱了很多。

江知寒会在训练间隙帮她按摩，看见她腿上、膝盖上的瘀青，眼里的心疼怎么也掩盖不住。

"疼吗？"

"疼……"

一旁的孟琪琪起了一身的鸡皮疙瘩。

有人纠结地开口道:"琪琪,你有没有觉得,洛欢好像变了……那么一点儿?"

孟琪琪忍不住冷笑,心道:洛欢变的哪里是一点儿,她变了很多好吗?她现在很矫情,不过谁让她有人疼?哪像她们,训练的强度和男生的训练强度一样大,还没人疼!

等江知寒离开,孟琪琪凑了过去,故意问洛欢:"哎,你最近怎么这么矫情?"

洛欢面不改色地望着前面,反问道:"关你什么事?"

江知寒在洛欢的影响下渐渐地放开了,偶尔会主动来找她。不过他向来很低调,总是在快放学的时候才来。

洛欢倒没什么顾忌,不过也不会影响江知寒。她去找他的时候,他也不像以前表现得那么一板一眼了。

顾婉珊的心头仿佛被扎了根刺,浑身发疼。她抿唇望着外面走廊里的两个人,握着笔的手指时紧时松,仿佛在下什么决心。

第九章
只对你有感觉

事实证明，人不能太骄傲。

洛欢在班里春风得意了没两天。星期三的下午，自习课上，她正在偷看漫画书，班主任忽然推门进来，轻轻地在她的桌上敲了两下，让她出来。她吓了一跳，以为自己偷看漫画书被抓住了，灰溜溜地低头走出去。

结果，班主任并没有因为看漫画书一事责怪她，而是眼神复杂地看着她，然后让她去教导主任的办公室。

洛欢觉得有些奇怪：我去教导主任的办公室干吗？我又没犯什么事。

到了办公室门口，洛欢走了进去。

"成主任，洛同学来了。"班主任走到办公桌前说了句。

教导主任四十来岁，有些秃顶，穿着一身西服，放下手里的校报，严肃地向洛欢招了招手。

洛欢见状，觉得不像有什么好事，沉默着乖乖地走过去。

教导主任让班主任先回去。

等班主任走后，教导主任这才看向洛欢，用严肃的口吻说："知道我叫你来是为什么吗？"

不管是什么原因，教导主任让她来，她不都得来吗？她横竖都是一死。

不过她最近好像没犯什么大错吧？她上次被领导叫，还是初二上学期。那这次的原因是……江知寒？

目前只有这一个可能了。洛欢胡思乱想着，低着头，一副诚恳认错的模样:"不……不知道。"

教导主任"嗯"了一声,拿过一旁的信封,从里面抽出几张照片:"你看看这些照片。"

洛欢配合地抬起头,看到在面前被摊开的几张照片,眯了眯眼睛,瞳孔变大了。

竟然是她和江知寒的照片!有他们在走廊里说话的,有放学后他们一起走在校园里的,还有他们一起在公交车站等公交车的。

不过照片是被偷拍的,很模糊,角度对方也选得不好,但还是能清晰地看出照片里的人是洛欢和江知寒。

有的照片被抓拍得还挺有意境的:女孩仰头对着男生笑,夕阳映着她的眉眼,她的眼睛清亮又灵动;男生垂眸看着她,好看的侧脸上有着温柔的笑。他的睫毛密且长,眼珠很黑,眼神深沉又专注。

洛欢莫名其妙地一愣,这是她第一次站在旁观者的角度上看江知寒。她以往总觉得他没什么情绪,没想到他看自己的时候竟然很温柔。

教导主任见她盯着照片一动不动,终于忍不住问:"怎么,你有什么想说的吗?"主任想,她能自己承认最好。

洛欢盯着这些照片自恋地欣赏了一会儿,然后才舔舔唇,试探性地小声开口:"主任,如果我说我们就是普通同学,您……信吗?"

教导主任皱起眉,提高声音:"你当我是傻子吗?"

洛欢连忙摆手:"不不不,教导主任,您误会了,我觉得您应该再调查一下。"

教导主任皱眉道:"什么意思,你想说你们不是?"

"不是。"她坚决否认。

她正色道:"教导主任,我知道学校做出这些规定都是为了我们好,怕我们年纪小不会处理这种关系,怕我们容易走入歧途后影响学习成绩。可您看,这次期中考试,我进步了十来名,第一次考到了班级前十,这一切都是江知寒的功劳。江知寒这次的成绩也很好啊。其实我们俩把大部分的时间花在了学习上。每天晚上回去,江知寒都会给我辅导功课,一句废话也不讲。我的同桌也一起接受他的辅导,她这次也进步了很多。您不信的话,我们有聊天儿记录。我明早拿过来给您看。我估计学校里再没有像我们这么好学的学生了,所以我们是最不可能出问题的。您不信我,难道还不信江知寒和我的爸妈吗?主任,我不知道是谁出于私心一直在跟踪、偷拍我们,但我发誓,除了学习,我们真的什么都没干过。您与其抓我们来

'严刑逼供'，还不如去抓那些因为走入歧途成绩下滑的人。"

洛欢又开启了"忽悠模式"，话说得情真意切。

因为江知寒是尖子生，所以学校选择先对洛欢这个"学渣"下手，妄图阻止这个可能毁了江知寒的学生。

这也太瞧不起人了吧！洛欢虽然成绩比不上江知寒，但也有很多优点啊。

教导主任一直皱眉看着洛欢，问："真的？"

洛欢严肃地点头，接着道："聊天儿记录也没办法造假。"

教导主任思索了一会儿，让她明天一早把手机拿来给自己看看。

洛欢赶紧答应了，在原地纠结了半晌，想问问主任能不能拿一张照片。但她到底没那个胆子，见教导主任没有什么问题了，只好离开。

回到教室里后，谷雨连忙问洛欢去哪儿了。洛欢收拾着书包，随口道："我们被人发现后遭匿名举报了。那人竟然一直跟踪我们到公交车站。"

"啥？！"谷雨说，"变态啊！你们是杀人放火了还是干了什么其他的坏事？明明这么有正能量，是谁这么缺德？该不会是哪个倾慕江知寒的女生举报的吧，不然谁这么闲？"谷雨因为成绩上升，现在已经慢慢地成了江知寒的"脑残粉"，十分护短。

洛欢收拾好书包，脸上闪过一丝阴郁的神色："不知道。不管是谁想打扰我们，都没门儿。"那个人知道她为了接近江知寒费了多大的劲儿吗？对方用几张照片就想让她放弃？那她就不是洛欢了。

谷雨被洛欢的气势吓得哆嗦了一下，小声地问："哎，你打算干吗？"

洛欢起身背好书包，朝谷雨一笑："你放心，我肯定不会杀人放火。"说完，她就背上书包走了。

顾婉珊一整个下午都有些心不在焉，不时地偷看坐在靠窗位置上的江知寒，握着笔的手都在发抖。

顾婉珊估计教导主任已经看到了自己偷偷地放在办公室门口信箱里的信了。她等了一下午，本以为教导主任会把江知寒叫出去批评，结果一直等到快放学，依旧没有消息。

顾婉珊不禁有些着急，看向后面的频率也高了起来。

"顾婉珊，你看江知寒干吗？"旁边有同学忍不住问道。

顾婉珊吓了一跳，连忙回过头说："你说什么？我才没看他。"然后她开始收拾东西。

放学铃响了，班上的学生开始收拾东西准备回家。

顾婉珊心事重重地合上笔记本。她稍稍往后侧头，瞥见江知寒正坐在位置上看书，他好像是在等人。她咬了咬唇，放慢了收拾的动作。

"顾婉珊，你不走吗？"几个平时和顾婉珊一起回家的女生问道。

顾婉珊不耐烦地随口说："你们先走吧。"然后她就在座位上等着，很固执，像是非要等到什么一样。

教室里的人渐渐少了。顾婉珊一边低头做着收拾东西的动作，一边注意着后面的动静。她拉书包拉链时，听见身后传来凳子摩擦地板的声音，于是条件反射地扭过头，看到江知寒提着书包站起身，正往教室门口走。

门外一抹身影闪现。

洛欢娇俏地喊："快点儿。"然后她在江知寒靠近时，伸手将他拉了出去。江知寒也配合地加快了脚步。

顾婉珊立刻起身，不敢相信自己看到的一幕。

她午休那会儿放在主任门口的信，按理说应该已经被主任看到了，怎么他们还像什么也没发生过一样相处？难道教导主任还没看到那封信？不可能，教导主任经常翻看信箱。到底是怎么回事？

顾婉珊赶紧从教室里走出去，看到洛欢步伐轻快地走在江知寒的身边，他们已经到四楼了。她忍不住攥紧了栏杆。

现在楼道里没什么人了，很安静。

洛欢用双手拉了拉肩上的书包带，抬头看江知寒："那个……"

江知寒低下头。

洛欢抿了抿唇，问："有没有……老师找过你？"

江知寒听到这句没头没尾的话，有些蒙。

那就是没有了。

洛欢叹了口气，随意地摆了摆手："没什么。"

洛欢见江知寒依旧看着自己，觉得脸颊发烫，便眨了几下眼，别过脸去。

江知寒依旧看着洛欢，温和地问："到底怎么了？"

洛欢知道江知寒是"种子选手"，学校很看重他，不希望有什么人影响他，所以才从洛欢这边下手。

江知寒很有责任心，洛欢第一次接触他时就知道了。她不知道他要是知道了这事会怎么处理。

尽管他知道她一开始接近他是为了一个所谓的赌约，但还是很负责地给她讲题，关心她的成绩。

洛欢对被举报一事不在乎，可也不想连累别人。她抿着粉唇，不知不觉地走到了教学楼门口，忽然停住脚步。

江知寒也停下了，神色有些茫然。

洛欢转过头，有些忌惮地四处看了看，然后用乌黑的眼睛望着江知寒，道："你先走。"

江知寒："啊？"

洛欢催促道："你先走嘛，快点儿。"

洛欢有很多天马行空的想法。江知寒以为她又在跟自己玩什么游戏，眼睛里泛起一丝笑意，无奈地点点头，转过身去。

江知寒在前面走着。他高挑颀长的身影逆着光，柔和极了。

回家后，洛欢先是偷偷地看了一眼蒋音美跟洛国平，发现他们俩没什么反应。他们俩不像已经知道教导主任找她谈话了的样子。她想：难道教导主任并不打算闹大这件事，只想先从我这儿下手，看能不能搞定我再说别的？

也是，毕竟江知寒可是学校领导眼里的宝贝。教导主任自然要大事化小、小事化了。

她呼了口气，吃完饭就进了房间，拿过书桌旁的手机，发现三分钟前江知寒给她发了一条信息："吃完了吗？"

洛欢用手指点了点下巴，回道："我吃完了，你呢？"

那边的人很快回了消息："吃了。"

于是洛欢飞快地发了一句："那我们学习吧！"

那边的人像是有点儿吃惊，隔了两秒，才问："现在？"

"嗯，我爱学习，学习使我快乐！"

明天就得给教导主任看聊天儿记录了，她今晚得表现得好一点儿，连一句俏皮话都不能说。

"好吧，你先做作业，不会的再告诉我。"

还好江知寒没有想太多。

"好！"洛欢回完消息，又给谷雨发了条消息："干吗呢？开始补课了啊，你来不来？"

谷雨："才结束期中考，你让我休息休息不行啊？"

洛欢抛弃杂念，从书包里拿出书来。她已在学校里做了大部分的作业，只剩物理的几道题和一套英语单元试卷了。她做得很快，用一个多小时就写完了。

"我写完啦！"她主动给江知寒发消息，问，"你看看我哪道题错了？"

一分钟后，江知寒回了消息。

过了两三分钟，他发现了一道物理错题和两处英语语法的错误。

期中考试后，洛欢的基础慢慢地被打好了，江知寒给她补课轻松了很多，速度也快了起来。

晚上9点，洛欢呼出一口气，丢下笔，果断地发了一句："好困，今天收获很多，谢谢你啦，晚安！"

她还发了一张月亮的图片。

他们的对话看起来纯洁极了，半点儿暧昧的痕迹也没有。

他过了两秒才发了一句："好，晚安。"

不知怎么回事，洛欢感觉江知寒的话里有一丝失落。她好想摸摸他的头发。唉，可是她还要应付明天的检查。

洛欢忍了忍，没有回信息。为了防止自己心软，她关掉手机，起身去洗漱。

洗漱完，她去厨房接水喝。洛国平见她已经换上了睡衣，有点儿意外："要睡了？"

他闺女平常可是不熬夜到凌晨都不睡的。

洛欢停下脚步，揉了揉眼睛掩饰自己："学完就想早点儿睡。"

洛国平点点头，拿起遥控器把声音关小了点儿。

洛欢接了水，停下脚步，犹豫着喊了一声："爸爸。"

"怎么了？"

洛欢纠结了一会儿，试探性地开口问："你……很开明的，对吧？"

洛国平将目光从电视上挪到了女儿的脸上，说："当然啊，你从小被老师叫家长，老爸都没说过你什么，你今天怎么这么问？"

洛欢松了口气。她这回要是被教导主任叫家长，心里就有底了。至少这件事情的性质应该没以前她把男同学的鼻子打出血严重吧？

洛欢笑了笑："没什么，随口问问。"说完她就捧着水杯回了房间。

第二天，洛欢在课间操时把手机交到了教导主任的手上。为了获取同情分，洛欢还把那个有谷雨的学习群的聊天儿记录也交了上去。

幸好谷雨那阵子对江知寒还有些畏惧，没怎么乱说话。江知寒一向沉默寡言，对外人尤其如此，只在群里认真地讲题，因此整个群里只有关于学习的内容。

洛欢还忍着尴尬让教导主任看了自己跟江知寒第一次聊天儿的记录。

她总得让主任放心吧。

聊天儿群里没什么特殊的记录，江知寒完全是一副一本正经的样子，虽然偶尔洛欢会说些调皮大胆的话，但她没有过火，大家还是以学习为主。

教导主任板着一张脸，用粗糙的手指头上下翻看着。

洛欢背着手站在办公桌的对面，心里有些没底，终于抵不住好奇心的折磨，小声地问："成主任，您看有什么问题吗？"

教导主任按键盘的动作一顿。

他不动声色地看完聊天儿记录，放下手机，微微地调整了一下表情，严肃地说："聊天儿记录是没什么大问题，江知寒很负责任。"

江知寒不仅给洛欢补课，还给她同学补课，补得还这么细致。他们的学习态度是很好的。

洛欢听了不禁开心起来，补充道："成主任，江知寒也是为我们学校解决'学渣'问题出了一份力。这补课计划最先还是他提出的，而且，我一度想放弃，也是他逼我坚持下来的。因为他的帮助，这次期中考试，我和谷雨同学的成绩才能进步这么多。我感觉快爱上学习了，真的。所以，我们的目标是好的。"

教导主任依旧皱着眉头。他顿了顿，然后开口说："但你们这样毕竟有些不合校规。江知寒成绩这么好，将来是竞争状元的'种子选手'，你愿意放弃他吗？"

洛欢抿住粉唇，用乌黑的眼珠看着教导主任。

教导主任渐渐地蹙起眉头："到了大学，你们随便相处。但在这三年里，老师还是希望你们能尽量注意分寸，平常进行适当的学习交流可以，但交往过密不行。因为一旦出了什么事，学校负不起这个责任。你如果不答应，我只能找你们的家长来谈了。"

"别。"洛欢垂下眼，嗫嚅道，"我答应您，您别叫家长。"

教导主任望着洛欢垂头丧气的模样，以为她害怕了，于是点点头，"嗯"了一声，把手机还给她，让她回去。

出了办公室后，洛欢一改无比乖巧的模样，松了一口气。她反思是不是因为自己太高调，所以被别人惦记上了？

她在脑海里回忆江知寒最后一节是什么课，好像是体育课吧？那还好。

她回到教室里，谷雨就凑过来问是什么情况。

她沉思了一会儿，然后说："最近我可能得和你一起吃饭了。"

谷雨微微挑眉，一脸不爽的表情："你当我是工具人吗，想用就用，想甩就甩？"

洛欢叹了口气："也不知道是谁在期中考试前向那个哭天喊地的'学渣'伸手，将她从泥泞里拉出来。也不知道是谁……"

"行行行，我错了，你别给我抒情，我答应你，行了吧？"

洛欢冲她笑了笑："早这样多好。"

谷雨觉得洛欢好坏。

放学后，洛欢刻意在教室里留了一会儿才起身去楼上找江知寒。她没明目张胆地在门外等他，而是站在走廊边假装看风景。过了两三分钟，她听见走廊的前面传来脚步声，扭过头，看到一个身影由远而近。

江知寒穿着洁净的蓝白色的校服，身材清瘦挺拔，黑色的碎发遮住额头，眉眼似雪山一般清冷。周围的景色似乎都在一瞬间失色。

洛欢抿唇，朝江知寒跑过去，仰头对着他笑："江知寒。"

或许是刚做完运动的原因，江知寒额头上有汗，肤色因而更显白皙。他有些意外地停住脚步，很快，清冷的眼神柔和了许多，小声地问："等很久了吗？"

"就等了几分钟而已。"洛欢说着，从口袋里掏出一包纸巾拆开递给江知寒，"擦擦。"

"谢谢。"江知寒怔了怔，接过它来，抽了张纸巾擦了擦汗。

洛欢盯着他踌躇了一会儿，才说："江知寒，我今天……不能和你一起吃饭了。"

江知寒的动作一顿，他偏头看着洛欢。

洛欢解释道："谷雨想和我吃饭，觉得我忽略她了。"

江知寒思考了一会儿，很随和地说："好。"他很会为别人考虑。

洛欢的心底忽然生出一丝愧疚之情：欺骗江知寒的感觉可真不好。

她深吸一口气，按捺住心里的歉疚之情，对江知寒挥了挥手，然后转身走了。

走了几步，洛欢还是忍不住回过头，望见江知寒仍旧远远地站在原地。他安静又温和地望着她，见她看过来，便对她笑了笑，满眼里都是信任。

洛欢略显僵硬地回以一笑，然后强迫自己收回目光，低头往前跑去。

食堂里，谷雨等不及，已经先点了一份锅仔焖面低头吃了，见洛欢过来，头也不抬地把另一份推给洛欢。

"怎么样，终于告别完了？不知道的还以为你要学西楚霸王和虞姬垓下送别呢。"

洛欢笑起来:"谢谢你对我们的评价这么高。"

谷雨做了个呕吐的表情。

"哎,怎么样?江知寒答应了?"

"没。"洛欢用一只手托腮,忧伤地叹了口气,"我骗了他,他还傻乎乎地相信了。他真的好好骗。"

谷雨嗤笑了一声,一针见血地说:"能考年级第一的男生被你说得像智障似的,人家怎么可能那么傻?只不过是太信任你了而已。"

洛欢微微愣住。

谷雨瞟了她一眼:"怎么,你打算一直这么瞒着?"

"可能吗?"洛欢低声说,"别让我知道是谁举报的,让我知道了,他绝对吃不了兜着走。"

"那你们现在怎么办?偷偷摸摸地相处?"

"我洛欢的字典里没有'偷偷摸摸',谢谢。"洛欢搅着面,嘴唇似有若无地翘起弧度,"走一步看一步吧,我也不是吃闷亏的主儿,走着瞧好了。"

谷雨盯着洛欢,忍不住打了个冷战,心里又隐隐地涌起了一丝兴奋。

一连几天,洛欢都找借口要跟谷雨吃饭,拒绝江知寒。连下午放学,她也借口有事,不和他一起走。她顶多在中午趁着人少的时候偷偷地溜上来和他说几句话。

起先,江知寒平静地接受了。过了几天,他似乎有点儿受不了了。

这天中午,洛欢一上来就看到江知寒倚在教室墙边。他见她过来,便抬头看着她。

她停下脚步,又走了过去:"你怎么站在外面?"

他看着她,眼珠漆黑又干净。他动了动薄唇,朝洛欢伸出手去:"去吃饭。"

她没敢牵他的手,仍旧搬出谷雨当借口:"抱歉啊,我得和谷雨去吃饭。你也知道,谷雨是我的好闺密。我已经被她批评好久了。"

江知寒微抿薄唇,脸色不太好看。当他这样静静地看着一个人时,谁都招架不住。他明明没表现出任何情绪,却能让人情不自禁地无条件妥协。

"乖啊。"洛欢的声音软软的,瓷白的小脸上带着暖暖的笑容。

江知寒只想多和洛欢说说话,多看看她,多感受她的气息。只要和她在一起,他就觉得很安心。可他又无法不顾洛欢的意愿,阻止她和朋友见面。

江知寒抖动着睫毛,失落地低声说:"好。"

洛欢在心底松了口气，重新露出笑容，朝他挥了挥手，说："那晚上回家我们再聊。"

江知寒"嗯"了一声，在洛欢转身离开后，静静地望着她的背影。

晚上，谷雨裹着浴巾、哼着歌、敷着面膜从浴室里出来，刚准备打开电脑玩会儿游戏，放在桌边的手机就响了一声。谷雨偏头看了一眼，下一秒，脸上的面膜都被吓掉了。

屏幕上显示了一条消息，是江知寒发的："在吗？"

因为加入了补课聊天儿群，江知寒有谷雨的联系方式。自从期中考后，谷雨就没在群里和他们聊过天儿了。

谷雨足足愣了两秒才回过神来，然后手忙脚乱地捡起面膜，找纸巾擦手，拿起手机。

谷雨深吸了一口气，摒除一切杂念，神情郑重地点开消息，做出了官方回答："我在，你有什么事吗？"谷雨把心提到了嗓子眼儿。

那边的人隔了两分钟，终于回了消息："请问你最近都在和洛欢一起吃饭吗？"

她没想到，他的回复简直比她还要官方。

谷雨眨了眨眼，回道："啊，是啊，怎么了？"

半分钟后，对方发来消息："我能不能和她吃饭？我想和她吃饭了。"

好的，谷雨被迫吃了一嘴"狗粮"。这又有礼貌又霸道的话好感人！

谷雨深吸一口气，不敢耽误时间，赶紧回他："抱歉，是我考虑不周啦，我这就把欢欢还给你。明天你们去吃饭吧，我坚决不打扰！"

那边的人"嗯"了一声，又说了声："谢谢。"

他好有教养。谷雨一边表示羡慕，一边痛骂洛欢这个坑闺密的女人：你就知道拿我当挡箭牌，"男神"都找来了。万一他对我的印象变差了，以后不给我辅导了怎么办？他应该没有这么小气吧？

谷雨在心里自我安慰，然后给洛欢发了条信息："明天你去跟江知寒吃饭，别再和我一块儿去食堂了。"

洛欢不解，发来一串问号。谷雨回道："自己琢磨去。"

跟谷雨聊天儿这会儿，洛欢正在听江知寒给她讲题。或许是白天在学校里两个人没什么机会接触，晚上江知寒和洛欢聊的时间就久了一点儿，题也讲得特别细，他恨不得把每一步推导过程都讲一遍。

其间洛欢偶尔会走神，和他聊别的，他也特别配合。

洛欢看了谷雨的消息后一头雾水，忍不住向他抱怨："谷雨神经病又犯了。"

江知寒主动关心她："怎么了？"

洛欢顿了两秒，反应过来，打字说："哦，没什么，我刚刚和她聊天儿，觉得她有点儿不对劲儿。"

江知寒像是根本不关心谷雨的样子，只"嗯"了一声，就继续讲题。

第二天中午，放了学，谷雨赖在座位上："我不去，真不去。我约了别人。"

洛欢问："谁？"

"我……我约了表姐，她叫我去西大街新开的七尺寿司店吃饭。"

"你们不能周末去啊？"

"没办法，我表姐非要拉着我去。"

洛欢眨了眨眼睛，问："是不是谁和你说了什么？"

谷雨飞快地眨着眼睛："没……没有啊，你怎么这么问？我不跟你聊了，去吃饭了，要饿死了。"谷雨说完就起身要走。

洛欢"哦"了一声，扭过头若无其事地冲她喊："那你记得帮我带份地狱拉面回来，我本来想这周末去的。"

谷雨踉跄了一下：一份拉面要几十元，她掏不起。几秒后，谷雨灰溜溜地走了回来："我突然想起，我表姐和我约的吃饭时间好像是下周。"

洛欢意味深长地看着谷雨笑。

谷雨在心里骂：这丫头怎么这么精？我说什么谎都骗不了她。她只好把昨天的事一五一十地交代了，然后不解地说："哎，人家'学霸'都这么卑微了，你还真能狠下心拒绝？你不是一向天不怕地不怕吗？这不像你啊。"

洛欢抿了抿唇，她没想到江知寒表面上不动声色，他却偷偷地找到谷雨了。她托着腮叹气："我知道啊，可得再忍忍。"

她总得把举报的人找出来吧。

这次的举报事件表明此人肯定和江知寒、洛欢有关系。因此，此人以后一定会露出马脚。她最近已经表现得够低调了，不信对方一点儿炫耀的欲望都没有。

"还忍？！你就不担心……"谷雨正想说什么，瞥到门口的身影，赶紧推洛欢的胳膊，"哎，看谁来了，江……"

洛欢随意转过头，看到门口的人时，她怔了一下，然后站起来走了出去。

江知寒一只手插兜倚在走廊墙边。他个子高，即使微微弓着身体，也很高，身上的校服勾勒出他清瘦又好看的身形。他微微低着头，任由额前的碎发挡住眼睛。

这会儿才放学不久，不时有经过的学生将眼神投到江知寒的身上，继而窃窃私语。他那张白净清秀的面庞上没有什么表情。直到听见一阵脚步声缓缓地靠近了，他才抬头。

"你怎么过来了？不是我去找你吗？"洛欢仰头，有点儿惊讶地看着江知寒。

江知寒虽然慢慢地开始主动找洛欢了，但很少在人多的时候来找她。

他静静地看着洛欢。他睫毛纤长、眼珠漆黑，眉眼略微有些倦意，看洛欢的神情却很专注。他动了动薄唇，低声开口道："我来找你吃饭。"

他的语气让洛欢动心了，她差一点儿就松口答应了。

还没等洛欢说话，他又开口了："对不起，我擅自在人多的时候找你。你已经很久没和我一起吃饭了。我昨晚问了谷雨，她今天有事，不会打扰我们。"他带着些乞求的语气问，"好不好？"

仿佛有电流无声地掠过洛欢的全身。她发现，他们总是在为对方考虑。她好想告诉他自己拒绝他的原因，又怕如果自己不坚持，之前的几天就没意义了。而且，她也不可能告诉他啊。

她抿抿唇，抬起头，说："还不行。"

"你要干什么？"江知寒问道。

她垂下了头："我暂时不能让你知道。"

"你要……"江知寒说，睫毛颤动了一下，清润的嗓音变得低哑，"离开吗？"

她愣了一下，立刻抬头说："什么啊，怎么可能？"

江知寒的神色缓和了点儿，他沉默地看着洛欢。

洛欢在心里叹了口气，左右看了看，觉得得给他一点儿信心才行。这里不方便，她伸手轻轻地拽了拽他的衣袖，可怜巴巴地说："你再等我几天好不好？"

他轻垂着头，波澜不惊地看着她，声音很低："好。"无论她想做什么，他都会配合，等待她的审判。

下午回到家，洛欢快速地吃完饭就跑进了房间，拿出放在抽屉里的手机，解锁后，主动给江知寒发消息："我吃完啦，现在开始补课吗？"

她还发了一张星星的表情图片。

过了十分钟，那边的人发来了消息："嗯，把不会的题目拍了发过来。"

洛欢咬了咬手指。江知寒隔了十分钟才回消息，刚才应该在别的地方。平常她都会一拖再拖，7点30分才会学习，今天是因为想讨好他才这么积极。江知寒也没想到她今天会这么早开始学习。

"你这会儿在忙吗？如果你忙，我先自己学！"

那边的人回消息挺快的："刚才我在吃饭，不太忙，没事，你把不会的题目发过来。"

洛欢"哦"了一声，想了想，熟练地翻开书包。

不知道是不是每天补习的缘故，最近洛欢做作业越来越快了。平时的作业难度不大，有些科目的作业她在学校里就能写完，她做不完，回家再写一会儿就行。

今天作业少，她在学校里就做完了，所以直接把不会的题目给江知寒发了过去。他看了看，开始给她讲题。

她听得很专注。题量不大，加上她的水平慢慢地提高了，有些推导的步骤他就能省略掉，所以很快就讲完了。

听课的时候，她感觉他的语气和平常差不多，所以也就没多想。

8点钟，他们补课结束，外面的天色暗了下来。

江知寒没有再发消息给她。

洛欢有些不确定地问："你还在吗？"

"怎么了？"

"哦，没什么啊，就是……"

洛欢犹豫了一下，又发："你接下来还有事吗？"

"没有。"

"哦，那我们……我们听歌吧，好不好？"

"嗯。"

洛欢想多和江知寒聊聊，让他不要多想。这段时间里，她给江知寒推荐了不少歌，才知道他以前几乎不听歌。江知寒知道的歌曲很少，生活特别简单。

她每次给江知寒推荐歌曲时，他都没有敷衍，认真地听完。

第二天她随口提一句，他都能答上来。

在洛欢的影响下，慢慢地，江知寒也知道很多歌了。他们开始有了共同的歌单。

洛欢随便点了一首《星月神话》，分享给江知寒听。

耳机里响起舒缓的旋律。两个人都很安静地听着。

洛欢盯着手机，发了一句："你还在吗？"

"在。"

洛欢抿起唇笑了起来："是不是很好听？"

"嗯。"

听了会儿歌，他们又乱七八糟地聊了会儿，就到了晚上10点。

洛欢今晚学习结束得早，困得也早。她忍着困意给江知寒发了条消息："有点儿困，我要去洗漱啦。"

江知寒发了个"好"字。

洛欢丢下手机，钻进洗手间洗漱。

半个小时后，洛欢神清气爽地出来。10月的天气已经有些凉爽，她拿着吹风机站在床头吹干头发，又抹了点儿润肤霜，就拿过手机掀开被子钻了进去。

快11点了，她不确定江知寒睡了没有，但还是给他发了条"晚安"过去。

"晚安。"对方回得很快。

洛欢愣了一下，用手指戳屏幕："你还没睡吗？"

"快了。"

哦，洛欢点点头，发了张可爱的表情图片过去。

对方没再回了。

难道江知寒是在特意等她说晚安？洛欢觉得心里甜甜的，放下手机，闭上眼睡觉。被放在床头的手机，屏幕无声地亮了一下。她收到了一条消息："晚安。"窗外，月光无声地照着少女安详的睡颜。

另一边，江知寒坐在书桌前，台灯昏黄的光洒在他的脸上。他垂着眼，眼底落下一道阴影，白皙精致的侧脸上是平静的神情。他似乎在发呆。隔了一会儿，他才关掉手机放在一边，然后眨了眨眼，继续低下头学习。

自从匿名举报洛欢之后，顾婉珊偷偷地观察了好几天，发现虽然他们没表现出什么异样来，也没有被老师找过，像是什么事情都没发生，但还是有一些变化。

那个洛欢不再天天缠着江知寒了，连中午上来，也只是和他说几句话就走，不像以前那样缠着他了，下午放学时也不和他一起回家。

江知寒也似乎比之前更冷淡了。哦不，他恢复了之前的冷淡模样。

他们闹矛盾了吗？还是教导主任私底下已经找他们谈了？

这才对嘛，就江知寒的家庭条件，没有女生和他在一起后能忍受得了周围人异样的目光。新鲜感过去，他们之间就只剩下厌恶了。顾婉珊得意地想着。

这天中午，顾婉珊特意没走，而是一直留在教室里。江知寒又出去了，顾婉珊转过头，看到洛欢时，眼神变得冰冷。等江知寒离开后，顾婉珊便起身走了过去。

江知寒去了洗手间。洛欢正背着手在走廊里等他，瞥见有人走了过来。

顾婉珊抱着书，经过洛欢时忽然停下，微微偏头，露出一抹笑，压低声音："怎么样，后悔了吧？"

洛欢偏头看着顾婉珊，隔了两秒，悠悠地道："是你啊。"

顾婉珊眨眨眼，假装无辜："我听不懂你在说什么。"说完，她就抱着书下了楼。

洛欢面无表情地看着顾婉珊像胜利的花孔雀似的样子，过了一会儿，偏过脸嗤笑了一声。

"你在看什么？"一个清亮的声音在耳边响起。

洛欢收回目光，白净的小脸上重新泛起笑："没什么啊，你回来啦。"

江知寒朝着洛欢注视的方向看了一眼，什么都没看到，于是低下头"嗯"了一声。

洛欢往前走了几步，伸手拍拍江知寒，然后说："我走了，你也快去吃饭吧。你听到没有？"

江知寒依旧温顺地应了一声，白生生的俊脸十分勾人。洛欢朝他笑了笑，挥手告别，然后跑了。

江知寒依旧望着洛欢的背影，直到再也看不见她，才垂下眼眸。

食堂里，谷雨正低头扒饭，旁边坐了一个人。

"我知道匿名举报的人是谁了。"

谷雨停下吃饭的动作，转头看过去："谁？"

洛欢拉过自己的碗，"啧"了一声："是他们班的一个女生，平时眼高于顶，接近江知寒不成，迁怒于我了。"

"有病吧！"

"就是有病啊，不然她不会天真地以为搞掉我就行。"

谷雨觉得很无语，放下筷子问："那你打算怎么办？"

洛欢笑出声来："我要还她一份大礼啊，不然真对不起她的初衷。"

谷雨似懂非懂。

洛欢问："主任最近出差了是吧？"

"是啊，怎么了？"

洛欢笑笑："乖，听不懂没关系，你到时候就明白了。"

德川高中每隔几周就要进行大扫除，从周五下午第二节课就开始了。

洛欢和谷雨被分配了擦走廊窗户的任务。

谷雨自从昨天得知洛欢有报复计划后就急得不行，一直提着小桶跟在她的屁股后面追问："到底是什么计划啊？"

洛欢很淡定地踮着脚擦玻璃，低头看了谷雨一眼："急什么？告诉你不就没惊喜了吗？"

谷雨想：行吧，真是皇上不急太监急。

洛欢不紧不慢地擦完自己负责的位置，然后将脏抹布交给谷雨。

谷雨问："干吗去？"

洛欢说："我去洗手间。你帮我洗洗抹布，顺便放回去。"

谷雨认命地接过来，催促洛欢快去快回。

洛欢笑呵呵地点头，然后朝楼下跑去。

校园里飘着金黄色的落叶，空气里回响着广播电台的音乐声。洛欢一路跑到了综合楼三楼。此时广播站里只有两个人值班，一个人在清理机器，另一个人在拨弄调音台，等待放下一首歌。他们见洛欢进来，有些惊讶。

"洛欢，你怎么来了？"

洛欢的朋友很多，每个班都有几个认识的人。如果哪天有高三的学姐和她打招呼，也不稀奇。

洛欢跑了过来，用双手撑在台上，对坐在台前的人说道："我想点首歌。"

"啊？"

"求求你们，就点一首歌而已。反正现在快放学了，领导们基本走了。放学后我请你们喝奶茶。"

坐在桌前的女生和身后的女生对视了一眼，说："那好吧，下不为例。说吧，你要点什么歌？"

洛欢笑了笑，说："《只对你有感觉》吧。"

女生挑挑眉，上下打量了洛欢一番，随后揶揄道："怎么回事？"

洛欢催促道："问题好多，你到底播不播？"

"行行行，点点点。"

这首歌是近年来很火的歌，女生把原计划播放的歌曲往后推，临时加上了这一首歌，点击"播放"。很快，广播里便传出了一阵轻快的旋律。

以往每次大扫除时，广播站总会放一些比较抒情的老歌，很少放流行歌曲，这还是头一次播放节奏感这么强的歌曲。

那一年"飞轮海"风靡国内，学生当中有不少是"飞轮海"的粉丝，会买各种贴纸、海报等。在学校里听到了偶像的歌曲，不少学生愣住了，随后忍不住激动了起来。

"学校在搞什么？是给我们的福利吗？"

"啊，是我偶像的歌曲！我太爱了！"

"好好听啊！"

所有人都无心打扫，抬头往综合楼方向看。有的学生甚至丢了抹布、扫帚，跑到窗边仔细地听。连尖子班的有些学生也无心打扫卫生了。

"这是谁放的？广播站的那群人离家出走了吗？这也太不合规矩了吧。"有人走过来说道。

也有女生陶醉地说："你不觉得他们唱得好深情、好好听吗？"

顾婉珊皱起眉："你是学生还是那群不务正业的粉丝？学生就要有学生的样，追什么星？"

那女生神情尴尬，没敢反驳，却在心里想：喜欢一个音乐组合而已，自己怎么就成了不务正业的人了……

"你们干你们的活儿，不然我就告诉老师你们偷懒。"

在顾婉珊的威胁下，周围几个人只好回到自己负责的区域里。

顾婉珊看了看，回忆了一下，江知寒这会儿应该在西边的小操场上。她看了一圈，然后飞快地转身往楼下走去。

广播站的音箱遍布各个角落，连操场上的学生都能听见音乐。

此时，几个女生正站在一边听音乐，开心地聊天儿，只剩几个男生随便应付着手头的活儿。

"不知道他们的歌有什么好听的？这些人都是娘娘腔。"

"你就酸吧。"

"呵，我酸？他们长得还没江知寒帅，要酸我也该酸江知寒吧。"

有男生看了一眼在旁边独自清扫操场的江知寒，笑着小声说："你就别给人家'拉仇恨'了。"

西小操场不是学校的主操场，平时来这儿的人不多，老师检查得也不仔细，所以来这里清扫的人也不会认真地干活儿，角落里积攒了很多垃圾。

江知寒垂眸，认真地清扫着，将角落里的垃圾用扫帚弄出来，对周围的说话声、广播里的音乐声充耳不闻。

他将自己负责的区域清扫干净之后，又整理了一下附近的区域。周围的几个男生不太好意思，也跟着扫了扫地。

他将一堆垃圾丢进垃圾桶里，然后提起垃圾桶，往垃圾站那边走。

4分钟的音乐声停止后，广播安静了一秒。忽然，广播里响起了一道轻柔的女孩的声音："江知寒？"

江知寒愣了一下，顿住脚步。

接着，广播里的女声继续传出来，带着那股他熟悉的、无畏的笑意。

江知寒觉得四周仿佛静了下来，只能听见自己紊乱的心跳声。

周围的男生看着一动不动的江知寒，互相偷递眼色，接着开始起哄。

听到同学在起哄，江知寒有些迟钝地回过神，手心在出汗。他勉强克制住心底翻涌的情绪，表面上依旧一副冷冷的模样。他提着垃圾桶走过去倒掉垃圾，然后把卫生工具放回去，这才转过身，大步往前面跑去。他清瘦高大的身影消失在阳光里。

"付和西？"一个男生跑过来，见付和西愣愣地望着窗外，他一动也不动。

"付和西！"男生站在讲台上喊，"别人的事情，你怎么傻了？"

付和西回过神，低头将手边的抹布隔空丢了过去，勉强地笑了笑："你说什么呢？"

全校都被这首放肆的歌曲惊到了，连顾婉珊也是。她还没走出教学楼，脚就定在原地。她的瞳孔微微放大，脸上露出不敢相信的表情。

这是在干什么？！洛欢疯了吗？

整栋楼里都是欢呼起哄的人，操场上的人也在起哄。顾婉珊黑着脸，攥紧垂在身侧的手，又莫名其妙地有些恐慌。她往西小操场跑去。

到了西小操场，班上几个同学还在讨论刚才的话题。顾婉珊左右环视一圈，并没见到江知寒的身影，忍不住大声问："江知寒呢？"

几个人停下聊天儿，看向顾婉珊："学习委员，你问江知寒干吗？"

"你管我干吗，他人呢？"

一个女生看不惯顾婉珊眼高于顶的态度，于是说道："你想知道自己去找啊，我们为什么要告诉你？"

顾婉珊的脸色难看极了。她又气又恼，胸口起伏着，转身就走。

广播站里，两个女生没想到洛欢最后突然来了这一出，都傻了。她们都是乖乖女，哪儿有洛欢这么离经叛道啊？

"洛欢，你想害死我们吗？"

"嘘，别大惊小怪嘛。"洛欢放开话筒，用食指抵在唇边，精致的小脸上满是笑容，说，"这里没监控，你们只要说不知道是谁放的就没事了。"

"我……"她们真后悔，没有及时阻止洛欢。

一个女生正犹豫着要说话时，洛欢转身就跑了。

洛欢没从正面的楼梯下，而是从消防通道里跑了下去。她没发现，从侧门出来的一瞬间，一道蓝白色的身影冲进了综合楼的正门。

洛欢离开没多久，一个少年忽然推开广播室的门冲了进来。两个女生刚关了广播室的电源，被吓了一跳。

男生穿着校服，松软的头发因为跑动变得有些凌乱，碎发下是一张白皙俊秀的脸：高挺的鼻，薄唇，眼睛漆黑。

即使这两个女生没有接触过江知寒，对年级的"学霸"还是有所耳闻的。两个女生都愣住了。

江知寒大步走了过来，勉强稳住情绪，冷静地低声说："请问刚刚是不是有个女生来过这里？"

两个女生对视了一眼。一个女生张了张口，说："是来过，不过她已经走了。"

江知寒点点头，朝她们礼貌地道了谢，便转身离开了。

洛欢出来没一会儿便听见放学铃响了，于是走得慢了点儿。她觉得有点儿渴，先去小卖部买了一排AD钙奶、几支橙子味棒棒糖，然后才一边吸着奶，一边不紧不慢地往教室里走。

许多同学在讨论刚才发生的事，有羡慕的人，也有忌嫉妒的人。

洛欢上了三楼，先往自己的教室里看了一眼，见还有些人没走，于是不着急回去，继续往楼上走。

楼上的人倒是少了许多。洛欢还没靠近1班，便听见里面传来崩溃的质问声。

"江知寒，她是什么意思？她缠住你不放了是不是？"

江知寒去洛欢的教室找过她，但没找到，只好失魂落魄地返回自己的教室，结果刚进去，便被早就等在那儿的顾婉珊挡住了去路。

此时，江知寒对着眼眶红红的顾婉珊并不想说什么。可顾婉珊却不依不饶，非要问清楚不可。

江知寒原本不打算理顾婉珊，却在听到那句刻意贬低洛欢的话时抬头看了过来。

随后，班上的人就看到向来脾气很好的江知寒居高临下地看着顾婉珊，说："一直缠着我的人不是你吗？"

全班同学愣住了。在墙角处偷听的洛欢忍不住笑了一声。

教室里，全班人看着顾婉珊。他们没想到江知寒这么不给顾婉珊面子。不过也是，一个总在你的面前摆出一副高姿态的人，又有谁会喜欢呢？关键人家江知寒也看不上顾婉珊啊。她能让一向好脾气的江知寒直接开炮，可见顾婉珊有多烦人。顾婉珊总爱自作多情，然后还装出一副被"渣男"背叛的模样来向江知寒兴师问罪，绝了。

顾婉珊的表情很僵硬，一张脸红透了。在众人的注视下，她死死地瞪着江知寒，慢慢地攥紧垂着的手，胸口上下起伏着。丢脸的感觉让顾婉珊口不择言："谁缠着你了？你少自作多情。那个女生缠着你，被教导主任知道了还不肯罢休，你怎么就不说她？"

四周安静了下来。

这个傻子。

门外的洛欢笑着回过头，低头咬住AD钙奶的吸管，暗自感叹碰上了个"猪对手"。

全班震惊了。江知寒是什么时候……还被教导主任发现了？

1班有些人知道有个女孩经常来找江知寒，只不过江知寒低调，没有出格的举动，大家就以为他们是普通朋友。原来他们是……不过要是被教导主任知道了，他怎么可能这么平静？教导主任以往发现目标，哪次不是对事主进行轰轰烈烈的全校批评？

江知寒听到这句话，愣了一下。他盯着顾婉珊问道："你怎么知道教导主任发现了？"

顾婉珊也是在冲动之下才说了这事。她愣了愣，目光闪烁，咬了咬牙道："关……关你什么事？我为什么要告诉你？！"说完，她就红着眼睛推开挡在面前的人跑了。

教室里一片沉寂。过了一会儿，有男生忍不住喃喃道："该不会是她举报的吧？"

"看她那心虚的样子。"

"成主任已经知道了，为什么还不闹大……"像是意识到了什么，正在议论的人看了看江知寒，猛地噤声。

废话，江知寒成绩好，将来是妥妥的"种子选手"。成主任惜才如命，怎么可能随随便便地当众斥责一个好学生？

　　周围的议论声渐渐地小了下去，顾婉珊跑了，大家也不好再议论，于是纷纷背上书包离开了。

　　教室里渐渐地安静了下来。

　　江知寒低头出神，直到走廊处传来一阵关门声，才如梦初醒一般去看墙上的时钟。5 点 30 分放学，现在快 6 点了。

　　他要去找洛欢。这个念头占据了江知寒的大脑，他连书包都没背就转身出门。

　　江知寒刚跑出教室几步，就听到身后传来一个带着笑的软软的声音："这么急，你要去哪儿呢？"

　　江知寒停下脚步，扭过头，看到倚在墙边的洛欢。她抱着一排 AD 钙奶，正笑盈盈地望着他。

　　江知寒不知怎么回事，胸口突然涌出一股难以控制的情绪。他慢慢地攥紧垂在身侧的手，一步步朝洛欢走过去。

　　洛欢见他走过来，直起了身子，清了清嗓子准备开口："你……"

　　江知寒的声音有些哑："为什么不告诉我？"

　　"什么？"洛欢故意装傻。

　　江知寒沉默了一下，从洛欢的肩上抬起头，垂下眼看她。他的眼睛漆黑，眼皮薄薄的，近距离看更是漂亮得惊人。他带着淡淡的控诉的意味，问："成主任找过你，对吗？"

　　"嗯……"洛欢转了转乌黑的眼珠，又笑了起来，"只是找我谈了一会儿而已。"

　　见瞒不过去了，洛欢只好接着说："你放心，他没打我也没骂我。我这不是好好的吗？"

　　江知寒却并不上当，望着洛欢，语气听不出情绪来："他是不是让你离开我？"

　　"你觉得可能吗？"洛欢调皮地笑了，"我如果答应了他，今天就不可能弄出这么大的动静啊。还有，你喜欢我这样吗？"

　　江知寒微蹙眉头："万一被发现……"

　　"不会的，那儿没监控。从我小学三年级时，我爸妈就在这儿教书了。我在这儿待了这么多年了，对播音室的构造熟悉得很。"

　　既然她已经被发现了，那就无所谓了。反正没有监控，成主任也不能肯定是洛欢干的。

洛欢抬起头，眼睛亮晶晶的。

江知寒一贯坚持的原则被她打破了。他眨了眨眼，慢慢地垂下头去。

洛欢一下子就笑了，漂亮的大眼睛闪闪发亮："所以，你以后不会再胡思乱想了吧？"

江知寒压抑着眼底汹涌的情绪，喉结动了动，低声开口："走吧。"

"干吗？"

"我去找成主任，跟他澄清。"

洛欢赶紧拉住他，无奈地说："你傻啊，跟成主任说干吗？再说你澄清什么？最开始就是我缠着你的，我说错了吗？"

江知寒的薄唇动了动。

洛欢一脸真诚地叹了口气："大不了以后我们低调一点儿。我觉得，我们俩这种纯洁的关系，可能在学校里再也找不出第二对了。如果我们能一起进步，就再好不过了，不是吗？"

江知寒用漆黑的眼睛望着洛欢，半晌后，表情变得温顺："嗯。"

"喝不喝 AD 钙奶？"洛欢笑嘻嘻地晃了晃手里的几根吸管，眨了眨眼睛，说，"我特意多要了几根吸管。"

江知寒垂下头，将目光落在洛欢握着钙奶的五根手指上。因为用力，她圆润的指甲盖微微泛白，手指粉粉嫩嫩的，很可爱。

见江知寒不为所动，洛欢撇了撇嘴，叹了口气："你不喝算了，我都举累了。"

她正要放下奶，下一秒，他就伸出了手。她笑了起来，直接取出一根吸管插在一瓶新的奶上面，说："那你尝尝味道。"

江知寒看了她几秒，而后低头轻轻地含住吸管。酸酸甜甜的奶味弥漫在他的口腔里。

"好喝吗？"

江知寒攥紧了钙奶的瓶子，哑声说："好喝。"

洛欢低下头，从兜里摸出个东西。

江知寒垂下眸，伸出白净的手掌，一支橙子味的棒棒糖被放在了他的手心里。

"给你吃糖。"

洛欢在周五快放学的时候闹出来的事老师根本没法儿追究。那时大部分老师和领导走了，校园里只剩学校保安和学生干部。

总算到了周末，憋了一周的洛欢终于有时间黏着江知寒了。

舞蹈班上已经有很多人报名参加比赛，只剩几个人没报名了。舞蹈老师一直催他们。洛欢不想在上学期间请假，所以就把报名的时间挪到了周末。

周六下午，补习班放学后，洛欢跟江知寒说起参赛的事。江知寒愣了一下，点头说："好。"

第二天中午，还没下课，江知寒就主动在教室外等她了。

洛欢出来时愣了一下，问："等很久了吗？"

"还好。"江知寒说。

报名的地点在本市交通大学的湖兴校区里，下午3点关门。洛欢不敢耽误，拿了资料就和江知寒一起去坐地铁了。

中午地铁里人挺多的，好在还有位置，洛欢拉着江知寒坐下。

洛欢没时间吃饭，走前忘了喝水，跑了一路，有点儿渴，打算下地铁了再买水。

江知寒带着一个包，洛欢没怎么注意。江知寒低头，伸手拉开拉链，从包里拿出一个东西。

洛欢刚咽了咽口水，他忽然递过来一瓶没开封的水。

洛欢扭过头，对上江知寒一双清澈的眼眸。

江知寒见洛欢在出神，又把水瓶往前凑了凑："喝吧。"

跳舞水分消耗大，洛欢平时都会自备水，这回却忘了。

她没想到江知寒这么细心。

洛欢伸手接过来，冲江知寒笑了笑，说："谢谢啊。"

两个人互动的画面被不少人看到了。

洛欢渴得不行，一出站就拧开水瓶喝了小半瓶。她喝完水拿手背擦了擦嘴，抬头见江知寒低头盯着自己，有些不好意思，想起什么来，把水给他，说："你也喝点儿吧。"

江知寒的目光在水瓶上停留了半秒，他说："我不渴。"

他还挺有原则的。

洛欢故意噘起嘴来，娇气地问："你嫌弃我啊？"

江知寒的耳朵隐隐有些发红，他默不作声地伸手主动握住她的手，然后低声道："走吧，别耽误时间了。"

江知寒拉着洛欢的手臂往前走。洛欢跟在他的身边"咯咯"地笑。

报完名出来，洛欢饿了，拉着江知寒去附近找好吃的。

下午，舞蹈班继续排练，排练了独舞后排练群舞，一下午就过去了。

放学后,洛欢没像往常一样躺到地上休息,一听到"下课"两个字,转身就朝自己的水瓶跑去,然后抱着水瓶往教室外面跑。

孟琪琪看到教室外面有人将一件外套披在了洛欢的身上。洛欢朝那个男生吐了吐舌头,然后将外套穿好。

"秀什么秀啊?还专门让人家等在教室的外面。"有人讽刺道,语气里有些醋意。

孟琪琪翻了翻白眼,扭头道:"大姐,你想多了。"

洛欢根本连炫耀的意思都没有,只是她的"男神"担心她着凉而已。

这么细心的男生……孟琪琪心想:真不知道洛欢走了什么好运。

周一,成主任出差回来,快被气死了,当天就找那天在广播站里值班的两个女生问话。那两个女生一脸茫然,紧张地摇头说不知道。

"歌是有人匿名点的。我们当时也没多想,播音乐的时候去了水房打水,因为水房离得近就没锁门,没想到会……"

成主任气极了,见这两个女孩很紧张,以为她们害怕,就没再为难她们,问了两句后,叮嘱她们以后务必出入锁门,然后摆摆手让她们回去了。

但成主任不是个轻易罢休的人,思来想去,决定找江知寒聊聊。

成主任把正在自习的江知寒叫到走廊里,问他知不知道这件事。

江知寒说:"不清楚。"

成主任眯了眯眼,用犀利的目光盯着他:"你真的不清楚?不会是洛欢吧?"他那时正在出差,也没亲自听到那个声音,不能完全确定是洛欢干的。

江知寒眨了眨眼,随后郑重地开口:"不是她,她的声音不是那样的,而且……我们没怎么说过话了。"

"真的?"成主任下意识地松了口气,表情放松下来,伸手拍拍江知寒的肩膀,鼓励道,"没事,你们这些小孩玩玩闹闹也很正常,学生嘛,最重要的还是学习,其他的事情以后再考虑……"

江知寒安静地听着。

成主任满意地笑笑,又叮嘱了几句话,便让江知寒回去了。他觉得恐怕又是哪个大胆的女孩子捣鬼,看来他得尽快跟校长商量在全校里装监控的事了。

"洛欢,你知不知道成主任白天问我们话时我们有多紧张?!"广播站里,两个女生喝着洛欢买的奶茶,咕哝道。

"我这辈子的演技巅峰恐怕就交待在这儿了。"

222

洛欢好脾气地笑着道歉："对不起，你们的大恩大德，小人没齿难忘。下次我也会为你们两肋插刀的。"

一个女生嘴里的奶茶喷了出来。另一个女生无奈地翻了翻白眼："好了好了，以后你别再坑我们就谢天谢地了。"

洛欢笑："好说。"

洛欢从广播站出来时，放学铃正好响了。她往教室跑，回到教室里喘了口气，见谷雨依旧趴在座位上看漫画，于是踢了踢谷雨的椅子腿："磨蹭什么？收拾啊。"

"干吗呀？"谷雨像只肥猫一样龇牙咧嘴。

洛欢乐了："一起回家啊。"

谷雨生气了："你又当我是工具人？！"

"闺密嘛，不就是要在关键时期为闺密打掩护吗？"

谷雨"哼"了一声，但还是一把合上漫画，认命地收拾东西。

洛欢自从上次过后就收敛了不少，至少最近这一个月，都不敢再无所顾忌地去找江知寒了。

谷雨背着书包，瞥着洛欢，故意说："哟，怎么不去找人家江知寒了？以前不是天天找他，找得很勤快吗？"

洛欢抬眸，不知看着哪个方向，突然弯起嘴角。

谷雨跟着抬头，看到五楼的楼梯上走过一个穿着校服的男生。那不是江知寒是谁？！

谷雨想：我果然是个工具人！然后她低头快步往前走。

洛欢收回目光，忍着笑小跑着追上去逗谷雨。直到洛欢给谷雨买了奶茶喝，谷雨才勉强原谅了她。

洛欢也没想到江知寒正好从那儿经过，于是好脾气地哄谷雨："下次我给你换一款豪华的奶茶，好不好？"

谷雨忍无可忍地说："滚。"

回到家里，洛欢吃完饭就准备起身进房间学习。蒋音美看了洛欢一眼，随意地问："你最近怎么这么乖？"

洛欢觉得自己的背一僵，小心地看着蒋音美："还……还好吧。"

洛国平在一旁喝了口水，帮女儿说话："你突然吓人干吗？欢欢一直这么乖啊。你看你，非要她像以前一样不听话你就踏实了？"

蒋音美说："还真有点儿怀念女儿以前的样子。"

洛欢不禁缩了缩颈。她不确定这几天蒋音美有没有听到什么传言，心虚地道:"没什么事的话,我就先回房间了。"

说完,洛欢迅速地把碗筷放到了厨房里,然后就溜回了自己的卧室。关了门后,她忍不住松了口气,挺了挺腰板。

洛欢看到手机亮了一下,连忙跑过去拿起来看,竟然是付和西的消息。自从上个月付和西请洛欢吃过一次饭,两个人一起玩过一天后,洛欢就再没有找过他了。她能感觉到付和西对自己有好感,所以就尽量不和他接触。只是……付和西今天怎么忽然又给她发消息了?

"最近还好吗?"

洛欢迟疑了会儿,然后敲字回复:"还行,怎么了?"

过了大概1分钟,对面的人回了消息:"没什么,我就是问问,还行就好。"随后他就没再发消息了。

这是一次没头没尾的交流。洛欢也没多想,把手机关掉,然后拉开书包写作业。

广播事件因为缺乏足够的证人,最后只能不了了之。但成主任不甘心就这样放过那个神秘的作案者,在好几次例会上对学生和老师耳提面命,要大家好好注意身边男女同学交往过密的情况。

谷雨听着听着,忍不住凑过来低声说:"我怎么觉得成主任好像在说你?"

洛欢特别淡定地在写物理作业,说:"你自信一点儿,把'好像'去掉。"

成主任就是在拿洛欢当例子,只不过因为没有确凿的证据,所以只能含沙射影。

谷雨被噎住了,说道:"你还真淡定。"

洛欢一笑:"谢谢夸奖。"

谷雨也挺佩服洛欢,洛欢能活得这么潇洒,换成她,她肯定做不到。

广播事件总算是过去了,快到月底了,离期末考试还有不到两个月,月考也将在下周开始。

周三,跳舞比赛的预选结果出来了,洛欢的节目被选中了。

周五就要比赛了,周四下午,洛欢提前向班主任请了假。周五早上5点多,她起床洗漱完毕,背上书包去舞蹈班集合。

第十章
你来看我的演出

清晨 5 点，天还灰蒙蒙的。洛欢到舞蹈班里后，发现孟琪琪也入选了。

孟琪琪和几个同学盘腿吃着在楼下买的水煎包，喝着豆奶。洛欢走到角落里，在凳子上坐下，拉开书包拿出昨晚准备好的面包跟牛奶，趁着人还没来齐，撕开包装低头吃起来。

孟琪琪瞥见洛欢，主动端着自己的食物走了过来，在洛欢的旁边坐下："哎，你昨晚几点睡的？"

"10 点多。"洛欢吃着面包，含混不清地说。

"这么早？"

"那你几点睡的？"

孟琪琪得意地比了个"1"的手势："1 点，我还少打了几盘游戏呢。"

"哦，那你还挺厉害的。"洛欢有点儿困，懒得多说话，喝着冰牛奶提神。

"你昨晚干吗呢？这么晚睡。"

昨晚洛欢学习完是 8 点多。江知寒知道她第二天要比赛，所以一早就催促她上床睡觉。她自从初二后就没这么早睡过，自然不肯，赖皮地缠着江知寒又聊了会儿天儿。到了晚上 9 点，江知寒说什么都不肯再陪她聊了。没办法，她只好去洗漱，道了晚安后，又胡思乱想了好一会儿才睡着。

头一次这么早起床，洛欢洗脸时觉得自己的眼皮还在打架。

"哎，你行不行啊？别待会儿表演时睡在舞台上。"

洛欢咽了口食物，面无表情地说："别对我说'不行'两个字。"

孟琪琪笑得肩膀都在抖："我服了，你对这两个字怎么这么敏感？哈哈哈。"

大家正说笑着，几名舞蹈老师走了进来："人来齐了，出发吧。"

洛欢把剩下的东西收进书包，站了起来。他们待会儿就要上台表演了，不能吃太多。

舞蹈班包了一辆大巴车，让他们上了车，车朝交通大学驶去。

此次比赛在交大的艺术学院音乐厅里举行，下午2点30分开始。早上8点多，他们到了，场馆门外已经停了很多辆来自不同的舞蹈机构的大巴车。下车后，舞蹈老师让所有人集合，清点完人数，然后进场。

他们在入口处排队签到完毕，就被老师领着去分配好的休息室，然后开始换衣服。

洛欢的独舞排在群舞后面，所以她要先换群舞的衣服。在等待的时候，有些人在原地练习舞步，有些人在和同学聊天儿放松心情。等到了中午，工作人员带来了午饭。但大家都有节目要表演，起得也早，没什么食欲。

洛欢匆匆地吃了几口饭后就去化妆。化妆室里的气氛热闹又紧张，大家都在争分夺秒地化妆。

洛欢班上的群舞是第十个节目。下午3点多，就该他们表演了，洛欢是领舞。结束表演后，一行人从出口返回后台。群舞结束，接下来就是各自的独舞节目。

洛欢的独舞节目排在倒数第五个。她卸了妆就一直在练习，偶尔会靠在沙发上闭眼休息一会儿。

周围全是来来往往的演出人员，十分吵闹，洛欢很难休息好，加上沙发硬，即使睡着时也皱着眉心。

快上场时，洛欢被人推醒，去水池边洗了把脸，清醒过来，然后去换衣服、化妆。

洛欢在跳舞时还很有精神。她保持着亢奋的状态，一直跳到音乐结束的那刻，然后向台下的评委们鞠躬、下台。

走廊里的人很多，洛欢觉得有些闷，索性从侧门出去，在外面呼吸新鲜空气。

"洛欢、洛欢！你的手机响了！"她听到一阵喊声。

洛欢扭过头，看到一个女生拿着手机跑了过来。

"洛欢，有人给你打电话。"

洛欢接过手机看了一眼，然后跟女生道谢。

"没事。"女生回道。

等女生走后，洛欢赶紧接通："喂。"

"你现在在后台吗？"电话里传来一个熟悉的清润的声音。

"我在侧门这儿，你怎么……"洛欢有点儿惊讶，江知寒怎么会在这个时候打电话过来？她忽然听见电话里传来了熟悉的音乐声，整个人忽然愣住了。

"你……你在交大音乐厅？"

"嗯，你在后台吗？"

江知寒又平静地问了一句，就像在说今天的天气很好一般。

洛欢整个人傻了："你……你翘课了？"

"也不算翘课，第二节课的老师请假了，最后一节课是自习。"

洛欢莫名其妙地松了口气，觉得老师请假可请得真及时。

她嗫嚅着说："那你……你现在在哪儿？我去找你。"

江知寒知道洛欢的方向感不太好，于是说道："我来找你吧，你站在原地别动。"

洛欢用力点头："好！"

挂了电话，洛欢深吸了一口气，忍不住往上翘了翘嘴唇，然后背着手在原地等着。

约5分钟后，洛欢听到前面传来一阵脚步声，她扭头便看到一个高大的身影。

江知寒来到洛欢面前，比站在台阶上的洛欢还要高一点儿。他穿着校服，看起来干干净净的。

洛欢仰起头，努力控制住上扬的嘴唇，问："你怎么来啦？"

洛欢脸上的妆很浓，眼皮上涂着闪闪的蓝紫色眼影，额头上贴着项链状的水钻。有光照在她的脸上，显得眼睛亮亮的，像是沐浴在清亮的月光里。

洛欢头上的辫子还没拆，嘴唇上涂着红色的口红。她穿着淡蓝色的薄纱舞蹈服，亭亭玉立地站在那儿，青涩中多了几丝风情。

"干吗这么看我？"洛欢的声音还是那么甜美。

洛欢低头看看自己，又抬头望着江知寒，忍不住咬了下唇，低声问："我看起来很奇怪吗？"

舞台妆都会化得很浓，比平时夸张。

没等江知寒开口，洛欢就又凶巴巴地开口了："不许说难看。"

他的眼睛里出现了一丝笑意，语气很温柔："很好看。"

洛欢的脸上露出掩饰不住的笑意："还算你懂事。"

恰好一阵凉风吹来，洛欢打了个冷战，下一秒，一件带着体温的校服外套就罩在了她的身上。

洛欢用手指捏住衣服，抬起头，见江知寒只穿了一件白色的T恤。他露在外面的皮肤是冷白色的，手臂的线条十分好看。

"你不冷吗？"

江知寒温柔地看着洛欢："没关系。"

洛欢抿了抿唇，说："进来吧，我们还剩几个节目就结束比赛了。"

他们从走廊往化妆室走。

化妆室里，那些等得无聊的人看到洛欢出去一趟竟然领了一个高高瘦瘦、白白净净的少年回来，都惊呆了。

洛欢假装没看到那些瞪得铜铃似的眼睛，扭头对江知寒说："你先随便找个位置坐，我去卸妆。"这厚妆糊在脸上，她觉得难受死了。

江知寒说："好。"

洛欢抓紧时间往洗手间那儿跑。她回来时，看到江知寒坐在沙发上，周围围了好些男男女女。他们看江知寒的样子，仿佛在看动物园的熊猫似的。

女生不太好意思直视江知寒，但男生就放得开多了，围着他问这问那的。江知寒的脾气很好，脸上带着温和的笑。他们的问题他基本上都会回答。

"去去去，看什么呢？"洛欢走过去，把他们往旁边赶了赶。

"洛欢，你这么小气干吗？"

"我们就是看看他，又不会吃了他。"

几个人调侃她。

洛欢没理他们，让江知寒也别理他们。就在这时，舞蹈老师走了进来，说："咱们班的学生已经全部比完了，大家准备一下，等结果。"她一转头，看到身边的少年，愣了一下。

洛欢吐了吐舌头，正要解释，舞蹈老师就平静地点点头，对所有人说："大家准备一下，家属在化妆室稍等片刻。"

洛欢在所有人的注目下，低下头假装镇定地回到队伍中。

所有人排好了队伍。临走前，洛欢还是忍不住抬头看了看江知寒，正好对上他那双漆黑安静的眼睛。

洛欢朝江知寒咧了咧嘴,然后跟着队伍去候场区。

结果出来了,他们的代表作《美好新时代》获得了群舞组的二等奖,洛欢获得了独舞组的一等奖。

说实话,这个成绩让洛欢有点儿吃惊。短暂的惊讶过后,她大大方方地上台领奖。

她拿到了一本荣誉证书,还有一个价值400块钱的空气加湿器。

活动结束时已经是下午6点多了。江知寒和他们一起坐大巴回去。

上车前,江知寒去附近的便利店买了点儿吃的。

蒋音美和洛国平下午有课,没办法亲自到场给洛欢加油。洛欢找同学拷贝了现场的照片,发了过去。她不让父母来接,说自己和朋友结伴回家。

大家在车上有说有笑,很热闹。洛欢和后面的女生笑着聊了一阵,光明正大地坐在江知寒旁边。她吃着零食,看了会儿证书,就觉得有些困了,于是把证书、奖状都给江知寒保管,然后靠着他闭上眼睛。

微风吹拂着洛欢额角的发丝。江知寒抬手将窗户关小了点儿,然后把洛欢脸上的发丝轻轻地拂开。

孟琪琪在一旁看着这一幕,随后扭过头,表示羡慕。

一个多小时后,大巴车在机构外停下,江知寒把洛欢叫醒。

洛欢总算清醒了点儿,一下车,她顿时抖擞精神,立马就和江知寒去找吃的。

她一整天都没好好吃饭,本想去吃碗热气腾腾的麻辣烫,但江知寒没同意,看到附近有家馄饨店,就带着她走进去,专门给洛欢点了一份清淡的荠菜鲜肉馄饨。

洛欢撇撇嘴,但也接受了。

江知寒让洛欢坐着,自己去端吃的。

馄饨店面积不大,但很干净,一张张四方木桌看起来很有年代感。店里还坐着一些食客。

江知寒怕洛欢不够,特意点了大份。洛欢先拿勺子喝了口热汤,鲜得舌头快掉了,顿时感觉整个人都活了过来。但她再饿,饭量还是不大,顶多比平时多吃几个,最后碗里还剩下一半馄饨没动。

洛欢忍不住抬起头看看对面的人。江知寒也低头安静地吃着,热气腾腾的馄饨将他的嘴唇烫得红润诱人。

"怎么了?"察觉到洛欢的目光,江知寒侧头望过来。

洛欢低头看了看碗里的食物，又可怜巴巴地看向江知寒："我吃不下了。"

江知寒向来不会浪费食物。他有点儿饱了，不过还是叹了口气，伸手把洛欢的碗接过来。

洛欢一笑，用双手托着脸，看江知寒把自己碗里的馄饨一个个地盛到他的碗里，然后忍不住凑近，故意软声提问："江知寒，你上周不是还很嫌弃我吗？"

彼时江知寒已经吃掉了一只馄饨，闻言神色一僵，差点儿咳出来。他眨了眨眼，低下头去。半晌后，他沉声说："这不一样。"

吃完后，江知寒送洛欢回家。

其实洛欢胆子挺大的，但江知寒见天色不早了，执意要送她回家，她也愿意装柔弱，于是同意了。

江知寒将洛欢送到小区楼下。

"回去后，给我发条消息。"江知寒认真地叮嘱道。

看着江知寒的表情，洛欢忍着笑，乖乖地点头说："好的。"

一路小跑回家，洛欢拿钥匙开了门。

蒋音美跟洛国平正在看电视。

"吃饭没有？冰箱里有饭，让你爸给你热热。"

洛欢从小就参加舞蹈比赛。小时候，蒋音美跟洛国平会抽空陪她。从初中开始，洛欢就开始一个人去参赛，父母对她也挺放心的，跟江知寒充满担心的态度简直天差地别。

"我跟朋友在外面吃过了。"洛欢去厨房接了杯水，把奖状给他们看了看，又聊了会儿天儿，就回房间了。

估摸着江知寒应该已经回去了，洛欢拿起手机发了条消息："我回来啦，爸妈看到我得奖，反应都不怎么大。"

过了两三分钟，那边的人发来消息："一定是叔叔阿姨习惯了。"

他们习惯了你这么优秀。

没想到江知寒还挺会说话的，洛欢弯起眉眼，笑得很甜。她轻轻地敲着键盘，问出了刚才在路上没好意思问的话："那个……你是下午上完第一节课来的吧？"

"嗯，怎么了？"

洛欢想：那个时候，群舞应该已经结束了，他应该没看到我特蠢的样子。但是独舞……他应该已经看到了。

"我跳的那段独舞你看到了吗？"

"嗯。"

洛欢呼吸急促，问："那你觉得我跳得好看吗？"

江知寒忽然安静下来。就在洛欢屏住呼吸时，手机上出现了两个字："好看。"

江知寒没告诉洛欢的是，那时他站在阴影里，望着台上翩翩舞动的洛欢，仿佛看到一只灵动的蝴蝶，翩跹着飞进了他的视野。

这一周又要月考。

洛欢因为坚持每晚补课，所以不怎么紧张。可谷雨就不行了，期中考后，她放松了好一段时间没学习，所以临到考试，不得不厚着脸皮麻烦洛欢求江知寒再给自己补补课。

时间紧张，江知寒只好给谷雨画了一些重点，让她抓紧时间学会。最后谷雨考得还算好。

洛欢考得不错，又进步了几名，成了班上第七名。

班里人再次对洛欢刮目相看。

到了11月，天气渐渐冷了起来。穿针织衫的季节到了。

洛欢在学校里越发低调了，在外面倒是一如既往地肆无忌惮。

11月刚过，舞蹈室里就开了空调，与外面的温差渐渐地大了起来。室内的空气有些闷，每次跳完舞，洛欢就汗流浃背地坐在垫子上跟人聊天儿，然后等江知寒来接。

每次江知寒总会给洛欢披上衣服，叮嘱她注意保暖。

洛欢每次都答应得好好的，下次照旧不注意加衣服。她就喜欢被江知寒关心。

于是江知寒不再说她了，每次来都闷不作声地先给她披上衣服。

时间过得很快，两次月考结束后，就到了12月底。

这几天，包装好的苹果在学校周边的精品店里十分畅销。

从周三早上起，就有学生互相送苹果。下午，互送苹果的人就更多了。

下午第二节课时，顾婉珊低头看看桌肚里包装好的苹果，又看看后面，咬了咬唇。

自从上次那件事后，顾婉珊和江知寒已经快两个月没说过话了。江知寒原本话就少，自那之后更是将顾婉珊当成了透明人，这让她私底下被同学们嘲笑了。

一开始顾婉珊是骄傲的，既然江知寒不理她，她也不想理江知寒。可慢慢地,她发现这种被忽略的感觉太讨厌了。

顾婉珊决定先放下架子,跟江知寒缓和一下关系。

反正,江知寒和洛欢的关系最近好像差了很多。

下课铃响起,老师走了,教室里喧闹起来,有学生拿着苹果出去,也有别的班的学生来送苹果。

江知寒却很安静。

江知寒丝毫不受影响,握着笔安静地写字。

顾婉珊握紧放在桌下的手,正要拿着礼物站起身。

有人喊:"江知寒,外面有女生找你。"

听见有人叫他,江知寒怔了一下,扭过头看到门外的人,立刻放下笔走了出去。

门外走廊上,洛欢背着手,看到江知寒走过来,便微笑起来。

"你怎么来了?"江知寒垂眸看着洛欢,表情有些意外。

他们曾约定在学校里不轻易见面。

"放心,这里人多,我们没那么显眼。"洛欢安慰道。走廊里全是互送苹果的,领导们总不可能都抓吧?

江知寒点头,专注地看着洛欢。

她的样子好乖。

"把手伸出来。"洛欢清了清嗓子,神秘地说道。

江知寒不明所以,但还是伸出右手。他的手指纤长,掌心温热。

一个绑着丝带的小房子造型的精致盒子被放在了江知寒的手心,盒子里面是红彤彤的苹果。

江知寒微微一愣。

洛欢仰起头看着江知寒,眼里像有星星。她软声说:"这是提前给你的礼物。"

江知寒张了张口,愣在原地。

"怎么,傻了?"洛欢故意歪了歪头,问道。

"我……"

这是他收到的第一份礼物。

他还在想该给洛欢准备什么礼物,没想到自己提前收到了洛欢的礼物。

江知寒不知道该怎么形容这一刻的心情。他觉得喉咙有些发紧,托着礼物的手掌慢慢地渗出了汗。

"江知寒?"洛欢疑惑地伸手碰了碰他。

江知寒把目光落在洛欢瓷白的小脸上，低声说："你等等。"他飞快地回了教室，把礼物放到桌上，然后欲言又止地看着洛欢，忽然往楼下跑去。

洛欢愣住了。江知寒要去哪儿？洛欢张了张口，站在原地看了他一会儿，听见铃声响起，只好回教室了。

"礼物送出去了？"谷雨见洛欢回来，随口问了句。

"嗯。"洛欢点头，又不解地说，"他收下礼物，忽然跑了。我的礼物有那么恐怖吗？"

"年级第一的思维岂是我等凡人能猜测得到的？"谷雨现在已经彻底沦为江知寒的"脑残粉"了，随口都在帮他说话。

洛欢笑了笑，以为江知寒是害羞了，于是点点头，翻开书。

自习课，班主任来班上转了一圈就走了。

洛欢正看着历史书写习题，旁边有女生凑过来推了推她，小声说："洛欢，外面好像有人找你。"

洛欢扭头看了一眼，没看到人，于是搁下笔走出去。

洛欢刚打开后门，就看到怀抱着一个苹果礼盒的江知寒站在对面。

洛欢当即愣住："你……"

江知寒像是一路跑过来的，白皙的脸颊有些泛红。他走过来，控制住呼吸，眯起眼睛，将手里的礼盒轻轻地送到洛欢面前："永远快乐，洛欢。"

这个傻子。

洛欢没想到，江知寒居然跑出去买了苹果。

洛欢怔怔地问："你是怎么出去的？"

"我出门时还没有上课，门卫也不在。回来的时候，门卫问了我的名字跟班级，就放我进来了。"江知寒如实解释。

门卫一听江知寒是1班的，看起来也是个好学生，肯定会放他进来的。

只是，从教学楼到校外精品店的距离不算近，江知寒就这么一路跑过来……他可真是个傻子。

洛欢的心跳渐渐地加快，她抿紧唇瓣，尽力保持着冷静，伸手把礼物接了过来。

这苹果还挺大的。

"谢谢，但下次你不可以在上课期间这样了。"洛欢神情严肃地说。她没想到自己竟然有教江知寒遵守校规的一天。

幸好他遇到的是门卫，要是运气不好撞见校领导，那洛欢可真是罪过了。

江知寒漆黑的双眼里仿佛流淌着涓涓细流，他笑了笑，点点头说："好。"

洛欢抱着礼盒，往左右看了看，然后快速地说："你快回去，别让校领导们看到了。"

江知寒轻轻地"嗯"了一声，又看了洛欢一眼，这才转身往楼上跑去。他身材高挑，连背影都像是带着风。

洛欢的唇角漾起一抹笑，她低头看了看怀里的礼物，然后转身抱着东西回了教室。

"什么啊？"谷雨看到洛欢抱着一个有麋鹿图案的苹果礼盒走过来，想拽一下上面的小雪人，"又是谁送给你的？"

"别乱碰。"洛欢转身护住礼盒，爱惜得很。

谷雨见洛欢那小气的样子，顿时明白了："看你宝贝的，摸一下怎么了？"

"你别给我摸脏了。"

谷雨懒得争辩，看了看墙上的钟表，忽然扭头："江知寒怎么才给你送礼物？"

洛欢装作很平淡地说："他也没办法。毕竟这是他刚从外面买的，一路跑来挺累的。"

谷雨强忍着拍死她的冲动，终于憋出一句："江知寒为了你，变化可真大。"

江知寒以前可是两耳不闻窗外事的"高岭之花"，如今居然为了她下了凡尘。

谷雨"啧啧"感叹。

江知寒推门进来时，不少同学听见声音扭头看过去，目光里带着诧异。

好在1班的班主任向来对他们班很放心，很少在自习时来。老师不在，江知寒在不少人的注视下，面色平静地回到了座位。

前面有些人在窃窃私语。

"江知寒去哪儿了？"

"被老师叫走了吧。"

顾婉珊低头听着周围的议论声，恨不得把手里的苹果扔到垃圾桶里去。

洛欢没吃江知寒送的苹果，而是拿回了家。

补习结束后，洛欢在QQ上问江知寒："江知寒，周五那天晚上有空吗？"

江知寒问："有，怎么了？"

"那天晚上我们一起过好不好？"

"嗯，你有什么安排吗？"

"那天正好有新电影上映，我们去太华看电影，顺便一起吃饭怎么样？"

"嗯。"

江知寒很爽快地答应了。

洛欢微微一笑，开始憧憬着周五。

谁知，周五晚上8班的同学要聚会，洛欢作为班上的积极分子，怎么也推托不掉。

洛欢正犹豫着，班长在群里特大方地说："大家能来的尽量来啊，可以带朋友，可以带朋友！"

这引起了一群同学的欢呼。

洛欢眼睛一亮，略带抱歉地跟江知寒商量了一下。

江知寒倒没表现出任何抗拒，只是问："你想去吗？"

洛欢爱热闹，很想去参加聚会。所以她超级纠结。

"没关系，我们就去太华，免得他们影响我们。"

谁知下一秒，江知寒就发来了消息："你们班聚会是不是可以带朋友？"

"嗯……"洛欢脸上发烫。

"那我们去参加聚会吧。"

洛欢的心里炸开了烟花："好！！！"

结束聊天儿后，洛欢蹦到床上，给谷雨发了好几条消息来表达自己激动的心情。

谷雨得知此事后，过了半天只憋出一个"棒"字。

8班的聚会定在周五晚上8点举行，白天同学们都挺乖的，没表现出任何异样，毕竟这种事要是被学校知道说不定就泡汤了。

一放学，学习委员就让大家尽快回去吃饭换衣服，然后在预订好的饭店集合。

洛欢回到家后，立刻脱下了薄薄的校服，换上了厚厚的粉色大衣，又穿上格子裙、打底裤、雪地靴，再戴上毛茸茸的耳罩和围巾。

"记得早点儿回来，不许喝酒，太晚了就打电话叫你爸接你。"蒋音美在客厅叮嘱着女儿。

洛欢在玄关处换鞋，答应道："知道了妈妈。"

洛欢本打算去江知寒家附近找他，结果江知寒不同意，于是他们就约定在太华商城门口的一家奶茶店见面。

一下车，寒风扑面，洛欢迈开腿就往那边跑。远远地，她看到那边站着一个穿着黑色外套的少年，周围的灯光勾勒出他的轮廓，黑发闪烁着光泽。他个子高，即使穿着冬衣也丝毫不显臃肿。

洛欢情不自禁地弯起唇，快步跑过去，一把抱住他："江知寒！"

周围有些人看了过来。

江知寒僵了一下，转过身来，打量着洛欢。

洛欢戴着手套，用两只手略微笨拙地提起衣摆，在原地转了一圈，臭美地道："我今天好看吗？"

洛欢披散着头发，戴着毛茸茸的米色耳罩，衬得本就巴掌大的脸蛋儿越发小了，卷卷的睫毛上沾着水珠，一双漂亮的大眼睛璀璨如星，整个人看上去十分乖巧。

江知寒老实地点点头："好看。"

洛欢笑嘻嘻的，很开心。

看到洛欢红红的鼻尖，江知寒将怀里的红豆奶茶递给她："先喝这个暖暖。"

旁边的奶茶店外排着长队，可他怀里的奶茶还是热的。

"谢谢。"洛欢接过来，暖了暖手，整个人抖了抖，赶紧低头吸了一大口奶茶。

"你等多久了？"

"没几分钟。"江知寒说道。

可洛欢看到江知寒的耳朵都冻红了。

洛欢用双手捧着奶茶，抬起眸来："你不喝吗？"

"我不冷。"

洛欢看了眼旁边的队伍，排队再买还得等好久，于是把怀里的奶茶举到江知寒的嘴边，说："你也喝点儿暖暖。"

吸管抵到唇边，江知寒犹豫了几秒，低下头喝了两口。

"好喝吗？"

江知寒点点头。他的耳郭有些红，不知是冷的还是羞的。

洛欢捧着奶茶笑得很甜。

江知寒轻咳一声，顺势握住洛欢的手，说："走吧，聚会应该快开始了。"

8班原本订了一个大房间，没想到来的人超出了预期，于是换成了包间。

8班的人没想到洛欢居然能带江知寒来。在饭店外面的广场集合时，不少人看到洛欢和江知寒一起走过来，都吃了一惊。

每个人都知道，他们高一的年级第一是个大帅哥，而且很神秘。

尽管8班有人知道洛欢跟江知寒的秘密，但他们平时很低调，这次是第一次正式出现在大家面前。

谷雨正跟几个女生聊天儿,看见洛欢,当即招招手。洛欢立刻跑过来跟她们聊天儿。

大家忍不住看向江知寒。江知寒倒是挺坦然的,有男生忍不住上前搭话,他也会温和地回应,一点儿"学霸"的臭脾气都没有。

外面冷,大家实在受不了了,人一来齐就跑进包间。

三十多个人挤在一个包间里,灯光昏暗,不仔细看完全看不清谁是谁。

洛欢一到就被谷雨拉去唱歌,只好让江知寒先坐一会儿,自己唱几首歌就来陪他。

开着空调的包间很热,洛欢脱掉外套让江知寒保管。

好在江知寒比较安静,并没有多说什么,只让她们好好玩,不用管自己。

洛欢跟几个女生占据着点歌台,在那儿点了几首最近流行的歌。

洛欢跟谷雨猜拳,胜了的先唱。两个人站在中间的小舞台上蹦蹦跳跳地唱着《一个像夏天一个像秋天》《世界上的另一个我》《最佳损友》。

洛欢蹦蹦跳跳地和谷雨嬉笑打闹,还不时做几个简单的动作和台下互动,很快就将气氛炒热了。

洛欢的歌声婉转俏皮,整个人明艳热情得像个小太阳,让人完全移不开眼。

江知寒在黑暗里静静地看着洛欢。

洛欢一连唱了五首,嗓子都快哑了,才终于被大家放过。

谷雨本来还想跟洛欢打牌,一看洛欢去的方向,便立刻识趣地走开了。

"渴死了。"洛欢刚在江知寒身边坐下,他就递上了一杯水。

洛欢朝江知寒一笑,"咕嘟咕嘟"地喝了起来。

洛欢高强度地跳了好一阵,光洁的额上沁出了汗。江知寒抽了张纸,轻轻地替她擦着。

洛欢习惯了被江知寒照顾。他们的互动自然又亲昵,非常和谐。

周围有些人时不时地会往这边看几眼。

洛欢坐在沙发上吃着零食、喝着饮料,偶尔跟台上的人打招呼,但不再参与他们的活动。

"洛欢!身为咱们班的'麦霸',你好意思才唱这么几首吗?"有男生朝洛欢喊道。接着,周围的人也跟着起哄起来。

洛欢被闹得没办法,拿着话筒,转头问江知寒:"江知寒,你会唱歌吗?"

江知寒愣了一下,有些迟疑地应了一声。

洛欢乐了,想了想,说:"那我们来合唱一首,怎么样?"

第十一章
江知寒，生日快乐

洛欢这话一说出口，班上的人就跟着起哄。

"唱一首，唱一首！"

"洛欢，我看好你们！"

"来来来，我们有请江知寒同学跟洛欢同学合唱一首！"

"大家都让一让啊，把场子让给他们！"

江知寒从没唱过歌，今天完全是被大家赶鸭子上架。

洛欢倒是大大方方地走到小舞台上，面对着大屏幕，把另一只话筒递给了江知寒。

江知寒抬眸看洛欢，然后低下头伸手握住话筒。

"嘿，你们准备唱什么啊？"谷雨在下面兴奋地问。

以洛欢对江知寒的音乐储备的了解，她完全不用问，想了想，说："《广岛之恋》？"她最近听了这首《广岛之恋》，觉得很好听。

大家笑了。洛欢一脸疑惑地问道："怎么了，你们都看着我干吗？《广岛之恋》不好听吗？"

谷雨冲她龇牙咧嘴，这傻女孩选什么歌不好，非要选这首，是想咒自己吗？

洛欢无所谓地扭过头，却对上江知寒一双黝黑的眼眸。

"你干吗也这么看我？"洛欢忍不住摸了摸自己的脸，怀疑自己的脸上是不是沾了什么东西。

江知寒轻抿着薄唇，过了半晌，低声开口："我不唱这首。"

"怎么了，你不喜欢吗？"

江知寒蹙了蹙眉头，说："传言说，唱这首歌的两个人会分道扬镳。"

洛欢愣了一下，接着笑出声来："江知寒，原来你也会迷信啊。"

好吧，她确实没听过这个说法。

江知寒任由洛欢笑着，用那双清澈的眸子看着她。

底下的同学听着两个人的对话，简直像发现了新大陆：原来江知寒私底下是这样的！他还挺……接地气的。

洛欢轻咳一声："好吧，那你说唱什么？"

江知寒收回目光，轻声道："我会的不多，你选吧。"

洛欢点了点头，让谷雨选了一首《夏天的风》。

这首歌是洛欢之前给江知寒分享过的，旋律朗朗上口，对江知寒来说应该没什么难度。

谷雨选好歌后，淡淡的钢琴曲响了起来。

"七月的风懒懒的，连云都变热热的，不久后天闷闷的，一阵云后雨下过……"

洛欢唱出第一句时，整个包间里的男生都拍起手来。她的声调懒懒的，不同于唱之前几首歌时的轻快俏皮，听起来别有韵味。

江知寒在一旁听到她的声音，忍不住转头看着她。

洛欢唱着，扭头对江知寒笑笑，然后示意他唱接下来的歌词。

江知寒转头看向屏幕，微张薄唇。

"场景两个人一起散着步，我的脸也轻轻贴着你胸口……"

当江知寒的声音流淌出来时，整个包间忽然安静了。

天啊，他唱歌太好听了吧！

江知寒的声音很干净。或许是因为之前没唱过歌，他的声音有些发抖，有些青涩。但正是因为这种青涩，才显得格外有味道。

整个包间的人被镇住了。

洛欢也不禁怔住了，忍不住扭过头，看着江知寒望着屏幕的样子。屏幕发出的光映在他清澈的眼底，他的神情与学习时一样严肃认真。

江知寒精致的侧脸被光勾勒得清晰分明。

直到谷雨在下面小声地提醒，洛欢才回过神，赶紧拿起话筒唱起来。感觉江知寒扭头看了过来，她觉得脸上烫得厉害。

最后，这场聚会变成了洛欢跟江知寒的合唱表演。他们俩长得好看，唱歌还好听，让台下的同学们闹了好一阵子。

一曲唱完，大家意犹未尽，想让江知寒和洛欢再合唱一首。洛欢看看江知寒，心想：江知寒只会这么几首，算了吧。为了保住他的面子，她笑着拒绝了。

大家一直闹到晚上9点多才结束聚会。

班长很负责地安排了男同学送女同学回家。

洛欢和大家告别后，跟江知寒一起往公交车站的方向走去。

路灯亮着，昏黄的光洒落在他们身上，连呼出的白气都有了形状。

洛欢用一只手牵着江知寒，把戴着手套的另一只手放在脸侧，呼出的白气在睫毛上结成了水珠。

"江知寒。"洛欢闷声叫他。

江知寒低头看洛欢。

洛欢的鼻头红红的，她抬起眼看江知寒，问："你以前练过唱歌吗？"

"没有啊。"江知寒摇摇头。

洛欢把眼睛弯了起来，说："那你怎么唱得这么好听呢？"

江知寒有些害羞，低声说："还……好吧。"

"那以后你只唱给我一个人听好不好？"洛欢说。

江知寒眨了眨眼，很郑重地点了点头："好。"

洛欢忍不住笑了。

路灯照着洛欢跟江知寒，地上现出一高一矮两道影子。洛欢的影子矮矮的，像只臃肿的企鹅。

洛欢扭一扭，地上的影子也跟着动。她觉得好玩，忍不住哈哈大笑。

周围不少路人看过来，只见一个穿得厚厚的女孩在蹦蹦跳跳，旁边是一个高挑清瘦的少年，少年跟在她旁边，看她的眼神很专注。

江知寒将洛欢送到了小区楼下。

洛欢告别江知寒，挥挥手就往小区里跑。她没跑几步，就撞见了下来买烟的洛国平。

她和爸爸四目相对。

洛国平飞快地把一包烟藏到身后，说："嗯，回来了？爸爸下来锻炼锻炼身体。"

大晚上的，洛国平锻炼什么身体？

"哦，我们结束得有点儿晚。"洛欢假装没看到他手里有那么明显的一包烟。

洛国平郑重地点点头："嗯，一起回家吧。"

"哦。"洛欢低下头跟了上去。

各怀心思的父女俩就这么一起走进了电梯。

"你什么都没看到啊,待会儿上去,爸爸替你说话。"电梯里,洛国平目视前方,跟女儿商量。

洛欢这段时间成绩很好,在家里的生活滋润得很,哪里需要老爸替她说话?她笑了两声。

洛国平低头看了洛欢一眼。

电梯门打开,洛国平跟洛欢一起出来。快到家门口时,洛国平还是承受不住心理压力,停下了脚步:"好闺女,你的衣兜大吗?你帮老爸藏藏,老爸给你 50 块零花钱。"

洛欢摸出钥匙:"成交。"

回到家里后,父女俩暂时骗过了蒋音美。洛欢也顺利地收到了洛父的 50 块零花钱。

回到卧室里,洛欢脱掉冷冰冰的打底裤,钻进洗手间洗漱。

洗漱后,洛欢暖和过来了。她吹干头发,躺进被窝,打开聊天儿软件开始和江知寒聊天儿。

聊到快 11 点时,江知寒就催着洛欢去睡觉了。

正好洛欢玩了一晚上也有点儿困了,便放下手机,闭上眼睛开始睡觉。

冬季的日子过得很快,元旦过后,学生再考完一场月考,就要期末考试了。

这次月考洛欢发挥得很稳定,又进步了两名,成了班上的第五名。

下周就是期末考试了。因天气太冷,学校不再强制同学们穿校服。

洛欢怕冷,每天都穿得厚厚的,真的像只企鹅。

谷雨每天笑洛欢。洛欢却得意地笑,说江知寒又不嫌弃自己。在江知寒的眼里,洛欢穿什么都好看。

1 月下旬,期末考试如期到来。

考试持续了三天,最后一场考英语,考完就放寒假了。

寒假有一个多月,洛欢本来不用每天早起,但蒋音美觉得补习班有效果,就又给洛欢报了一个寒假卓越班,让她每天早上补课、下午继续跳舞。

好在蒋音美给她报的还是原来的补习机构,江知寒寒假也在那儿当助教。洛欢每天一有不会的题就请教江知寒。她完成补习班的作业后就写寒假作业,日子过得也不算太辛苦。

转眼就是春节了。洛欢在补习班里上完最后一节课,下午就放了假。

洛欢在教室里写作业,想到过两天就是除夕了,停下笔抬头问江知寒:

"你们家过年有什么计划吗？会不会回老家看亲戚？"

江知寒正在做题，闻言愣了一下，说："我的爸爸妈妈可能要回老家待几天吧。"

"那你呢？"

"我要留下看店。"

洛欢恍然大悟，笑着说："你到时候要是害怕了，就给我发消息，我过去陪你。"

江知寒温柔地看了看洛欢，而后垂下眼，什么也没说。

过两天就是除夕。下午，蒋音美跟洛国平带洛欢去超市置办年货。

天气寒冷，补习班和舞蹈班都放假了，这两天洛欢就没出门。

到了除夕这天，洛欢一家一早就起来打扫房间、贴春联、洗水果、摆糖果，然后趁着时间还早，开车去大伯家吃饭。

洛欢的爷爷奶奶跟大伯住在一起。大伯家靠近郊区，那里空气清新，人也少。爷爷奶奶习惯住在那儿，只是平时走动不太方便。

洛欢一家到的时候，大伯家已经来了不少亲戚。大伯母开始做午饭了，蒋音美换了衣服就去打下手。

洛欢问候了一圈长辈，然后坐在奶奶的身边看电视。

穿着红色唐装的奶奶抓了把桌上的糖果给洛欢吃，几个小孩也过来坐下。

"奶奶你偏心，欢欢姐姐来，你就给她糖吃，也不给我们吃糖。"有个小男孩不服气地控诉奶奶。

奶奶看了他一眼，说："欢欢姐姐平时学习忙，不能经常来，奶奶不给你拿糖，你不也自己偷偷地拿了？"

其他的几个小孩哈哈大笑。

小男孩红着脸，挠挠头发。洛欢伸手摸摸他的小脑袋，支使他："乖，去给姐姐洗几个牛奶草莓。"

小男孩不敢拒绝，只能跳下沙发踩着拖鞋赶紧去了。

大家热热闹闹地吃完饭，大人们就开始发红包了。洛欢拒绝不了小孩们的要求，陪他们下了十来局跳棋，又打了好几局游戏，直到把他们杀得片甲不留，这才没人敢让她继续陪玩了。

洛欢坐在爷爷奶奶的身边，吃着零食看电视，不时低头回消息。

窗外，天色渐渐地暗了，郊外的鞭炮声也慢慢地响起。洛欢看到窗外漆黑的夜空中有烟花绽开。

手机突然响了一声，洛欢低下头，看到是江知寒发来的消息。

"除夕快乐。"

洛欢的唇角露出一丝笑，她飞快地打字："除夕快乐啊，江知寒！你现在在干什么呢？"

"在做饭。"

洛欢来了兴趣，让他拍张做饭的照片发过来。

那边的人在半分钟后发来了一张照片。

很简单的几道凉菜，有木耳和莲藕，还有一碗酒酿圆子。

洛欢下意识地咕哝了句："吃得这么清淡啊。"

江知寒发的每张照片，洛欢都会仔细地看。看了几眼后，她发现照片右上角有个碗，里面似乎装着面条。

"你们过年是习惯吃面吗？"洛欢问。

那边的人安静了几秒，才回了消息："嗯，老家的习俗，我们过年吃面。"

这个习俗还挺有趣的。中国地大物博，每个地方的过年习俗都不太一样。洛欢心想，吃面应该就是他们老家的习俗吧？

洛欢听江知寒说过，他老家在一个山清水秀的地方，那里空气湿润，但是挺贫困的。

他好像不经常提起自己的老家。

"叔叔阿姨在哪儿？你们还做其他的菜了吗？"洛欢转移话题。

"我爸妈出去逛街了，待会儿我再做几道菜。"江知寒的语气很正常，洛欢就没多想，欢欢喜喜地又和他聊了一会儿。直到爷爷奶奶提醒她春晚开始了，她才依依不舍地放下手机。

"待会儿你们吃年夜饭时，记得给我发一张照片，我要看。"

这样，洛欢就好像也吃到他们家的年夜饭了。

江知寒很好脾气地答应了。

洛家年夜饭吃得较早。春晚开始后，大家围在桌边吃各种零食。几个小孩跑到院子里放鞭炮，还有几个青少年在沙发周围用电脑玩游戏。大人们则边打牌边聊天儿，好不热闹。

洛欢陪着爷爷奶奶看了会儿春晚，就开始折腾几个小孩，威胁他们和自己一起玩游戏，没玩几局，就赢走了他们的所有"赌注"——各种小鞭炮。

小孩被气得哇哇大哭："爸爸、妈妈、爷爷、奶奶，你们还管不管欢欢姐姐了？我的冲天炮都被她赢走了！"

"姐姐，你欺负我们小孩，呜呜呜。"

洛欢严肃地说:"这怎么叫欺负呢?比赛就是这样,赢不了就耍赖,你还是个男孩子吗?"

爷爷奶奶也在一旁附和。奶奶说道:"嘟嘟,你是男孩子,要言而有信,知道吗?"

大伯母也向着洛欢:"嘟嘟又想耍赖皮,羞死了,让欢欢姐姐好好地治治你。"

小孩的大眼睛里有泪,他哭着跑向妈妈。整个屋里的人笑了起来。

窗外天寒地冻,屋内灯火通明,一片红火,温暖如春。

到了晚上 10 点多,洛欢犯困了,就趴在沙发边懒懒地打着游戏。她转头看到蒋音美和伯母聊得正欢,洛国平也坐在麻将桌边不肯离开。这架势,估计他们得熬通宵。

于是她回过头,抓了几颗蓝莓吃,低头打开聊天儿软件,反复看着之前江知寒给她发的年夜饭照片——桌子上又多了几道菜,但都挺清淡的。

江知寒可能正在忙,已经好一会儿没给洛欢发消息了。她无聊得很,和谷雨聊了几句,谷雨又去打游戏了。她索性折腾起嘟嘟来。

嘟嘟不敢反抗,放下游戏机,忍辱负重地跑过来任洛欢差遣,然后又飞快地跑远。作为谢礼,洛欢替嘟嘟把游戏打通关,还帮他升了几级,这才换来了小胖墩的崇拜之情。她身边围着好几个看她打游戏的小孩,不时发出真诚的惊叹。

11 点多,鞭炮声更响了,爷爷奶奶都去睡了。几个小孩被吵得睡不着,开始在院子里撒欢儿、放鞭炮。

洛欢嫌冷,懒得出去,就窝在沙发里看电视吃零食,然后低头玩手机。她回复了大家的拜年消息后,又打开了和江知寒的聊天儿页面。

江知寒在干吗呢?

之前她猜江知寒可能在忙,就没有打扰他。现在她想,他应该有空了吧?于是她发了一条消息过去:"江知寒,你现在在干吗?"

她等了几分钟,他没回。她皱皱眉,又发了一条消息过去:"江知寒?"

"喵喵喵?"

这回,江知寒的对话框里终于出现了几个字:"我是他的邻居萧萧,他在我们家的厨房里洗碗。"

萧萧?洛欢皱了皱眉,好像有点儿印象。

她记起来江知寒说过,他有一个邻居叫萧萧,就是那次给洛欢送钱的女生。他们的关系好像还行,可……他竟然把手机给她随便看?

· 244 ·

洛欢心里顿时生出警惕，正要打字问对方为何拿着江知寒的手机，对面的人仿佛猜到了洛欢的想法，发了消息过来解释："今天是江知寒的生日，你不知道吗？"

洛欢当即愣住了：江知寒的生日……是除夕？

她之前也问过江知寒的生日是哪天，江知寒总是笑着说早过了。她也没多想，以为他的生日在春天，没想到他的生日竟然是除夕。

难怪洛欢刚才看到了面条，那其实是长寿面吧。

"不知道他爸妈去哪儿野了，就他一个人在家里，只有我们给他过生日。"

这段话明明没有指控谁，却陈述了洛欢这个本该对江知寒上心的人太粗心的事实。

洛欢看着这段话，下意识地抬头看了一眼钟表：快 11 点 30 分了。她心里忽然涌起一股冲动，连忙低头打字："他现在还在你家里吗？我马上就来，你别告诉他。"

她说完便合上手机站了起来，迅速地跑到麻将桌那边，对洛国平小声地说："爸爸，我想先回去了。"

"欢欢是不是困啦？"坐在对面的大伯抬头问。

大人们还要守岁，这是洛家的传统。如果今年不是有事，洛欢会直接住在大伯的家里。

"欢欢困啦？伯母给你收拾屋子，你去睡觉好不好？"大伯母听见他们的对话，朝这边说道。

洛欢无声地摇头。她今晚不能在这儿睡了。

洛国平抬头看着洛欢，有些疑惑："欢欢，你回去干吗？我们不是一向第二天早上才走吗？"

她咬咬唇，低声开口："我……谷雨心情不好，我想陪陪她。"闺密就是在这时候挡枪的……

"怎么了？"蒋音美吃惊地问。

"一些小问题。"洛欢支支吾吾地解释。

最终，几个大人无奈地答应了洛欢。

这么晚了，大家怕洛欢一个人回去不安全，不同意她打车。小堂哥主动提出送洛欢，让小堂嫂先替自己打两圈牌。洛欢穿戴好，告别了众人，跟着小堂哥出门。

除夕夜，路上的车很少，以往喧闹的马路显得格外空荡。整座城市都陷入了夜幕。

洛欢靠在座椅上，侧头望着窗外，不时低头看看手机上的时间。她无意识地攥紧了细白的手指。

她的心里涌上一股苦涩。刚才她在这边热热闹闹地过年，江知寒却在那边一个人冷冷清清地过生日。他一定很孤独吧？！

她忽然觉得胸口堵得厉害。

以前，江知寒一直一个人过生日。可今年他已经有洛欢了，为什么不告诉她今天是他的生日？

她回忆起快放假的那几天，自己一直在畅想要怎么过年，根本没有好好地去观察江知寒的表情。要是她再仔细点儿，说不定……

洛欢垂下眼，咬了咬唇，心里涌起丝丝焦躁感。她希望时间能过得慢一点儿，自己能来得及对江知寒补上一句"生日快乐"。

城郊毕竟离江知寒家有段距离。等到了市区，洛欢左右看了看，发现两边的店铺几乎都打烊了，连超市也不例外。

洛欢不死心地环顾四周。

"欢欢，你在看什么呢？"小堂哥从后视镜里看到她在东张西望，问了句。

洛欢回过头，有些失望地说："没什么……"她低头打开手机，已经过了12点了。

小堂哥将车开到了洛欢家的小区外。小堂哥准备送洛欢上楼，她赶紧拒绝，说自己就能回家，不用麻烦小堂哥。

这个小区的治安很好，小堂哥也没坚持，嘱咐了她几句就重新发动车子走了。

目送车子离开后，洛欢立刻跑到马路边打车。这种时候想打辆车，简直比登天还难，她在路口等了许久，才等到一辆临时加价的出租车。

她咬了咬牙，打开门，坐进车里去。

整条街沉浸在夜色之中。

快到江知寒家的那条巷子时，洛欢让司机停车，然后往里面跑。

"小姑娘注意安全啊。"司机见洛欢要往那条漆黑的巷子里跑，摇下车窗喊道，奈何洛欢已经跑远了。

巷口有几家铺子开着，但里面黑乎乎的。

洛欢再大胆，也没敢进去。刚才坐车没出事已经算很幸运了，她无奈地站在巷口抖了抖双腿，摸出手机，给江知寒打了个电话。

手机响了许久，他才接电话。

"欢欢？"江知寒低沉又温暖的声音让洛欢的眼睛有些酸热。

246

洛欢忍住哽咽，张嘴呼出了一团白气，轻声说："江知寒，我在你家的巷口，你来接我一下好不好？"

电话那头的人忽然沉默了。

过了两秒，他有些不可思议地问："你说什么？我家？"

"嗯。"洛欢的声音清晰了许多，她撒着娇说，"我就在你们家的巷口，好冷啊。"

她刚说完这句话，电话就被挂断了。

洛欢莫名其妙地抖了几下，把手机放回兜里，然后把双手放在嘴边呼气取暖。

两三分钟后，洛欢听见一阵急促的脚步声，抬眸看去，眼睛一亮，用力地挥着手。

江知寒跑过来。洛欢刚要说话，就被他劈头盖脸地一顿教训："你疯了是不是？这么晚一个人过来，万一出了事怎么办？"

江知寒绷着脸，薄唇也抿得紧紧的，以往温和的神情消失了。洛欢第一次看到他发这么大的火，吓得愣住了。

时间像是过去了一个世纪那么久。见洛欢被吓住了，江知寒努力地忍住火气，表情缓和了几分，但看上去依旧很严肃。

江知寒低头看着洛欢，正要开口时，洛欢抬起头。她眨巴着一双泛着水雾的眼睛，声音比流浪猫还要委屈："我大晚上专门跑来给你过生日。你不仅不领情，还凶我……"

江知寒愣住了。

"生日？"

"对啊，今天不是你的生日吗？我 11 点多才知道，然后想赶在 12 点前亲自跟你说一声'生日快乐'。可是我知道得太晚了，赶到这里已经过了 12 点了，还被你骂了一顿。"

洛欢低下头，垂头丧气的。

江知寒看着洛欢，微微动了动薄唇："你怎么知道今天是我的生日？"

"是你那个邻居萧萧说的。"洛欢抿抿唇，回忆道，"那时你应该在厨房里，别怪她。如果不是她，我都不知道你今天过生日。我太失败了。你过生日，也不跟我讲。"

洛欢的声音慢慢地小了下去，带着淡淡的自责。她戴着耳罩、围巾，穿得厚厚的，鼻尖却被冻得发红。

江知寒眉眼舒展开来，尽力克制住眼底的情绪，低声道歉："对不起，是我不好。"

"哼，我原谅你了。"洛欢轻哼一声，然后重新笑起来。她也知道江知寒是太担心自己了。可她既然知道了，就不能假装不知情、无动于衷。如果她提前知道，一定会好好地给江知寒庆祝生日。

江知寒只穿了一件薄薄的毛衣，比洛欢穿得还少，耳朵都冻红了，看样子刚才出来得很急。

"我能不能去你家烤烤火？我好冷。"在江知寒开口前，洛欢仰头问道。

"那叔叔阿姨知道你来吗？"

"我骗他们说谷雨心情不好，要陪她，他们不会怀疑。"

江知寒愣了愣，轻声地叹气，改变了主意，说："那我们走吧。"

"嗯。"洛欢用力地点点头，眼睛弯了起来。

洛欢总算正式地来到了江知寒的家。

院子和她记忆中的样子差不多，如今落满了雪。厚厚的一层雪在月光下反射出银白色的光泽。对面的屋子里暗暗的，没有人。只有偏屋里亮着灯，门前挂了门帘。台阶上落满了雪。

江知寒带着洛欢往偏屋走。洛欢扭头四处打量，瓮声瓮气地问："江知寒，你家里没人吗？"

"你现在问不觉得迟了吗？"

洛欢扭过头，"嘿嘿"一笑。

江知寒抬手推开偏屋的门，让洛欢进去，一股冰冷的空气涌了出来，夹杂着清爽的味道。洛欢站在门前往里面看了看，才迈步走进去。

屋子的面积不大，靠着窗放着一张桌子，角落里有张床，浅蓝色的被子被铺开来。他正要睡觉。

她是不是打扰到江知寒了？洛欢默默地想着，站在屋子里，忍不住打了个寒战。

这屋里的温度好像只比外面高了一点儿。没有暖气，江知寒不冷吗？

好在江知寒没有让洛欢等太久。他拉开衣柜，从里面拿出一个取暖器，插上电，将热的那面对着洛欢。暖黄色的光渐渐地驱散了屋子里的冷意。

"随便坐吧。"江知寒问洛欢，"你想喝什么饮料？"

洛欢坐到他的床边，抱着手说："有热水吗？"她只想喝热水。

江知寒点头："有，你等等。"

他正要出门，却被洛欢叫住了。

洛欢跑过来，拿下衣架上挂着的大衣披在江知寒的身上，说："别感冒了。"

江知寒看了看洛欢，垂下眸点点头。他穿好衣服，走出去立刻关上门，不让冷风吹进来。

洛欢回到床边坐下，再次仔细地打量着这个房间。

这里就是江知寒平时生活的地方吗？这个房间很简陋，但是很干净，一点儿脏污的地方也看不到。看样子，江知寒平时很爱干净，把房间打扫得很整洁。

这床……洛欢脱下手套，忍不住伸手摸了摸它。床垫不算厚，但被子挺厚的，也很干净。她闻到了洗衣粉的香气。

取暖器发出的温度逐渐升高，洛欢身上的寒意也渐渐地散掉，暖了起来。她的目光又落到不远处的书桌上。书桌右边摆着几本书，旁边是一盏台灯。她不禁想象江知寒晚上坐在这儿学习的画面。

江知寒每天就在这儿给她补课吧？洛欢看着看着，忍不住笑了。

不一会儿，江知寒便推门进来，用修长白皙的手端着一杯冒着热气的水递给洛欢。

"谢谢。"洛欢伸手接过来，低头吹着水面。

灯光照在洛欢柔嫩的皮肤上，她卷翘的睫毛低垂着，像两把小扇子，在眼睛下方映出一片阴影，看起来十分乖巧。

江知寒安静地坐在书桌前的椅子上，看着她。

洛欢喝了好几口水，才总算感觉嗓子润了许多，没那么干了。于是她捧着水杯，抬眸迎上江知寒的目光。洛欢眨了眨黑白分明的眼睛，开口问："江知寒，你的生日过完了吗？"

江知寒沉默了几秒，点点头："过完了。"

"对不起啊，我不知道今天是你的生日。"洛欢自责起来，再次道歉。

江知寒说："没关系，你怎么又道歉了？"他的神情很平静，好像真的不在乎什么生日。

洛欢是独生女，每年过生日，蒋音美跟洛国平都会在外面的饭店订一桌好菜，他们还会请很多亲戚朋友来吃饭，她会收到很多礼物。

江知寒的生日却只有几个人还记着。

洛欢的心揪了一下，话语里不自觉地带上了些许埋怨："你为什么不告诉我？"

江知寒想了想，低声说："除夕夜，你应该多陪陪父母。"他不想洛欢放弃和家人相聚的机会来陪他过生日。更何况，他已经习惯独自过生日了。江知寒总是为别人着想，却很少会考虑自己。

看着如此懂事的江知寒，洛欢说不出自己心里是什么滋味，只觉得更心疼了。她努了努嘴，正要说话，江知寒却问："你还喝水吗？你不喝了，我就送你回家。"

洛欢愣住，眨了眨眼："回家？"

江知寒看着洛欢，疑惑道："怎么了？"

洛欢摸了摸头发，小声地说："现在太晚了，我肯定打不到车了。"

"应该会有的，你先待着，我去外面看看。"江知寒站了起来。

洛欢赶紧伸手拉住江知寒，道："别，肯定打不到车啊！"

江知寒沉默了一会儿，低声问："那你……不回去了吗？"

洛欢有这个想法，小声地说："嗯……我爸妈这会儿还在我奶奶家里，明早才回来。我可以在你这里待一个晚上吗？他们不会发现的。"

洛欢小心翼翼地看着江知寒，又立马保证道："你放心，我绝对什么也不做。我可以趴在桌上睡，第二天一早就走。太冷了，我不想坐车了，我就在你这里住一晚，好不好？"

最后，江知寒只好同意洛欢住下来。

江知寒家的卫生间在另一个房间里，家里没有暖气，冷得厉害。

洛欢习惯了睡前洗漱，就算再冷也只能咬牙忍着。

卫生间里没有插座，也不能用取暖器，江知寒只好陪着洛欢。

洛欢冻得牙齿颤抖："好冷啊。"

江知寒立马带洛欢回到了房间，让她躺在被窝里暖一会儿，自己再去洗漱。

洛欢看着江知寒走了出去，便立马下床穿鞋。

江知寒刚从卫生间出来，便听见一声清脆的叫喊声："江知寒！"

江知寒转过头，看到洛欢正站在院子中央，她旁边是一个被白雪堆成的蛋糕。洛欢戴着帽子站在"蛋糕"旁，手套上还带着些碎雪。虽然她冻得都呼出白气了，但她的眼睛却很亮。洛欢开心地对他说："江知寒，生日快乐！"

那一瞬间，江知寒的心脏仿佛被人重重地砸了一下。

深蓝色的夜幕下，洛欢站在那里，她的眼睛简直比天上的星空还要美好，她那无畏的热烈仿佛能驱散整个冬夜的严寒。

江知寒安静地看着洛欢，眨了眨眼，无声地攥紧了垂落在身侧的手。他仿佛听到了自己的心跳声。

最后，还是以洛欢打喷嚏作为庆生仪式的结束。

江知寒走过来，一言不发地脱掉外套披在洛欢身上，然后带她回到了房间。洛欢整个人埋进他的外套里，仰头问："你喜不喜欢？我堆得很仓促，'蛋糕'粗糙了一点儿，你还没仔细看呢。"

江知寒俯身将取暖器的温度调高，然后抬头看着洛欢："感冒了怎么办？"

洛欢"嘿嘿"一笑，无所谓地说："我的身体好着呢，这么多年的舞我不是白跳的。"

江知寒不理洛欢的狡辩，一言不发地走过去整理床铺。

被子只有一床，江知寒看向洛欢，说："没有多余的被子了，要不你睡我妈妈的床？"

洛欢没什么洁癖，只要被褥干净就行，但她更喜欢江知寒的被子。

她转了转眼珠，故意说："我不太习惯睡别人的床，能不能盖你的被子？"

江知寒愣了一下，点点头，继续俯身整理床铺，始终很平静。

洛欢站在一旁看着他，有点儿猜不透他的想法。

江知寒向来悲喜不形于色，洛欢经常摸不准他是否开心。所以今天他到底开不开心呢？

洛欢琢磨了一会儿，正要问时，江知寒直起身来，他让她去睡觉。

江知寒又铺了一层毛毯，床铺变得松软了许多。他叮嘱了洛欢几句，让她夜里有事给自己发消息。

洛欢抬起头，问："你不在这儿睡吗？"

"我去我爸妈的房间睡。"

江知寒拿了手机，转头看了看洛欢，说："晚安。"

洛欢想拉住他，但不敢太放肆，只好乖巧地点头："你去吧，晚安。"

江知寒点点头，拿上衣服走了。

屋子里开着取暖器，散发着温暖的光。洛欢爬上床，掀开被子钻了进去，一股淡淡的洗衣粉香味扑鼻而来。

洛欢的眼睛亮亮的，她忍不住盖紧被子，轻吸了一口气，心里觉得很温暖。

洛欢打开手机一看，已经过了1点。她想联系江知寒，又怕打扰到他，于是放下手机，闭上眼准备入睡。

或许是认床的缘故，洛欢闭上眼，过了好久还是没睡着。外面黑漆漆的，房间里一片安静。江知寒现在在干吗？她又拿过手机，打开了聊天儿界面，想：就发一条消息，如果江知寒没回，说明他已经睡了，她就不打扰了。

抱着这样的想法，洛欢点开聊天儿框，用手指发消息："江知寒，你睡了吗？"

消息发出后，她等了一分钟，没想到收到了回信："怎么了？"

江知寒还没睡？洛欢眼睛一亮，连忙回："你还没睡吗？"

251

那边的人静了几秒,回道:"还没有,怎么了?"

洛欢用手指抠了抠键盘,小心翼翼地说:"我睡不着……你能不能来陪我?我有点儿害怕。"

洛欢不确定江知寒是会来陪她还是会劝她睡觉,正忐忑着,便看到了回信:"好,我来了。"他的语气有些无奈。

洛欢盯着这几个字,唇角禁不住越翘越高。

不一会儿,洛欢就听见门外传来一阵脚步声,连忙放下手机,爬了起来。

门口响起轻轻的敲门声,一个人用礼貌而熟悉的声音问:"我能进来吗?"

洛欢没想到江知寒会问,赶紧高声说:"能能能,你进来吧。"

房门被打开了,他迎着昏黄的暖光走了进来,带来一阵寒气。

洛欢忍不住打了个寒战。

江知寒很快就关上门,没接近洛欢,而是站在书桌边,放下手电筒说:"快睡吧。"

江知寒的嗓音低沉,好听极了。他的黑发上带了雪,衬得本就白皙的肤色更白了。

洛欢裹着被子坐在床边,一头黑发有些乱,大大的眼睛里闪着光。她只脱了外套,像只臃肿的小企鹅。光影落在她乌黑的眼眸里,整个人十分可爱。

刚才洛欢就不太困,这会儿见了他,就更睡不着了。

江知寒叹了口气,说:"再不睡,天就亮了。"

"我又不是没熬夜过。"洛欢嘟了嘟嘴,抱着被子慢吞吞地挪过来,然后用双手抱着膝盖,有些期待地说,"江知寒,我睡不着,你陪我聊会儿天儿吧,说不定聊着聊着我就困了。"

江知寒沉默了一会儿,在书桌前坐下,问:"要聊什么?"

洛欢一听就知道有戏,于是"嘿嘿"一笑,抱着被子跑下床。

还好房间里还有一把椅子,洛欢将它挪过来,抱着被子坐下。

江知寒有些意外:"你……"

"我们一起裹着被子,暖和一点儿。"洛欢伸出一只手,把被子盖到江知寒的身上,发现他冷得厉害。

"江知寒,你那间屋子里没有取暖器吗?"

"有,但是取暖器坏了,这两天要送去修。"江知寒把被子扯下来,重新往洛欢的身上盖,"我不冷,你盖吧。"

"不。"洛欢说,固执劲儿上来了。她再次将被子盖到江知寒的身上。

江知寒无声地叹了口气，往旁边挪了挪，不让冷气沾到洛欢。

洛欢贴着江知寒坐。江知寒只好由着她。好在被子够大，能完全将两个人包裹住。

书桌前多了一大一小两道身影。洛欢把两只手臂叠放在一起，将下巴枕在手臂上，歪头看着江知寒，脸上挂着浅浅的笑，说："江知寒，你给我讲讲你小时候的故事吧。"

江知寒垂下头，温和地道："听那个干什么？"

"我好奇啊，你都不怎么给我讲你小时候的故事。我小时候的故事已经全部讲给了你，你对我一点儿都不公平。"

江知寒回过头思考了一会儿。灯光静静地照着他白皙的侧脸，他在调整思绪。过了一会儿，他开了口。

和洛欢幸福的童年不同，江知寒并没有什么好的童年记忆。

从他很小的时候开始，江伟跟杨艳娇便隔三岔五地吵架。那时江伟还没丢掉工作，是镇上的一个公务员。

江伟虽然职位不高，但每月都有工资和津贴，还有专门的办公室，算是他们镇上有出息的人了。邻居经常会来找江伟办事。

那时的江伟意气风发，走到哪儿都有人捧着。

但没过几年，就有人匿名举报江伟生活作风有问题，还有照片作为证据。

江伟因此丢了工作，沦为人人唾弃的对象。甚至他们走在路上，还会被人当面出言讽刺，连江知寒都被人骂过"野孩子"。

江伟从一个国家干部变成了受人嘲笑的人，生活落差极大。从此，他性情大变，开始整天跟杨艳娇吵架，有时候还会动手，要带江知寒去医院做亲子鉴定。

那时的江知寒才四五岁，不懂为什么原本恩爱的爸爸妈妈会吵架。

此后，江知寒之前的几个朋友都不和他玩了，还用恶毒的语言伤害他。

他们家熬了几年，在江知寒上小学四年级时搬走了。自此，他们家的情况才算好了点儿。

事业上的打击让江伟一蹶不振。最初他也尝试过做其他的工作，但之前养尊处优的生活让他变得很挑剔，每份工作他总是做一阵就放弃了。

后来，江伟便待在家里酗酒度日，精神状况也逐渐出了问题，把自己的遭遇都怪到杨艳娇的身上，喝醉了不是闹事就是找杨艳娇吵架。

这种情况持续的时间一久，邻居知道了原委，便开始说风言风语……

洛欢静静地听着江知寒讲以前的事，心里一阵阵疼。原来，江知寒性格冷淡、不喜欢交朋友，是有原因的。

洛欢在父母的怀里撒娇的时候，江知寒在干什么？江知寒可能正在面对着冰冷的家、吵架的父母，以及在背后嚼舌根的邻居、朋友。

难怪江知寒不愿意回忆童年，那的确是一段不好的记忆，直到现在还在影响他。

江知寒忽然感到肩上一沉。他侧头，看到洛欢毛茸茸的头顶，怔住了。

洛欢轻轻地靠在江知寒的肩上，白皙的脸颊看上去十分乖巧。她用小脑袋轻轻地蹭了蹭他，用绵软的声音安慰道："没关系，一切都会过去的。"

江知寒眼底的雾气渐渐散尽，眼神不禁柔和了不少，他露出了一丝温情。他侧头默默地看着洛欢，半晌，很轻地应了一声。

"江知寒，你再讲几个故事给我听吧。"

"嗯。"

接下来江知寒没再讲那些痛苦的回忆了，而是分享了一些镇上的有趣的生活。

洛欢挺喜欢听的，偶尔还会问几句。在江知寒低缓又干净的声音里，她忍不住舒服地打了个小小的哈欠，不知不觉地闭上了眼睛。

过了一会儿，肩上的人不再发出声音。江知寒不再说话，低下头，看到洛欢已经沉沉地睡着了。

洛欢闭上了眼睛，睫毛像两只静静地休息的蝴蝶，从秀气的鼻子里呼出来的轻微热气，扑在江知寒的脖颈里，像是在他的心上轻轻地挠痒。

江知寒想到她夜里堆的"蛋糕"，眼神不禁柔和了几分。他的声音低低的，却透着暖意，他说："谢谢。"

洛欢明明记得自己靠在江知寒的肩上，睁眼时却发现自己已经躺在床上了。她发现被子里只有她一个人。

从书桌前的窗帘缝隙透出微弱的光，房间里的取暖器还亮着，热乎乎的。

洛欢掀开被子下床，关掉取暖器，然后拿过衣架上的大衣披好，推开了门。一瞬间，一股冷气扑面而来。她不禁打了个寒战，连忙拉好大衣的拉链，这才踩着雪地靴跑到了院子里。

洛欢张望了一圈，没看到江知寒。

深夜里又下了些雪，地上的脚印消失了，就连她昨晚在院子里堆的"蛋糕"形状也变了。

洛欢放弃拿手机的念头，踩着雪跑过去，蹲了下来，用戴着手套的手小心地清理着，挪开"蛋糕"下面的碎雪。

洛欢正玩得开心，忽然听到身后传来开门声。她扭头一看，立刻就笑了起来，朝江知寒挥了挥手，说："你回来啦。"

江知寒穿着黑色的短款羽绒服、一条深色的牛仔裤，双腿修长又笔直，黑发盖着额头。他提着一袋早餐走过来，问："你怎么在这儿蹲着？"

洛欢让江知寒看自己昨晚堆的"蛋糕"。她已经添了些新雪，"蛋糕"变得又大又清晰。她仰起头有些得意地问："好看吗？"

江知寒眼里露出一丝笑意，看了看洛欢毛茸茸的头发，说："去洗漱，然后回房间吃早餐吧。"

洛欢点点头，立刻起身朝卫生间跑去。

江知寒低头看了看"蛋糕"，从衣服兜里摸出手机，打开摄像头，对准"蛋糕"拍了一张照片。

洛欢快速地洗漱好，然后跑回了江知寒的房间。房间里开着取暖器，暖和极了。由于冷热交替，她跑到书桌边时不禁打了个喷嚏。

江知寒已经把豆浆的吸管插好了，食物的包装也被拆开了，有锅贴、馄饨，还有豆沙麻团。

洛欢感觉口水要流下来了，忍不住吸吸鼻涕，问："你跑去哪儿买的早餐？远不远？"

"不远，前面路口就有家早餐店，过年也不打烊。"江知寒轻描淡写地说着，把一双一次性的筷子递给洛欢。

洛欢接过筷子，坐在椅子上大快朵颐。她吃完后，江知寒收拾了一下，出门扔垃圾。

洛欢起得早，估计爸妈这会儿还没起，就在院子里继续堆"蛋糕"，得意地看着自己的作品。

她正在给"蛋糕"拍照，身后的门忽然被人推开，传来干净的女声："江知寒，今天中午来我们家……"

洛欢扭过头去，看到了一个女生，模样有些熟悉。

女生穿着件卡其色的棉衣，把长发编成辫子，看到蹲在"蛋糕"前拿着手机的洛欢，停下脚步，用黑白分明的眼睛打量着她，柳眉微挑："你……就是……"

洛欢"噌"的一下站起来，赶紧收起手机，有点儿尴尬地打招呼："你好。"

"你昨晚住在这儿？"女生问道。

洛欢沉默了一下，点头。

"胆子真大。"女孩如实地点评道。

洛欢认出她就是之前给自己送钱的那个萧萧，抓了抓头发，说："还得谢谢你昨晚告诉我他过生日，不然我真的不知道。"

萧萧笑了笑，说："他就是这样，不喜欢麻烦别人，也不想你放弃和家人的聚会来陪他。"

萧萧这么熟悉江知寒的性格，洛欢觉得心里酸酸的。不过这也没法子，洛欢和江知寒才认识多久？

"哎，你和他昨晚是怎么睡的？"女孩忽然饶有兴致地问，"你们不会……"

洛欢连忙说："没，我们就一起聊天儿。"

洛欢赶紧转移话题："你来找江知寒吗？他出去扔垃圾了。"

萧萧点点头，说："本来奶奶想到江知寒一个人过年，让我叫他中午过去一起吃饭。既然你在，我就不叫他了。"

洛欢虽然也挺想和江知寒待在一起的，不过她待会儿就得回去了，没办法陪他。她不想让江知寒孤零零的，她想让他有朋友陪伴。

"你们还是一起吃吧。"洛欢说，"我得回去。"

"行吧。"萧萧点点头，没什么可说的了，就打算走。

走之前，萧萧忽然转过身，意味深长地看着洛欢。

"昨天我和奶奶陪他过生日时，看到他一有空就盯着手机发呆。"萧萧顿了一下，说，"他是在看你发的消息吧。"

萧萧说完这句话转身就走了。

洛欢站在原地，回味着萧萧刚刚的话。

江知寒真的会看着聊天儿记录发呆啊……洛欢的心头忽然泛起一丝甜蜜。

"怎么了？"洛欢耳边忽然响起江知寒低低的嗓音。

洛欢回过神来，江知寒不知什么时候回来了，他正用那双漆黑漂亮的眼睛盯着她。

洛欢迎上江知寒的目光，抿唇笑了笑，摇摇头说："没什么，你怎么回来得这么慢？"

江知寒迟疑地看着洛欢，轻声说："我扶一个老奶奶过马路。"

洛欢心想：江知寒的眼神怎么是这样的？他怕她不信吗？她忍笑，夸赞他："你的心肠很好啊。"

江知寒眨了眨眼，表情有些羞涩。

9点多的时候，洛国平给洛欢打电话，问她怎么还不回家。她赶紧找了个借口，说马上就回。

江知寒送洛欢到路口，给她拦了辆车，看着她消失在视野里，才转身离开。

过年这几天，洛欢每天都和江知寒聊天儿，分享自己的生活。

正月十五这天，洛欢拜托谷雨帮个忙，让谷雨跟洛国平和蒋音美说要找她一起玩。

快开学了，洛国平倒没说什么，只是让她们早点儿回来、注意安全。蒋音美却在洛欢开开心心地换鞋时意味深长地说："你别玩得太疯了。"

洛欢缩了缩肩，连忙挽着谷雨的手走了。

"我快成你们的工具人了。"路上，谷雨吸着洛欢买的奶茶，咕哝着。

洛欢"嘿嘿"一笑："下学期你的奶茶我包了，好不好？"

"这还差不多。"谷雨翻了个白眼，挥了挥手说，"我找表姐去了，再见。"

洛欢抓紧时间往和江知寒约好的地方跑去。

元宵节这天，街上从下午开始就人满为患，还好江知寒个子高，洛欢远远就看到了等在钟楼处的他。

"等很久了吗？"洛欢一跑过去，仰头问道。

江知寒抬手将她脸上的发丝整理好，淡淡地笑着说："没多久。"

洛欢闻着他身上干净的味道，感觉自己已经很久没见到他了。

江知寒问："饿不饿？我们去吃饭。"

洛欢："好。"

街上人山人海，他们排了很长的队，才在一家面馆里等到位置。

吃完饭后，洛欢拉着江知寒去柳园寺庙。

千城人有在春节逛寺庙的风俗。春节里，洛欢因为懒，除了走亲戚就没怎么出去过，于是把逛寺庙的活动挪到了正月十五。

夜晚的寺庙依然人山人海，即使要收费，也挡不住人们的热情。洛欢和江知寒穿过人挤人的台阶，到前殿里取了香，虔诚无比地上了香才出来。

因为人太多，四处烟熏火燎的，洛欢跟江知寒很快就出来了。

钟楼老街那边有灯会，洛欢和江知寒坐地铁过去。踏上灯笼街，洛欢和江知寒一边逛街，一边吃着手里的零食。

十里长街两旁挂着各种主题的灯笼，人走在街上，仿佛置身于一片星海，美丽极了。

直到晚上 10 点时，江知寒才把兴致勃勃的洛欢拉了出来。

街上的人越来越多，江知寒担心太晚回去不安全，就带着洛欢在一家手工汤圆店里买了汤圆吃，然后送洛欢回家。

洛欢还没玩够，唉声叹气的。江知寒忍俊不禁，但依旧没松口，坚持送她回家。

到了小区大门外，洛欢站定，呼出一团白气，仰头去看江知寒。她弯了弯嘴角，说："今年没能及时给你过生日，有点儿遗憾，但是往后的每一年，我会陪你过。"

江知寒用温柔的眼神看着她，笑着点点头，说："好。"

洛欢又和他腻了一会儿，才依依不舍地摆摆手，往小区里走去。

漫长的寒假结束了，德川中学开学了。

或许是因为即将进入夏季，每天都过得很快。

有了江知寒指导，洛欢的成绩稳步上升。前两次月考她还考进了班级前三名，年级第四十五名，得到了班主任重点表扬。

洛欢本来就不笨，用蒋音美的话来说，她就是贪玩、缺乏耐心。只要得到一些点拨，她便开了窍。

洛国平对此高兴极了，直夸女儿继承了自己的聪明才智，只有蒋音美跟洛欢知道实情。

每到这个时候，洛欢便乖乖地低着头，愧疚又开心。

4 月底的时候，学校举行了期中考试。

考试连考三天。开考前一天的自习课，老师管得不严。在新班长的看管下，教室里还算安静。

谷雨正焦头烂额地琢磨着一道老师之前讲过的例题。那道例题她没听懂，可老师已经强调了好几遍了，她也不好意思再问老师。

谷雨实在琢磨不出来，只好向旁边咬着棒棒糖的洛欢求救。

洛欢放下手里的漫画，歪头看了一眼，然后提点了几句，谷雨一下子就懂了。

"你进步挺大啊。"谷雨不禁感叹道，见洛欢低头继续看漫画书，忍不住问了句，"你不复习吗？"

"我复习得差不多了啊。"洛欢随意地回了句。

洛欢是个懒人，对成绩的要求不是很高，只要比上次有进步就行。

洛欢朝谷雨"嘻嘻"一笑："之前的内容我复习得差不多了，会的题能做，不会的题现在复习也没什么用。"

听到这句话，谷雨想打洛欢。她跟洛欢是一对懒蛋姐妹花，但洛欢脑子灵活，学什么都快。虽然洛欢懒，但只要她下定决心要做的事，就一定会先做好再玩，谷雨却连自己该做的事情都习惯性地敷衍。

谷雨要不是这段时间借了洛欢的光跟着江知寒复习，成绩肯定要退到北极去了。

谷雨重重地叹了口气，继续埋头学。

第二天早上8点开考。7点40左右，学生便准备去考场了。

洛欢拉着谷雨的手在人群中穿梭。

"姐姐，离考试还早，你跑这么急，赶着去投胎啊？"谷雨呼吸着晨间清新的空气，哀号着。

"你懂什么？"洛欢咕哝着，拉着谷雨爬上了五楼。

洛欢和谷雨在2班里考试，2班和1班的教室挨着。谷雨顿时明白了，翻翻白眼背过身去，继续背书。

洛欢靠着栏杆，拿书挡在脸前，用一双亮亮的眼睛往教室里面瞧。

讲台上，1班的班主任正背着手巡逻。他们班不许学生提前出教室。因此外面站了许多等待的学生，恰好掩护了洛欢。

洛欢看了看，把目光落到了坐在角落里的那个男生的身上。

江知寒正低头看着书，用修长白皙的手指握着笔，偶尔在草稿纸上画几笔。他穿着洁净的校服，下颌的线条清晰又干净。

或许察觉到了外面的目光，江知寒忽然停下笔，抬头望了过来。

两个人四目相对。江知寒眨眨眼，笑了笑。洛欢朝江知寒无声地笑着，做了个鬼脸。江知寒微微一愣。

洛欢正得意地笑着，瞥见老师朝这边看过来，慌忙转过身用书挡住脸。

1班的班主任顺着江知寒的目光看过去，没发现什么异常，这才收回目光，继续在教室里转悠。江知寒低下头，把手抵在额上，无声地笑了起来。

下早自习的铃声终于响起。1班的班主任在讲台上交代了几件事，便拿着教案出去了。洛欢偷偷地扭头，看着班主任离开才松了一口气。

谷雨笑话她："你看你，像不像做贼心虚？"

洛欢笑着骂道："去你的。"

两个人正打闹着，江知寒走了过来。谷雨赶紧停下打闹，把洛欢推到江知寒的身边。

洛欢伸手拍拍江知寒的肩，豪迈地说："考试加油，可不能再像之前一样那么早出来了。"

江知寒白皙的脸上带着淡淡的笑,他说:"好。"他想了想,又说,"你也考试加油。"

"好的。"

此处人来人往,她不便久留。洛欢轻咳一声,说了几句话便拉着谷雨跑了。

自从某天谷雨吃饭时顺嘴说了句她的闺密已经改邪归正,不拿手机去学校了之后,谷雨的家长就逼着谷雨向洛欢看齐。他们收走了她的手机,只准她周末的时候玩手机。谷雨可后悔了。

洛欢"哼"了一声,一本正经地道:"这叫近朱者赤。多和好学生玩,正好洗涤一下你的心。"

谷雨做了个呕吐的表情。江知寒可真厉害。她本以为他会被洛欢拉下神坛,可现在看来,好像是洛欢的变化更大……

上午考政治和生物,洛欢写完后仔细地检查了两遍,然后交卷走人,谷雨那叫一个羡慕。

洛欢淡定地走出教室后,便迫不及待地往三楼跑去。看到已经等在走廊里的江知寒,洛欢笑了。江知寒也直起身,对着洛欢微笑着。

他们都默契地没有遵守"不许提早交卷"的规定。

时间还早,校园里的人不多,加上考试期间学校不设门禁,江知寒和洛欢便在离学校比较远的一家饭馆里吃了午饭。江知寒给洛欢整理了一下下午考试的重点。

三天考试结束。最后一门英语考完时,是下午4点,阳光有些强烈。

洛欢被折磨了三天,终于能放空大脑了。她还不想回家,便拉着江知寒到处吃吃喝喝。

周五放学后,街上三三两两的学生穿梭在大街小巷里。洛欢和江知寒去商场的娃娃机处玩抓娃娃。

洛欢的动手能力不太好。抓了半天只抓到了一个娃娃,她气得不行,于是让江知寒上。

江知寒才过了一会儿就抓上来好几个娃娃,很快把洛欢亏掉的硬币赢回来了。江知寒微微俯身握着摇杆,认真地操纵着摇杆。洛欢站在一旁紧张地盯着他,不时地开心大叫。他们穿着校服,都长得很好看,看上去青春十足,人们纷纷围观。

最后,在无数人羡慕的目光中,洛欢开开心心地抱着一大堆玩偶,跟着江知寒走出了商场。

"今天抓的娃娃真多,是我洛欢的人生巅峰了。"或许女孩天生对这种毛茸茸的东西没有抵抗力。洛欢抱着一堆玩偶坐在奶茶店的高脚椅上,忍不住蹭了蹭玩偶,欣慰地感叹道。

江知寒忍着笑,买了两杯果汁,递了一杯给她。

洛欢不方便拿杯子,很自然地低头吸了一大口果汁。

这里不是学校,他们也不用太拘束,终于可以好好地放松一下了。

洛欢把玩偶放到一旁,喝完了果汁。

到公交车站时,洛欢低下头,"窸窸窣窣"地做了一番动作。

江知寒转头看时,洛欢把一只有粉色耳朵的流氓兔递过来:"给你。"

当时洛欢看到娃娃机里正好有一对流氓兔,就有了私心,让江知寒把它们都抓了上来。

不过,洛欢没有把男款的兔子给江知寒,而是把女款的给了他。这样,就好像是自己陪在他的身边了。

江知寒的表情有些难以描述:"我要这个干什么?"

洛欢拿着玩偶,见江知寒不接,笑起来:"你拿着,这就是我!你要好好保存。"

"拿嘛。"洛欢撒着娇。

江知寒轻轻地叹了口气,抬手接过兔子。

洛欢笑了两声,再次叮嘱:"一定要好好地保存着。"

"好。"

两天后,期中考试的成绩出来了。洛欢考了班级第一名,进了年级前四十名。

成绩一出来,全班都感到惊讶,包括洛欢本人。

谷雨心情复杂地指控她道:"叛徒!说好一起当'学渣',你却偷偷地成了'学霸'!"

洛欢有些无奈:"我也不知道我的对手这么不堪一击啊。"

谷雨好想揍洛欢。

班主任春风满面,通知洛欢两天后在学术报告厅里作为学生代表发言。

班主任走后,班上不少人围了过来,向洛欢请教学习方法。

"出息了啊,洛姐,你就是咱们班的希望之光,后进生之光!"

"发言的荣誉一直是1班的,没想到这次落到了咱们8班的头上。洛欢,你可真给咱们班争光了啊。"

"你是自己考上去的,不像有些人投机取巧了,成绩还上不去。"

"洛姐,到时候发言你能多提提我们吗?我们也想在全校面前风光一把!"

洛欢有点儿想笑,叹了口气,思考了一阵说:"到时候再说吧。"她得好好想想要说点儿什么才能让听众产生深刻的印象。

洛欢成绩差,这是她第一次在全校面前发言,所以她很重视。晚上复习后,洛欢就拉着江知寒看她的发言稿。

江知寒无奈地说:"发言稿已经很好了。"

洛欢皱着眉,犹豫地问:"你不觉得很平淡吗?"

发言稿里有一堆假大空的话,一点儿实质内容也没有,同学们不爱听,转头就忘了。

江知寒说:"我以前就是这样发言的。"

洛欢干脆放弃了和江知寒商量,自己去折腾了。

两天后的下午,全校的期中考试表扬会在学术报告厅里如期举行。

快到5月了,天气慢慢地热了起来,下午的风带上了丝丝炎热,学校却不舍得开空调。8班占据了后门的位置,引来无数学生羡慕的目光。

报告厅里闹哄哄的,各班都在协调座位。洛欢趁着会议还没开始,窝在柔软的座椅里,将一条腿搭在另一条腿上,边喝着AD钙奶边看向别人借来的一本杂志。

洛欢低着头,身后的风吹着脸边的发丝。她即使没有化妆也很漂亮。

谷雨在一边干着急,一会儿抬头看看上面的领导来齐了没有,一会儿催洛欢,说:"都快开始了,你还在看闲书。稿子背完了吗?"

谷雨知道洛欢的发言稿写了好几页。她昨天还在哀号,说自己背不完了。

洛欢:"我没背完,不背了。"

谷雨吃惊地看着她:"啥?"

"这又不是考试,我干吗浪费脑细胞?"洛欢本来就懒,发现自己背不下来演讲稿后就不勉强了,"我临场发挥吧。"

谷雨还没将"天啊"说出口,便听见前面有人喊洛欢的名字。

洛欢"啪"的一声将杂志扔到谷雨的怀里,然后拿着AD钙奶和稿子站起身:"你给我看好,我回来再看。"

洛欢柔顺的马尾一甩一甩的,背影灵动又潇洒。

谷雨服了,憋出一句:"别丢我的脸!"

"知道了。"

洛欢被班主任叫到后门的一小片空地上。她看到周围已经站了很多学生——都是即将上台领奖的。

洛欢还是第一次和这么多的"学霸"站在一块儿。他们互相认识，彼此说着话。

得到"进步奖"的学生和拿到"学习进步之星"奖的学生分开站，简直是泾渭分明。

洛欢一眼看过去，看到10班有个自己熟悉的人，于是准备走过去。旁边有个长发的女生见洛欢一个人，便友好地和洛欢搭话："我之前没见过你，你是3班的吗？"

毕竟年级前三十名基本来自1班和2班，他们互相认识。长发的女生见洛欢有些陌生，于是理所当然地认为洛欢是3班的。

一个正和旁边的人聊天儿的3班的女生皱眉道："她不是我们班的。"

长发女生惊讶地回头。洛欢笑了笑，说："我是8班的。"

长发女生拖长声音"啊"了一声，看向洛欢的眼神有些尴尬。

洛欢太熟悉这种眼神了——她们不是一个世界的。

不过洛欢没在意，往"学习进步之星"那边跑去，找10班的女生说话。

"1班的人也来了。"10班的女孩正和洛欢说着话，突然瞥向她的身后，眼睛亮了。

于是洛欢转头看过去。几个穿着校服的学生往这边走过来，她一眼就认出了走在最中间的江知寒。

高挑干净的少年逆着阳光走过来。

在洛欢看江知寒的时候，江知寒也在看洛欢。他漆黑透亮的眼睛里是专注的眼神。

洛欢的心微微一跳，她弯起眼朝江知寒笑笑，而后收回目光，继续和10班的女孩聊天儿。

10班的女孩也是第一次近距离地看到1班的年级第一，忍不住小声地跟洛欢八卦起来。

"你看到那边的江知寒了吗？他好帅啊，不像传闻里脾气不好的样子啊。"

洛欢笑了笑，说："你也说了，他脾气不好是传闻。"

江知寒的脾气还不好，那就没人脾气好了……

顾婉珊好像已经很久没和江知寒说过话了。这次期中考试表彰会上，她好不容易才有机会和江知寒站在一起。

顾婉珊站在江知寒身后，却发现他偏着头望着其他地方，于是顺着他的目光看过去。

另一边，一个女孩背对着他们，正在和其他女孩谈笑风生。那个背影顾婉珊怎么也不会忘记。

洛欢怎么也在这儿？顾婉珊的脸色有些难看，难道洛欢这次也是"学习进步之星"？

肯定是江知寒帮助了她，不然以她的水平，她怎么可能评上"学习进步之星"？"学习进步之星"奖是成绩有明显进步的学生才能拿到的，而且还需要老师推荐。

顾婉珊的脸色有些难看，她径直走到"学霸"那边去。

有人认识顾婉珊，和她打招呼，顾婉珊勉强地笑了笑。

"你们看我的发型怎么样，还行吗？"有个女生忽然摸了摸头发，有些担忧地问。待会儿要上台领奖，她怕发型乱，在同学的面前丢脸。

"你的发型没问题。"另一个女生笑着说，然后看了一眼"学习进步之星"那边，道，"你们看那个女生，她的头发都没怎么打理，你怕什么？"

女生看了看洛欢，放心了不少，点点头："也是，不过她们站在我们的后面，也没什么人会看到她们吧？"

一旁有男生听到这句话，心想：人家长得那么好看，当然不在乎发型乱不乱了。你们长得一点儿也不好看，站在前面大家也不爱看。

几个女生继续说笑着。

顾婉珊看了看那边背对着他们的纤瘦背影，得意地哼了一声。

也是，一个小小的"学习进步之星"奖，就算洛欢得到了又怎样？洛欢的学习成绩还是比不过她们。

顾婉珊笑着回过头，却看到江知寒朝洛欢的方向走去。

"啊，那个江知寒过来了！"10班的女孩忽然激动地扯着洛欢的手，小声地尖叫着。

洛欢扭过头，看到江知寒站在了旁边"学霸"的队伍里，他离洛欢很近。

周围的说话声忽然低了不少。

江知寒并没有看过来，他的存在感却很强。

洛欢顿时心跳得有些快，耳朵滚烫。她连忙收回目光，有种做贼心虚的感觉,但又觉得四周连空气都是甜的。

好在前面讲话的领导没让他们等太久。

有老师喊他们上台领奖。于是众人排好队,不再窃窃私语。

"学习进步之星"自觉地排在"学霸"的后面,看得洛欢忍不住摇头。

江知寒由于个子高,站在一众"学霸"的后面。洛欢站在队伍的后面,看着面前挺拔的身影,不自觉地弯起唇角。

他们进去时,底下的学生已被领导们的长篇大论摧残过一番,所以看到他们拿奖,也没多大的反应。

"学霸"领过奖之后,才轮到"学习进步之星"。

台下有人在拍照。顾婉珊如愿站在江知寒的身边,握着奖状,笑容十分标准。

台下的学生鼓完掌,"学霸"们就下去了。顾婉珊转过身,盯着江知寒的背影,忍不住红了脸。

"接下来,有请'学习进步之星'学生代表洛欢发言。"

"啪啪啪……"

正要下台的江知寒忽然回头看了一眼。顾婉珊下意识地跟着看去,当她看到走到话筒前的女孩时,当即脸色一变。

洛欢走到话筒边,伸手调整了一下话筒,然后低头介绍自己:"大家好,我是洛欢,是……"

洛欢的声音清亮又甜美。她咬字清楚,还是脱稿发言,这让领导们都满意地点头。她上台前将头发整理了一下,但还是有几缕发丝落下,衬得她的皮肤非常白皙,看上去非常乖巧。

洛欢自我介绍后,就开始大胆发言了。

说到学习方法时,洛欢苦口婆心地说:"我觉得,有些同学成绩上不去,就是因为学习方式太死板了。你什么都背,就搞不清重点,像只没头苍蝇一样,成绩当然上不去。我觉得每个人的起点都差不多,为什么别人能考得那么好,你就不行?花同样的时间,别人为什么学习效率那么高?当然是因为人家会偷懒。"

这番话一说出口,立刻引起了一阵骚动。其他的学生感到很好奇,开始对洛欢的发言有了兴趣,领导们却不禁皱起了眉头。

洛欢继续无畏地说着:"以前我也是后进生,以为好学生就什么都知道。可后来我才慢慢地知道,其实他们只是用有限的时间去弄懂最核心的知识。所以我建议,我们在学习时也要学会适当地'偷懒'。"

"她在说什么鬼话啊?她竟然是'学习进步之星'学生代表。"台下,刚刚还在后台里议论洛欢的两个女生感到不可思议。

"她不会是走后门了吧?"

"她知道我们每天学到多晚吗?以为学点儿皮毛,就能指点江山了?"

"毕竟她长得还行,学校不也要做点儿面子工程吗?"

在他们的印象里,被评为"学习进步之星"的学生都戴着眼镜,一副死板的模样。看到今年的"学习进步之星"代表长得漂亮、一点儿都不像好学生,他们就忍不住往其他的地方想。

坐在后面的男生终于忍不住说了句:"你们能不能别忌妒人家?我了解过,她这回考到了全年级第四十名,上次月考拿了全年级第四十五名。她之前还是后进生,完全是靠自己才拿到了这个奖。"

"你这说的是什么话?我们猜几句也不行?"

"你们那是普通猜测吗?那是恶意揣测!流言蜚语就是这么传起来的。你们都是女生,能别为难女生吗?"

"你……"

听着她们的争吵声,顾婉珊的心情烦躁极了。顾婉珊又看到和自己隔着好几个座位的江知寒正目不转睛地看着台上的洛欢,她气得直咬牙。

"要大胆地钻研你不会的东西。别害怕,看一遍不行就看两遍,那种成就感绝对比你背熟任何课文更能让人满足。要是还搞不懂的话……"洛欢说到这里,忽然笑了,"人得'不耻下问'才能进步。你们可以找个好学生,不会的就向他提问,这不就弄懂了吗?我觉得我就挺无耻的,所以才能取得进步。"洛欢笑了笑,露出唇边的小梨涡,总结道。

台下瞬间爆发了一阵起哄声,甚至还有人问:"洛欢不耻下问的对象是谁?"

江知寒周围的男生也在起哄。

"谁啊?"

"江知寒,她说的人是不是你?是不是你?"

江知寒的耳郭红了,他温柔地望着台上光芒熠熠的洛欢,情绪在胸腔里起伏着。

顾婉珊看着他们,用手指攥紧了奖状,暗骂了一句:"狐狸精。"

洛欢一番不同凡响的发言引得下面昏昏欲睡的学生都提起了精神。直到大会结束,他们还在议论着这件事。

通过这一场发言,洛欢可以说在整个学校里"威名远扬",被同学们讨

266

论了整整一周。

洛欢这段时间都不怎么敢找江知寒了。

这件事真是令洛欢又甜蜜又苦恼。

期中考试过后放了劳动节假期,这回补习时,洛欢便机智地提前问江知寒假期有没有空。

江知寒想了想,对她说:"我除了偶尔需要代课,应该没什么事了。"

洛欢开心地笑了起来,一把抱住他的胳膊,连忙说道:"那我们出去玩好不好?"

江知寒略微有点儿不自在,好在补习班里只有他们两个人。他放松下来后纵容着她,点点头,说了声"好"。

果不其然,劳动节放假没两天,物理老师的孙女恬恬便想带江知寒回她家玩。

得知江知寒当天有安排后,恬恬顿时露出一副难以接受的小表情。

洛欢忍着大笑的冲动,蹲下来语气无辜地劝她:"囡囡对不起啦,姐姐真不知道你想和江哥哥玩,可是我们已经订好票了,一张票好几百块呢。"

好几百块钱对三四岁的小孩来说已经是天价了。

恬恬买不起……

她的压岁钱都被妈妈收走了。

"那你们什么时候回来?"

洛欢故作思考:"嗯……不清楚!"

恬恬抽抽搭搭,看向江知寒,企图用眼泪让他心软:"小哥哥,你……你能不能……"

没等恬恬说完,洛欢赶紧扭头,冲江知寒龇牙,用夸张的口型提醒他:"你不许答应啊。"

整天上课,洛欢好不容易有时间,可不希望有谁打扰他们。

看着洛欢的表情,江知寒隐去唇边的一丝笑意,在恬恬的面前蹲下来,语气温和地说道:"明天你来补习班,哥哥和姐姐陪你玩好不好?"

洛欢在一旁点头附和:"对对对,还有补习班上那么多哥哥姐姐陪你玩。"

可洛欢只想跟小哥哥玩……

洛欢假装没听见小胖妞的哭声,让江知寒接着安抚小孩了。上课铃响了,物理老师走进来,带着不情不愿的恬恬走了。

洛欢终于忍不住哈哈大笑。

到了下午,一听见下课铃声,洛欢迫不及待地收拾好书包,去找江知寒。他们刚走出补习机构,还没走两步,便听见身后有人喊他们:"等等,洛欢、小寒,等等!"

洛欢扭头,见物理老师牵着恬恬快步朝他们走过来。恬恬正哭得不行,像被谁抢走了一大块儿肉。

洛欢忽然有种不好的预感。

果然,物理老师走过来后,神色抱歉地说:"实在对不起啊,小寒,你看恬恬哭得不行,她非要跟你们俩去玩。"

"这样,你们出去玩的钱老师报销,你们带上恬恬好不好?你们回来后给老师打个电话,老师去接你们。"

恬恬用手揉着眼睛,脸上全是泪。

江知寒看向了洛欢。

洛欢撇了撇嘴,物理老师亲自来求他们了,她还能怎么办?她总不能当众不给老师面子吧?

"好吧。"洛欢大度地点点头。

原本两个人的出行计划变成了三个人的。

好在恬恬个子小,坐地铁不要车票,三个人进了地铁站,坐直达的三号线。

地铁上人不多,三个人都有座位。

恬恬一离开物理老师的视线范围就不哭了,紧紧抓着江知寒的衣服,一双圆溜溜的大眼睛新奇地左顾右盼。

洛欢知道她是装的,毕竟谁没从小孩过来过?于是趁着江知寒抬头看路线的时候,洛欢轻轻地掐了下小胖妞软乎乎的脸蛋儿:"你装的吧,嗯?"

小胖妞自知理亏,哼哼唧唧地躲到江知寒的身后,在江知寒看过来时,偷偷地对洛欢扮了下鬼脸。

那神情充满挑衅。

"……"这小屁孩。

洛欢被气到了,发誓绝对不抱这小胖妞了,让江知寒抱她,反正这是他惹来的小桃花。